고스트
에이전트

고스트 에이전트

ⓒ 김상현 2016

초판1쇄 인쇄   2016년 5월 18일
초판1쇄 발행   2016년 5월 23일

지은이   김상현

펴낸이   박대일
편집   이문영 · 임유리 · 신지연 · 전보라
교정   박준용
마케팅   송재진 · 임유미
표지디자인   박현주

펴낸곳   새파란상상(파란미디어)
출판등록   2004년 9월 14일 제313-2004-00214호

주소   04072 서울시 마포구 성지1길 32-36 (합정동)
전화   02.3141.5589(영업부) 070.4616.2012(편집부)
팩스   02.3141.5590
전자우편   paranbook@gmail.com
카페   http://cafe.naver.com/paranmedia
페이스북   http://www.facebook.com/paranbook

ISBN   978-89-6371-304-5(03810)

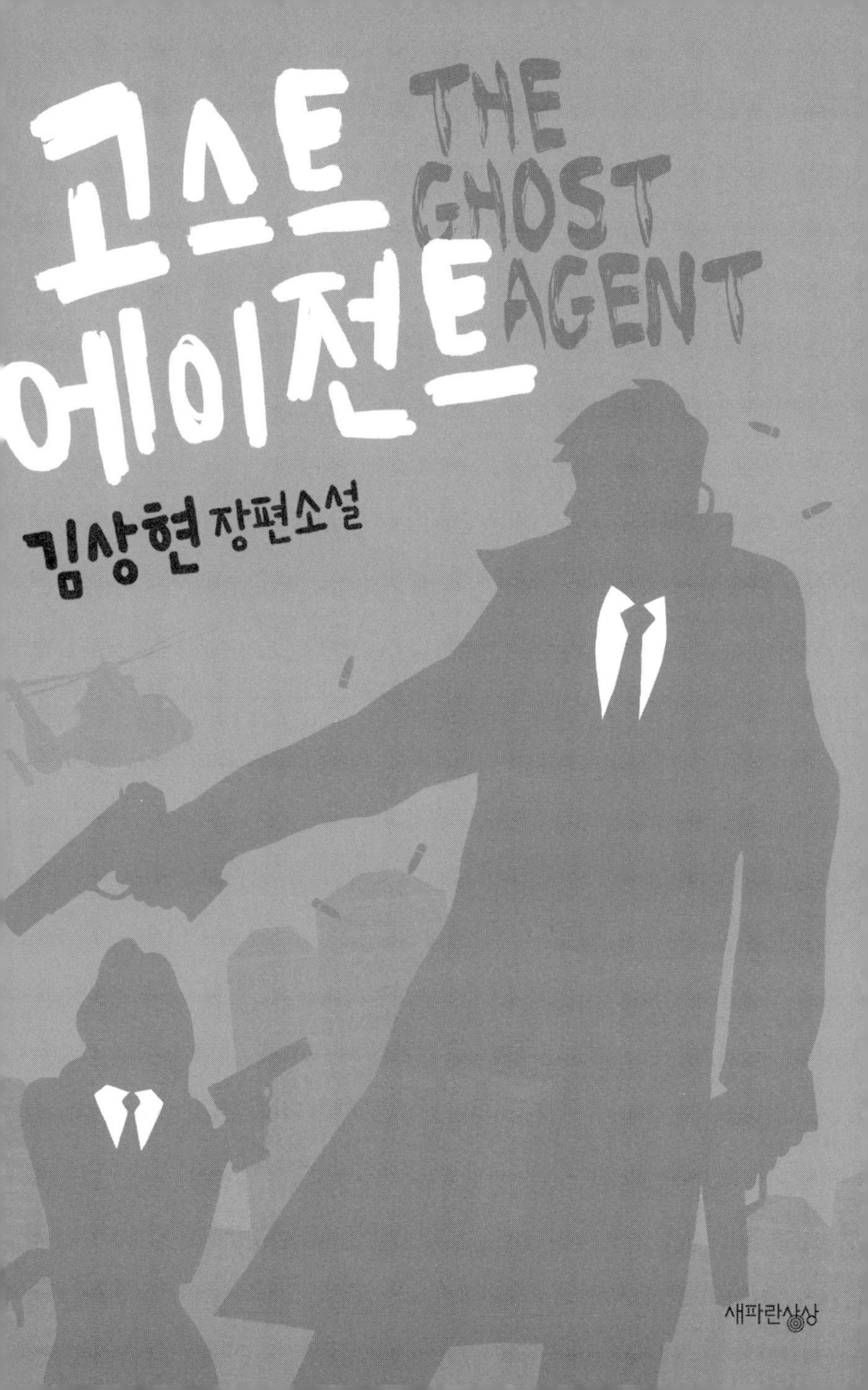
고스트 에이전트
THE GHOST AGENT
김상현 장편소설
새파란상상

차례

0 프롤로그

기태주는 아직도 자신이 국가정보부 요원이라고 생각하고 있었다. 그리고 자신이 정보부에서 수행했던 임무인 잠입 수사도 계속되고 있다고 생각했다. 그렇게 생각하지 않고는 도저히 견딜 수가 없었다. 아직은 자신이 정보부에서 강제로 해직당했다는 현실을 인정하고 싶지 않았다. 아직은.

머리맡에 두고 잔 스마트폰에서 새벽 5시를 알리는 알람 소리가 울렸다. 이제 일어나야 할 시간이다.

자리에서 일어나 좁디좁은 고시원 창문 밖을 내다보았다. 어스름이 사당동 이수역 사거리에 내리고 있었다. 구름 한 점 없는 하늘이었다. 그의 의지와는 무관하게 오늘도 맑은 날이 될 모양이었다.

간밤에 마신 술 때문인지 눈꺼풀이 무거웠다. 너무 오랜만에 마신 술이라 그런 것 같았다. 이 고시원에 들어온 지도 벌써 석 달이 지났다. 시간은 종종 너무 쉽고도 빠르게 지나간다. 강제 해직 당한 후 흐른 지난 석 달이 딱 그랬다.

기태주는 세수만 대충 하고 눈을 비비며 고시원을 나섰다. 인도에 선 사람들이 잠이 덜 깬 얼굴로 차량들이 헤드라이트를 껌뻑이며 차도를 지나는 것을 보고 있었다. 하나같이 피로에 찌들어 있었다. 오랜 불경기가 모두의 어깨를 짓누르고 있는 모양새였다.

그들 중에서도 가장 힘겨워 보이는 건 기태주와 마찬가지로 새벽 인력시장을 향해 발걸음을 옮기는 이들이었다. 기태주처럼 좁은 고시원 방에서 간신히 눈만 붙인 사람은 그나마 나은 편이었다. 지하철 역사에서 밤을 보낸 사람도 있었고, 건물 보일러실에 숨어들어 가 몰래 노숙을 한 사람도 있었다. 지금 당장 일할 곳을 찾지 못해 찜질방 갈 돈이라도 손에 쥘 수 없게 된다면 오늘 밤도 비슷한 신세가 되리라.

새벽 인력시장에 모여 있는 사람들은 모두가 음울한 표정이었다. 몸은 피곤한데 보람도 없이 오직 하루를 넘기기 위한 일자리를 찾는 사람들이니 그럴 만도 했다.

비록 하루 벌어 하루 먹고사는 사람들이라곤 해도 이들 중 사연 없는 사람은 없었다. 대기업에서 일했던 사람도 있고, 세 자릿수 종업원을 거느린 회사의 사장이었던 사람도 있었다. 그들이 이곳까지 오게 된 데에는 각자 책 한 권으로도 모자랄 만큼의 이야기가 있을 거였다.

하지만 그들 중 어느 누구의 이야기도 기태주의 사연보다 비밀스럽지는 않았다. 기태주는 불과 석 달 전까지만 해도 대한민국 국가정보부 요원이었다. 그것도 세 번의 잠입 수사를 성공적으로 수행한 전도유망한 4년차 요원. 동기들은 기태주를 두고 농담 삼아 '기대주'라고 불렀다.

기태주는 정보부에서 근무한 지난 4년 동안 총 세 개 폭력 조직에 잠입했다. 처음은 부산이었고, 그다음은 인천, 세 번째는 서울이었다.

잠입 수사.

잠입 수사는 국가정보부에서 공들여 준비한 가짜 신분을 활용해 조직에 잠입하는 것으로 임무가 시작된다. 조직 내부에서 신뢰를 얻은 기태주는 중요한 거래에 관여하게 되었고, 그 과정에서 얻게 된 정보를 상부에 보고하는 데 성공했다.

세 번의 임무를 성공적으로 완수하고 사람들이 자신을 기대주라고 부를 때만 해도 기태주는 앞으로 성공이 계속되리라고 생각했다. 동기 중에도 그의 성공을 의심하는 사람은 없었다.

하지만 기태주는 실패했다. 그리고 지금은 정보부에서 쫓겨나 이렇게 사당동 인력시장에서 하루 벌어 하루 먹고사는 하루살이 인생들과 똑같은 신세가 되었다. 기태주가 이 길을 택한 건 돈 문제는 아니었다. 이렇게 스스로 몸을 힘들게 하지 않으면 마음이 괴로워서 도저히 견딜 수가 없었던 것이다.

사당동 새벽 인력시장에는 시청에서 준비한 천막이 설치되어 있었다. 정부에서 주도하는 '희망 일자리 찾기' 프로젝트의 성과물 중 하나였다. 천막 아래 놓인 의자에는 일거리를 찾아온 사람들이 삼삼오오 모여 앉아 있었다. 정부의 표현을 빌리자면 이들은 '희망을 찾는 사람들'이었다. 하지만 어두운 표정으로 고개를 숙이고 있는 그들이 찾고 있는 것 중에서 '희망'이 있을 것 같지는 않았다.

기태주 역시 그다지 밝은 표정은 아니었다. 월세 30만 원짜리 고시원 방을 나와 '희망 일자리 찾기' 프로젝트 천막 아래 놓인 의자에 앉아 있자니 내가 언제 정보부 요원이었던가 싶었다.

문득 정보부 상담사가 떠올랐다. 임무를 완수하고 나면 통상 심리 상담사를 만나는 과정을 겪게 된다. 이는 다른 신분으로 위장해야 하는 잠입 수사의 심리적 압박에서 벗어나는 과정이기도 했다.

"혼란스러울 겁니다. 비록 범죄자라고 해도 함께 일했던 폭력 조직의 동료들에 대해 죄책감을 느낄 수 있어요. 당연한 겁니다. 누구든 그럴 수밖에 없죠."

상담 과정은 편했다. 편한 기분을 느끼게 하는 것이 상담 과정의 전부라 해도 과언이 아닐 정도였다. 상담 내용 대부분은 잡담이었고, 가끔 나오는 임무에 관한 이야기도 그다지 부담스럽지 않았다.

정보부 상담사는 기태주에게 빠른 복귀를 권했다. 그러는 편이 자기 자신을 되찾는 데 도움이 될 거라고 했다. 그렇게 해서 기태주는 첫 임무를 마치고 2주 만에 위슬비 요원을 다시 만날 수 있었다.

국가정보부 입사 동기이기도 한 위슬비는 기태주가 잠입 수사를 하는 동안 믿고 기댈 수 있는 유일한 사람이었다. 모든 보고는 위슬비를 통해 이루어졌고, 잠입 수사에 필요한 새로운 정보도 그녀를 통해 받을 수 있었다.

통상 잠입 수사를 마치고 나면 길고 지루한 서류 작업이 이어진다. 서류 작업을 통해 혹시 있었을지 모를 정보부의 월권이나 탈법, 위법을 조사하는 과정이 있다. 이 과정에는 검찰, 경찰, 그리고 정보부 내사과가 참여한다. 대한민국에서 가장 비밀스럽고 은밀한 기관인 정보부라 해도 감시는 받기 마련이다.

다행스럽게도 대부분의 서류 작업은 위슬비가 이미 해 둔 상태였다. 기태주가 해야 할 일은 말하자면 괄호를 채우는 시험문제를 푸는 것과 비슷했다.

'나는 (   )월 (   )일 (   ) 신분으로 위장하여 (   ) 조직에서 (   )와 만나 (   ) 하는 일을 (   ) 하였다.'

이런 식이었다. 기태주는 대부분의 괄호를 쉽게 채울 수 있었다. 전부 다 위슬비 덕분이었다.

첫 임무를 마치고 복귀한 첫날, 회식이 있었다. 장소는 정보부에서 멀리 떨어진 강남에 위치한 작은 바 형식의 술집으로, 정보부에서 관리하고 있는 작전용 업소였다. 작전 관계자들은 물론이고 팀을 이끄는 정의택 팀장에 신기찬 2과 과장도 찾아왔다.

"우리 팀의 첫 잠입 수사를 성공적으로 마치고 돌아온 기태주 요원을 위하여!"

신기찬이 잔을 높게 들어 축배 제의를 했다. 기쁜 날이었다. 한창 술자리가 무르익자 신기찬이 기태주를 바 구석 자리로 불렀다.

"이번 임무를 성공적으로 완수한 걸 어떻게 생각하나?"

뭔가 다른 걸 묻고 싶은 모양이었다. 기태주는 잠깐 대답을 망설였다.

"어려워하지 말고, 솔직하게 말해 봐."

처음 보는 신기찬의 너그러운 표정이었다. 기태주는 정답을 말해야겠다고 생각했다.

"저와 우리 조직의 힘으로 범죄 조직을 일망타진하여 법과 질서를 바로잡을 수 있게 된 것을 자랑스럽게 생각합니다."

뻔한 대답이었다.

"하지만 자네는 정보부 요원이잖아. 범죄 조직을 추적해서 얻은 정보를 경찰과 검찰에 고스란히 넘겨주는 게 그렇게 자랑스러울 것 같진 않은데?"

신기찬이 기태주에게 다시 물었다.

"국가를 위한 봉사라고 생각합니다. 자랑스럽습니다."

"아니, 그런 거 말고. 진짜 네 생각 말이야."

"……그게 제 생각입니다."

거짓은 아니었다. 기태주는 자신이 실제로 국가와 민족을 위해 봉사한다는 것에 대한 자부심이 있었다. 신기찬은 '과연.' 하는 표정을 짓고는 고개를 한 번 끄덕였다.

"알겠어. 그런데 말이야, 2과에서 오래전부터 해 온 일이 하나 있어. 어느 정도는 눈치챘으리라 생각하는데…….”

신기찬은 잠시 주위 눈치를 살피곤 아무도 듣는 사람이 없는 걸 확인한 다음 다시 말을 이었다.

“……잠입 수사를 위한 최적의 인재 양성. 그리고 잠입 수사 매뉴얼과 프로토콜 개발, 관리. 그게 이번 임무의 핵심이야.”

기태주는 대답 없이 듣기만 했다.

“개방이다 탈이데올로기다 말들이 많지만 결국 우리 정보부의 주적은 북한이야. 일이 제대로 풀린다면 자네는 3과로 가게 될 거야. 3과 말이야, 3과.”

정보부 조직을 보면 1과는 해외 정보를 담당하고, 2과는 국내 정보를, 그리고 3과는 북한 정보를 담당한다. 신기찬의 말은 결국 기태주가 국내의 북한 조직에 잠입하게 될 거라는 걸 암시하고 있었다.

“이를테면 이런 거지. 홍길동이란 남자가 있어. 국내 정치에 반감이 크고, 북의 정치체제에 찬동하는 자야. 홍길동은 반정부 활동을 하던 중 체포되었다가 남파 간첩에 의해 포섭되지. 그리고 결국 충성 서약을 하고 북의 정보원으로 활동하게 되는 거야.”

신기찬은 기태주의 어깨에 손을 올렸다.

“우리한테는 홍길동 같은 사내가 필요해. 그것도 아주 많이. 자, 그럼 내 이야긴 끝이야. 오늘은 진탕 마셔. 내가 지금 한 말이 기억나지 않을 정도로. 내 말 무슨 말인지 알지?”

기태주는 신기찬의 말을 이해했다. 그리고 잔뜩 술을 마셨다.

그다음 날도 지금처럼 숙취가 심했던가? 기태주는 곰곰 생각해 봤지만 잘 기억나지 않았다. 하지만 분명하게 기억할 수 있는 건 다음 날 아침에 위슬비가 했던 말이었다.

"얼른 준비해. 나 먼저 출근할 테니까."

위슬비는 커피잔을 내밀며 이렇게 말해 주었다. 그날 있었던 다른 일은 기억이 선명하지 않다. 하지만 그날 아침 보았던 위슬비의 얼굴과 커튼을 통해 들어오는 환한 빛, 그리고 향긋한 원두커피의 향은 분명히 기억할 수 있다.

"먼저 출근한다고?"

오른손으로 커피잔을 받아 들면서 기태주가 물었다.

"같이 출근할 순 없잖아. 우리가 사귀면 보안규정 위반이야."

위슬비는 현관문을 열며 말했다.

"알았어. 나도 금방 출근할게. 그런데 그냥 가는 거야?"

"아니."

위슬비는 손바닥을 입술에 댔다가 쪽 소리를 내며 뗐다.

"고작 그거야?"

기태주의 말에 위슬비는 피식 웃으며 문을 열고 밖으로 나섰다. 기태주는 잠시 멍하니 서 있다가 위슬비가 사라진 곳을 향해서 왼손으로 손키스를 보냈다. 오른손에 든 커피잔에서는 김이 피어올랐다. 향긋한 커피 향을 머금은 김이었다.

"아저씨, 안 드세요?"

기태주는 공익 근무 요원의 말에 정신을 차렸다. 공익 요원은 일회용 종이컵을 내밀고 있었다. 달착지근한 냄새가 나는 종이컵이었다. 기태주는 커피를 마시지 않겠다는 뜻으로 고개를 저었다.

"거참 이상하네. 이 커피 안 마시는 사람, 아저씨 혼자뿐인 거 아세요? 시에서 공짜로 주는 건데, 아저씨는 공짜 싫어요?"

나이는 한 스물두셋쯤 되었을까? 시커먼 뿔테 안경에 머리를 짧게 자른 공익 요원은 인상을 잔뜩 찌푸리고 있었다. 안경알이 꽤 두꺼운 것으로 봐서 시력 때문에 공익 요원이 된 게 아닐까 싶었다.

"마시면 입에서 발 냄새 나."

기태주가 슬쩍 웃으면서 말했다. 간밤에 마신 술 때문에 뜨거운 걸 좀 마셨으면 좋겠다 싶긴 했지만 아무리 그래도 믹스커피는 마시고 싶지 않았다.

"어라? 아저씨, 말할 줄 아네?"

인력시장 일꾼 중 하나가 신기하다는 듯 기태주를 보며 물었다. 기태주는 일꾼을 살펴보았다. 40대. 건장한 체격. 굳은살 박인 손. 염색을 하지 않은 반백의 머리. 누가 봐도 흔한 노동자 타입이었다. 며칠 전부터 그를 힐끔거리는 모습에 혹시 뭔가 수상하게 생각하고 있는 건 아닐까 했지만 아마도 그저 호기심이 강한 사람이려니 하고 넘어갔던 기억이 났다.

"왜요? 벙어리면 장애인 연금이라도 지급해 주시려고?"

기태주가 적당히 대꾸를 하자 일꾼은 껄껄대며 웃었다.

"혹시 조선족 아닌가 해서 말야. 알지? 여기 사당동 인력시장에는 외국인 노동자 못 와. 여긴 구로나 영등포가 아니라고.

동남아는 말할 것도 없고, 조선족도 잘못 왔다가는 단일민족의 쓴맛을 보게 되지."

전 세계에서 인종차별, 아니, 민족차별 심하기로 둘째가라면 서러워할 나라 국민다운 말이었다.

"차 들어옵니다. 정렬해 주세요."

공익 요원이 큰 소리로 외쳤다. 삼삼오오 모여 있던 사람들은 이제 적당히 줄을 서서 자신을 데려갈 차를 기다리기 시작했다.

차는 통상 12인승 승합차였다. 색은 대부분 회색이었고, 차체에는 한두 군데씩 우그러진 곳이 있었다. 꼭 어디에선가 단체로 맞춘 것 같은 모양새였다.

"목공, 숙련공으로 한 명! 15만 원!"

차 문이 열리고 차에 탄 사람이 자신이 원하는 인력을 부른다. 그러면 대기하고 있던 사람 중 해당되는 사람이 손을 든다. 만약 원하는 수보다 많은 사람이 손을 들면 즉석에서 면접이 이루어진다.

"용접 한 명! 7만 원!"

"미장 두 명! 숙련공 15만 원, 초보 8만 원!"

"도배, 숙련공으로 한 명! 15만 원!"

좀 전에 기태주에게 말을 걸던 민족주의자는 도배에 손을 들고는 어깨를 한번 풀고 승합차에 올랐다. 기태주는 오늘은 뭘 하면 좋을까 생각해 보았다. 어차피 그가 할 수 있는 건 막노동뿐이었다. 하지만 이 일을 시작한 지도 벌써 석 달. 이제는 슬슬 기술을 하나 배우는 게 어떨까 싶은 시점이었다. 초보부터 시작하는 것도 좋은 선택일 것 같았다.

"깡패!"

잠시 생각에 잠겨 있는데 엉뚱한 소리가 들렸다. 소리가 난 곳을 보니 승합차는 승합차인데 인력시장에서 쉽게 볼 수 있는 승합차가 아닌, 사람들이 연예인 밴이라고 부르는 고급 승합차였다.

"깡패 한 명!"

기태주는 등줄기에 소름이 돋았다. 무슨 일인지 판단을 내리기 이전에 몸이 절로 반응한 거였다. 그는 자리를 피해야 한다고 생각했다. 그것도 최대한 빨리.

"깡패 한 명 필요하다니까? 내 말 안 들려?"

그러나 승합차에서 외치고 있는 자의 얼굴을 보는 순간 기태주는 움직일 수가 없었다. 아는 얼굴이기 때문만은 아니었다. 거칠고 팔뚝이 굵은 사내 둘이 양쪽에서 그의 팔을 꽉 붙잡았기 때문이다.

추관우.

그랬다. 지금 희망 일자리 찾기 프로젝트 현장에서 깡패 한 명을 원하고 있는 사내의 이름은 추관우였다. 카린카 조직, 아니, 월드컵파의 행동대장. 임무가 끝났으니 이제 다시는 볼 일 없을 거라고 생각했던 녀석. 하지만 지금 기태주는 두 사내에게 붙들려 바로 그 추관우 앞으로 끌려갔다.

차에 강제로 태워지기 직전, 기태주는 뒤를 돌아보았다. 한 순간이었지만 공익 요원과 눈이 마주쳤다. 혹시 도움을 받을 수 있지 않을까 하는 기대는 단숨에 무너졌다. 공익 요원은 멍한 표정으로 안경테를 고쳐 쓰고 있을 뿐이었다.

승합차는 뒷자리의 좌석을 떼어 내 공간을 넓게 쓸 수 있게 개조되어 있었다. 기태주는 추관우 앞에 무릎을 꿇어야 했다.

차 문이 닫혔고 시동을 걸어 두었던 승합차는 곧 출발했다.

"간만이다, 길태수."

마지막 임무 이후로 처음 들어 보는 이름이었다. 하지만 이름을 듣자마자 기태주는 길태수의 기억이 순식간에 되살아났다.

"추관우."

기태주가 힘없이 상대의 이름을 불렀다. 오른쪽 눈 위에서 시작되어 볼까지 이르는 긴 흉터가 보였다. 기태주는 그 흉터가 어떻게 생긴 것인지 알고 있었다. 추관우는 흉터를 오른손으로 잠시 쓰다듬다가 품에서 예리하게 벼려진 회칼을 꺼냈다. 조직폭력배들이 애용하는 무기였다.

"그거 아냐? 너 찾는 거, 쫌 힘들었거든?"

추관우가 비아냥거리는 투로 말했다. 하지만 기태주가 생각하기에 자신을 찾아내는 일은 힘들고 쉬운 문제가 아니라 불가능에 가까운 일이었다.

"동생들 여기저기 풀어서 간신히 알아냈어. 학교 간 동생 하나가 알려 주더라고. 너, 안양에서 광주로 이감됐다가 거기서 풀려났다며?"

일이 끝난 뒤에도 기태주는 사라지지 않고 길태수라는 위장 신분을 유지했다. 이를 위해 기태주는 실제로 재판을 받는 시늉까지 했다. 그리고 전과자들이 종종 은어로 '학교'라 부르는 교도소에서 며칠 밤을 보냈다. 이런 일이 생길 것을 대비한 것은 아니었고 단지 길태수라는 위장 신분을 살려 두기 위한 조치였을 뿐이지만 그것이 결국 지금 그를 살린 셈이 되었다.

"하나만 물어보자."

추관우가 기태주 앞으로 얼굴을 바짝 들이밀며 말했다. 뭔가 살벌한 질문이 나올 것 같았다. 기태주는 얼른 뭐라고 한마디 쏘아붙여서 기를 죽여야 한다고 느꼈다.

"커피 마셨냐? 입에서 발 냄새 난다."

생각해 보기도 전에 입이 먼저 움직여서 말했다. 한동안 사용하지 않았던 조직폭력배 길태수의 음성이었다. 추관우는 어처구니가 없어서 헛웃음 소리를 냈다.

"이 새끼, 까부는 꼴이 이거 학교 다녀와서도 똑같네? 칼 든 놈 앞에서 까불다가 죽는다는 거 학교에서 안 배웠냐?"

"학교엔 칼이 없어서 그런 건 못 배웠다. 대신 깡패는 가오 상하면 죽는다는 건 배웠지."

오랜만에 써 보는 폭력 조직 은어였다. 특히 '가오'는 평소에 잘 쓰지 않는데다가 그 어원이 얼굴, 혹은 체면을 뜻하는 일본어 가오(かお)라는 걸 알게 되면서부터는 거부감이 들기도 했던 단어였다.

"하여간 이 새끼, 한마디도 안 지려고 해요."

"제대로 된 말을 해야 져 주든지 말든지 하지."

기태주의 비아냥거림에 팔을 잡고 있던 사내 하나가 귀 뒤를 주먹으로 가격했다. 고통도 고통이지만 순간 눈앞이 캄캄해지면서 귀에서 이명이 울렸다. 하지만 기태주는 이를 악물고 몸을 일으켜 세운 다음 추관우를 노려보았다.

"그래. 네 말이 맞다, 길태수. 깡패는 가오 상하면 죽어. 그래서 내가 널 이렇게 찾은 거다."

추관우가 싸늘하게 웃었다. 섬뜩했다. 하지만 기태주는 눈을 피하지 않았다. 그랬다가는 당장이라도 손에 든 회칼로 자신의 몸을 쑤실 것만 같았기 때문이다.

"하나 물어보자. 너, 그때 왜 날 안 죽였냐?"

추관우의 물음에 기태주는 길태수의 기억이 몇 가지 더 살아났다. 피바람이 불었던 칼부림과 그 와중에 살아남기 위해 필사적이었던 기억.

"말해 봐. 왜 안 죽였냐고, 응?"

추관우가 다그쳐 물었지만 기태주는 당장 대꾸할 말을 찾을 수가 없었다. 그때 추관우를 죽이지 않은 건 분명 이유가 있었다. 하지만 간단하게 설명하기는 어려운 이유였다. 설혹 간단하게 설명할 수 있다고 해도 알려 줄 수 없다는 게 이유이기도 했다.

귀에서 울리는 이명은 계속 이어지고 있었다.

1

소리샘으로 넘어가다

3년 전.

기태주는 정보부 사격장에서 훈련을 받고 있었다. 첫 실전 투입을 앞둔 시점에서 받는 마지막 훈련이었다.

화약 잔류물로 인해 화재가 발생할 우려가 있기 때문에 언제나 광이 날 정도로 청소를 하는 사격장이었지만 그래도 화약의 잔향은 늘 남아 있었다.

교관은 나이가 한참 많은 요원이었다. 예순은 확실히 넘어 보였고 여든까지는 안 보였지만 은퇴할 나이가 지나도 한참 지난 것만은 분명했다. 이름은 김철수라고 했다. 정보부 요원이 가명을 쓰는 일이야 흔하디흔하지만, 아무리 그렇다고 해도 심하게 가명티가 나는 이름이었다.

김철수는 기태주에게 K-5 권총을 주고 20미터 표적을 쏴 보라고 했다. 기태주는 훈련소에서 배운, 다리를 어깨너비로 벌리고 팔을 죽 내밀어 사격하는 이등변 자세로 열세 발들이 탄창이 다 빌 때까지 쏘았다.

"잘 쏘는군."

표적지를 확인한 김철수가 말했다.

"5미터 거리라면 파리도 맞힐 수 있습니다."

"그거 꽤 요긴하겠는걸. 5미터 거리에서 파리를 만난다면 말이지."

"놀리시는 겁니까?"

"아니. 솔직히 말해 보자고. 우리가 하는 일이란 게 현장에서 무슨 상황이 벌어질지 아무도 모르는 일 아닌가. 파리가 아니라 바늘구멍을 맞혀야 할 일이 생길지도 모르지. 안 그런가?"

김철수는 진지했다.

김철수의 소문은 기태주도 알고 있었다. 나이로 보나 교관이라는 직책으로 보나 경력이 아주 오래된 스파이라고들 했다. 공기업 간부로 갔다가 다시 돌아온 사람이라는 소리도 있었다. 북한의 전설적인 간첩 '비둘기'를 집으로 돌려보낸 장본인이라는 말도 있었다.

기태주는 그런 소문을 다 믿지는 않았지만 새하얀 백발에 깊은 주름이 잡힌 얼굴의 그가 낮은 목소리로 진지하게 말하는 모습을 보면 소문에 근거는 있겠구나 싶어졌다.

"이번 임무에는 K-5가 아니라 이걸 쓰게 될 걸세."

김철수가 내민 것은 러시아제 토카레프(Tokarev) TT-33, 북한에서는 '떼떼권총'이라고 부르는 물건이었다.

"이거, 6·25 때 인민군이 쓰던 장비 아닙니까?"

기태주는 고개를 갸웃했다.

"감준배 요원이 이번 임무에 맞게, 부산에 어울리는 총을 추천해 달라고 하더군."

감준배는 기태주의 정보부 동기로, 기태주의 이번 잠입 수사 임무에서 지원을 맡은 요원이다.

"우리나라에서 밀수하는 놈들은 러시아제 권총을 자주 접하지. 이 토카레프 권총은 공식적으론 50년대에 생산이 중단됐지만 카피 총은 여전히 많이 나오고 있어. 토카레프는 국내에 꾸준히 반입되고 있으니 자네가 이걸 들고 있다고 이상하게 생각할 놈은 없을 거야."

기태주는 토카레프 권총을 손에 쥐었다. K−5보다 그립감이 훨씬 묵직했다.

"탄창 확인해 봐."

김철수의 말에 기태주는 거치대에 놓여 있는 실탄이 가득 찬 탄창을 들어 눈으로 확인했다. 안에 들어 있는 것은 흔히 볼 수 있는 9mm 탄이었다.

"원래 토카레프는 7.62mm 탄을 쓰지. 이건 과거 소련에서 수출용으로 만든 거야. 7.62mm 대신 9mm 탄을 쓰고, 거기에 원래 없는 안전장치도 장착한 놈이지. 원래 토카레프 권총이 단순함의 미학을 가진 권총이긴 하지만 임무 수행 중에 오발 사고가 나면 곤란하니까."

"알겠습니다."

"물론 가장 좋은 건 이걸 사용하게 될 일이 없는 거겠지. 하지만 혹시 이걸 써야 할 상황에 처하게 된다면 이등변 자세 같은 건 잊어버려. 이런 식으로 사격해. 이렇게."

김철수는 권총을 양손으로 파지하고 양 팔꿈치를 가슴에 꼭 붙이는 자세를 취했다. 정조준을 할 수 없어 명중률은 떨어지지만 무기를 빼앗길 염려가 적은 피탈 방지 자세였다.

"폼 잡지 말고 총 뺏기지 말라는 소리야. 팔을 뻗으면 당연히 뺏길 우려가 커지니까. 그리고 총을 뽑게 되면 우선 주변에 있는 놈들을 멀리 물러서게 해."

김철수는 오른손으로 토카레프를 쥐고 방아쇠 고리에 손가락을 넣은 상태로 팔을 크게 휘둘렀다. 기태주는 자기도 모르게 몸을 움찔했다.

"그래. 권총을 쥔 놈이 이렇게 팔을 흔들면 당연히 그런 반응이 나올 수밖에 없지. 안전 수칙이나 뭐 그런 건 잊어버려. 중요한 건 위협적으로 보여야 한다는 거야. 아마추어처럼 보여야 한다는 거지. 사격장에서 이렇게 하면 어떤 일이 벌어질 것 같은가?"

"교관들이 미쳐 버리겠죠."

"그래. 바로 그런 상황을 만들어야 하네."

훈련은 이런 식으로 실전에 맞게 진행되었다.

짧은 훈련 기간이 끝나고 실제 작전에 투입되기 전, 김철수는 기태주에게 술이나 한잔하자고 했다. 두 사람은 재건축을 앞두고 있는 오래된 아파트 단지에 위치한 정보부 안전가옥으로 향했다.

"우리가 이런 곳도 안전가옥으로 두고 있었군요."

오래된 집 내부 장식이 신기해서 기태주는 집 구석구석을 둘러보았다. 두 사람은 집 식탁에 자리를 잡고 앉았다.

"오래된 곳이지. 한때 간첩이 은신처로 활용했던 곳이야. 그 간첩, 지금은 대한민국에 없지만 그때 이 집을 우리가 인수했지."

김철수의 눈가가 살짝 촉촉해졌다. 뭔가 떠오른 추억이라도 있는 모양이었다.

"나이가 들면 말일세, 이상하게 눈물이 많아져."

눈가를 손가락으로 닦아 내면서 김철수가 말했다. 기태주는 뭐라고 말하면 좋을지 몰라서 잠자코 있기만 했다.

"더 자세한 건 묻지 말게. 그랬다가는 자네를 죽여야 할 테니까."

눈물을 보인 게 민망했는지 김철수는 농담조로 말했다.

"나이 좀 있는 요원은 꼭 그 농담을 하더라고요."

"지금 이 교관이 늙었다고 놀리는 건가?"

기태주가 농담으로 받자 김철수는 이렇게 말하며 식탁 위에 술병을 내놓았다.

"위스키, 보드카, 죽엽청, 사케, 그리고 여기 소주도 있네."

"미국, 러시아, 중국, 일본, 그리고 우리나라?"

술병을 받아 들면서 기태주가 웃었다.

두 사람은 술병을 차례로 다 비웠다. 기태주는 평소 자신이 나름대로 술을 잘 마신다고 생각했는데 마주 앉아 대작하고 있는 김철수를 보고 있자니 자신이 김철수의 나이가 된다면 결코 이렇게는 못 마실 것 같다는 생각이 들었다.

"많이…… 배웠습니다, 교관님. 살아남게 되면, 그건 다, 교관님 덕분입니다."

꼬부라진 혀로 기태주가 말했다.

"살아남게 된다면 그건 순전히 자네가 잘해서지. 나랑은 관계없어."

"겸손하시기는."

기태주는 꼭 비아냥거리는 것처럼 말했다. 농담이긴 했지만 취하지 않았다면 결코 하지 않았을 말이었다. 스스로 말해 놓고도 내가 왜 그랬나 싶었다.

"이제 곧 투입되지?"

"예, 그렇습니다."

조금 전 비아냥거린 게 마음에 걸려서 기태주는 짐짓 예의 바른 척 말했다.

"이제 위험한 순간이 다가올 거야."

"그래서 훈련했잖습니까. 교관님 덕분에 살아남을 겁니다."

김철수는 입술을 굳게 다물고 고개를 저었다.

"외부에서 오는 위험한 순간은 어떻게든 넘길 수 있을 거야. 자네는 순발력이 있어. 임기응변에도 능하고. 총 든 놈? 칼 든 놈? 그런 건 아무것도 아니지."

김철수는 앞에 놓인 잔을 단숨에 비우곤 말을 이어 갔다.

"가장 위험한 순간은 혼자 있을 때 찾아와."

기태주는 대답을 할 수가 없었다. 무슨 말인지 알 수가 없었던 것이다.

"때가 되면 알게 될 거야. 내 말 명심하게. 혼자 있을 때가 가장 위험하다는 거."

다른 대화는 제대로 기억나지 않아도 이 말만큼은 또렷하게 기억이 났다. 김철수가 꼭 고장 난 녹음기처럼 이 말만 반복했기 때문이다.

다음 날 두 사람은 사우나에 들러 땀을 뺀 다음 점심 무렵 정보부로 출근했다. 그리고 악수를 하고 각자의 길로 향했다. 김철수가 간 곳은 알 수 없었다. 아마도 다른 작전의 고문 역할을 하게 될 것이라 짐작할 뿐이었다.

정보부의 팀 이름은 임의로 정해진다. 어떤 팀은 1팀, 2팀 이렇게 숫자를 붙여 부르고, 어떤 팀은 A팀, B팀 식으로 부르며, 또 어떤 팀은 꽃이나 도시 이름을 사용하기도 한다. 여기에는 어떠한 규칙도 없으며, 이를 위해 팀 이름을 정하는 프로그램이 따로 마련되어 있기도 하다.

이는 보안을 위한 조치다. 바로 옆 팀이라고 해도 무슨 일을 하는지 짐작조차 할 수 없어야 한다는 것이 정보부의 원칙 중

하나다.

기태주가 속한 팀 이름은 블루팀이었다. 그리고 블루팀이 맡은 첫 번째 임무는 바로 기태주의 잠입 수사였다. 목표는 부산진구釜山鎭區에 있는 밀입국 조직이었다.

블루팀을 이끄는 팀장 정의택은 언더커버 투입을 앞둔 기태주를 앞에 두고 마지막 당부의 말을 전했다.

"명심해. 이번 임무는 지난 정권 때 날아가 버린 대북 정보망을 복구하기 위해 기획된 거라는 걸."

이미 여러 차례 들은 말이었다.

"예, 이번 임무는 북한 조직에 잠입해서 수사할 요원을 양성하기 위한 작업으로, 제 역할은 어디까지나 그 프로토콜을 확립하는 데 있다는 거, 잘 알고 있습니다."

기태주는 정의택이 할 말을 미리 했다.

"그래서 부산에 있는 밀입국 조직으로 목표를 설정한 거야. 규모가 너무 작지도 않고, 크지도 않고. 혹시 나중에 문제가 생기더라도……."

"……밀입국은 해외 정보 관련이니까 우리 정보부 관할이라고 주장할 수도 있고요."

"그렇지."

정의택은 만족한다는 듯 긍정했다.

"자, 받아."

이번에는 위슬비 차례였다. 위슬비 역시 감준배와 마찬가지로 기태주의 정보부 동기였다. 위슬비는 이번 임무에서 기태주의 위장 신분을 준비했다. 위슬비가 기태주에게 내민 것은 기태주가 맡게 될 위장 신분을 증명할 서류와 문서 들이었다.

"네가 누군지 말해 봐."

위슬비가 여권을 흔들며 말했다.

"나는 서울에서 내려온 유흥업소 아가씨들 공급하는 브로커야. 이름은 진갑준. 나이는 서른둘. 서울에서 이쪽 일을 하면서 경력을 쌓다가 이번에 내 업소를 직접 열려고 하고 있어. 그래서 외국인 접객업소 여성을 구할 루트를 뚫으려고 하고 있고."

기태주가 말하자 위슬비는 흔들던 여권을 내주었다. 기태주가 여권을 받아 들자 이번엔 지갑을 내밀었다. 명품 로고가 박혀 있는 고급 가죽 지갑이었다. 안에는 진갑준의 주민등록증과 신용카드, 그리고 현금이 들어 있었다.

"한 30만 원 들었나?"

기태주가 지갑을 흔들면서 말하자 위슬비가 인상을 찌푸렸다.

"네 목숨이 들어 있어. 거기 안감 뜯어서 위치 추적 장치 넣어 뒀거든. 잃어버리지 마."

"기왕 하는 거 도청 장치도 박아 두지 그랬어?"

"지갑에 송수신기까지 넣으면 위험해. 고장 나기 쉽고, 두꺼워져서 수상하게 생각할 수도 있고."

이 대답은 감준배가 했다.

"내가 진갑준이 배경 만들기 위해서 무슨 고생을 했는지 잘 알지?"

"알아, 알아. 그 이야기 한 번만 더 들으면 백 번이다, 백 번."

기태주는 감준배가 범죄자로 위장해서 안양교도소에 수감됐고, 거기서 부산 백곰이라는 늙은 밀수범과 같은 방을 썼으며, 일주일 뒤에 부산 백곰이 자신의 후계자가 임진구라는 이름을 가진 자라는 걸 알려 줬다는 이야기를 이미 여러 차례 들었다. 물론 백 번까지는 안 됐지만 기분만큼은 백 번도 넘는 것 같았다.

"기태주, 조심해. 임진구라는 놈, 진짜 잔인한 놈이야. 살짝 편집증도 있는 것 같고. 밀입국한 동남아 여자들 중에서 말을 안 듣거나 병을 옮기거나 해서 문제를 일으킨 여자는 바다에 던져 버린다고 들었어. 그것도 직접, 자기 손으로 말이지."

"알았어. 조심할게."

"그럼, 그래야지. 우리 동기 중에서 기태주 네가 제일 먼저 팀장 달 놈인데. 몸조심해야지."

감준배는 이렇게 말하곤 기분 나쁘게 키득거렸다. 기태주는 감준배의 웃음소리는 무시했다.

"그래, 감준배 말 흘려듣지 마라. 너한테 들어간 국민 세금이 얼마나 많은지 다시 한 번 생각하라고. 네 몸은 네 몸이 아니야. 국민의 세금이지."

정의택이 당부했다. 하지만 기태주는 자신의 몸은 역시 자신의 것이라고 생각했다. 하지만 그 생각을 입 밖으로 내지는 않았다.

"그럼 잘 다녀와라. 다시 한 번 말하지만, 이번 작전에서 가장 중요한 건 너다, 기태주. 네가 멀쩡하게 살아 돌아와야 작전 성공이다. 무슨 일이 있어도 태주 네가 사지 멀쩡하게 돌아오는 걸 최우선으로 생각할 거다."

"내가 지켜 줄게, 태주야."

감준배가 키득거리면서 정의택의 말에 덧붙였다.

✤

마지막 브리핑을 마치고 기태주가 향한 곳은 시모레이라 공화국이었다.

시모레이라 공화국은 말레이시아와 인도네시아 사이에 위치한 작은 섬나라다. 21세기가 되어서야 오랜 왕정을 끝내고 공화국이 되었는데, 왕정 때 나라를 지배하던 귀족들이 여전히 통치권을 쥐고 있는 나라다.

정보부에서 시모레이라 공화국을 주목하는 이유는 비밀 예금 때문이다.

스위스는 비밀 예금을 포기한 지 오래고, 케이만 군도나 버진아일랜드는 테러 조직이 이용한다고 알려진 이후 세계 각국의 감시가 심하다. 이런 상황에서 시모레이라 공화국은 비밀 예금을 하려는 범죄자들이 주목하는 국가가 되었다.

이번 작전의 목표인 임진구 역시 시모레이라 공화국의 비밀 예금을 이용하는 것으로 파악되었다. 임진구는 불법으로 벌어들인 돈을 러시아와 중국에 있는 유령회사에 투자하는 방식으로 세탁한 후, 최종적으로 현금을 시모레이라 공화국에 예금하는 것으로 파악되었다.

그리고 시모레이라 공화국은 대한민국과 범죄인 인도 조약을 맺지 않았다. 임진구가 시모레이라 공화국을 택한 데에는 이 이유가 가장 클 거였다.

시모레이라 공화국으로 향하는 비행기 안에서 기태주는 임진구의 심복인 황창학의 얼굴을 떠올렸다.

임진구는 시모레이라 공화국 예금 관련 일을 심복인 황창학에게 맡기고 있다. 시모레이라 공화국 수도에 있는 비즈니스호텔 로비에서 황창학을 만나는 게 작전의 시작이었다. 황창학의 일거수일투족은 이미 정보부의 감시망 안에 있었다. 기태주는 황창학과 만나기 딱 좋은 시간대에 시모레이라 공화국으로 온 것이다.

비행은 쾌적했다. 시모레이라 공화국에 닿았을 때 하늘은 눈이 부실 정도로 맑았다.

기태주는 공항에서 택시를 타고 예약된 호텔로 향했다. 아직까지는 아무도 그를 주목하지 않을 것이다. 호텔에서 여권을 바꿔치기해 진갑준으로 신분을 바꾼 뒤에도 주목할 사람은 없다. 하지만 이제 호텔 로비에서 죽치고 있다가 임진구의 심복 황창학과 접촉하는 순간 모든 상황은 바뀔 것이다.

황창학을 찾기로 예정되어 있는 호텔로 가기 전, 기태주는 몇 군데를 들러서 황창학을 만난 후 벌일 공작에 차질이 없도록 사전에 감준배가 준비해 둔 업소들의 예약을 확인했다. 준비는 완벽해 보였다. 하지만 언제든 사고는 일어나는 법이라는 걸 기태주는 잊지 않았다.

시모레이라 공화국은 조용하고 작은 섬나라다. 국민 절반이 불교를 믿고, 특별한 자원이나 특산품도 없다. 하지만 천혜의 아름다운 자연환경은 시모레이라 공화국의 자원이다. 해마다 많은 신혼부부가 시모레이라 공화국을 찾는다.

기태주가 로비에 앉아 있는 호텔은 수도 한복판에 있는 비즈니스호텔이다. 이곳을 찾는 신혼부부는 거의 없다. 하지만 일 때문에 시모레이라 공화국을 찾는 사람이라면 관광 안내 책자에도 나오지 않는 이 호텔을 즐겨 찾는다.

저녁 시간이 되자 호텔 로비가 붐비기 시작했다. 잠시 이곳이 어느 나라인지 잊을 정도로 다양한 인종의 사람들이 로비를 오갔다. 그들 중 상당수가 시모레이라 공화국의 비밀 예금을 이용하기 위한 고객이리라. 기태주는 사람들 중에서 동양인을 유심히 살폈고, 그리 오래지 않아 황창학을 찾을 수 있었다.

황창학은 대머리에 키가 작고 통통한 체구의 50대 남자였다. 하와이언 셔츠에 반바지를 입고 선글라스를 낀 모습이 언뜻 보면 단순한 관광객 같았다. 하지만 덩치 큰 보디가드를 늘 대동하고 다니는 단순한 관광객은 없다.

"황창학 사장님?"

벗겨진 머리에 흐르고 있는 땀을 손수건으로 연신 훔치고 있는 황창학에게 말을 걸자, 옆에 서 있던 덩치가 재빨리 기태주를 막아섰다. 황창학은 눈살을 찌푸리면서 기태주를 위아래로 훑어보았다.

"누구신지?"

황창학은 쉽게 자신의 신분을 밝히지 않았다. 예상했던 반응이었다. 기태주는 훈련 기간 내내 준비했던 말을 해야 할 순간을 맞았다.

"학교 계시는 백곰 영감님 아시죠? 백곰 영감님한테서 들었습니다. 저는 임진구 회장님과 거래하고 싶어 하는 사람입니다. 이름은 진갑준이라고 합니다."

기태주가 품에서 명함을 꺼냈다. 황창학이 눈치를 주자 덩치가 명함을 받아서 황창학에게 전했다.

"그래. 진 사장. 진갑준 사장. 백곰 영감 소개라고요?"

경계심이 조금은 누그러진 투였다. 기태주는 기회를 놓치지 않았다.

"부산의 임진구 회장님과 거래하려면 이 방법밖에 없다고 들었습니다. 이 정보도 백곰 영감하고 빵, 아니, 학교 동기 먹었던 사람한테서 어렵게 들은 겁니다."

"백곰 영감, 거, 쓸데없는 소린……."

황창학이 명함을 주머니에 넣으면서 말했다.

"못 만나면 어떻게 하나 걱정 좀 했습니다. 사실 아는 거라고는 여기로 오실 거라는 정보와 이름 석 자뿐이었으니까요. 사실 옆에 서 있는 이 친구 덕분에 알아본 겁니다. 여행객 차림을 하고 이런 덩치를 끌고 다닐 한국 사람이 그렇게 많을 것 같진 않거든요."

"어허, 진 사장. 감은 좋은 편이신 것 같군요. 그나저나 비즈니스 방식이 좀 거친 편이신가 봅니다? 여기까지 찾아와서 날 못 만나면 어쩌려고……."

"어쩌긴요. 기왕 온 김에 관광이나 하다가 가는 거죠. 시모레이라 공화국, 쉬기 참 좋잖습니까."

"좋긴 개뿔이. 술집에 여자도 없고, 창녀도 없는 나라가 좋긴 뭐가 좋다고."

황창학이 투덜거렸다.

"아무리 그래도 술도 없는 브루나이 공화국보다는 여기가 낫지 않습니까? 오늘 일 다 끝나셨죠? 따라오시죠. 제가 좋은 곳으로 모시겠습니다."

황창학의 말에 기태주는 이렇게 맞장구를 쳐 주었고, 두 사람은 곧 미리 알아 둔 호텔 근처 술집으로 향했다.

남국의 밤은 서늘했다. 긴장을 늦춰서는 안 된다. 기태주는 스스로에게 다짐하면서 황창학을 안내했다. 가로등 불빛을 보고 날아든 날벌레들이 밤하늘 별보다 많았다.

술집에 도착하자 예약 손님을 알아본 종업원이 VIP룸으로 일행을 안내했다. 두 사람이 자리에 앉자 술상이 차려졌다. 과일 안주에 위스키와 맥주가 올라간 한국식 술상이었다.

"브루나이 공화국 이야기를 하셨는데, 거긴 술탄이 다스리는 이슬람 국가라 술집이 없지요. 하지만 노력을 기울인다면 브루나이에서도 술집을 찾을 수 있습니다."

기태주가 여유 있게 황창학의 술잔에 술을 채우며 말했다.

덩치는 술을 마시지 않는다고 했다.

"브루나이 공화국에서 술집이라. 그 노력이면 다른 걸 하는 게 나을 것 같은데."

"물론이지요. 그래서 여기 시모레이라 공화국에서 다른 노력을 기울였지요."

기태주가 손뼉을 두 번 크게 치자 여종업원이 들어왔다. 그러자 황창학의 눈이 크게 떠졌다. 한국에서 흔히 볼 수 있는 홀복 차림의 술집 여종업원이 들어오는 광경 때문이었다.

"그 노력을 여기에 기울였습니다. 자, 오늘은 일 얘기는 다 잊고 저하고 제대로 마셔 보시지요."

"진 사장 이 양반, 비즈니스를 좀 아는군!"

황창학은 흡족한 눈치였다.

얼마 후, 두 사람은 진탕 취했다. 다만 덩치는 술 한 잔 마시지 않고 멀뚱히 앉아서 옆자리의 여종업원만 주물럭거렸다.

"나 찾아온 거 말야. 잘한 거야. 아주 잘한 거야, 진 사장. 우리 임 회장 말야. 임진구 회장. 나이는 젊지만 일을 잘해. 너무 잘해! 그런데 의심이 진짜 너무너무 많은 사람이야. 그래서 첨 보는 사람은 절대로 믿지를 않아! 까딱 잘못하면 발에 공구리 쳐져서 부산 앞바다 물고기 밥 신세가 되는 거지. 게다가 우리가 하는 비즈니스가 말야. 이거, 위험한 일이잖아, 위험한 일."

"하하하. 일 이야기는 나중에 하시죠."

기태주는 웃으면서 다시 황창학의 잔을 가득 채웠다.

"아냐, 아냐. 술은 술이고, 비즈니스는 비즈니스지. 우리가 하는 일이 무슨 일인 줄 알아? 여기 있는 이 아가씨, 이런 아가씨들 들여오는 일이다, 그 말이야. 그런데 중이 제 머리 못 깎는다고, 내가 시모레이라 공화국에도 이런 곳이 있는 걸 몰랐네. 거참 한심하게. 진갑준! 진 사장은 참 대단해! 나도 못 찾은 곳을……."

"제가 이곳 시모레이라 공화국에서 황창학 사장님을 찾았잖습니까. 그 실력으로 찾은 겁니다."

"그래그래."

"그런데 제가 아가씨들 관리하는 법을 모릅니다. 그래서 수소문해 보니, 역시 부산 임 회장님과 거래를 해야겠더라 이 말입니다. 듣기로는 다른 데하고는 차원이 다르다고……."

"다르지! 암, 다르지!"

황창학은 기분 좋게 웃으면서 술잔을 비웠다.

"우리 임 회장, 일 처리 하나는 깔끔하다니까? 예를 들어서 인천 애들은 컨테이너 박스 빌려서 안에 뺑끼통 하나 넣어 주고 일주일씩 아가씨들을 굴려요. 그러면 아가씨들, 병들고 다치고 도망치는 애들 천지야, 천지! 하지만 우리 임 회장은 달라. 제대로 된 모텔에서 2인 1실 시스템으로다가 완벽하고 깔끔하게 관리하지. 하자가 있을 수가 없어!"

하자가 있을 수 없다는 말에 기태주는 임진구가 밀입국시킨 여자를 자기 손으로 바다에 던져 버렸다는 이야기가 떠올라서 섬뜩했다.

"그래서 제가 임 회장님하고 거래하려고 하는 거 아니겠습니까."

"그래그래, 진 사장! 나 진 사장이 아주 맘에 들었어!"

두 사람은 자정 넘어서까지 술을 마셨고, 술자리는 황창학이 여종업원과 함께 호텔방으로 가는 것으로 마무리되었다.

"동생도 재미 봐. 내일 찾아갈게."

헤어지기 전, 기태주는 호의로 덩치에게 말했지만 덩치는 원래 벙어리인 것처럼 말이 없었다. 참으로 무뚝뚝한 놈이구나 싶었다.

기태주는 함께 앉아 있던 덩치가 데리고 나간 여종업원의 2차 비용까지 지불하고 술집을 나섰다. 문득 이런 술집을 알아내기 위해 국가 권력까지 사용해야 했을 감준배의 노고가 씁쓸하게 여겨졌다.

"파든?"

함께 술을 마시던 여종업원이 그를 따라 나온 모양이었다. 기태주는 손을 흔들어 들어가라는 신호를 보냈다.

"파든? 미스터, 파든?"

그와 함께 술을 마시던 여종업원이 걱정스러운 눈빛으로 그를 바라보았다. 아마 자신이 뭔가 잘못한 게 아닐까 싶은 모양이었다.

"쏘리. 아임 게이."

기태주는 이렇게 말하곤 여종업원에게 지갑에서 지폐 몇 장을 꺼내 건네주었다. 그러고는 뒤도 돌아보지 않고 바로 호텔방으로 돌아왔다.

방에 들어온 기태주가 가장 먼저 한 일은 변기에 먹은 것을 모조리 토해 내는 일이었다. 그리고 뜨거운 물로 샤워를 했다. 정신이 들자 기태주는 김이 서린 거울을 닦아 내고 자신의 얼굴을 바라보았다. 취한 기태주가 멍한 얼굴로 자신을 마주하고 있었다.

"으아아아악!"

기태주는 자기도 모르게 고함을 내질렀다. 자신의 얼굴을 보는 일이 뭔가 참기 어려운 분노로 치밀어 올랐다. 하마터면 주먹으로 거울을 한 방 칠 뻔했다. 기태주는 샤워기 물을 찬물로 바꾼 다음 머리에 쏟아 부었다. 정신이 번쩍 들며 그제야 치밀어 오르던 분노가 잠시 주춤했다.

'가장 위험한 순간은 혼자 있을 때 찾아와.'

교관인 김철수가 해 줬던 말이 떠올랐다.

"때가 되면 알게 될 거라고 했지. 혼자 있을 때가 가장 위험하다는 거."

온수를 틀자 거울에 다시 김이 서리기 시작했다. 뿌옇게 흐려지는 자신의 얼굴을 보면서 기태주는 김철수가 했던 그 말이 무슨 뜻이었는지 조금은 이해할 수 있을 것 같았다.

다음 날 아침, 황창학은 기태주를 찾아왔다. 그러고는 꼭 친형제라도 대하듯 기태주를 대했다. 진갑준 사장이 벌일 사업에 대해서 세세하게 묻기도 했고, 밀입국 사업의 일화를 들려주기도 했다. 그때마다 기태주는 진갑준이 되어서 동남아 선원과 여자에 대한 인종차별적이면서도 성차별적인 농담들에 맞장구를 쳐 줬다.

두 사람은 같은 비행기로 한국에 들어왔다. 이것은 예정된 계획 밖의 일이었다. 하지만 예상 시나리오 범주 안에 있는 일이기도 했다. 기태주는 핸드폰을 이용해 문자로 위슬비에게 진행 상황을 알려 주었다.

인천공항에 내린 황창학은 출국할 때 주차시킨 차를 찾으며 인천에서 봐야 할 사업상의 업무가 있다고 했다.

"진 사장도 이제 우리 식구니까 알아 두면 좋을 거야."

"저도 따라갔으면 좋겠습니다만, 제가 서울에 잠시 들러서 봐야 할 업무가 있습니다."

"아, 이 사람 보게. 전화 됐다 뭐하나? 스마트폰을 들고만 다니면 뭐해? 사람이 스마트해야지. 요즘 세상에 전화로 해결 못할 일이 어딨어? 그리고 지금 진 사장한테 우리 임 회장하고 거래 트는 것보다 중요한 일이 또 있나? 잔말 말고 얼른 따라와."

어쩔 수 없이 기태주는 황창학과 함께 인천 시내를 돌아다녀야 했다. 덩치가 운전기사 역할을 했다. 황창학이 거래처에 들러 사람을 만나고 이야기를 나누는 동안, 기태주는 조심스럽게 주위를 살펴보았다. 정보부 현장 요원들이 자신을 감시하고 있을 법한데 눈에 띄는 사람이 전혀 없었다.

'혹시 버려진 건 아닐까?'

그럴 리가 없다는 것을 알면서도 기태주는 자신의 마음속 깊은 곳에서 피어오르는 의심을 거두기가 힘들었다. 시모레이라 공화국 호텔방에서 샤워를 하며 보았던 자신의 얼굴이 자꾸 떠올랐다. 뿌옇게 사라지는 자신의 얼굴과 함께 김철수의 말이 떠올랐다.

　일단 정보부에 현재 상황을 알려야 했다. 원래 계획대로라면 강남에 마련된 진갑준의 집으로 위장한 안전가옥으로 돌아가야 했지만 일이 그렇게 풀리지 않았기 때문이다. 하지만 혼자 있을 기회를 잡기가 쉽지 않았다.

　"진 사장, 무슨 생각을 그렇게 골똘하게 해?"

　건물주를 만나는 자리에서 황창학이 물었다. 부동산 관련 대화가 오가던 중이었다.

　"아, 아닙니다."

　"진 사장한테 부동산 비즈니스 쪽 조언을 좀 얻을까 했더니, 뭘 그렇게 넋 놓고 있어?"

　기태주는 멍하게 있다가 그만 대화를 놓쳤기 때문에 제대로 된 답을 내놓을 수가 없었다.

　"죄송합니다. 잠시 화장실 좀……."

　자리에서 일어서며 기태주가 말했다.

　"이 친구, 똥마려우면 똥마렵다고 말을 하지, 촌스럽기는!"

　황창학은 서둘러 화장실로 향하는 기태주의 등 뒤에 대고 비웃음을 던졌다. 하지만 기태주는 얼른 화장실로 가서 전화로 정보부에 연락할 생각뿐이었다.

하지만 그 바람은 이루어지지 않았다. 건물 화장실에 들어섰을 때, 친숙한 얼굴이 그를 기다리고 있었기 때문이다.

"큰일 보실 겁니까? 여기 소독을 해야 하는데."

감준배였다. 감준배는 해충 방제업체 작업복을 입고서 시큰둥한 표정을 하고 있었다. 같은 작업복을 입은 정보부 현장 요원들이 화장실 이곳저곳에 뭔가를 설치하고 있었다.

"아, 잠깐이면 됩니다."

기태주가 말하자 감준배가 신호를 보냈다. 그러자 현장 요원들이 재빨리 화장실 문을 닫고, 입구에 '소독 중' 팻말을 걸며, 그와 동시에 도청 방지 장치를 작동시켰다. 순식간에 화장실을 보안 구역으로 만든 것이다.

"여기서 내가 화장실 들를 건 어떻게 알았어?"

"몰랐어. 공항에서부터 계속 따라왔지. 한 번은 갈 테니까."

감준배는 피식 웃었다.

"계속 따라올 거야?"

"너 따라다니는 요원만 열두 명이야. 조금도 걱정할 필요 없어."

"걱정하지 말란 소리 하려고 이 난리를 피우는 건 아닐 테고……."

"물론 아니지. 이거 필요한 상황이야?"

훈련 때 잡았던 토카레프 권총이었다. 기태주는 고개를 저었다.

"애써서 훈련하긴 했지만 지금은 필요 없을 것 같아. 그걸 가지고 갔다가는 오히려 지금까지 쌓아 둔 신뢰가 사라질 우려가 있어."

감준배는 알았다는 듯 고개를 끄덕였다.

"좋아. 임진구 패거리 녀석들 정보는 어느 정도 얻었어?"

"밀입국 수법이랑 돈세탁하는 방법을 알아냈어."

"빠르네?"

살짝 비꼬는 투였지만 기태주는 무시했다.

"그럼 이제 부산 내려가서 거래 계약하고 약속 잡아서 시간, 장소 알려 줘. 그걸로 네 임무는 끝이야. 거기서부터는 부산 경찰이 맡을 거야."

"알았어."

"이번 임무는 네 안전이 무조건 최우선이야. 조금이라도 일 틀어지면 바로 부산 경찰 들어간다. 그러니까 아무 걱정하지 말고 네 몸이나 챙겨. 알잖아. 동기 중에서 제일 먼저 팀장 달 놈이니까 몸조심해야 한다는 거."

감준배가 원래 자주 하는 소리였지만 이번에는 키득거리지 않았다. 기태주는 어쩐지 그것이 무슨 징조 같아서 불길했다.

"자, 이제 그만 좀 나가 주십시오. 저희는 저희 일을 해야 하니까요."

감준배가 반쯤 농담조로 말했다.

"손 좀 씻고 나갑시다."

기태주는 손을 씻고 난 후 황창학에게 돌아갔다.

"변빈가? 뭐 이렇게 오래 걸려?"

황창학이 농담을 던졌다.

"무슨 소독을 한다더군요. 제대로 일도 다 못 봤습니다."

"아, 화장실 방역 말씀하시는군요. 시청에서 하필 오늘 해야 한다고 하더라고요. 이거, 불편을 끼쳐 드려 죄송하게 됐습니다."

황창학과 이야기하던 건물주가 사과했고, 기태주는 괜찮다고 했다.

일을 마친 황창학은 인천에서 부산으로 이동했고 기태주도 함께했다. 황창학은 쇠뿔도 단김에 빼야 한다며 바로 임진구를 만나러 가자고 주장했다.

"오늘 저녁 같이 먹자고, 저녁. 비즈니스 이야기는 내가 알아서 할 테니까 진 사장은 가만히 앉아만 있으라고. 임 회장, 말 많은 거 별로 안 좋아해."

"그래도 사업이라는 게 좀 신중하게 진행해야 할 때가 있을 텐데 말이죠."

"진 사장 이야기, 벌써 부산에 다 알려 줬어. 어떤 사람이고, 무슨 일 하고, 우리랑 뭘 하려고 하는지 전부 다. 비즈니스는 전부 내가 알아서 한다고 했잖아. 잠깐 눈이나 붙여."

황창학은 이렇게 말하고는 진짜로 잠이 들어 버렸다. 기태주도 눈을 감기는 했지만 잠이 오질 않았다. 황창학의 말에 따르면 부산의 임진구 패거리는 이미 진갑준의 신분을 확인했을 게 분명했다.

'만약 진갑준 신분을 만들다가 감준배가 실수라도 했다면?

아니면 내가 뭔가 실수를 했는데 전혀 모르고 있는 거라면? 혹시 이 길이 죽으러 가는 길은 아닐까?'

일이 조금이라도 틀어진다면 작전은 중지라고 하긴 했지만, 그럼에도 불구하고 기태주는 불안감을 지울 수가 없었다. 자꾸 간밤에 본, 김이 서린 거울 너머 비친 자신의 얼굴이 떠올랐다.

해 저문 부산은 시모레이라 공화국 수도의 밤과 별반 다를 바 없는 야경이었다. 도시의 불빛은 세계 어느 나라나 크게 다를 바 없다. 별로 힘든 일을 하지 않았음에도 불구하고 기태주는 피로가 몰려와 몸이 무거웠다.

부산진구에 들어선 차는 아파트 단지와 상가 몇 개를 지나 골목길로 접어들었다. 차 한 대가 아슬아슬하게 다닐 수 있는 좁은 길을 지나 차가 멈추어 선 곳은 별로 특이할 것도 없는 어떤 집 앞이었다.

"차 대 놓고 와라."

차에서 내린 황창학이 손으로 전화하는 시늉을 하며 덩치에게 말했다. 기태주도 따라서 차에서 내렸다. 덩치는 고개를 숙여 알겠다는 신호를 보내더니 차를 몰고 골목 저편으로 사라져 버렸다.

"갑시다, 진 사장."

황창학은 긴장한 눈치였다. 작전에 들어가기 전 들었던 임진구의 포악한 심성이 떠올라 기태주도 덩달아 긴장하지 않을 수 없었다. 황창학의 태도로 보아 적어도 그의 신분이 노출되지 않은 건 분명했다. 아니, 정확하게는 그의 신분이 황창학에게 노출되지 않은 게 분명하다고 해야 할 거였다.

기태주는 냉정해지자고 다짐했다. 여기까지 온 이상, 반드시 끝을 보아야 했다. 비록 보이진 않는다고 해도 열두 명도 넘는 정보부 요원들이 근처에서 그를 주시하고 있을 테니 두려워할 것도 없었다.

두 사람은 집으로 들어섰다. 정원이 있는 집이었다. 밖에서 본 것과는 달리 비좁은 골목 주택가에 있는 집치고 상당히 규모가 있었다. 작은 연못이 있는 정원 한쪽에 있는 대형견 두 마리가 눈에 들어왔다. 두 마리 다 시커멓고 사납게 생긴 개였다.

"저거 로트바일러야, 진 사장. 전 세계에서 가장 힘센 개지. 멧돼지도 잡는다고, 저놈들."

"그렇군요."

처음 들어 보는 견종이었지만 사납고 힘이 세다는 건 한눈에 알아볼 수 있었다.

정원을 지나 집 앞 출입문에 이르자 어깨 둘이 지키고 서 있었다. 둘 다 한눈에 조폭이라는 걸 알아볼 수 있는 인상이었다. 기태주는 그 둘이 로트바일러와 닮았다는 생각을 했다.

집 안으로 들어서자 거대한 샹들리에가 먼저 눈에 들어왔다. 그리고 그 밑으로 샹들리에에서 뿜어져 나오는 빛을 받아 찬란하게 빛나는 난장판이 펼쳐져 있었다. 술상을 한 번 뒤엎은 모양이었다. 바닥에는 술병에 유리잔, 과일이 굴러다니고 있었고, 그 사이사이로 담뱃재와 휴지, 그리고 정체를 알고 싶지 않은 덩어리가 뒤섞여 있었다.

임진구의 얼굴은 알고 있었다. 30대. 짧은 머리. 단단한 체구. 하지만 사진에서 본 임진구와 달리 실제 임진구는 침을 질질 흘리고 있었다. 오른손에는 연기가 피어오르는 두꺼운 시가를 들고 있었고, 왼손은 20대 초반으로 보이는 벌거벗은 동남아 아가씨의 허리를 두르고 있었다.

"화, 황 사장……."

임진구가 힘겹게 말을 했다.

"다녀왔습니다, 회장님."

"어, 그, 그래……."

기태주는 임진구가 단순히 술에 취한 게 아니라는 걸 눈치챘다. 마약이었다. 동공이 확장되어 있었고, 온몸이 땀에 젖어 고약한 악취가 풍기고 있었다. 바닥에 떨어져 있는 하얀 가루를 보니 아마도 헤로인이 아닐까 싶었다. 무슨 마약인지 확신할 수는 없었지만 그 약을 글자 그대로 뇌가 녹아내릴 정도로 한 건 분명했다.

"진갑준입니다."

기태주는 허리를 깊게 숙여 임진구에게 인사했다. 그러나 임진구의 초점은 동남아 아가씨의 가슴골에 머물러 있었다.

"일 이야기는 나중에 하는 게 어떨까요?"

기태주가 황창학에게 귓속말을 했다.

"아냐, 아냐. 그럴 필요 없어. 이리 와 앉아요, 진 사장."

황창학은 소파에 뒹굴고 있는 쓰레기를 치우곤 자리를 만들어서 앉으며 말했다. 마치 임진구와 만날 때는 늘 이런 식이었다는 듯 태연했다. 이곳에 들어오기 전 볼 수 있었던 긴장된 표정은 없었다.

기태주는 황창학 앞에 앉았다. 앉기 위해 의자 위에서 과일 껍질과 마약 찌꺼기가 담긴 접시를 내려놓아야 했지만 불편한 건 그게 아니었다. 불편한 건 임진구의 얼굴이었다.

임진구는 히죽거리고 있었다. 기태주가 살고 있는 세상이 아니라 다른 세상에서 살고 있는 사람 같은 얼굴이었다.

"진 사장, 한 잔 해."

황창학이 태연하게 잔을 권했다. 기태주는 임진구의 눈치를 살피며 잔을 받았다.

"진 사장, 이거 조니워커 블루야. 우리 회장님이 즐겨 마시는 거지. 부산 세관 통과해서 들어오는 것 중에 절반은 우리 회장님이 마실걸? 안 그렇습니까, 회장님?"

황창학이 농담을 했지만 임진구는 대화의 내용을 전혀 이해하지 못하고 있는 것 같았다. 오직 자신이 품고 있는 동남아 아가씨의 가슴에만 모든 신경이 집중되어 있는 모양이었다.

황창학은 잔을 비웠다. 그러고는 자기가 알아서 잔을 채웠다. 기태주는 술 생각이 나질 않아서 그저 잔만 바라보고 있었다. 뭐라고 말을 꺼내긴 해야 할 것 같은데 무슨 말을 해야 좋을지 알 수가 없었다. 이럴 땐 그저 잠자코 있는 게 좋을 것 같았다.

어색한 침묵이 흘렀다. 그리고 그 침묵은 시모레이라 공화국에서부터 이곳까지 동행한 덩치가 들어올 때까지 이어졌다.

"어, 어서들 와, 동생들."

덩치는 혼자 오지 않았다. 한눈에 봐도 조폭이라는 걸 알 수 있는 덩치들을 다섯이나 데리고 들어왔다. 다섯은 임진구와 황창학에게 90도로 허리를 꺾어 인사했다.

"그리고 여기 진 사장, 진갑준 사장한테도 인사드려. 서울서 오셨고, 앞으로 우리랑 같이 비즈니스 하실 분이야."

"반갑습니다, 사장님!"

다섯 명이 일제히 구령을 맞추듯 인사를 했다. 기태주는 어색하게 목례로 인사를 받았다.

"여기 진 사장님, 대단하신 분이야. 강남에서 유흥업소도 여럿 관리하고 있고, 거기에 빌딩도 있다고. 그 빌딩이 그 유명한 서태지 빌딩 근처죠?"

"예. 선릉역 부근입니다."

감준배가 애써서 미리 준비해 둔 진갑준의 과거 이력을 써먹은 건 이번이 처음인 것 같았다. 선릉역 근처 빌딩 하나를 진갑준 명의로 해 놓은 건 감준배의 사전 공작이었다. 이미 황창학은 나름대로 진갑준의 뒷조사를 마쳤으리라.

"그럼 소개도 했으니까 비즈니스 이야기를 합시다."

황창학은 이렇게 말하곤 기태주에게 어서 말을 하라는 신호를 보냈다. 기태주는 어떻게 해야 하나 잠시 망설이다가 임진구를 향해 자신이 준비해 온 말을 시작했다.

'진갑준' 자신이 원래 강남에서 아가씨 영업을 했다는 이야기부터 시작해서 맨손으로 강남에 빌딩을 산 입지전적인 이야기를 거쳐, 결국 자신이 직접 업소를 운영하기로 했으니 아가씨 공급이 원활하게 이루어질 수 있도록 임진구와 사업을 했으면 좋겠다는 이야기까지.

하지만 임진구는 대화 내용을 전혀 이해하는 눈치가 아니었다. 그래서 중간에 몇 번이고 기태주는 대화를 끊으려고 했지만 황창학은 계속하라는 신호를 보냈고, 그래서 결국 끝까지 준비된 말을 다 해 버리고 말았다.

"좋군요, 진 사장. 비즈니스는 여기까지 하죠. 호텔까지 모셔 드려."

이야기가 끝나자 황창학이 덩치에게 신호를 보냈고 덩치는 기태주를 밖으로 안내했다.

차 있는 곳까지 가는 내내 덩치는 아무 말도 하지 않았다. 기태주는 지금 무슨 일이 일어나고 있는 건지 몰라서 어안이 벙벙했다. 뭐라고 말이라도 걸어 보려고 했지만 무표정한 덩치의 얼굴을 보고 있자니 입이 안 떨어졌다.

"타십시오, 진 사장님."

덩치가 차 문을 열어 주면서 말했다. 기태주는 얼결에 차에 올랐다. 차는 곧 출발했고, 덩치는 여전히 무슨 말을 해도 대꾸하지 않겠다는 듯 굳은 얼굴로 운전대를 잡았다.

"방 잡아 놨습니다, 진 사장님."

차는 관광호텔 앞에 멈췄다. 덩치는 먼저 차에서 내려 차 문을 열면서 기태주에게 열쇠를 내밀었다. 805호였다.

"내일 모시러 오겠습니다, 진 사장님."

덩치는 허리를 꺾어서 인사하곤 차를 타고 돌아갔다. 기태주는 순식간에 혼자가 되어 버렸다. 인천공항에서부터 지금까지 혼자가 된 건 화장실에 갔을 때 한 번뿐이었다. 일이 너무 쉽게 풀렸다는 생각에 나리에서 힘이 풀렸다. 하지만 곧 정보부 요원의 감이 살아났다. 혼자 있을 때가 가장 위험한 때라는 김철수의 말이 다시금 떠올랐다.

'놈들은 방을 미리 잡아 뒀어. 도청 장치를 설치했을 수도 있고, 감시 카메라를 달아 놓았을 수도 있지.'

그렇다고 다른 방을 잡으면 의심을 살 우려가 있었다. 기태주는 일단 방을 나와서 호텔 로비에 있는 화장실로 들어갔다. 그리고 변기가 있는 칸으로 들어가 정보부로 문자를 보냈다.

— 놈들이 잡아 준 805호에 투숙. 내일 찾아오겠다고 했음.

문자는 보낸 순간 자동으로 기록이 삭제되었다. 만약 핸드폰을 빼앗긴다고 해도 놈들이 알아낼 수 있는 건 없을 거였다.

화장실에서 나온 기태주는 805호로 돌아갔다. 혹시 누군가 기다리고 있지 않을까 하는 의심이 들었다.

'만약 누군가 나를 기다리고 있다면?'

정보부? 그렇게는 하지 않을 것 같았다. 놈들이 잡은 호텔방에서 기다리는 건 너무 위험한 일이다. 그렇다면 임진구 패거리? 내일 온다고 했으니 그럴 가능성은 낮았다. 혹시 여자를 넣어 주는 나름의 호의를 베푸는 게 아닐까 싶은 생각도 들었다.

결과는 어느 쪽도 아니었다. 호텔방은 비어 있었다. 기태주는 아주 긴 샤워를 하고 간만에 편한 마음으로 침대에 누울 수 있었다.

'아마 사업 이야기는 임진구가 아니라 황창학이 진행하는 모양이지. 그렇다면 내일 밀입국한 여자들을 인수할 날짜 약속만 잡으면 그걸로 끝이야. 그럼 난 서울로 가서 안전가옥에서 잠수타고 쉬고 있으면 되겠지. 그러다가 약속한 날이 되면 부산 경찰이 현장을 덮칠 거고. 이 이상으로 내가 나서야 할 일은 없어. 어디까지나 정보부 업무는 필요한 정보를 필요한 곳에 제공하는 거니까.'

기태주는 이런 생각을 하면서 잠이 들었다.

♣

꿈을 꾼 것 같았다. 내용이 기억나진 않았지만 달콤한 꿈이었다. 그리고 그 꿈은 너무 짧게 끝나 버렸다. 누군가 그를 흔들어 깨웠기 때문이다. 처음에는 감준배가 아닐까 했다. 하지만 눈앞에 있는 건 낯익은 덩치였다.

"버, 벌써 아침인가?"

눈을 비비며 기태주가 말했다.

"새벽 3십니다, 진 사장님."

덩치는 기태주의 옷을 들고 있었다.

"챙겨 입으십시오. 가실 곳이 있습니다."

"아니, 이 새벽에……."

"제가 내일 오겠다고 하지 않았습니까, 진 사장님. 자정 지났습니다."

역시나 꽉 막힌 목소리였다.

"준비하시죠."

옷을 주섬주섬 챙겨 입기는 했지만 머리가 통 돌지 않았다. 잠에서 막 깨서 그런 것도 있었고, 너무나도 갑작스러운 상황 때문에 혼란스러운 것도 있었다. 하지만 기태주는 그러면서도 지갑을 챙기는 건 잊지 않았다. 추적 장치가 들어 있는 지갑은 이런 상황에서는 그의 생명줄이나 마찬가지였다.

"아니, 굳이 꼭 이 새벽에 봐야 하는 게 맞는 건가?"

핸드폰을 챙기면서 기태주가 물었다. 하지만 덩치는 그저 굳게 입을 다물고 있었다. 기태주는 덩치와 대화하는 것을 포기했다.

덩치가 호텔 앞에 서자 차가 도착했다. 인천공항에서부터 덩치가 몰았던 차였다. 운전기사는 따로 있었고, 뒷좌석에 한 사람이 더 앉아 있었다. 처음 보는 얼굴이었다. 기태주가 뒷좌석에 타자 덩치가 바로 따라 탔다. 기태주는 두 조폭 사이에 끼어 앉은 꼴이 되었다.

"진 사장님, 죄송합니다만 보안 때문에……."

처음 보는 얼굴이 이렇게 말하면서 기태주의 얼굴에 두건을 씌웠다. 이런 경우에 대비해 기태주는 엔진 기동음과 외부 차량 소리, 그리고 시간을 이용해서 방위와 거리를 측정하는 훈련을 받은 적이 있었다.

'시속 60킬로미터 안팎으로 이동 중이군.'

하지만 그뿐이었다. 방향은 도저히 알 수가 없었다. 두건을 뒤집어쓰고 있자니 짐작조차 가질 않았다. 기태주는 자신을 따라다니고 있다는 열두 명의 요원을 믿어 보기로 했다. 하지만 그 열두 명이 실제로 존재하는 건지, 아니면 그냥 안심시키기 위해서 감준배가 꾸며 낸 말인지, 혹은 실제로 존재한다 해도 이 시간까지 잠도 자지 않고 자신을 지키고 있을지가 의문이었다.

'혼자 있을 때가 가장 위험할 때다.'

기태주는 다시금 이 말을 되새겼다. 시각이 차단되니까 별 잡생각이 다 떠오르는 것뿐이라고 스스로를 타일렀다.

'믿자. 정보부를 믿자. 감준배를 믿자.'

이런 생각이 두근거리는 심박동 수를 낮출 수는 없었지만 그래도 믿자고 결심을 하고 나자 마음만은 편해졌다. 그러고 나니 머리가 돌아가기 시작했다.

놈들이 그를 납치한 이상 부산 경찰이 개입할 여지는 생겼다. 아마도 정보부에서는 작전을 중단하려 들 거였다. 이번 작전의 가장 큰 목표는 잠입 수사의 프로토콜을 확립하고 인적 자원을 얻는 것이므로.

하지만 이대로 작전이 중단된다면 얻을 수 있는 것은 고작 이 일을 꾸민 놈, 어쩌면 이 차에 탄 놈들 정도만 납치로 엮는 것이 전부일 거다. 정보부가 수개월 동안 시간과 인력, 자금을 투입해서 얻은 결과치고는 처참한 실패에 가까운 수확이다. 이 정도 투자라면 밀입국 조직을 일망타진하지 않고는 성공이라고 말할 수 없는 상황인 것이다.

'그렇다면 지금 도대체 누가 나를 납치하고 있는 걸까?'

차가 멈추어 섰다. 비록 두건 때문에 볼 수는 없었지만 기태주는 이곳이 호텔에서 대략 15킬로미터 정도 떨어진 곳이라고 추측했다. 그리고 그 방향은 아무래도 북쪽일 것 같았다. 공기 중에 섞여 있는 부산의 바닷바람에 소금기가 적었기 때문이다. 하지만 그건 단순히 두건 때문일 수도 있었다. 결국 끌려가는 도중에 몇 가지 추측을 하기는 했지만 무엇 하나 명확하지 않은 상태로 기태주는 황창학을 마주하게 되었다.

두건이 벗겨졌을 때, 기태주는 사방에 폐차된 자동차가 쌓여 있는 것을 볼 수 있었다.

"황 사장님, 이게 무슨 일입니까?"

두건을 벗은 기태주는 황창학에게 짜증을 내듯 말했다. 결국 이 일은 황창학의 돌발 행동인 모양이었다. 기태주는 불안감을 감추기 위해 짐짓 불쾌하다는 듯 찌푸린 표정을 지었다.

"무슨 일이긴. 비즈니스지, 비즈니스."

황창학은 의자에 앉아 있었다. 도대체 폐차장까지 저 커다란 안락의자를 어떤 방법으로 날랐을지 궁금했다. 황창학 뒤편으로 시동이 걸려 있는 차에서 헤드라이트 빛이 뿜어져 나오고 있었다.

"새벽 3시에? 자는 사람 깨워서? 이게 뭡니까?"

눈이 부시다는 것을 노골적으로 표현하기 위해 손으로 손차양을 만들며 기태주가 물었다.

"내 방식이라고 해 두지. 진 사장도 잘 알 텐데, 우리 비즈니스는 늘 이런 식이라는 거?"

황창학은 여유 있게 다리를 꼬면서 말했다. 기태주는 대답하지 않고 생각을 해 봤다.

지난 몇 달간의 노력이 이런 식으로 황창학 단 한 명의 미친 짓 때문에 어긋나 버렸다고 생각하니 분통이 치밀었다.

"진 사장, 오늘 우리 임 회장하고 이야기하는 조건 다 들었어. 그 조건, 다 잊어버려."

그렇다면 황창학이 노린 건 좋은 조건인가? 그거라면 얼마든지 들어줄 수 있는데.

"잊어버리라면?"

"더 싸게 해 주겠어. 비즈니스잖아, 비즈니스."

"대신 원하는 게 있겠죠? 그게 뭡니까?"

기태주는 재빨리 본론으로 들어갔다. 어쩐지 이번 작전을 중단시키지 않을 수 있는 길이 열리겠다는 예감이 본능적으로 들었기 때문이다.

"진 사장이 가지고 있는 강남 빌딩 지분."

황창학이 말했다. 순간 머릿속에 번갯불이 번득이는 것 같은 기분이 들었다. 황창학이 원하는 게 뭔지 알 것 같았다. 그리고 이런 폐차장으로 불러 거창하게 쇼를 하는 이유도 알 수 있을 것 같았다.

"임 회장은 건너뛰자는 건가요?"

기태주가 진갑준의 목소리로 물었다. 기묘하리만치 낮고 침착한 음성이었다. 황창학은 대답을 피하며 헛기침을 한번 했다. 기태주는 말을 이었다.

"나야 장사하는 사람이니까 상대가 임 회장이건 황 사장님이건 상관없긴 하죠. 하지만 앞으로 같이 사업을 하게 될 사이인데 비밀이 너무 많은 건 아무래도 걸리는군요. 황 사장님, 임 회장을 처리해 버리신 겁니까?"

기태주가 단도직입적으로 물었다. 황창학은 잠시 생각을 하는 눈치였다.

"봤잖아, 진 사장. 임 회장은 이제 일 더 못 해. 약에 쩔었어. 임 회장은 이제 약쟁이야."

기태주는 임진구가 마약중독자가 된 건 황창학의 사주에 의한 것임이 틀림없다고 생각했지만 그 이야기는 입 밖으로 내지 않았다.

"그러니까 임 회장을 빼고, 이제 직접 뛰시겠다는 거군요. 그것도 강남에 지분까지 가지고 있는 전국구 조직으로 키워 보시겠다는 거고. 그리고 그 이야기를 알아듣게 하기 위해서 이렇게 새벽에 절 불러내셨고요. 맞습니까, 황 사장님?"

기태주는 이렇게 물었다. 황창학은 헛기침을 했다. 헤드라이트의 역광 때문에 표정을 정확하게 볼 수는 없었지만 틀림없이 당황한 눈치였다.

"알겠습니다. 강남 빌딩 지분으로 계약하죠. 하지만 조건은 공평하게 해야겠지요?"

"그야 그렇지."

황창학은 다리를 꼬면서 말했다. 허세라는 게 심하게 티가 나는 목소리였다.

"저도 같이 일하는 사람이 있으니 전화 한 통 해야겠습니다."

기태주는 품에서 자신의 핸드폰을 꺼냈다.

"전화?"

"말씀하셨잖습니까. 스마트폰을 쓰기만 하면 뭐하냐고. 사람이 스마트해야 한다고. 빨리빨리 처리해야죠. 비즈니스니까."

기태주는 번호를 눌렀다. 만약을 대비해서 절대 잊지 않도록 외우고 또 외운 번호였다. 신호음이 떨어지자 황창학이 손짓을 보냈다. 그러자 덩치가 기태주에게 다가와 핸드폰에 귀를 댔다. 기태주는 덩치를 잠시 노려보다가 포기했다는 듯 그냥 통화에 집중했다.

— 전화를 받지 않아 소리샘으로 연결하오니 삐 소리가 들리면…….

"아, 씨발! 이럴 때 전화가 안 되네."

안내 음성이 다 끝나기도 전에 기태주는 이렇게 말하고 전화를 끊었다.

"이 새벽에 전화가 쉽게 될 리가 있나."

황창학이 이죽거렸다.

"알겠습니다. 내일 합시다, 내일. 내일 지분 정리할 내역 가지고 오라고 제 변호사한테 말해 두겠습니다. 그럼 늦어도 내일 저녁 먹고 나서는 이 계약, 이어 갈 수 있을 겁니다."

"좋았어!"

의자에서 일어서며 황창학이 환하게 웃었다.

"진 사장 비즈니스 스타일, 아주 맘에 들어! 앞으로 우리 잘해 봅시다!"

황창학이 손을 내밀었다. 기태주는 그 손을 맞잡았다.

⁂

작전이 끝나고 위슬비와 함께 침대에 누웠을 때, 위슬비는 그때 일을 이렇게 회상했다.

"그때 부산 경찰이 어느 정도 가까이 접근했는지 알아?"

"언제?"

"자동 응답기에 암호 남겼을 때."

"자동 응답기?"

"응. 나한테 직통으로 오는 그 번호 말야."

"'아, 씨발! 이럴 때 전화가 안 되네.' 이거 했을 때 말이구나. 꽤 가깝지 않았어?"

"3분 거리였어, 3분 거리. 태주 네가 3분만 늦게 전화를 했어도 작전은 거기서 끝났을 거야."

기태주의 가슴팍에 몸을 묻으며 위슬비가 말했다.

기태주가 상황 파악을 못 하고 3분만 더 지체했다면 작전은 틀림없이 실패했을 거였다. 하지만 기태주가 제때 전화를 한 덕분에 이후 일은 계획대로 진행되었다.

가짜 계약서에 낚인 황창학은 기뻐하며 밀입국한 동남아 여자들을 인수할 시간과 장소를 정해 주었고, 거래가 벌어진 날 황창학이 만난 건 부산경찰청 소속 기동대원들이었다.

기태주는 이렇게 첫 번째 잠입 수사를 성공적으로 끝낼 수 있었다.

2

카린카, 또는 월드컵파

대한민국 국가정보부 2과 과장 신기찬은 한강 둔치에서 강바람을 맞고 있었다. 자정에 가까운 시간이었다. 평소라면 퇴근하고 집에서 푹 쉬다가 잠자리에 들 준비를 하고 있을 터였다.

생각보다 바람이 찼다. 차로 돌아가서 기다릴까 생각하는데 멀리서 검정색 세단이 헤드라이트를 깜빡이면서 접근했다. 시계를 보았다. 약속 시간보다 조금 일렀다.

'급하긴 급했나 보군.'

신기찬은 이렇게 생각했다.

세단이 바로 앞에서 멈췄다. 차 문이 열리고 안에서 신기찬을 맞은 것은 여당의 고위 당직자였다.

"강바람 맞아서 얼굴 다 트겠다. 대학 동기 동창한테 이거 너무하는 거 아니냐?"

신기찬은 차 안으로 몸을 들이며 대뜸 분통을 터뜨렸다.

"미안하다. 알잖아. 요즘 나 따라다니는 눈 많은 거."

여당 고위 당직자는 정치인다운 부드러운 미소를 지으면서 이렇게 말했다.

"알지. 기자들 따라다니는 거. 그러게 돈 받는 건 조심했어야지."

"무슨 소리야? 나 돈 받은 적 없어. 그거 다 헛소문이야, 헛소문. 큰일 날 소리."

고위 당직자는 화들짝 놀라며 손을 휘휘 내저었다.

"돈 받은 적 없는데 기자들이 그렇게 따라다니냐?"

신기찬은 놀리는 투였다.

"기자 놈들 원래 천성이 그래. 뭐 먹을 거 없나 여기저기 기웃거리는 들개 같은 놈들이지. 다 알면서."

"그래그래, 알았다 치자. 그나저나 자정에 대한민국 정보부 2과 과장을 불러다 놓고 원하는 게 도대체 뭐냐?"

"기찬아, 나, 마누라 있잖냐."

"알지. 너 마누라 있는 거. 결혼식도 갔었는데 그걸 왜 모르겠냐."

"……마누라가 마약 한다."

여당 고위 당직자는 잠시 뜸을 들이다가 간신히 말했다. 신기찬은 농담이 아니라는 걸 확인할 때까지 아무 반응도 보이지 못했다.

"제수씨, 어쩌다 그렇게 된 거냐?"

신기찬은 조심스럽게 물었다.

"주사 놓는 거 나한테 딱 걸렸다. 어떻게 된 거냐고 물어봤는데 말을 안 해. 경찰서 가서 자수시키고, 기자회견 열어서 정면 돌파할까 생각도 해 봤는데, 까놓고 말해서 내가 지금 상황이 안 좋잖아. 기자들이 마약 말고도 이것저것 엄청나게 물어뜯을 테고."

"아니, 아니. 그게 문제가 아니지. 이제 곧 보궐선거잖아. 만약에 이게 언론에 퍼지면⋯⋯."

"내 자리 날아가는 걸로 끝날 일이 아니다. 까딱하다가는 여기까지 갈 거야."

여당 고위 당직자는 엄지를 세우면서 말했다. 가장 높은 사람, 청와대를 암시한 것이다.

"그냥 묻어 둘까도 생각해 봤다. 그런데 이건 너무 큰 폭탄을 안고 가는 거잖아. 선거 앞두고 이렇게 큰 부담을 질 수는 없어. 그래서 너 부른 거다. 정리를 하긴 해야겠는데 내가 믿을 수 있는 놈이 대한민국에 너밖에 더 있냐."

신기찬은 지금이 믿음에 답해야 할 순간이라는 걸 알았다.

"알았다. 내가 방법 알아볼게. 지금 제수씨는 어디에 있어?"

"집에 가둬 뒀어. 밖에 못 나가게."

일단 집에만 있다면 언론에 샐 일은 없을 것이다. 하지만 그것도 당장이지, 시간이 흐르면 흐를수록 장담하기 어렵다. 정보란 언제 어디서 샐지 알 수 없는 법이다.

"알았다. 그럼 경찰 모르게 일단 내 선에서 수사해 볼게."

"부탁한다, 기찬아. 내, 이 신세 진 건 절대 잊지 않을게."

"전에 내가 부탁 들어줬던 일들이나 잊지 마라."

신기찬은 차에서 내렸다. 검정 세단은 온 길을 따라 돌아갔다. 차로 돌아가면서 몇 가지 방안을 생각해 보았다. 선택할 수 있는 방법이 그렇게 많아 보이지는 않았다.

♣

여당 고위 당직자의 부인이 마약 사범이라는 사실은 정보부에서 시작해 기초 수사를 마친 뒤, 지휘 계통을 타고 올라가 결국 청와대까지 보고되었다. 이 사건은 보궐선거를 앞둔 시점에서 대충 덮고 넘어갈 수 있는 문제가 아니었다. 보고를 받은 대통령은 사건을 '샤론의 장미팀'에게 맡기라고 지시했다. 여당 고위 당직자의 문책 등은 일단 선거 뒤로 미루기로 했다.

샤론의 장미팀은 여론의 반대에도 불구하고 대통령이 직접 밀어붙여서 만든 청와대 직속 정보팀이다. 샤론의 장미팀이 어떤 일을 하는지는 극비 중의 극비였고, 정보부 내에서도 그 활동 내역을 아는 사람은 극히 드물었다. 샤론의 장미팀은 이런 종류의 민감한 사건을 도맡았다.

사건을 맡은 샤론의 장미팀은 고위 당직자 부인의 일정을 관리하는 것으로 수사를 시작했다. 부인의 일과는 전과 다름없이 진행되었다. 거기에는 마약을 사는 것도 포함되었다.

부인에게 직접 마약을 파는 판매상은 전혀 건드리지 않았다. 샤론의 장미팀이 최우선으로 삼은 것은 보안이었고, 특히 언론에 노출되는 것을 막는 것이 최우선 과제였다. 혹시라도 생길 수 있는 잡음은 미리 차단해야만 했다.

부인이 산 마약은 정보부 실험실에서 꼼꼼하게 조사했다. 필로폰과 같은 암페타민 계열 마약이라는 것은 쉽게 알아낼 수 있었으나 제조법이 지금껏 국내에서는 나온 적이 없는 방식이었다.

인터폴에 공조를 요청한 끝에 이것이 러시아에서 만든 물건으로 '크릴랴(Крылья)'라고 부른다는 것을 알게 되었다. 크릴랴는 러시아어로 '날개'라는 뜻이다.

이제 샤론의 장미팀은 한국에 들어온 신종 마약인 크릴랴를 파는 조직을 찾아야 했다. 청와대 직속 정보팀답게 샤론의 장미팀은 막강한 힘으로 자원과 예산을 무섭게 소모하기 시작했다. 그리고 빠르게 소모되는 예산에 비례하여 정보 또한 무서울 정도로 빠르게 모였다.

현장 요원들이 마약중독자로 가장하여 마약을 사들였다. 덕분에 국가정보부 증거물 보관실에 마약이 넘치기 시작했다. 노숙자로 가장한 현장 요원은 거리의 소문을 모았다. 스크린 경마장에서 돈을 쓰는 노름꾼 역할을 맡은 현장 요원은 스크린 경마장 직원들과 친분을 쌓은 뒤, 비밀리에 운영되는 지역 사설 도박장, 속칭 하우스방을 전전했다.

그렇게 해서 모인 정보들을 추적하자, 사건의 시초가 된 여당 고위 당직자 부인에게 마약을 판매한 조직의 실체가 조금씩 드러나기 시작했다.

지금껏 모습을 드러낸 적 없는 신흥 조직이었다. 조직의 이름은 '카린카(Калинка)'라고 했다. 러시아 민요에서 따온 이름인 모양인데, 보통 수사기관에서 그렇게 하듯, 정보부에서도 카린카를 원래 이름이 아닌 '월드컵파'라고 임의로 이름을 지어서 불렀다.

월드컵파는 강남에 스크린 경마장 몇 개를 굴리고 있었고, 룸이 스무 개 정도 되는 규모의 유흥업소도 몇 개 가지고 있었다. 불법 도박과 성매매가 이루어지고 있을 게 분명하긴 했지만 그 정도로 조직을 일망타진하기는 힘들었다. 무엇보다도 이 모든 사업체를 운영하고 있는 게 60대 노숙자라는 사실이 밝혀지자 수사는 동력을 잃었다. 등록된 노숙자는 일이 생겼을 경우 대신 체포되기로 약속된 바지사장이 틀림없었다.

러시아 민요에서 따온 이름인 카린카. 러시아에서 온 마약인 크릴랴. 정보의 방향은 러시아를 향하고 있었다.

러시아를 배경으로 한 신흥 조직. 두목이 누구인지, 조직의 규모는 어느 정도인지 파악하기 어려운 상황. 샤론의 장미팀은 몇 차례 회의를 거친 후, 보안을 유지하며 조직을 일망타진하기 위해서는 잠입 수사가 필요하다는 결론을 냈다.

하지만 잠입 수사는 위험부담이 크다. 그리고 다른 어떤 수사보다 노하우가 쌓여야만 할 수 있는 수사이기도 하다. 샤론의 장미팀은 잠입 수사를 믿을 수 있는 정보부 요원이 맡아야 한다고 결론지었고, 결국 임무는 이미 두 번의 잠입 수사를 성공적으로 끝낸 블루팀의 기태주에게 돌아갔다.

이 사실은 복잡한 행정절차 끝에 명령 하달의 형태로 정보부 블루팀에 알려졌다.

"샤론의 장미팀 일이라고 하니까 일단 거부감부터 들 거라는 거 알아."

정의택은 블루팀이 맡은 세 번째 잠입 수사 임무의 첫 브리핑을 이렇게 시작했다.

"내가 왜 모르겠어? 샤론의 장미 놈들, 더럽고 어려운 일은 우리한테 맡기고 공은 자기들이 다 차지하잖아. 그건 누구나 다 알고 있는 사실이지. 그래서 이번 임무 공적 평가는 분명히 해 달라고 못 박았어. 이건 우리 부장님한테 직접 들었으니까 믿어도 좋아."

이번 잠입 수사는 이런 설명이 없다고 해도 무조건 할 수밖에 없었다. 그도 그럴 것이 청와대에서 직접 내려온 것이나 다를 바 없는 명령인 것이다. 그럼에도 팀원을 챙기는 정의택의 태도에 팀원들은 고마움을 느꼈다.

임무는 기태주의 가짜 신분을 만드는 일로 시작되었다. 임무에 투입된 위슬비는 곧 길태수라는 인물을 찾아냈다.

"이름이 길태수잖아, 길태수. 기태주, 길태수. 이름 보는 순간 딱 '이거다!' 하고 느낌이 왔지."

위장 신분인 길태수를 브리핑하면서 위슬비는 이렇게 자신의 감을 자랑했다.

길태수는 기태주와 동갑인 원양어선 선원이었다. 고등학교를 졸업한 후, 홀어머니를 고향에 두고 상경한 길태수는 취업이 되지 않아 막노동과 편의점 아르바이트를 전전하며 간신히 하루하루를 버티고 있었다. 어렵고 위험하더라도 큰돈을 만질 수 있는 일을 찾던 길태수는 원양어선에 대한 정보를 얻게 되었다. 그리고 벼룩시장 광고를 보고 찾아간 소개소를 통해 면접을 보았다.

원양어선은 늘 인력 부족 상태다. 그도 그럴 것이 보수가 아무리 많다고 해도 일이 고되고 위험하며, 장기간 육지를 밟을 수 없기 때문이다. 면접에서 확인하는 건 주로 중간에 그만두고 도망칠 가능성이 있는지, 단체 생활에는 적합한지, 마약이나 음주 습관이 있는지 하는 것이었다. 길태수는 어렵지 않게 면접을 통과했다.

어업 훈련소에서 기초 훈련을 받은 길태수는 배에 올랐다. 그리고 출항한 직후, 자신이 태어나서 처음으로 사기를 당했다는 사실을 알게 되었다. 소개소에서 소개비는 말할 것도 없고, 자신의 임금을 먼저 가불해 간 것이다.

처음에는 어떻게든 자신의 딱한 처지를 알려 보려고 했다. 길태수는 선장을 붙잡고 하소연을 했다. 하지만 소말리아 해적이 소설 《보물섬》에 나오는 해적과 다른 것처럼, 원양어선 선장도 실버 선장과는 큰 차이가 있었다. 선장은 길태수에게 전후 사정은 자신이 알 바 아니고, 빚을 졌으니 무조건 일을 해야 한다고 강요했다.

사기를 당해 정신적으로 충격이 심한 상태에서 시작한 뱃일은 낯설고 고되기만 했다. 당장 언어부터가 그랬다. 태어나서 처음 들어 보는 책임자를 뜻하는 영어 헤드(Head)를 일본식으로 발음한 '헷또'라는 말이나, 영국식 영어 '아이, 써(Aye sir)' 같은 생소하기 짝이 없는 표현을 써야 했다.

많은 원양어선 선원들이 바다에서 식사를 해결해야 하는 것을 가장 큰 문제로 꼽는다. 장기간 바다 위에서 생활해야 하기 때문에 대부분의 음식을 끓이거나 찌는 탓이다. 하지만 길태수는 원래 서울 생활을 하면서도 잘 먹지 못했기 때문에 신선한 것을 먹을 수 없다는 건 그다지 큰 문제가 아니었다. 하지만 바닷물을 사용해서 몸을 씻는 일은 길태수도 적응하기 쉽지 않았다.

원양어선에서는 식수를 제외하면 모든 물 쓰는 일을 바닷물로 한다. 몸을 씻는 건 물론이고 빨래와 청소도 모두 바닷물을 사용한다. 배에 설치된 정수기로 정수할 수 있는 물의 양은 하루하루 식수로 쓰기에도 빠듯하다.

가끔 비가 오면 선원들은 모두가 옷을 훌훌 벗어 던지고 몸을 씻는다. 바닷물로 몸을 씻고 나면 아무리 씻어도 미끈거리는 기운이 남기 마련이다. 쏟아지는 빗물로 샤워를 하고 나면 바닷물과는 비교할 수 없을 정도로 개운했다.

길태수는 매일 이어지는 청소와 도색 작업, 취사 보조 일을 하면서 종종 바다를 바라보았다. 바다는 늘 움직이고 있었다. 아래에는 물고기 떼가 헤엄치고 있었고 위로는 새들이 날고 있었다. 구름은 모이고 흩어지고를 반복하며 떠다니고 있었고,

노을이 지면 세상은 온통 붉게 물들어 하늘과 바다를 구분할 수 없는 풍경이 되었다.

바닷바람에 찌들어 언제나 눅눅한 의복과 삶고 쪄서 맛없는 식사에 익숙해질 즈음이 되자 길태수에게 새로운 고통이 찾아왔다. 그것은 선장의 구타였다.

선장은 처음부터 길태수가 마음에 들지 않았던 모양이었다. 사소한 실수라도 저지르면 선장은 무자비하게 구타를 가했다.

"이 새끼, 너 지금 돈 달라고 반항하는 거지? 그렇지, 응?"

선장은 툭하면 이렇게 말하면서 주먹을 날리곤 했다. 가끔은 몽둥이를 휘두르기도 했다. 한번은 몽둥이가 머리통에 제대로 맞아서 거의 반나절 동안 기절한 적도 있었다. 돈을 주지 않겠다는 의지를 강하게 표현한 것인지 몰라도 길태수 입장에서는 죽음의 공포를 느낄 만큼 끔찍한 일이었다.

결국 길태수는 배가 아르헨티나에 정박했을 때 배에서 도망쳤다. 다른 건 다 참을 수 있어도 맞아 죽을지도 모른다는 공포는 이길 수 없었다. 길태수는 말도 통하지 않는 사람들 사이에서 손짓발짓을 써 가며 사흘 밤낮을 헤맨 끝에 부에노스아이레스에 있는 한국 대사관까지 갈 수 있었다.

대사관에서 길태수는 자신이 당한 일을 담담하게 설명했다. 사기를 당한 일, 강제로 배에 오르게 된 일, 그리고 구타를 견디며 여기까지 온 일. 대사관 직원은 외교통상부에 이를 보고했고, 보고서는 국가정보부로 넘어갔다. 길태수 사건이 외항 선원을 대상으로 한 국제 범죄로 분류되었기 때문이다.

"길태수를 넘긴 회사는 이미 폐업한 후였어. 범인들도 당연히 사라졌고."

위슬비는 기태주에게 이렇게 알려 줬다.

대사관에서 마련해 준 비행기 편으로 다시 대한민국으로 돌아왔을 때 길태수는 빈손이었다. 떠날 때 빈손이었으니 돌아올 때도 빈손인 게 그렇게까지 억울하지는 않았다. 그러나 예고 없이 찾아든 병마는 억울하지 않을 수 없었다. 젊다는 것은 살아온 날보다 살아갈 날이 더 많이 남았다는 뜻이며 그것은 언제고 다시 시작할 수 있다는 의미를 가지고 있다. 그렇기에 젊은 길태수 입장에서 병마는 전혀 예상하지 못한 악운이었다.

"암이었어. 폐암. 젊은데 안됐지. 길어야 1년, 짧으면 6개월이면 끝난다고 하더라고."

위슬비가 길태수의 프로필을 입수한 것이 바로 그 즈음이었다. 길태수를 기태주의 위장 신분으로 활용하기로 마음먹은 위슬비는 길태수를 대학병원에 입원시켰다. 그리고 길태수를 찾아가 직접 만났다. 길태수는 이미 절망한 상태였다. 협조는커녕 말도 나누려고 하지 않는 길태수를 상대로 위슬비는 끈질기게 설득했다.

"결국 돈이었어, 돈. 내가 보험증서를 들이밀면서 말했지. 고향에 계신 홀어머니, 그냥 그렇게 보내실 건가요? 그제야 길태수가 내 눈을 보더라고. 그래서 내가 그랬지. 여기 보험증서가 있어요. 길태수 씨가 5년 전부터 착실하게 부어 넣은 걸로 되어 있어요. 이 돈은 길태수 씨가 사망한 이후에 여기 이 계좌로 매달 150만 원씩 입금되게 되어 있어요. 어머니 돌아가실 때까지. 그랬더니 그제야 입을 열더라고. '제가 뭘 하면 됩니까?' 하고 말야."

돈은 길태수의 뜻에 따라서 생명보험 사망 보험금으로 한꺼번에 지급되는 것이 아니라 길태수 이름으로 된 통장에서 계좌 이체로 매달 입금되도록 했다.

"시모레이라 공화국에서 건설 회사 직원이 되었다고 해 달라고 하더라고. 그 정도는 어렵지 않지. 우리 정보부 유령회사를 통해서 해결했거든. 쉬웠어. 원래 돈으로 해결할 수 있는 게 제일 쉬운 법이야."

위슬비는 이렇게 말했다.

길태수는 죽기 전 기태주를 만났다. 길태수는 기태주에게 자신이 살아온 삶을 들려주었다. 특히 자신이 탔던 원양어선 이야기를 가장 많이 했다. 이 부분이 기태주가 길태수의 캐릭터를 만들면서 가장 많이 활용할 부분이었다. 기태주는 길태수의 음성을 꼼꼼하게 녹취까지 했다.

기태주가 길태수라는 인물을 공부하는 사이, 감준배는 길태수 주변을 정리하는 일을 했다. 정리할 것은 많지 않았다. 길태수는 친구도 없었고, 함께 일한 사람도 없었다. 그래서 감준배는 길태수를 기억할 만한 사람을 만들어 냈다. 기태주의 사진을 들고 다니며 기태주의 얼굴을 길태수로 알게 한 것이다.

"이 친구 알지? 내 돈 떼먹고 도망친 놈이야. 이름은 길태수."

모든 사람에게 똑같은 대사를 써먹은 것은 아니었지만 대략 비슷하기는 했다. 어찌 되었건 감준배 덕분에 원양어선 선원 소개소 직원 여럿이 기태주의 얼굴을 기억하게 되었다. 이 일은 훗날 기태주가 조직에 잠입한 뒤, 조직의 누군가가 기태주의 뒷조사를 할 때 유용하게 쓰이게 될 것이다.

블루팀이 가짜 신분을 만들고 있는 동안 샤론의 장미팀은 마약의 유통 경로를 파악하기 위해 크릴랴를 판매하는 판매상 하나를 불심검문을 가장하여 잡아들였다. 판매상의 이름은 주영철이라고 했다.

주영철은 경찰로 위장한 정보부 요원 앞에서 자신이 알고 있는 사실을 술술 털어놓았다.

"인터넷 구인광고 보고 찾아갔어요. 고수익은 보장할 수 없지만 안정적인 판매직이라고 했어요. 찾아오면 면접비 3만 원을 준다고 해서 갔지요. 피라미드, 다단계 뭐 그런 거면 면접만 보고 돌아올 생각이었죠."

면접관이 파악한 건 상대가 믿을 만한 사람인지 아닌지 여부인 모양이었다. 이력서에 적힌 개인 정보를 확인한 면접관은 주영철이 신용 불량 상태이고, 돈이 급하다는 사실을 쉽게 알아냈다.

"선불폰을 줬어요. 걸지는 말고 받기만 하라면서요. 그리고 선불폰으로는 문자만 받았어요."

문자 내용은 지하철역 코인로커 비밀번호가 전부였다. 주영철이 한 것은 코인로커에서 마약을 꺼내 판매하고 난 뒤, 역시 선불폰으로 전송된 코인로커에 자신의 인건비를 제외한 돈을 쇼핑백에 담아서 넣는 일이었다.

"만약 붙잡히게 되면 알고 있는 거 다 불라고 했어요. 그래야 정상참작이 될 거라고 말이죠. 죄를 지었으니 벌을 받아야겠지요. 죄송합니다."

주영철의 선불폰으로 온 마지막 문자는 다음과 같았다.

— 그동안 수고 많았다. 마지막 거래 금액은 퇴직금이라고 생각하고 요긴하게 써라.

샤론의 장미팀은 즉시 지하철 CCTV를 확인했다. 돈을 찾아가는 사람이 누구인지를 알아내기 위해서였다. 십수 명의 요원이 화면을 정밀 분석했지만 알아낼 수 있는 사실은 거의 없었다. 코인로커를 열고 돈을 찾아가는 자들은 노숙자들이었고, 그들은 CCTV가 설치되어 있지 않은 사각지대에서 돈이 담긴 쇼핑백을 누군가에게 넘겨주었다. 그 '누군가'는 결코 CCTV에 담기지 않았다. 이런 일의 전문가임이 분명했다.

샤론의 장미팀은 다른 각도에서도 사건을 조사했다. 주영철을 면접했던 회사는 세상에 존재하지 않는 유령회사였다. 판매책을 모집하기 위해 사무실만 단기간 빌린 거였고, 일을 마친 뒤에는 깔끔하게 사라졌다. 그리고 주영철을 끝으로 크릴랴를 파는 거리의 상인은 이제 더 이상 찾을 수 없게 되었다. 경찰이 추적하고 있다는 것을 눈치챈 모양이었다. 아마도 놈들은 단골 고객만을 상대로 판매하는 쪽으로 방향을 선회했으리라.

이렇게 해서 더 이상 추적은 불가능해졌다. 이제 남은 방법은 러시아 쪽 밀수 루트를 추적하는 일과 잠입 수사를 통한 추적이었다.

러시아 쪽은 샤론의 장미팀이 맡았다. 그리고 잠입 수사를 맡은 건 국가정보부 블루팀의 기태주였다. 블루팀은 샤론의 장미팀에서 파견된 팀장의 지시에 따라 잠입 작전에 임하게 되었다. 팀장의 이름은 한창남이었다.

"기태주 요원, 작전은 다음과 같이 진행될 거네."

브리핑실에서 한창남은 파워포인트로 작성된 문서를 브리핑했다.

"우선 자네는 준비된 길태수 신분으로 운전기사가 될 걸세. 길태수의 시나리오는 확실히 숙지하도록."

화면에는 여당 고위 당직자 부인의 얼굴이 떠 있었다.

"그리고 부인의 운전기사 역할을 하면서 마약 판매상과 안면을 트게. 서로 얼굴만 아는 정도면 충분해."

샤론의 장미팀은 부인을 수사에 끌어들이는 건 최대한 피하려고 했지만 더 이상 추적할 단서가 없는 상황인지라 달리 선택할 길이 없었다. 결국 마지막 수단으로 부인에게 마약을 팔았던 판매상을 이용하자는 결론이 나왔다. 여당 고위 당직자 부인은 사건 수사에 최선을 다해서 협조하겠다고 했다.

판매상은 고위층이 다니는 헬스클럽에서 자연스럽게 알게 되었다고 했다. 샤론의 장미팀이 제공한 사진을 보니 키가 크고 몸매가 운동선수처럼 탄탄한 여자였다. 이름은 '니나'라고 했다. 얼굴은 누가 보아도 한국인이었지만 러시아에서 온 모델이라고 자신을 밝혔다고 했다. 샤론의 장미팀이 조사한 결과,

니나는 불법 체류자였다. 입국 기록도 없었고 당연히 여권도 없었다.

니나는 부인과 비슷한 시간에 운동을 하면서 친해진 다음 다이어트 비법을 알려 주겠다며 자연스럽게 약을 권했다고 한다.

"작전의 포인트는 두 가지다. 첫째, 절대로 부인이 경찰에 신고했다고 생각하게 해서는 안 된다. 그리고 둘째, 마약상, 즉 니나 쪽에서 먼저 스카우트 제의를 해 와야 한다."

한창남은 아주 진지한 얼굴로 이렇게 말했지만 기태주는 이 작전이 영 마음에 들지 않았다. 변수가 많았고 위험부담도 너무 컸다.

그러나 어차피 한창남은 샤론의 장미팀에서 내려온 요원이었다. 일을 실행하는 건 전적으로 블루팀 소관이라고 할지라도, 청와대 직속 정보팀인 샤론의 장미팀 요원에게 뭐라고 토씨를 달 수 있는 입장은 아니었다.

기태주의 생각이야 어찌 되었건 작전은 시작되었다.

며칠간 운전기사 노릇을 하면서 기태주는 니나와 얼굴을 몇 번 마주치게 되었다. 이를 위해 부인은 마약을 구입해야만 했다. 이런 수사 기법을 두고 누군가는 불법이라고 할 수도 있겠지만 원래 정보기관은 불법을 저지르기 마련이다. 다만 결코 발각되는 일이 없어야 할 뿐이다.

니나는 처음에는 경계하는 눈치였지만 기태주가 별 관심을 기울이지 않는다는 걸 알고부터 마치 없는 사람 취급을 했다.

"이제 안면을 익혔으니 조직에 잠입하도록 한다. 우리가 짜

놓은 계획을 따르도록. 계획은 완벽하다."

한창남이 브리핑을 했다.

하지만 기태주는 두 번이나 잠입 수사를 성공적으로 완수한 경험이 있었고, 경험을 통해 세상에 완벽한 계획은 없다는 것을 잘 알고 있었다. 완벽 운운하는 한창남이 멍청하게 느껴지기는 했지만 그렇다고 해서 불안하지는 않았다.

어차피 기태주가 믿는 것은 샤론의 장미팀이나 한창남이 아니라 블루팀이었다. 위슬비의 기획력과 감준배의 위기 대처 능력, 그리고 정의택의 정치력과 지휘력. 이것이 작전 중에 기태주가 믿는 전부였다.

잠입 작전의 틀을 짠 것은 샤론의 장미팀이었다. 위슬비는 이 틀에 개연성을 부여했고, 감준배가 현장에서 상황을 감독할 예정이었다. 정의택은 행정적인 부분을 맡아서 샤론의 장미팀과 조율을 했고, 현장 요원인 기태주는 당일 정확하게 상황을 연출하기 위해 정보부 체육관에서 샤론의 장미팀 요원 둘과 호흡을 맞추는 훈련을 했다.

준비가 끝나고 마침내 실행의 날이 찾아왔다.

한창남이 말한 완벽한 계획은 간단했다. 샤론의 장미팀은 니나의 동선을 파악했다. 그 결과 니나가 지하철 2호선을 돌며 돈을 입금한다는 것을 알아낼 수 있었다.

이 시점에서 제기된 것이 돈을 수금하는 놈을 잡아서 심문하자는 의견이었다. 그러나 샤론의 장미팀은 반대했다. 심문이 시작되는 순간 사건의 출발점인 여당 고위 당직자 부인의 신분이 노출될 우려가 있다는 거였다. 샤론의 장미팀은 고위 당직자가 절대로 연결되지 않는 선에서 수사를 진행하는 것을 최우선으로 했다.

"그러니까 소매치기를 가장하는 거야. 의심하지 못하게."

천재적인 발상이라도 해낸 사람처럼 뽐을 내며 한창남이 말했다.

일단 계획은 잘 실행되는 것처럼 보였다. 니나는 2호선 합정역에 내려서 코인로커에 돈다발을 담은 쇼핑백을 넣었고, 그때까지 미행을 담당한 샤론의 장미팀이 상황을 보고했다.

이제 소매치기로 위장한 샤론의 장미팀 요원 둘이 니나를 붙잡고 나면, 대기하고 있던 기태주가 나설 차례였다. 그리고 정보부 체육관에서 연습한 합을 선보이며 니나를 구출하면 되는 거였다.

"뻔한 이야기가 왜 뻔해지는 건지 알아? 너무 효과적이니까 자주 사용해서 뻔해진 거야. 그러니까 여자가 자기를 구출해 준 남자와 사랑에 빠지는 건 아주 흔한 일이고 너무 자주 일어나는 일이라는 거지."

작전을 브리핑하면서 한창남은 이렇게 의기양양하게 말했다. 기태주는 한창남도 싫었고 작전도 싫었다. 위기에 처한 여자를 구해 주고 사랑에 빠지는 줄거리라니. 그런 내용의 영화나 드라마라면 조금도 보고 싶지 않았다.

지하철을 타고 이동하는 니나를 몰래 뒤따르기 위해 기태주는 퀵서비스맨으로 위장하고 오토바이를 탔다. 같은 지하철로 미행하다가는 혹시라도 들킬 우려가 있기 때문이었다. 미행은 샤론의 장미팀이 맡았다.

— 합정역 하차. 소포는 합정역 하차.

이어폰으로 전해진 메시지를 듣자마자 기태주는 오토바이에서 내려 지하철역 계단으로 뛰어 내려갔다. 버려진 오토바이와 헬멧은 차량으로 같이 이동하고 있던 요원들이 해결해 줄 것이었다. 계단을 다 내려간 기태주는 우연히 이곳을 지나가는 것처럼 보이기 위해 숨을 고르며 기둥 뒤에 숨어 메시지를 기다렸다.

— 소포, 코인로커로 이동. 출발 준비하라.

마침내 니나가 3번 출구 지하에 설치된 코인로커에 쇼핑백을 넣었다. 이미 니나의 얼굴은 여러 차례 봤기 때문에 쉽게 확인할 수 있었다.

니나는 청바지에 초록색 블라우스를 입고 샌들을 신은 차림이었다. 언뜻 보면 등교하는 대학생 같기도 했고, 그냥 동네 산책 나온 직장인 같기도 했다. 그 뒤로 소매치기로 위장한 요원 둘이 등장했다. 너무 빨라도 안 되고 너무 늦어도 안 된다. 기태주는 목표에 다가가며 정보부 체육관에서 요원들과 미리 연습한 합을 머릿속으로 다시 그려 보았다.

요원 하나가 니나의 어깨를 잡았다. 동시에 다른 요원이 니나가 들고 있던 백을 잡아챘다. 니나는 당황한 표정이었다. 이제 시작이다. 기태주는 연습한 대로 달려가 백을 잡아챈 요원의 가슴을 앞차기로 밀어 넘어뜨렸다. 그리고 니나의 어깨를 붙잡은 요원 쪽으로 다가갔다.

그러나 그 순간, 한창남이 완벽하다고 강조했던 계획이 틀어지는 사건이 발생했다. 처음 보는 얼굴이 니나와 기태주 사이에 등장한 것이다.

"이 새끼가 뒈지려고. 여기가 누구 구역인지 알아?"

싱글 양복을 단정하게 차려입은 사내였다. 무표정한 얼굴이었지만 기태주는 그 얼굴에서 살기를 읽을 수 있었다. 그리고 그것은 기태주와 함께 합을 맞춰 온 요원도 마찬가지인 모양이었다. 요원은 본능적으로 여자를 기태주 쪽으로 밀치고 처음 보는 얼굴의 사내 쪽으로 주먹을 날렸다. 그러자 사내는 기다렸다는 듯이 요원의 주먹을 허리를 숙여서 피하고는 요원 쪽으로 가벼운 손놀림을 보냈다.

"억!"

순간 기태주는 무슨 일이 벌어진 것인지 알아차리지 못했다. 사내의 손놀림이 너무나 빨랐던 것이다. 요원은 허벅지를 두 손으로 감싸 쥐고 뒤로 넘어졌다. 그리고 조금 전 기태주의 앞차기에 뒤로 쓰러졌던 요원이 일어나 쓰러진 요원을 부축했다.

"새끼들, 다음번에는 모가지를 따 버릴 줄 알아."

사내는 엉거주춤하고 있는 두 요원을 향해서 이렇게 말했다. 언제 흘러나왔는지 피가 바닥에 고이기 시작했다. 사내가 쓴 것은 예리한 단검이었다. 사내는 손가락으로 칼날에 묻은 피를 닦아 내고는 그것을 도로 품에 넣었.

이렇게 해서 기태주가 요원들과 정보부 체육관에서 며칠이고 연습하며 준비한 합은 전혀 소용없게 되었다. 그렇다면 이제 필요한 것은 임기응변이다. 기태주는 바닥에 떨어진 니나의 백을 집어 들었다.

"저 누군지 아시죠?"

기태주가 해맑게 웃으며 니나에게 말했다. 그러자 사내가 니나의 표정을 살폈다. 니나는 잠시 생각하다가 고개를 살짝 끄덕였다.

"일단 여길 뜨자."

사내가 말했고, 셋은 에스컬레이터를 이용해 지상으로 올라갔다.

"너, 운짱이지?"

에스컬레이터에서 사내가 기태주에게 물었다. 이미 그에 대해 알고 있는 게 분명했다.

"운짱, 며칠 전에 짤렸는데."

기태주는 입술을 비죽거리면서 대답했다. 미리 준비된 사항이기는 했다. 고위 당직자의 부인은 이미 해외여행을 핑계로 한국을 떴다. 적어도 반년은 해외에 머물면서 치료를 받을 예정이었다. 혹시라도 노출될 우려를 줄이기 위한 조치였다.

"너, 이름이 뭐냐?"

사내가 물었다. 조금 전 사람을 찌른 사람이라고는 보기 어려울 정도로 침착한 얼굴이었다.

"길태수. 넌?"

기태주는 상대의 눈을 응시하면서 거침없이 바로 되물었다.

"난 추관우라고 한다."

사내가 대답했다.

♣

월드컵파, 소위 카린카 조직 잠입에 성공한 기태주는 논현동에 위치한 작은 원룸에서 생활을 시작했다. 조직에서 얻어 준 곳이었다. 삭막하기 짝이 없는 논현동 원룸촌 한복판이었지만 일단 조직원으로 인정받은 첫걸음이었다. 불만은 없었다.

방에 혼자 남게 된 첫날 밤, 기태주는 교관 역할을 했던 김철수가 했던 말을 떠올렸다.

'가장 위험한 순간은 혼자 있을 때 찾아와.'

이 말은 이번에도 큰 도움이 되었다. 기태주는 김철수의 말을 떠올리며 방을 수색했다. 그리고 그 덕분에 침대 밑에서 녹음기를 찾아낼 수 있었다. 배터리 교체 없이 48시간 연속 녹음이 가능한 모델이었다. 기태주는 녹음기를 그냥 내버려두었다. 누군가를 부를 일도 없었고, 정보부와 연락할 일도 없었다. 앞으로 일주일은 누구도 그를 찾지 않을 것이다. 감시를 대비한 정상적인 절차다.

이렇게 시작된 조직 생활의 첫 한 주 동안 기태주는 간단한 일을 맡아서 수행했다.

처음 조직에서 지시한 일은 배달이었다. 내용물이 뭔지는 알려 주지 않은 상태로 상자를 이 사물함에서 저 사물함으로 옮기기도 하고, 정체를 알 수 없는 사람들에게 전해 주기도 했다. 기태주는 상자 속 내용물을 열어 보거나 물건을 바꿔치기하는 일 없이 맡은 일을 성실하게 수행했다. 이 과정이 일종의 시험일 거라고 판단했기 때문이다. 방에 녹음기를 설치하는 놈들이 이런 일에 테스트 절차를 두지 않을 리 없었다.

이 과정을 점검한 건 추관우였다.

추관우와 기태주의 관계는 군대식 표현을 쓰자면 '사수와 부사수' 같은 관계였는데, 그렇기는 해도 추관우는 고참티를 내거나 텃세를 부리거나 하지는 않았다. 오히려 동갑내기 친구처럼 굴 때가 많았다. 추관우는 처음 만났을 때 기태주가 발차기를 날리는 것을 보고 마음에 들었다고 했다. 추관우는 매일 기태주에게 간단한 배달 임무를 주고, 그것을 확인하기를 반복했다.

그렇게 일을 시작하고 일주일이 지났다.

여느 때와 마찬가지로 배달 임무를 마치고 나서였다. 추관우는 기태주에게 술을 사겠다고 했다. 마다할 이유가 없었다.

"칼 쓰고 주먹 쓰지만, 그래도 우린 어디까지나 영업 사원이야."

허름한 실내 포장마차에서 추관우는 기태주에게 이렇게 말했다.

"거, 사람들이 우릴 두고 조직이니 건달이니 폭력배니 부르지? 그래도 우린 대한민국을 살아가는 일원이야. 우리가 하는 일 대부분은 회사원하고 다를 거 하나 없어."

"정말 그렇게 생각하냐?"

기태주는 비아냥거리는 투로 이렇게 되물었다.

"물론 결정적으로다가 다른 점이 하나 있긴 하지. 불법이라는 거. 그래서 짭새들이 따라붙는다는 거. 하지만 대신 우린 회사원보다 잘 벌잖아. 너, 운짱하기 전에 배 탔다고 했지? 그거 몇 배는 벌 거다, 아마. 그러니까 이렇게 정리할 수 있겠지. 하이 리스크, 하이 리턴."

추관우는 이렇게 말하면서 잔뜩 과장된 미소를 지었다.

"난 그런 거 모른다. 그냥 이제는 돈 좀 만졌으면 하는 마음뿐이다."

기태주는 엄지와 중지를 비벼 돈 세는 시늉을 하면서 이렇게 대꾸했다.

"그거야 모든 사람의 꿈 아니겠냐. 깡패가 무슨 쌈질로 세계 최강이 되고 싶어서 깡패 짓 하냐? 다 돈 벌자고 하는 짓이지."

"넌 돈이 꿈이냐?"

기태주가 비웃듯 물었다.

"한번 생각해 봐. 사람 한 명이 영업 뛰면서 평생 10억 벌면 대박이야. 10억이면 인생 편다고."

"그러니까 넌 10억을 벌려고 이 짓을 한다는 거지?"

"우리가 하는 일은 불법이잖아, 불법. 똑같이 10억 벌면 손해지, 손해야. 그걸로는 부족해."

두 사람은 만취할 때까지 술을 마셨고, 결국 택시를 타고 각자의 거처로 돌아갔다.

조직에서 마련해 준 논현동에 있는 원룸으로 돌아온 기태주는 추관우와 보낸 시간이 과연 무슨 의미일까 혼란에 빠졌다.

'정신 차려야 한다.'

기태주는 침대 밑의 녹음기를 생각했고, 비상시에 정보부와 연락하기 위한 절차를 떠올렸다.

다음 날, 추관우는 기태주를 데리고 쇼핑을 하러 갔다. 압구정동에 있는 대형 백화점 명품관이었다. 거기서 추관우는 기태주에게 양복을 사 주었다. 기성품이기는 했지만 명품 소리를 듣는 브랜드의 양복이었다. 가격도 200만 원이 훌쩍 넘었다. 추관우는 VIP 등급 카드로 일시불 결제를 했다.

"영업 사원인데 깔끔하게 보여야지. 안 그러냐?"

하지만 단순히 그런 이유만은 아닐 거라는 걸 기태주는 직감할 수 있었다.

쇼핑이 끝나자 추관우는 기태주에게 저녁을 사 주면서 그 자리에서 중요한 사실을 알려 주었다. 지금까지의 일은 그저 점검을 위한 잔심부름에 불과했고 이제부터 진짜 중요한 일을 하게 될 거라는 거였다. 그리고 그렇게 하기 전, 조직의 두목과 면접을 보게 된다고 했다.

"회장님이라고 불러. 오야붕이니 보스니 두목이니 하는 소리는 절대로 입에 담지 마. 우리 회장님, 그런 말 싫어하시거든."

추관우는 이렇게 알려 주었다.

면접은 바로 그날 밤에 있었다. 기태주는 추관우가 모는 차를 타고 청담동으로 향했다. 차가 멈추어 선 곳은 골목 깊숙한 곳까지 들어간 곳이었다. 차에서 내리자 조직원으로 보이는 사내 하나가 차를 주차장으로 끌고 갔다.

"긴장하지 마. 다 잘될 거야."

추관우가 기태주의 어깨를 두드리면서 말했다. 하지만 정작 긴장한 것은 추관우 쪽인 것 같았다.

추관우는 기태주를 골목길 어귀에 있는 작은 출입구로 데리고 갔다. 간판도 조명도 없는 지하로 내려가는 출입구였다. 추관우는 살짝 심호흡을 한 번 하더니 먼저 계단을 내려섰다.

기태주는 추관우의 뒤를 따라가면서 주머니 속에 넣어 둔 하얀 캡슐을 입에 넣었다. 이런 일이 있을 때를 대비한 약이었다. 캡슐은 위장에서 쉽게 녹게 만들어져 있어서 금방 뱃속이 뜨끈해졌다.

계단을 내려가자 어두운 조명 아래 단정하게 양복을 차려입은 사내들이 기태주를 기다리고 있었다. 나중에 알게 된 사실이지만 이곳은 조직의 두목 왕대석이 소유한 건물이었다.

사내들은 추관우에게 눈인사를 했다. 아마 추관우보다 서열이 낮거나 비슷한 자들인 모양이었다. 기태주는 내부를 흘낏 살펴보았다. 200평은 될 법한 넓은 공간에 벽 한 면을 채우는 널찍한 바가 준비되어 있었다. 벽면에는 각종 양주가 진열되어 있었고 홀에 테이블은 그다지 많지 않았다. 아마도 그날그날 찾는 손님 수에 따라 테이블을 옮기는 시스템인 것 같았다.

기태주는 홀을 지나 뒤편으로 향하는 작은 통로를 지나 룸으로 들어섰다. VIP 손님을 위한 곳이리라. 화장실도 안에 딸린 방이었다. 이 정도 규모에 이 정도 수준이라면 철저하게 회원제로 운영되는 곳이겠구나 싶었다.

들어가니 긴 소파가 벽면을 차지하고 있었고, 중앙에는 소파에 딱 맞는 넓은 테이블이 놓여 있었다. 원목 테이블에 가죽 소파. 천장에는 샹들리에가 달려 있었다. 조명이 어두워서 정확하게 알아볼 수는 없었지만 고급품인 것 같아 보였다. 그리고 룸 가장 깊숙한 곳 소파 중앙에 한 사내가 앉아 있었다. 얼핏 보아도 비싸 보이는 고급 양복을 입은, 얼추 예순 정도 되어 보이는 남자였다.

"인사드려. 회장님이셔."

추관우가 말했다.

"길태수입니다."

기태주는 허리를 꺾어 인사를 했다. 긴장하지 않으려고 했지만 막상 조직의 두목을 대면하게 되니 가슴이 떨리는 건 어쩔 수 없었다.

"앉아, 앉아."

두목은 손짓을 보내면서 이렇게 말했다. 조금 전 홀에서 추관우와 눈인사를 나누었던 사내들이 차례로 룸에 들어와 자리를 잡고 앉았다. 기태주는 어디에 앉아야 하나 생각하다가 모두가 자리에 앉을 때까지 서 있었다.

"그래. 길태수, 태수라고 부르면 되지?"

두목이 이렇게 물었고 기태주는 그렇다고 대답했다.

"면접이긴 하지만 긴장할 거 없어. 지난 일주일 동안 알아봐야 할 건 우리가 다 알아봤거든. 그냥 형식적인 거라고 생각해 주면 좋겠어. 신입 사원 맞는 날은 늘 이렇게 해."

두목은 이렇게 말하면서 얼음이 들어 있는 온더록 잔을 들었다. 그러자 옆에 앉은 사내가 재빨리 잔에 술을 채웠다. 푸른 라벨이 붙어 있는 조니워커 병이었다.

"얘기는 많이 들었어. 우리 추관우 주임이 칭찬을 많이 하더구먼. 똘똘하고 일 처리 깔끔하다고. 주먹도 좀 쓴다면서?"

"……고맙습니다."

기태주는 뭐라고 대답해야 하나 잠깐 망설이다가 이렇게 대답했다. 어떤 대답이 어울리는 건지 판단하기 힘든 말이었다. 다행히 두목은 기태주의 반응은 신경 쓰지 않고 자기 할 말을 이어 갔다.

"화성 출신이더군. 홀어머니가 화성에 계시고. 조회해 봤는데 전과가 하나 있네?"

"예."

두목은 '조회'라는 단어를 써서 은연중에 자신이 경찰에 연줄이 있다는 걸 강조하고 있었다.

"폭력으로 6개월 살았습니다."

대학을 중퇴하고 살던 도중 취객과 벌인 사소한 말다툼이 싸움으로 번진 사건이었다. 기태주는 그 사건의 세부 사항까지 모두 암기하고 있었다. 하지만 두목은 더 캐묻지 않았다.

"배 탔었지?"

"예."

"돈 떼였다면서?"

"경찰도 찾아가 봤습니다만 소용없었습니다."

이 대목에서 기태주는 이를 악물고 분노를 표출하는 연기를 보였다.

"짭새들이 하는 일이 다 그렇지, 뭐. 안 그러냐, 관우야?"

"물론입니다, 회장님."

추관우가 시원시원하게 답했다.

"그 새끼, 우리가 좀 찾아봤다. 원양어선에 선원 대 주는 놈들 중에 사기꾼들 말이지."

기태주는 마른침이 절로 꿀꺽 넘어갔다. 이 부분은 기태주가 통제할 수 없는 부분이었다.

"너, 거기서 돈 꾸고 다녔더라? 갚긴 했냐?"

이 부분은 감준배가 사전에 꾸민 일이었다.

"저, 그게 당장 생활이 급해서……."

기태주는 대답을 회피하는 척했다.

"됐어. 네 채무 관계는 네가 알아서 할 일이지. 관우야."

두목이 추관우에게 손짓을 보냈다. 그러자 추관우는 자리에서 일어나 기태주에게 잔을 건넸다. 두목이 마신 것과 같은 얼음이 들어 있는 온더록 잔이었다. 잔을 받아 들자 추관우가 조니워커 블루를 가득 채워 주었다.

"지난 일은 다 잊어. 젊어서 고생은 사서도 하는 거야. 이제부터는 우리 회사를 위해서 고생 좀 해. 그러면 충분한 보상이 돌아올 테니까. 앞으로 최선을 다해 주리라 믿겠네. 위하여!"

"위하여!"

모두가 동시에 잔을 비웠다. 기태주도 선 채로 잔을 비웠다.

일반적으로 조직폭력배들은 새로운 조직원을 맞을 때 나름 대로 의미 있는 의식을 치른다. 가장 널리 보급된 의식은 일본 야쿠자의 결연식인 사카스키(酒盃)를 모방한 의식이다. 각각 잔을 바꾸어 술을 마시고 그 잔을 보관하는 방식의 사카스키는 종종 손가락에서 피를 내 섞은 뒤 그것을 나누어 마시거나, 혹은 술을 나누어 마시며 같은 문신을 새기는 식으로 변형되어 치러지기도 한다.

사카스키가 아니더라도 각 조직은 나름의 전통 있는 의식을 치르곤 한다. 큰 사발에 술을 따라서 같이 나누어 마시는 사발식이나 통에 술을 담고 거기에 도저히 먹을 수 없는 불순물을 섞는 의식도 찾아볼 수 있다.

그러나 이들에게는 그런 의식이 없었다. 그저 술 한 잔을 같이 마시고 인사를 나누는 것이 전부였다.

술잔을 비우자 조직원들이 차례로 기태주에게 다가와 악수를 청하며 인사를 했다.

"채진수입니다. 잘 부탁합니다."

"유준성입니다. 앞으로 잘 부탁해요, 길태수 씨."

이들은 모두 존대를 썼고, 서열을 나누거나 하지 않았다. 서로를 부르는 호칭도 '누구누구 씨'로 통일되어 있었다. 오직 추관우만이 '추관우 주임'으로 불릴 뿐이었다.

"그럼 이제 젊은 친구들 놀게 나는 빠져 주지."

인사를 모두 마치자 두목이 자리에서 일어섰다. 그러자 모두들 자리에서 일어나 밖으로 나가 도열했다. 두목은 걸어 나와 기태주 앞으로 향했다. 기태주는 처음으로 두목의 얼굴을 똑바로 볼 수 있었다.

"여긴 회사야. 넌 회사원이고. 깡패처럼 굴지 마라."

이렇게 말하는 두목의 얼굴은 자상한 큰아버지 같은 인상이었다. 기태주는 알겠다고 대답을 하면서 두목의 얼굴을 눈여겨보았다. 나중에 몽타주 작업을 하게 될 수도 있기 때문이었다.

두목이 룸을 나서자 여자들이 들어왔다. 사내들이 일제히 환호성을 질렀다. 조명이 어두워지고 미러볼이 돌기 시작했다. 벽면을 따라 하얀 빛이 춤을 추었다. 그리고 그 아래서 남녀가 뒤엉켜 몸을 비비고 있었다. 이제 막 광란의 밤이 시작된 것이다.

그로부터 한 시간 뒤, 기태주는 혼자서 조니워커 한 병을 거의 다 마셨다. 다른 사내들도 마찬가지였다. 몇몇은 취해서 몸을 제대로 가누지 못했고, 또 다른 몇몇은 호기롭게 병나발을 불고 있었다.

유흥업에 종사하는 여자들은 대체로 술 마시는 걸 싫어한다. 매일 마시다 보면 몸에 이상이 생기기 때문에 그런 것이지만, 그보다는 술을 마시면 2차를 가기 힘들어지기 때문에 그렇다. 술에 취한 남자는 제대로 일을 치르지 못하거나 시간이 너무 오래 걸리기 마련이다.

"추관우 주임, 나, 간다."

기태주는 자신의 파트너였던 여자의 팔을 끌어당기면서 말했다.

"새끼, 밝히긴."

"내일 보자."

기태주는 이 길로 집으로 돌아갈 생각이었다. 하지만 추관우가 바로 앞을 막아섰다.

"도망칠 생각 하지 마."

추관우는 기태주의 눈을 노려보며 말했다.

"도망? 내가 어디로 도망친다고 그래?"

"모텔방, 여기 위에 있어. 일 끝내고 내려와. 도망칠 생각 하지 말고."

추관우는 여자의 목덜미를 잡아 끌어당겼다. 순간 여자의 얼굴이 겁에 질렸다.

"끝나고 이 새끼 꼭 내려보내. 내 말 알겠지?"

여자는 고개를 끄덕였다. 기태주는 한숨을 내쉬었다.

두 사람은 엘리베이터를 타고 건물 위층에 마련된 방으로 들어갔다. 열쇠는 여자가 가지고 있었다. 방에 들어서자 기태주는 화장실로 들어갔다. 그리고 손가락을 목구멍에 넣어 먹은 것을 모조리 토했다. 변기에 하얀 코팅액과 전혀 소화되지 않은 조니워커 블루가 쏟아졌다.

이곳에 도착하자마자 기태주는 알약을 먹었다. 지방으로 위벽을 보호하는 약이었다. 알코올은 식도를 통해서도 흡수되기 때문에 알코올 흡수를 완전히 막을 수는 없지만, 그래도 이 알약은 위벽에서 알코올이 흡수되는 걸 억제해 심하게 취하지는 않게 해 준다.

변기 물을 내리고 난 뒤, 기태주는 찬물로 얼굴을 씻으며 위슬비를 생각했다. 자신의 애인. 그리고 지금 상황에서 자신이 위험에 처했을 때 도와줄 유일한 사람이라는 점도 생각하지 않을 수 없었다.

"뭐라고 하고 돌려보내야 하나."

기태주는 얼굴을 씻으면서 이렇게 중얼거렸다. 그리고 결국 자신이 알고 있는 가장 오래된 방법을 써먹었다.

"미안. 나 게이야. 비밀 지켜 줄 수 있겠어?"

신사임당이 그려진 5만 원짜리 지폐 몇 장을 집어 들고서 기태주는 이렇게 말했다.

3 어둠 속에서 총성이 울리면

정식 조직원이 된 후 기태주는 청담동의 회원제 술집을 자주 이용하게 되었다. 그 흔한 입간판도 없고 광고도 하지 않는 술집으로, 흔히 말하는 VIP 전용 회원제 클럽이었다.

이런 곳의 회원이 되려면 1년에 수천만 원씩 하는 회비를 내야 한다. 조용한 술자리를 가지기 위해서 수천만 원을 아낌없이 지불할 수 있는 재력이 회원의 기본인 것이다. 하지만 그것만으로는 부족하다. 반드시 기존 회원의 소개를 받아야만 한다. 때문에 회원들은 자신들이 선택받은 사람이고, 이곳에서는 비밀이 유지될 거라는 느낌을 받을 수 있다.

회원제 술집 내부는 일반 가정집과 크게 다르지 않았다. 천장이 높은 큰 방이 여러 개 있고, 방 내부에 편하게 술을 마실 수 있는 공간이 마련되어 있다는 점이 조금 다를 뿐이었다. 그리고 노래를 부르거나 춤을 출 수 있는 방음 설비가 된 방이 지하에 배치되어 있다는 점도 일반 가정집과 달랐다. 행여 소음이 새어 나와 다른 회원들에게 불편을 주는 걸 막기 위한 배치였다.

기태주는 1층 가장 넓은 방 술자리에 앉아 있었다. 높은 천장에 고급스러운 샹들리에가 달린 방이었다. 차분한 색감의 벽지는 실크였고, 바닥재는 원목이었다. 중앙에는 대리석으로 된 테이블이 있었고, 의자는 편안한 가죽 소파였다. 각각 이탈리아와 그리스, 프랑스에서 수입한 것이었다.

테이블 위에는 와인병과 잔이 어지럽게 놓여 있었다. 소파에 앉아 있는 건 기태주와 추관우, 니나, 그리고 오늘의 영업 대상인 40대 여성이었다. 평소에는 이런 영업 대상을 '귀부인'이라고 불렀지만 지금은 아니다. 기태주와 추관우에게 이 여성은 그저 아주 친한 누나일 뿐이었다.

"어머, 그런데 태수 씨는 운동 참 열심히 하나 봐?"

기태주의 가슴을 더듬으면서 여자가 말했다.

"우리 운동하다 만났잖아요. 낮에 헬스 하는 거 말고는 달리 하는 일도 없어요."

여자는 집요하게 엄지손가락으로 기태주의 유두를 자극했다. 술도 한잔 마셨겠다, 성적으로 자극이 오긴 했지만 기태주는 아무렇지도 않은 척했다.

"그런데 태수 씨, 게이는 여자한테는 못 느낀다는 거, 그거 진짜야?"

"저 말고 게이 친구 없어요? 그런 걸 다 물어보고. 그럼 누나는 여자한테 느껴요?"

기태주는 게이 행세를 하고 있었다. 이건 추관우의 아이디어였다. 게이라고 하면 귀부인들이 경계심을 풀 거라는 생각이었다. 그 생각은 적중했다. 인터넷을 떠도는 유행어처럼 호모를 싫어하는 여자는 없는 법이다.

"글쎄. 안 해 봐서 잘 모르겠는데. 그런데 말이야, 게이 아닌 일반 남자도 남자가 손으로 해 주면 사정하지 않을까? 그 왜, 기계로도 사정할 수 있잖아, 남자는."

"에이, 누나, 그건 여자도 마찬가지죠. 니나, 이리 와서 한번 해 봐라. 누나가 느끼나 안 느끼나."

추관우가 불쑥 끼어들었다. 니나는 정색을 하며 인상을 찌푸렸고, 누나로 불린 여자는 추관우의 말이 재미있었는지 큰 소리로 웃었다.

"잠깐 화장실 좀 다녀올게요."

기태주는 자리에서 일어나 방 안에 있는 화장실로 들어갔다. 방이 넓은 만큼 방에 붙어 있는 화장실도 넓었다. 널찍한 화장실 벽면에 붙어 있는 거울을 보며 기태주는 세수를 했다. 정신을 차려야 했다. 와인 한두 병 마시는 술자리이긴 했지만 취기가 오르는 건 어쩔 수 없었다.

'나는 길태수다. 나는 게이 흉내를 내고 있다. 나는 누나를 즐겁게 해 줘야 한다. 그리고 나는, 누나를 마약중독자로 만들어야 한다.'

거울 속에서 자신을 바라보고 있는 사람을 똑바로 응시하면서 기태주는 이렇게 몇 번이고 곱씹었다. 혼자 있는 시간이 가장 위험하다는 김철수의 조언은 언제나 옳았다. 따지고 보면 사람은 늘 혼자다. 누구와 함께 있어도 그렇다. 기태주는 페이퍼 타월로 얼굴을 닦으며 이렇게 생각했다.

다시 방으로 돌아갔을 때 추관우와 여자는 심각한 분위기였다. 기태주는 분위기를 깨지 않도록 소리를 죽이며 자리에 앉았다.

"내가 잘나갔던 건 90년대잖아. 20세기라고. 지금은 21세기야. 이제 나도 한물갔지, 뭐."

여자는 푸념조로 이렇게 말하더니 와인을 한 모금 마셨다.

"무슨 소리예요. 이렇게 예쁜데. 밖에 나가면 대학생들이 전화번호 따려고 줄 서겠네."

추관우의 말에 여자는 기태주를 손짓으로 불렀다. 기태주가 옆에 앉자 여자는 조금 전과 마찬가지로 기태주의 품에 몸을 기댔다.

"대학생은커녕 여기 태수 씨도 나 별로 안 좋아하는데 무슨 소릴."

여자가 피식 웃었다.

"에이, 누나도. 그 친구는 게이잖아요."

"태수 씨, 여자랑 키스해 본 적 있어?"

여자가 애처로운 눈빛으로 기태주를 올려다보며 말했다. 대답하기 난감한 질문이었다. 지금은 그냥 이 여자와 키스를 하는 게 맞는 걸지도 모르는 일이지만 기태주는 그렇게 할 수가 없었다. 특히 바로 앞에 앉아서 '그래, 어떻게 하나 한번 보자.' 하는 표정을 짓고 있는 니나와 눈이 마주친 것 때문에라도 그럴 수는 없었다.

"제가 게이라는 거 알기 전에 몇 번 있었어요. 음, 솔직히 말하면 그 친구들한테는 미안하지만, 그 친구들하고 키스를 해보고 확실히 알았죠. 제가 게이란 걸."

잠깐 고민한 뒤에 나온 답이었다. 그럴싸한 대답이었는지 여자는 '응, 그렇구나.' 하고는 고개를 도로 품에 묻었다.

"에이, 누나. 그런 질문은 게이인 친구들한테 하는 거 아니에요. 실례예요, 실례."

추관우가 다시 끼어들었다.

"안 되나?"

눈을 깜빡이면서 여자가 묻자 기태주는 푸근한 미소를 지으면서 어깨를 으쓱했다. 여자는 반응이 마음에 들었는지 피식 웃으며 몸을 일으켰다. 그러곤 테이블 위에 놓인 와인잔을 집어 들면서 자세를 바로 했다.

"사실 오늘 아침에 말야, 집 앞에서 무슨 일이 좀 있었어."

여자의 말에 세 사람이 주목했다.

"드라마 찍고 있더라고. 요즘 하는 저녁 드라마인 것 같았는데, 제목이 뭐더라? 아무튼 중요한 건 그게 아니고, 거기 조연출하고 촬영감독이 나랑 일했던 사람이더라고."

여자는 와인잔을 비우고 한숨을 길게 내쉰 다음 다시 말을 이었다.

"기분이 영 그렇더라고. 나 한창 일하던 때 생각도 나고. 나는 여기서 지금 뭐하나, 이렇게 늙어 가는데, 이런 생각도 들고."

"늙었다는 소리 들으려면 20년은 더 있어야 한다니까, 누나도 참."

추관우가 기회는 이때라는 듯 재빨리 말했다.

"남편한테 다시 일하겠다고 해 보시면 어때요?"

기태주가 낮은 목소리로 조심스럽게 물었다. 여자는 다시 한 번 피식했다.

"그 사람이? 행여나. 나 데려간 다음에는 CF 들어오는 것도 다 못 하게 막았던 사람이야. 잡지 인터뷰도 막고, 아침 방송도 못 나가게 하고……. 그렇다고 어디 가정에 충실하기나 해? 그 사람 바쁜 거 핑계 대고 매일같이 외박에 출장에……. 나 일주일 넘게 그 사람 얼굴도 못 본 적 많아."

하소연이었다. 기태주도 여자를 TV에서 보았던 시절이 떠올랐다. 비록 A급 스타는 아니었지만 그래도 청춘 드라마에서 조연으로 종종 볼 수 있었던 얼굴이었다.

"누나, 그냥 콱 이혼해 버리면 안 될까? 누나 아직 젊어. 이혼하고 다시 도전하는 거지. 재기하는 거야, 재기! 응?"

추관우는 눈웃음을 치며 와인잔을 들고 여자의 옆자리에 가서 앉았다. 양쪽에 기태주와 추관우를 끼고 앉은 여자는 두 사람 어깨에 손을 올리곤 만족스럽다는 듯 소파에 몸을 묻었다. 기태주와 추관우도 자연스럽게 따라서 등을 젖혔다.

"재기라. 내 나이에 그게 되겠니?"

"아니, 안 될 게 뭐 있어? 고현정도 누나 나이에 재기했잖아."

"그랬나?"

"그럼. 그리고 누나는 다른 매력이 있잖아."

"그래?"

여자가 기태주 쪽 어깨를 풀고 몸을 추관우 쪽으로 돌렸다. 그러자 니나가 눈짓을 보내더니 먼저 밖으로 나갔다. 기태주는 대화를 잇고 있는 추관우와 여자를 놔두고 조용히 일어난 후 니나의 뒤를 따라 밖으로 나왔다.

"이제 우리 일은 끝났네. 여기서부터는 추관우 주임이 알아서 할 거야."

니나가 말했다.

"안 돌아가면 이상하게 생각하지 않을까?"

"저 여자가? 아까 네 어깨에서 손 푸는 거 못 봤어? 그거, 나가라는 신호야."

"그런가?"

몇 번 해 본 일이었지만 기태주는 아직 완전히 감을 잡지 못했다.

추관우가 '귀부인'이라는 은어로 부르는 여자들은 늘 달랐다. 나이도, 하는 일도, 원하는 것도 다 달랐다. 그리고 추관우와 니나는 언제나 그 다름에 맞춰서 변화했다. 변하지 않는 건 오직 게이 역할을 맡은 기태주 자신뿐이었다.

"일도 끝났는데, 우리 가볍게 한잔할까?"

니나가 눈웃음을 치며 물었다.

"게이하고 술 마셔서 뭐하게?"

기태주가 농담조로 말했다. 그러자 니나의 얼굴이 싸늘하게 식었다.

"러시아에서 게이라고 하면 길거리에서 맞아 죽어."

이 말에 기태주가 굳자 니나는 키득거렸다.

"농담이야, 농담."

"맞아 죽는다는 거?"

"아니. 그건 진짜야."

니나가 다시 정색을 하고 말했다.

♣

다음 날에도 기태주의 업무는 계속 이어졌다.

주간에는 청담동에 있는 고급 헬스클럽에서 운동을 하며 대상을 물색한다. 점심과 저녁때에 바쁜 건 니나다. 니나는 물색한 대상 중 적당한 인물을 찾아내 밥을 같이 먹으며 친해진다. 적당하게 분위기가 무르익으면 저녁 약속을 만든다. 이때는 추관우와 기태주도 함께하는데, 게이로 위장한 기태주는 이럴 때 유용한 존재다. 그리고 저녁에는 약속이 잡힌 귀부인과 함께 회원제 술집을 찾아 본격적인 영업을 한다.

"태수야, 이번엔 역할 한번 바꿔 볼래?"

추관우가 물었다.

"역할을 바꿔?"

"내가 게이역 하고, 네가 영업 마무리하고."

"나도 그랬으면 좋겠는데, 내가 아직 인턴이라 실력이 안 된다. 도대체 비결이 뭐냐?"

"무슨 비결?"

"이거. 작대기 꽂게 만드는 비결."

기태주는 왼 팔뚝에 손가락으로 주사를 놓는 시늉을 했다.

"태수야, 옛날에 말이다, 금고털이를 하나 알았어. 그 친구가 그러더라고. 세상에 열리지 않는 금고는 없다고."

꼰대 같은 말투였다.

"당연하지. 금고에는 열쇠가 있으니까."

"귀부인들 마음은 금고 같은 거야. 맞는 열쇠만 찾아내면 여는 건 금방이지."

"난 통 모르겠던데, 그 열쇠."

기태주는 고개를 갸웃했다. 사실 기태주가 여자의 마음을 모르는 건 분명한 사실이었다.

"아냐, 아냐. 넌 알고 있어. 그리고 사실 네가 나한테 그 열쇠를 찾아 주는 거야. 마음을 여는 열쇠. 마음을 열어야 작대기도 꽂지."

추관우는 이렇게 말하곤 잠시 말을 끊었다가 도로 이었다.

"이를테면 다이어트를 목표로 하는 성형외과 원장 부인한테는 살 빼는 약이라고 속여서 꽂는 거야. 유학 시절 마약 경험이 있는 대학교수 부인한테는 젊은 날의 추억을 자극하는 방법을 쓰고. 거 간밤에 본, 얼굴을 잊어버릴 정도로 남편의 해외 출장이 잦은 무역 회사 사장 부인은 제대로 눌러 준 다음에 침대에서 자연스럽게 작대기를 권하는 거지."

추관우는 손가락으로 팔뚝에 주사 놓는 시늉을 한 다음 다시 말을 이었다.

"어제는 그 귀부인이 다시 일하고 싶어 한다는 걸 알았기 때문에 문을 열 수 있었던 거야. 그리고 어제 그 귀부인이 다시 일하고 싶어 한다는 걸 알아낸 건 순전히 네 덕이고. 태수야, 너 없었으면 그렇게 편하게 말 안 했어, 그 귀부인. 너 아니었으면 제대로 눌러 주는 건 물 건너갔겠지."

추관우는 자신의 가랑이 사이를 손가락으로 가리키며 혀를 날름거렸다. 기태주는 인상을 찌푸리며 외면해 버렸다. 추관우는 기태주의 표정을 보고 덩달아 인상을 찌푸렸다.

"뭐야? 너 진짜 게이였던 거야? 야, 어제 그 귀부인 정도 와꾸 되는 여자, 안마, 아니, 오피스텔 가도 보기 힘들어."

"나 그런 거 자신 없다."

"이 새끼, 이거 수상해. 너 진짜 게이냐?"

기태주는 뭐라고 대답을 하려다가 그만두었다. 어떤 대답을 해도 기분이 상할 것 같았다.

"뭐, 상관없어. 게이는 깡패 하지 말라는 법도 없고. 난 말야, 정치적으로 아주 공정한 놈이거든."

"아냐, 그런 거."

"너 환영회 때 기억나? 회장님 면접 본 날 말이야. 그날도 모텔방에서 그냥 나왔지? 괜찮은 애 붙여 줬는데 말이지. 그 친구한테 게이라고 했다며? 거참.”

기태주는 뭐라고 말을 해야 변명처럼 보이지 않을까 고민했다. 역시나 그냥 입을 닫고 있어야 할 것 같았다. 달리 좋은 말이 떠오르지도 않았다.

“사실 너한테 게이 행세 하라고 한 거, 그때 떠올린 아이디어였어. 결국 제대로 잘 먹히긴 했지. 그런데 말이야, 아무래도 수상해. 수상하다고.”

“아, 씨발. 맘대로 생각해.”

기태주는 짐짓 아무렇지도 않은 척 이렇게 내뱉었다. 하지만 마음 깊은 곳에서는 추관우가 혹시 자신을 의심하고 있을지도 모른다는 불안감이 사라지지 않았다.

♣

기태주는 영업 사원 일을 하면서 귀부인에게 성희롱을 당하기만 한 것은 아니었다. 임무를 수행하는 목적인 정보를 얻을 수 있었다. 이를테면 조직에서 거래하는 마약에 대한 자세한 정보도 얻었다.

인터폴에게 얻은 정보대로 크릴랴는 러시아에서 제조된 것이었다. 크릴랴는 대한민국에서 흔히 ‘히로뽕’이라고 부르는 메스암페타민(methamphetamine) 계열의 마약으로 제조하는 중간에 독특한 공정을 도입해 순도가 아주 높으면서도 중독성이 강한 게 특징이었다.

메스암페타민 계열의 마약은 동남아나 남미에서 제조되는 아편 계열의 마약과는 다른 경로로 만들어진다. 양귀비에서 추출하는 아편 계열 마약은 진통 효과가 있는 진정제이지만 메스암페타민은 수도에페드린을 주원료로 하는 것으로 각성 효과를 가진다.

크릴랴를 하게 되면 혈압이 오르고 정신이 맑아지고 신체 능력이 향상된다. 특히 성감과 성기능이 매우 향상된다는 점에서는 엑스터시와 비슷하기도 하다. 하지만 엑스터시처럼 탈수나 환각을 경험하는 일은 없다. 극단적인 고양감과 행복감, 도취감이 주작용이다. 그리고 약효가 떨어지면 극심한 금단 현상이 찾아오게 된다.

"우리가 러시아에서 크릴랴를 얼마에 들여오는지 알아? 1킬로그램에 1000만 원이야, 1000만 원. 1킬로그램이면 말이야, 일반 히로뽕으로 치자면 소매가로 한 5억 원어치 되지. 하지만 우리는 크릴랴 1킬로그램으로 50억 매출을 올려. 설탕, 소금 섞어서 양을 엄청 불릴 수 있거든. 그만큼 순도가 높고 약빨이 세다는 거지."

추관우는 기태주에게 이런 식으로 자세히 설명해 주었다.

"들여오다 걸리면?"

"아직까지는 걸린 적 없어. 킬로그램 단위로 아주 조심스럽게 들여오거든. 적게 들여와도 워낙 많이 팔아먹을 수 있으니까 리스크를 자주 감수해야 하는 것도 아니고."

"50배 장사도 아니고 500배 장사네. 우리 금방 부자 되는 거 아니냐?"

기태주의 말에 추관우는 씨익 하고 한번 웃더니 말을 이어 갔다.

"회장님 계획은 이래. 앞으로 상류층을 중심으로 중독자를 늘려서 시장을 개척하자는 거야. 우리나라는 OECD 가입 국가 중에서 마약중독자 수가 가장 적어. 너무 심하게 마약을 단속하고 있다는 거야. 그러니까 바꿔 말하면 그만큼 잠재적인 시장이 넓다는 거지."

"나한테 먹물 먹었다고 뭐라 그러더니 너야말로 먹물 냄새가 풀풀 난다, 추관우."

아마도 회장이 자주 한 말이라 기억하고 있는 거겠지만 그렇다고 해도 꽤 그럴싸한 분석이었다. 추관우는 검지를 펴서 좌우로 흔들었다.

"새끼, 이 정도 가지고 먹물 냄새는. 세상이 어떤 세상인데, 인마. 깡패라고 덩치 좀 있고 칼춤 좀 춘다고 잘나가던 시대는 예전에 끝났어. 머리를 써야지, 머리를. 이 정도는 너도 상식으로 알아 둬. 주먹 쓰는 놈 말고 머리 쓰는 놈 되라는 건 회장님 강조 사항이니까."

기태주는 그러겠다고 했다.

"하지만 시장이 넓다고 단기적으로다가 무작정 막 팔겠다는 것도 아니야. 만약 그럴 생각이었으면 홍대 클럽에 뿌려서 굵고 짧게 번 다음에 싹 잠수타 버리는 편이 낫겠지. 하지만 그랬다가는 경찰이 가만있겠냐고. 급작스럽게 사업을 확장하면 말이야, 당장 전담반 만들고 언론에 보도 자료 뿌리고 죽자 사자 달려들걸? 마약 범죄니까 국가정보부까지 움직일 수도 있고 말이야.”

국가정보부라는 말에 기태주는 속이 뜨끔했다.

“그래서 우리는 부유층, 고위층 중심으로 영업을 하는 거야. 안전한 곳에서 아주 천천히 사업을 확장시키겠다 이거지.”

추관우는 자신이 알고 있는 앞으로의 사업 계획도 말해 주었다.

“우리나라 조폭들은 말이야, 선진국에 비하면 골목대장에 불과해. 일본은 야쿠자가 조직 이름으로 성금도 내고, 미국은 마피아들 입김이 장난 아니잖아. 우리나라를 함 봐라. 다른 나라 조직들이 다 하는 도박, 이거 누가 해? 나라에서 하잖아. 경정, 경륜, 정선 카지노, 다 나라에서 해. 이러니 조직이 끼어들 틈이 있나. 주류 도매 쪽도 봐라. 대기업들이 다 하지. 건설은 또 어때? 그것도 대기업들이 다 하잖아. 결국 우리가 할 수 있는 건 매춘하고 마약 정도야.”

“그래서 야쿠자나 마피아 수준으로 조직을 키우겠다는 건가?”

“그렇지. 바로 그렇지.”

추관우는 아주 크게 고개를 끄덕이면서 긍정의 뜻을 표했다.

“지금 이렇게 약 파는 거, 이건 시작에 불과해. 자금을 모으기 위한 시작. 자금을 모아서 다른 사업에 진출할 거야. 회장님은 러시아 쪽에 인맥이 있거든. 그 인맥과 노하우로다가 합법적인 사업을 조금씩 확장시킬 거야. 그리고 결국에는 러시아와 대한민국을 잇는 거대한 기업으로 성장하는 게 목표인 거지.”

이들 조직은 기태주가 생각했던 것보다 훨씬 큰 그림을 그리고 있었다. 기태주는 이 대목에서 자신이 이들을 막는 잠입 수사에 투입되었다는 사실에 자부심을 느꼈다.

“태수야, 만약 그렇게 되면 말이지, 우리는 창립 멤버가 되는 거야. 조직의 진골, 조직의 알짜배기, 조직의 중추신경이 된다 이 말이다.”

추관우는 기태주의 어깨를 다독였다.

“그러니 우리 일에 자부심을 가져. 지금은 그냥 영업 사원이지만 내년, 내후년에는 어떻게 될지 몰라.”

“과장이나 차장, 그런 직함 달고 출퇴근하게 되지 않을까?”

기태주는 일부러 희망에 찬 목소리를 지어내서 이렇게 물었다.

“야 인마, 꿈 좀 크게 가져라. 쪼잔하게 과장, 차장이 뭐냐? 기왕이면 팀장, 아니, 기획실장, 본부장! 뭐 이 정도는 붙어야 폼 나지 않겠냐?”

“오, 그래. 폼 난다. 추관우 본부장.”

“그래, 길태수 팀장.”

이렇게 말하고 기태주는 추관우를 따라서 웃기는 했지만 마음이 편하지는 않았다. 추관우의 꿈은 실현되어서는 안 될 일이었다. 그리고 이들이 이미 정보부에 노출된 이상, 조직이 무너지는 건 기정사실이었다. 그저 시간이 문제일 뿐이었다.

하지만 추관우의 꿈은 그보다 더 빨리 깨졌다.

♣

영업이 순조롭게 이어지자 기태주의 거처는 삼성동에 있는 그럴싸한 오피스텔로 바뀌었다. 인테리어라고는 전혀 없었고, 가끔 옆방에서 술에 취한 속칭 '나가요 언니'들의 소음이 들리는 방이기는 했지만 수습 기간을 보낸 논현동 원룸과는 비교하기 어려울 정도로 깔끔하고 좋은 곳이었다.

기태주는 그 방으로 옮긴 지 며칠 지나지 않아 추관우를 손님으로 맞았다. 초대한 건 아니었다. 술에 취한 추관우가 일방적으로 찾아와 방문을 두드린 것이다.

"술 좀 있냐?"

문을 열자마자 거의 들이닥치듯 들어온 추관우는 이렇게 말하면서 마치 자기 방처럼 편하게 침대에 몸을 던졌다.

"쉬는 날인데 몸 챙겨야지 어디서 또 술을 그렇게 퍼먹었어?"

기태주는 추관우의 건강을 염려하면서 냉장고를 열어 보았다. 안에는 생수밖에 없었다. 가만 보니 추관우는 이미 취기가 잔뜩 오른 모양이었다. 기태주는 컵에 생수를 따라 주었다. 추관우는 컵에 든 물을 마치 소주라도 되는 것처럼 들이켰다.

"아, 씨발, 씨발."

추관우는 손을 휘휘 내저으면서 욕설을 내뱉었다. 기태주는 침대 맞은편 의자에 가만히 앉아서 그 모습을 지켜보았다.

"나중에 집들이한다니까 뭐 이렇게 불쑥 찾아오냐. 집에 아무것도 없는데, 사람 곤란하게."

기태주가 푸념조로 말했다. 추관우는 피식 웃었다.

"씨발! 길태수, 너 여자 있지? 있는 거 다 알아."

뜬금없는 소리였지만 기태주는 가슴이 철렁 내려앉는 기분이었다. 위슬비의 얼굴이 잠시 아른거렸다.

"좋은 술 처먹고 와서 뭔 헛소리냐?"

"내가 수상하다고 했잖아. 다 안다니까? 씨발, 내가 심증은 있는데 물증이 없네."

"물증이고 나발이고 그게 뭔 개소리야?"

기태주는 짐짓 태연한 척했지만 혹시나 하는 마음에 등골이 다 서늘했다.

"너 그래서 호모 새끼 흉내 내는 거잖아. 내가 모를까 봐? 너, 그러는 거 아니다. 호모 새끼들은 그러는 새끼들 제일로 싫어해. 호모 흉내 내는 새끼."

"아줌마들이랑 살 섞기 싫어서 그러는 거라니까. 내 취향 좀 존중해 줘."

"아줌마? 하루 네 시간씩 운동해서 20대 못지않은 몸짱 귀부인들을 아줌마라고? 씨발, 듣는 아줌마들 맘 상하겠네."

"피곤하면 그냥 자라. 헛소리 작작 하고."

기태주는 자리에서 일어나 싱크대로 가서 괜히 멀쩡한 컵을 닦았다.

"헛소리 아닌데. 그리고 맞는데. 여자 있는 거 맞는데."

"그래. 있다, 있어. 여자 있어. 그런데 그거 네가 상관할 거 아니니까 거기까지만 해라, 응?"

계속해서 컵을 씻던 기태주가 기분 나쁜 티를 내며 말했다. 이번에는 좀 효과가 있는 모양이었다. 추관우는 입을 다물고 양손으로 자신의 얼굴을 위아래로 심하게 비비기 시작했다.

"아, 취했네, 취했어. 내가 지금 이런 꼴 보이려고 온 게 아닌데……."

"피곤하면 그냥 자."

수돗물을 잠그면서 기태주가 말했다. 하지만 추관우는 잘 생각은 없는 모양이었다. 컵에 남아 있던 물을 싹 비우더니 잔을 높게 들어 기태주 쪽으로 흔들었다.

"나 술 한 잔 더 하자. 맥주 있지? 줘. 목 탄다."

기태주는 냉장고 문을 열고 생수병을 꺼냈다.

"천천히 마셔라. 취할라."

기태주는 물을 채워 주면서 이렇게 말했다.

"취하지. 암. 취하려고 먹는 술인데 왜 안 취해? 이 좆같은 세상, 술이라도 안 취하면 어떻게 버티냐?"

"다들 안 취하고도 잘 버텨."

추관우는 잔을 기울여 물을 마셨다. 꼭 맥주를 단숨에 마시는 것 같은 느낌이었다.

"씨발. 맥주 달라니까 물을 주냐."

물 덕분인지 조금 전까지와는 확연히 다른 차분한 음성이었다. 기태주는 갑자기 돌변한 추관우의 목소리 때문에 조금은 긴장이 되었다.

"일단 물부터 마셔. 정신 차려야지."

기태주는 추관우가 돌발 행동을 할 수도 있다는 점에 주의하면서 말했다.

"내가 전에 리스크 이야기했던 거, 기억나?"

이렇게 묻는 추관우의 음성은 차분했다.

"기억하지. 하이 리스크, 하이 리턴."

추관우는 심호흡을 한번 하더니 몸을 기태주 쪽으로 숙였다.

"너, 리스크 얼마 정도 감당할 수 있겠냐? 아니, 이렇게 묻자. 너, 돈 1억 벌 수 있는 기회가 있다면 징역 얼마 정도 사는 리스크를 감수할 수 있겠냐?"

뚱딴지같은 소리였고 대답할 가치도 없는 헛소리였다. 하지만 기태주는 최대한 추관우를 존중해서 잠시 생각하는 척하고는 1년이라고 대답했다.

"1년? 1년이라. 1년에 1억이라."

추관우는 다시 잔을 기울여 물을 마신 다음 말을 이었다.

"그럼 네 목숨을 걸어야 한다면 말이다, 그럼 돈을 얼마 정도 벌어야 될 거 같냐? 그러니까, 돈 얼마면 네 목숨을 걸 수 있겠냐?"

기태주는 이 질문에는 웃음을 터뜨리고 말았다.

"병신아, 뭔 헛소리야. 사소한 일에 목숨 걸지 말라는 말 모르냐? 씨발, 돈이 10억이 됐건 100억이 됐건 죽으면 뭔 소용인데? 나 같으면 목숨 안 걸어. 절대 안 걸어."

"새끼. 깡패 새끼치곤 소심하네."

추관우는 남아 있던 물을 깨끗하게 다 마셔 버렸다. 기태주가 생수병을 들자 추관우는 고개를 저으며 자리에서 일어났다.

"됐다. 술 달라는데 물 주는 놈하곤 더 있고 싶지 않다."

이렇게 말하는 추관우의 표정은 평소와는 달리 어딘지 쓸쓸한 구석이 있었다.

"작작 좀 마셔. 내일 어떡하려고 그러냐?"

기태주는 의자에서 일어나지 않고 추관우를 올려다보았다. 추관우는 고개를 문 쪽으로 돌려 기태주의 시선을 피했다.

"나가기 전에 하나만 묻자. 그럼 너, 네 목숨이 아니라 남의 목숨이라면, 그러면 돈 얼마 정도 벌 수 있으면 되겠냐? 그러니까 남의 목숨을 걸어야 한다면……."

"뭔 소린지 알아. 글쎄다. 한 10억? 10억이면 남의 목숨, 걸수 있을 것 같은데?"

기태주가 추관우의 말을 끊고 이렇게 답하자 추관우의 표정이 살짝 어두워졌다.

"……그게 만약 내 목숨이라면?"

기태주는 추관우가 분명 뭔가 하고 싶은 이야기가 있다는 걸 직감했다. 담아 두고 있는 뭔가가 있는 게 틀림없었다. 하지만 기태주는 캐묻지 말아야겠다고, 스스로 이야기할 때까지 시간을 줘야 한다고 판단했다.

"네 목숨이라면?"

"그래. 얼마면 내 목숨, 걸어 버리겠냐?"

"흐음, 네 목숨이라…….."

기태주는 엄지와 검지로 턱을 쓰다듬으며 생각하는 척을 했다.

"대략 2만 3000원? 아니, 2만 2000원."

기태주의 실없는 농담에 추관우가 웃었다.

"알았다. 됐다. 쉬어라."

추관우는 뒤도 돌아보지 않고 방을 나섰다. 문이 닫히는 소리가 무겁게 복도에 울려 퍼졌다.

소리가 사라지고 나자 방에는 침묵이 감돌았다. 조금 전까지 추관우가 앉아 있었던 침대가 평소보다 훨씬 넓게 느껴졌다.

"적막하다."

기태주는 적막하다는 단어를 의미 없이 내뱉었다. 너무 조용한 탓이었다. 내일 나가서 미니 오디오 세트라도 하나 사야 하나 싶었다.

그때 복도에서 발걸음 소리가 들렸다. 기태주는 별생각 없이 그 소리에 귀를 기울였다. 소리는 점점 다가오더니 방문 바로 앞에서 멈췄다. 그리고 노크 소리가 이어졌다.

"아, 씨발, 병신 새끼. 곱게 갈 일이지 돌아오긴. 술 대신 물 주는 새끼하곤 같이 있기 싫다고 하지 않았냐?"

기태주는 이렇게 말하면서 문을 열어 주었다.

"난 물 주는 사람이 술 주는 사람보다 좋던데."

감준배였다. 꽤 오랜만에 보는 얼굴이었다.

"야, 인마!"

기태주는 낮은 목소리로 급하게 말하곤 얼른 감준배를 방 안으로 끌어당긴 뒤 문을 닫았다.

"감준배! 이렇게 불쑥 찾아오면 어떡해!"

"추관우 가는 거 확인했어. 지금 감시팀 하나가 추관우 뒤 밟고 있어. 실시간으로 나한테 보고하고 있으니까 걱정 접어."

감준배는 예의 그 기묘한 웃음을 흘리며 자신의 오른쪽 귀를 손가락으로 가리켰다. 감준배의 오른쪽 귀에는 골전도 마이크 겸 이어폰이 꽂혀 있었다.

"조금 전에 한 이야기도 들었어. 너 여기 환영회 때 여자 그냥 돌려보낸 거 기억하지? 네가 게이라고 속였던 술집 여자."

기태주는 그때 입 다물라고 준 5만 원권 지폐가 떠올랐다

"그 여자 지금 우리가 데리고 있다. 구속한 건 아니고, 그냥 일 끝날 때까지 숨겨만 주는 거야. 왜 그러는 줄 알아? 너 보호해 주려고."

"그럼 뭐하냐. 추관우, 그 여자 나랑 안 잔 거 알고 있던데."

감준배는 고개를 저었다.

"우리가 한발 늦었지. 그래서 만회하려고 하잖아."

감준배는 이렇게 말하고는 잠시 침묵했다. 표정을 보아하니 아마 골전도 이어폰을 통해서 뭔가 무선을 받는 모양이었다.

"야, 그나저나 감준배 너, 이렇게 갑자기 찾아오면 어떡해? 아직 장부 못 찾았어. 조직도도 완벽하게 파악 못 했고. 러시아 쪽 연줄은 손도 못 댔다."

기태주가 말했다.

"알아. 지금 동원된 팀이 몇 갠데 네 진행 상황도 파악 못 하겠나?"

"그럼 기본 작전 계획은 폐기하는 거냐?"

기태주가 물었다.

"왜 그렇게 생각해?"

"지금 네가 계획에 어긋나는 접촉을 해 왔으니까 그렇지. 달리 생각하기 힘든데."

"맞아. 지금 이 상황이 계획에 어긋나긴 하지. 하지만 우리 일이 언제 제대로 계획대로 흘러가는 거 봤냐? 그때그때 다르게 처리하잖아."

"그래도 원칙이라는 게 있잖아. 이를테면 이번 일은 소리 소문 없이 조용히 처리하기로 한 거 아니었어? 그래서 샤론의 장미팀하고 우리하고 투입된 거고."

기태주의 말에 감준배는 고개를 갸웃했다.

"그게, 상황이 좀 바뀐 거 같다. 원래 조용히 처리하기로 했던 건 맞는데, 이제는 시끄럽게 처리하는 쪽으로 방향을 틀었다."

"……시끄럽게?"

기태주는 시끄럽게 처리한다는 게 어떤 건지 감이 잘 잡히지 않았다.

"원래 계획이야 네가 장부하고 조직도, 증거 일체 다 확보한 다음에 영장 청구해서 조용히 다 잡아들이고 마무리 짓는 거였는데, 아무래도 위쪽 누군가가 마음을 바꾼 모양이야. 알지?

그 왜 있잖아. 대규모 검거 작전. 카메라 들이대고 방송에 줄줄이 수갑 차고 끌려가는 그림 내보내는 거."

"그게 선거에 더 도움이 될 거 같다, 뭐 이런 건가?"

기태주가 의문을 제시했지만 감준배는 긍정도 부정도 하지 않았다.

"지금은 그냥 우리 일에만 집중하자. 일단 두목이 누군지는 확인했어. 왕대석. 네가 처음에 면접 봤던 건물 주인이야."

감준배가 스마트폰으로 사진을 보여 주었다. 사진은 실제 모습보다 훨씬 젊어 보였다. 아마도 주민등록증이나 여권에 붙은, 오래전에 찍은 사진인 모양이었다. 기태주는 사진 속 왕대석이 환영회 때 지하에서 본 인물과 동일 인물이라는 걸 확인해 주었다.

"조직도고 나발이고 결국 이 조직은 왕대석 조직이야. 왕대석 말고는 전체 그림 아는 놈도 없고, 왕대석 말고는 러시아하고 연줄 닿아 있는 놈도 없어. 그 말은 왕대석 하나 입 막아 버리면 모든 게 깔끔하게 끝난다는 거지."

"그렇게 하면 왕대석이야 잡아들일 수 있겠지만 잔챙이들이 도망칠 텐데. 나중에 시끄럽게 되지 않을까?"

"잔챙이들이 무슨 수로 시끄럽게 해? '내가 마약 사범이었소.' 하고 기자회견이라도 열 거 같아? 무조건 잠수타겠지. 그리고 잠수 끝나면 선거도 끝날 테고. 선거 끝나면 잔챙이들이 양심선언을 하건 지랄을 하건 말건 상관없잖아?"

다시 말해 이미 모든 일이 다 결정됐다는 소리였다. 기태주는 화면 속 왕대석의 얼굴을 다시 한 번 찬찬히 바라보았다. 어쩐지 측은한 느낌이었다.

"그럼 왕대석이는 언제 잡아들일 거야?"

기태주가 물었다.

"그거 때문에 내가 이렇게 직접 온 거야. 왕대석이 빨리 잡아들이려고."

감준배는 스마트폰을 조작해 다른 사진을 보여 주었다.

"이 얼굴 알지?"

화면에 뜬 것은 니나의 얼굴이었다. 멀리서 망원렌즈로 찍었는지 화질이 좋지 않았다.

"알아. 니나. 나랑 같이 일해."

"다른 건?"

"글쎄. 러시아 통역도 한다는 거 정도?"

"불법 체류자야. 신원 확인해 보니까 국적도 러시아더라고."

"그런데?"

기태주가 묻자 감준배는 잠깐 뜸을 들였다가 대답했다.

"니나가 추관우랑 짜고 공금을 횡령했어."

기태주는 조금 전 추관우가 했던 행동과 말이 떠올랐다.

"……얼마나?"

"2억 2천."

감옥 1년이면 1억이라더니. 생각보다는 크지 않은 액수였다. 하지만 왕대석에게 액수는 그리 중요하지 않을 것이다. 자신을 배신했다는 사실이 훨씬 중요할 터였다.

"그런데 왕대석이가 둘이 횡령한 걸 알았어. 당연한 일이지만 조만간 처분할 거야. 아마 본보기를 보이고 싶겠지. 그러면 어지간한 놈들은 다 오지 않겠어? 그때 일망타진할 거야."

"경찰특공대 투입?"

감준배는 고개를 저었다.

"경찰에서 손대면 이야기가 새 나갈 가능성이 있다는 판단에 우리 쪽에서 직접 손쓰기로 했어. 정보부 타격팀이 나갈 거야."

기태주는 그제야 대충 큰 그림이 그려졌다. 지금 작전의 방향은 범죄 조직을 검거하는 게 최우선이 아니었다. 정부 여당의 고위 당직자가 연루되었다는 사실을 지우는 게 급선무였다. 그리고 기태주 자신은 그런 작전이 그려진 큰 그림의 작은 조각에 불과했다.

"내가 할 일은?"

"넌 그냥 왕대석이가 하라는 대로 해. 나머지는 우리가 알아서 할 테니까. 타격팀한테 괜히 저항하지 말고. 그러다가 총 맞는다."

감준배는 자신이 한 말이 농담이라는 걸 강조라도 하려는 듯 기분 나쁜 웃음을 뒤에 덧붙였다. 기태주는 어색하게 따라서 웃었다. 감준배는 그런 기태주를 잠시 관찰하는 것처럼 자세히 살피더니 뭔가를 던져 주었다.

"이거 뭔지 알지? 피아 식별 목걸이."

기태주는 자신이 받은 것을 바라보았다. 금속으로 된 목걸이였다. 물론 알고 있는 장비였다.

"왜? 까먹었을까 봐?"

목걸이 끝에 달려 있는 전원을 확인하면서 기태주가 말했다.

피아 식별 목걸이는 작전 때 적과 아군을 구분하기 위해 사용하는 장비다. 목걸이의 전원을 켜면 고유의 파장이 흘러나오게 되는데, 그 파장은 맨눈으로 봤을 때는 보이지 않지만 적외선 고글이나 열 감지기로 보면 확연하게 목 주변으로 굵은 띠가 보이게 된다. 훈련 때 본 적은 있었지만 실전에서 사용하는 건 이번이 처음이었다.

"준배야, 만약에 내가 이거 안 하고 있으면 타격팀한테 저항하지 않아도 죽는 거겠지?"

기태주는 피아 식별 목걸이를 한참 동안 만지작거리다가 이렇게 물었다. 감준배의 말에 따르면 높은 사람들은 시끄러운 방법을 택했고, 결국 왕대석을 죽일 작정이었다. 죽은 자는 말이 없다.

"그럴 수도 있고, 안 그럴 수도 있고."

하지만 감준배는 애매하게 답했다. 아마도 정확한 작전 내용은 알려 주지 말라는 지침이 있는 모양이었다. 현재 방에는 정보부에서 설치한 도청 장치가 있을 것이고, 모든 대화는 녹음될 것이다. 기태주는 감준배의 눈을 바라보았다. 조금이라도 더 단서를 달라는 의미였다.

"태주야, 내가 너라면 말이다. 그냥 낌새 안 좋으면 냅다 튀겠어. 왕대석 근처에 있지 않을 거란 말이야. 알지? 모진 놈 옆에 있으면 벼락 맞는 거."

감준배는 왕대석이 현장에서 사살될 거라는 걸 이렇게 암시했다. 기태주 입장에서는 이 말이면 충분했다.

"그러면 다른 놈들은?"

"넌 네 목숨이나 걱정해."

감준배는 이렇게 말하고는 기태주의 어깨를 한번 두드리더니 방을 나섰다. 기태주는 목걸이를 만지작거리면서 침대에 누웠다. 눈앞에 추관우의 얼굴이 어른거렸다.

♣

작전명은 얄궂게도 '시베리아 사냥'이었다. 왕대석은 모스크바 유학생 출신으로 시베리아와는 아무 관계도 없었지만 작전명은 그렇게 지어졌다. 러시아 민요 카린카와 월드컵이 아무 상관도 없는 것과 마찬가지였다.

다음 날 새벽, 기태주는 왕대석의 호출을 받았다. 환영회가 있었던 건물로 오라는 거였다. 기태주는 피아 식별 목걸이를 목에 걸고 방을 나섰다.

방문을 나서기 전, 기태주는 불 꺼진 방을 잠시 돌아보았다. 다시 돌아올 일이 없을 방이었다. 방을 가득 채운 어둠도 기태주를 응시하고 있었다. 방문을 닫을 때 그 어둠이 밀려나와 등 뒤에 달라붙는 것 같은 느낌이 들었다.

새벽이었다. 거리의 공기는 눅눅했다. 기분 탓만은 아닌 것 같았다. 가는 길 내내 기태주는 방에서 흘러나온 어둠이 자신의 뒤통수를 따라다니는 것만 같아 자꾸만 뒤를 돌아보았다. 물론 기태주의 뒤에 있는 것은 비어 있는 길뿐이었다.

건물 앞에 도착했을 때, 기태주는 분위기가 심상치 않다는 걸 감지할 수 있었다. 물론 눈에 들어오는 것은 익숙한 풍경이었지만 흐르는 공기는 완전히 달랐다.

건너편 건물 옥상에는 저격수가 배치되어 있을 터였다. 건물 맞은편에 주차되어 있는 승합차 안에는 요원들이 대기하고 있을 것이다. 요원 몇은 일반인으로 위장해서 차를 몰고 건물 주변 대로를 빙빙 돌 것이고, 또 다른 요원들은 이미 건물로 잠입해 공작을 진행하고 있을 게 틀림없었다. 하지만 눈에 들어오는 풍경은 그저 평소와 다를 바 없어 보였다. 그 풍경 위로 흐르고 있는 짙은 어둠을 느낄 수 있는 건, 월드컵파 조직원 중에서는 기태주 혼자뿐이었다.

지하로 통하는 출입문을 열었을 때 기태주는 냄새를 맡을 수 있었다. 피비린내였다. 이미 어느 정도 진행이 된 게 틀림없었다. 이제 상황은 분명해졌다. 기태주는 피아 식별 목걸이를 확인했다.

계단을 내려서자 가장 먼저 눈에 들어온 것은 등 뒤로 팔이 묶인 상태로 의자에 앉아 있는 추관우였다. 마치 모노드라마의 주인공처럼 추관우의 머리 위로 조명이 쏟아지고 있었다. 나머지 조직원들은 어둠 속에서 마치 관객들처럼 숨을 죽이고 있었다.

양복 상의를 벗고 몽둥이를 든 둘이 숨을 헐떡이고 있었는데, 신입 환영회 때 본 얼굴이긴 했지만 잘 아는 사이는 아니었다. 아마 왕대석의 직속 부하일 것이다.

기태주는 추관우를 자세히 살펴보았다. 추관우는 지하에 떠돌고 있는 피비린내의 근원이 어디인지 단숨에 알아차릴 수 있을 정도로 피를 흘리고 있었다. 한쪽 눈은 부어서 거의 뜰 수 없을 정도였고, 피부는 여기저기 찢어져 피가 흘러나오는 곳이 어디인지 쉽게 파악하기 힘들 지경이었다.

피범벅이 된 추관우의 얼굴에는 오른쪽 눈 위에서 시작해서 뺨까지 이어지는 흉한 자상刺傷이 있었다. 아마도 거기서 흘러나온 피가 지금 보이는 피의 대부분을 차지하고 있는 것 같았다.

"태수야."

왕대석이 어둠 속에서 기태주를 불렀다.

"예, 회장님."

기태주는 고개를 숙이고 목소리가 흘러나오는 쪽으로 고개를 조아리고 이동했다. 목걸이가 꼭 자신의 목을 바닥으로 끌어당기는 것 같은 기분이었다.

"내가 여기서 너한테 했던 말, 기억하냐?"

왕대석이 물었다.

"예."

"뭐라 그랬냐?"

기태주는 그날 들었던 이야기 중 왕대석이 무슨 이야기를 듣기 원하는지 잠시 생각해 보았다.

"깡패처럼 굴지 말라고 하셨습니다."

기태주의 말에 조직원들이 숨을 죽였다. 분위기가 싸늘하게 식는 게 느껴질 정도였다.

"왜 그랬을 거 같냐?"

"깡패들은 배신하니까요."

기태주는 살짝 고개를 들어 어둠 속의 왕대석을 응시했다. 왕대석의 얼굴에는 표정이 없었지만 그 안에서 얼마나 깊은 분노가 타오르고 있을지는 충분히 짐작할 수 있었다.

"그래. 그렇군."

왕대석은 이렇게 말하면서 손을 내밀었다. 그러자 뒤에 서 있던 조직원 중 하나가 무언가를 왕대석에게 건넸다.

"너, 추관우랑 친했지?"

"……추관우가 제 교육을 담당했습니다."

왕대석이 부하에게서 받아 든 것을 기태주 앞으로 던졌다. 차가운 금속음이 바닥을 울렸다. 날카롭게 벼려진 칼이었다.

"내가 길태수 주임을 늦게 부른 건 이유가 있어서야."

사실 말이 더 필요한 상황은 아니었다. 백 마디 명령보다 벼려진 칼날이 내뿜는 빛이 기태주에게 훨씬 더 많은 지시를 내리고 있었다.

"회자정리會者定離라고 했다. 정리할 건 깨끗이 정리하고 넘어가야지."

"……제 손으로 끝내라는 말씀이십니까?"

굳이 필요한 말은 아니었지만 기태주는 왕대석에게 다짐을 받듯 이렇게 물었다. 대답을 듣지 않고는 도저히 바닥에 떨어진 칼을 집어 들 수 없을 것 같았다. 왕대석은 대답 대신 귀찮다는 듯 손짓을 보냈다.

"태수야, 그냥 비즈니스라고 생각해. 깡패처럼 화내고 그럴 거 없어."

기태주가 망설이자 왕대석이 이렇게 덧붙였다. 이대로 멍하니 있을 수는 없었다. 시간이 얼마나 남았을까? 조금만 더 시간을 끈다면 추관우를 살릴 수 있을지도 모르겠다는 생각이 들었다.

"아, 이 새끼가 진짜. 너, 배신자를 끝내는 일도 못 하겠다는 거냐? 그런 거냐?"

기태주가 망설인다고 생각했는지 왕대석이 낮지만 단호한 어조로 재촉했다.

시간을 더 끌고 싶었다. 하지만 이대로 계속 멍하니 있다가 왕대석이 버럭 화라도 내 버린다면 작전 전체가, 아니, 자신의 목숨이 위태로울 수도 있는 상황이었다.

결국 기태주는 몸을 숙여 칼자루를 향해서 손을 뻗었다. 그리고 그다음 순간부터 기태주는 시간이 천천히 흐르는 것처럼 느껴졌다.

먼저 불이 꺼졌다. 곧이어 총성이 울렸고, 피가 튀었다. 기태주는 추관우에게 달려든 다음 귀에 대고 이렇게 말했다.

"도망쳐!"

기태주는 들고 있던 칼로 추관우를 결박하고 있던 줄을 끊었고, 자유의 몸이 된 추관우는 어둠 속으로 사라졌다.

자동소총의 총성이 이어졌다. 비명 소리와 화약 냄새, 그리고 피 냄새가 풍겼다. 기태주는 귀를 막고 몸을 숙였다. 머리 위로 총탄이 날아가는 것을 확실하게 느낄 수 있었다.

상황은 금세 끝났다. 죽어야 할 자들은 죽었다. 기태주는 가장 먼저 쓰러졌던 것이 왕대석이라는 걸 기억했다. 물론 왕대석은 그 자리에서 죽었다. 즉사였다.

그렇게 사건은 마무리되었다.

계획대로라면 기태주도 이후 몇 번의 잠입 수사 임무를 마치고 승진해, 정보부 최정예 언더커버 수사팀을 이끄는 팀장이 되었을 것이다. 그것이 정해진 수순이었다. 하지만 일은 그렇게 흘러가지 않았다.

4 흑색요원 프로토콜

왕대석의 죽음으로 사건은 마무리되었다.

언론은 신흥 마약 조직 '월드컵파'를 일망타진한 경찰의 업적을 대대적으로 보도했다. 기사는 갈수록 수위가 높아지고 있는 마약 범죄에 대한 우려와 이에 맞서는 공권력을 응원하는 목소리를 담고 있었다.

마약 조직 소탕 기사 뒤에는 마약을 구입해서 사용한 연예인 기사가 따라붙었다. 사람들의 관심은 특히 한류 스타 모씨와 사생활이 문란하다는 루머로 유명한 연예인 모씨에 집중되었다. 마약을 한 고위층이 마약 사범 명단에 없다는 사실은 아무도 주목하지 않았다. 그 어디에서도 '귀부인'의 흔적은 찾아볼 수 없었다.

가장 화제가 된 것은 대테러 작전을 방불케 한 검거 작전이었다. 모든 기사의 초점은 총기를 사용하면서 저항한 마약 조직에 맞춰졌다. 현장에서 발견된 총기의 출처는 '밀수입'이라고만 표기되었다. 누구도 그 총기가 국가정보부 창고에서 나온 것이라고 의심하지 않았다.

경위야 어찌 되었건 현장에 투입되었던 정보부 타격팀 요원들이 신분을 숨기기 위해 마스크를 쓴 상태로 대통령 표창을 받는 사진은 한동안 이 나라의 치안 상태를 상징하며 정부의 홍보 자료에 자주 쓰였다.

당연히 국가정보부의 활약상을 담은 기사는 전혀 없었다. 정보부의 흔적은 어디에서도 찾아볼 수 없었다. 마스크를 쓰고 표창을 받는 정보부 타격팀 대원들의 소속은 그저 '특수부대'라고만 알려졌다.

이 사건은 보궐선거에 영향을 끼쳤다. 치안과 안정을 강조한 여당의 선거 전략과 맞아떨어졌던 것이다. 선거는 완벽한 여당의 승리로 끝났고, 사건의 시발점이 되었던 여당의 고위 당직자는 원내총무 자리에 앉았다. 결과적으로 조용한 방법 대신 시끄러운 방법을 택한 위쪽의 판단은 옳았다.

사건이 이렇게 마무리된 건 온전히 정보부의, 특히 정보부 내 샤론의 장미팀과 블루팀의 공이었다.

일을 맡기 전, 정의택은 공을 분명히 하겠다고 했다. 그리고 정의택은 자신이 가진 정치력을 모두 발휘해 공로가 샤론의 장미팀뿐만 아니라 블루팀 전원에게도 돌아갈 수 있게 했다. 다만 사건의 핵심 요원이었던 기태주는 임무가 끝났음에도 불구하고 즉각 정보부로 돌아오지 못했다. 언더커버 요원으로서 해야 할 일이 남아 있었기 때문이다.

기태주는 체포된 월드컵파 조직원들과 함께 정보부 타격팀에서 경찰로 인도됐다. 경찰은 사건을 검찰로 송치했고, 미결수 신분이 된 기태주와 조직원들은 안양교도소로 이송되었다.

안양에서 재판이 있었다. 재판 절차는 이례적으로 빨리 진행되었다. 이들 마약 사범들은 거의 시국 사범과 맞먹는 속도로 재판을 받았다. 판결은 사흘 만에 나왔다.

판결이 나오자마자 조직원들은 분산 수감을 해야 한다는 이유로 각각 다시 이감되었다. 기태주는 광주교도소로 이감되었다. 그리고 바로 다음 날 밤, 교도소 긴급 이송이 있었다. 잠자리에 들었던 기태주는 포승줄에 묶인 상태로 이송 차량에 올랐다.

"짜식, 학교 밥 좀 먹더니 얼굴 좋아졌네. 잘 지냈냐, 길태수!"

이송 차량에 먼저 타고 있었던 것은 감준배였다.

"꼭 이렇게까지 해야겠냐?"

기태주는 감준배에게 이렇게 투덜거렸다.

"꼭 이렇게까지 해야지. 어떻게 만든 길태수 신분인데. 이렇게 해 둬야 나중에 전과자 길태수를 필요할 때 살려 낼 수 있잖아."

감준배는 기태주의 포승줄을 풀어 주며 이렇게 말했다.

"그래, 길태수는 정보부 자산이다 이거지?"

"아냐. 무슨 말을 그렇게 해? 기태주도 정보부 자산이야. 소중히 관리해야지."

갈아입을 옷을 건네주며 감준배가 말했다. 늘 그랬듯 농담인지 아닌지 알기 힘든 말투였다.

♣

기태주는 이제 공식적으로 언더커버 임무를 마치고 정보부로 돌아왔다. 하지만 바로 업무에 복귀할 수는 없었다. 먼저 정보부 병원에 입원부터 해야 했다. 잠입 수사를 마친 요원을 배려한 통상 절차였다. 종합 검진과 심리 치료가 이어졌다.

오랜만에 맛보는 제대로 된 휴식이었다. 치료 과정도 기태주의 회복에 맞춰졌다.

오전에는 가벼운 산책과 마사지가 준비되어 있었다. 점심 이후에는 고급 스파였다. 저녁 시간에는 영화 감상과 음악 감상, 독서 등을 자유롭게 즐길 수 있었다.

중간중간 상담 치료가 이어졌다. 기태주는 자신이 겪은 일을 털어놓으며 마음의 상처를 치유했다. 하지만 아무리 그래도 지울 수 없는 것이 있었다. 그것은 바로 비록 범죄자이지만 함께 시간을 보낸 추관우와 니나에 대한 죄책감이었다. 특히 기태주는 니나의 죽음을 믿을 수가 없었다. 그래서 병원에 문병 온 감준배에게 특별히 니나의 시신을 찾아 줄 것을 부탁했다.

"안 그래도 경찰에서 잔당들을 찾아보고는 있어. 추관우의 행적도 경찰에서 추적 중이고. 선거도 끝났으니 특별히 신경 쓸 것 같지는 않지만."

"그래도 부탁해."

"알았어, 알았어. 나중에 팀장 달면 갚는 거다?"

기태주는 알겠다고 대답했다.

2주간의 검진이 끝난 후 기태주는 퇴원할 수 있었다. 그리고 바로 회식이 있었다. 기태주의 성공적인 임무 완수를 축하하는 팀 회식이었다.

예전에도 몇 번 이용한 적 있는, 정보부에서 직접 운영하는 작은 바였다. 손님은 블루팀이 전부였다. 회식을 시작할 때 신기찬 2과 과장이 직접 찾아와 기태주와 블루팀 팀원들을 격려하고 모두에게 금일봉도 주었다. 공로를 샤론의 장미팀에만 넘기지 않겠다는 약속도 했다.

술자리가 이어졌다. 평소에는 과음을 하지 않는 기태주였지만 이날은 달랐다. 여전히 죄책감을 덜어 내기가 힘들었다. 죽은 동료들, 마약중독자로 만들어 버린 '귀부인'들, 그리고 추관우와 니나. 기태주는 독한 위스키를 들이켜고 또 들이켰다.

"국과수 보고서야. 확인해 봐."

감준배는 기태주가 부탁했던 일의 결과물을 회식 자리에 가지고 왔다.

체포된 조직원의 증언을 단서로 발견한 니나의 시신은 육안으로는 확인이 불가능할 정도로 심하게 훼손되어 있었다. 감준배는 니나의 숙소에서 칫솔과 빗을 찾아내 니나의 DNA를 검출했고, 그 DNA를 이용해 시체의 DNA와 대조 작업을 벌였다.

결과는 일치였다.

감준배가 정성들여서 준비한 보고서를 눈으로 보면서도 기태주는 니나의 죽음을 실감하는 게 힘들었다. 니나의 시신을 눈으로 확인하지 않는 이상 도저히 믿을 수 없을 것 같았다. 하지만 썩어 문드러진 니나의 시신을 직접 본다고 해서 실감이 날 것 같지도 않았다.

"이제 다 끝났어. 잊어버려야지, 미래의 팀장님."

감준배가 기태주를 위로했다. 기태주는 다시금 술을 들이켰다. 오랜만에 마셔 보는, 진짜 마시고 싶어서 마시는 술이었다. 술이 술을 부르고 있었다.

기태주는 커튼 너머에서 넘실거리는 햇살에 눈을 떴다. 낯선 침대 시트가 눈에 들어왔다. 순간 불안감이 엄습했다. 기태주는 자리에서 벌떡 일어났다.

"일어났어?"

위슬비가 기태주에게 물었다. 그녀는 알몸에 간밤에 기태주가 입고 온 셔츠 한 장만 걸친 차림이었다.

"……어떻게 된 거야?"

기태주가 물었다. 갈라지는 탁한 음성이었다.

"어제 취했잖아. 내가 데리고 왔어."

기태주는 그제야 이곳이 위슬비의 오피스텔이라는 걸 알았다. 벽시계를 보았다. 시간은 정오를 향해 가고 있었다.

"그 옷, 왜 내 걸 입고 있어?"

기태주는 지끈거리는 머리를 엄지손가락으로 누르면서 이렇게 물었다. 위슬비는 대답 대신 손가락으로 바닥에 뒹굴고 있는 천 조각을 가리켰다. 자세히 보니 단추가 모조리 떨어져 나간 블라우스였다. 그러고 보니 간밤에 자신이 거칠게 위슬비의 옷을 찢었던 걸 어렴풋이 기억할 수 있었다.

"출근 안 해?"

기태주는 좀 민망한 마음이 들어서 말을 돌렸다.

"휴가 냈어. 너랑 같이 있으려고."

위슬비는 뜨겁게 데운 꿀물을 담은 머그잔을 기태주에게 내밀었다.

"……나, 어제 별말 안 했지?"

뜨거운 잔을 받아 들며 기태주가 조심스럽게 물었다.

"별말 많이 했지."

위슬비는 팔짱을 낀 상태로 미간을 찌푸리며 말했다.

간밤의 일이 떠올랐다. 오랜만의 음주는 과음으로 이어졌고, 과음은 급격한 취기를 불렀다. 이어지는 기억은 마치 10년 전 기억처럼 흐릿하게 드문드문 떠올랐다. 누군가에게 추관우 이야기를 했다. 또 누군가에게 니나 이야기를 했다. 또 누군가에게 귀부인 이야기를 하다가 예의 그 동성애자 거짓말을 했던 이야기를 세상에서 가장 재미있는 이야기처럼 하기도 했다. 하지만 정말로 하고 싶은 이야기는 아무에게도 할 수 없는 이야기였다.

"……내가 말이 좀 많았지?"

"태주야, 너 이번에 좀 이상해."

위슬비가 말했다. 기태주는 눈을 피했다.

"힘들어서 그래. 힘들었어, 이번 임무."

기태주는 추관우가 떠올랐다. 또 니나가 떠올랐다.

"우리 일이 언제는 안 힘들었어? 범죄자들하고 친해지는 것도 늘 있는 일이고, 그 범죄자들을 배신하는 일도 늘 하는 일이잖아."

"늘 한다고 해서 쉬워지는 건 아니야."

마지막 순간에 기태주는 추관우에게 도망치라고 말해 주었다. 범죄자의 도피를 도운 것이다. 이 일은 누구에게도 말할 수 없는 비밀이었다. 만약 사실이 알려진다면 내사과의 수사를 받게 될 테고, 그렇게 되면 내부 징계를 받는 정도로 끝날 리가 없었다.

"나는 왜 피하는데? 나한테 뭐 숨기는 거 있어?"

그러고 보니 간밤에 기태주는 내내 위슬비와 대화를 피했다.

"그야 우리 팀장 눈치 보여서 그랬지. 우리 사귀는 거, 보안 규정 위반이잖아."

"말도 안 되는 소리를 하고 있어. 정의택 팀장이 모를 거라고 생각해? 그 사람 현장 요원으로 눈치 빠른 사람이야. 그냥 눈감아 주고 있는 거지 모를 수가 없잖아?"

기태주는 말문이 막혀서 그냥 입을 다물었다. 위슬비는 기태주의 얼굴을 빤히 보다가 다시 말을 이었다.

"하여튼 어제 정말 이상했어. 오죽했으면 내가 휴가 내고 널 여기로 끌고 왔겠어? 이렇게 보안규정까지 어겨 가면서."

위슬비는 침대 옆 탁자 위를 턱으로 가리켰다. 탁자 위에는 서류 뭉치가 놓여 있었다.

"반출 금지 서류를 가지고 온 거야? 이거, 심각한 보안규정 위반인데."

기태주는 말을 돌려 볼 생각으로 이렇게 농담을 건넸다.

"우리가 사귀는 것도 보안규정 위반이라며. 신경 쓰이면 내 사과에 찔러."

위슬비는 싱겁게 웃고는 욕실 쪽으로 걸음을 옮겼다.

"그거, 휴가 중에 다 끝내야 해. 이따가 그거 정리하는 일 시킬 거니까 그렇게 알고 있어."

위슬비는 이렇게 말하곤 욕실 문을 닫았다.

기태주는 서류를 들어 살펴보았다. 대부분의 조직 업무가 그렇듯, 정보부도 일상적인 서류 작업이 업무의 상당 부분을 차지한다. 기태주가 집어 든 서류는 통상적인 청구서였다. 'I.O 급여 청구서'라는 제목이 눈에 들어왔다.

I.O는 Intelligence officer의 약자로 보통은 정보장교를 의미한다. 하지만 정보부에서는 I.O를 필요에 따라 고용한 외부 정보원을 뜻하는 용어로 쓴다. 그러니까 풀어서 말하자면 'I.O 급여 청구서'란 현장에서 섭외한 민간인이나 비공식 정보원 등을 임시로 고용한 후에 급여를 지불하기 위해 작성하는 문서다.

기태주는 문서를 훑어보았다. 금세 이상한 점을 발견할 수 있었다. 급여를 받은 I.O 요원들이 기태주가 단 한 번도 보지 못한 사람들이었던 것이다. 기태주는 이번 사건에서 현장 핵심 요원이었다. 제아무리 감준배가 자신 모르게 일을 처리한다고 해도 이 정도로 자신이 짐작조차 할 수 없는 사람들을 I.O로 고용할 수는 없을 터였다.

위치 정보도 이상했다. I.O 급여 청구서에는 필수적으로 계약 장소와 채용 이유가 적히기 마련인데, 이게 사실과 맞지가 않았다.

이를테면 첫 회식이 있었던 날, 기태주는 술을 마시고 여성 접대부와 모텔방으로 올라왔다가 다시 내려갔는데, 그날 기태주가 있던 곳과는 전혀 관계없는 마포구에서 유민구라는 이름의 50대 남성에게 100만 원을 지급한 것으로 되어 있었다. 이유는 정보 취득. 하지만 그 시간에 기태주 자신과 관계없는 정보가 마포구에서 움직였을 리는 없었다.

서류의 기안자는 감준배였다. 기태주는 욕실을 보았다. 그리고 바닥에 구르고 있는 단추를 보았다. 간밤에 기태주는 술에 취한 짐승이었다. 술에 취하면 인격이 바뀐다는 말은 거짓말이다. 만약 취해서 다른 사람처럼 구는 사람이 있다면 그건 평소에 그 다른 사람을 숨기고 사는 것이다. 기태주는 폭력적이고 가학적인, 그리고 본능에 충실한 야수를 숨기고 살고 있었다. 그리고 그 짐승이 간밤에 풀려난 것뿐이었다.

위슬비가 씻는 소리를 들으면서, 기태주는 여기 계속 있을 수 없다는 생각을 했다. 무엇이든 해야 했다. 어떻게든 해야 했다. 이렇게 있는 건 자기 자신을 속이는 일이었다.

메모를 한 장 썼다. 급한 일이 생겨서 나간다는, 그리고 곧 돌아오겠다는 내용이었다.

기태주는 위슬비가 벗어 던진 자신의 셔츠를 주워 입고 밖으로 나섰다. 위슬비의 오피스텔 엘리베이터에서 나오자마자 기태주는 감준배에게 전화를 했다.

"어디냐?"

— 내가 어디 있는지 말해 주면 널 죽여야 하는데.

통화가 연결되자마자 대뜸 위치를 묻는 기태주에게 감준배가 농담을 했다.

"옛날 농담 작작 하고. 지금 어디 있어?"

— 나 지금 임무 수행 중이야.

제법 진지한 목소리였다. 기태주는 잠깐 전화로 물어볼까 하는 생각을 했지만 곧 그만두었다. 정보부 요원의 통화는 모두 녹음되며, 언제든 직속상관이 찾아서 들어 볼 수 있게 되어 있다. 고로 지금 나누는 대화 내용은 모두 정의택의 귀에 들어갈 가능성이 있었다. 지금 기태주가 묻고 싶은 건 정의택이 알아서는 안 될 내용이었다.

"잠깐 얼굴 좀 보자. 어디로 갈까?"

— 뭐야? 너 다음 주까지 휴가 아니냐?

"휴가 맞는데, 휴가 가기 전에 잠깐 보자고."

감준배는 잠시 대답이 없었다. 아마 생각을 하는 모양이었다.

— 알았어. 내가 그쪽으로 갈게. 15분 뒤에 퍼시플호텔 로비에서 보자.

퍼시플호텔을 모를 수는 없었다. 정보부가 있는 남산 아래 명동에 위치한 데다 시내와도 가까워서 요원들이 접선 장소로 자주 이용하는 곳이었다.

"준배야, 좀 조용한 곳에서 보면 좋겠는데."

기태주는 그곳이라면 동료 요원들과 우연히 마주칠지도 모른다는 생각이 들어서 장소를 바꾸고 싶었다.

— 야, 우리 정보부야. 어딜 가도 시끄러워. 잔말 말고 15분 뒤에 보자.

감준배는 기태주의 마음을 다 읽은 것처럼 이렇게 말하곤 일방적으로 전화를 끊었다.

'그런데 감준배는 내가 어디에 있는 줄 알고 15분 뒤에 퍼시플호텔에서 보자고 한 걸까?'

답은 금방 나왔다. 간밤에 위슬비가 자신의 오피스텔로 데리고 갔으니 그 부근이라고 생각한 거였다. 사생활을 들킨 것 같아서 조금 부끄럽긴 했지만 지금은 그런 데 신경을 쓸 겨를이 없었다. 기태주는 퍼시플호텔로 향하는 발걸음을 재촉했다.

♣

퍼시플호텔 로비에는 낯익은 요원들이 보였다. 정보부 요원들은 혹시 밖에서 아는 요원과 우연히 마주치더라도 전혀 모르는 사람처럼 행동하도록 교육받는다. 때문에 다들 기태주를 못 본 척하고는 있었지만 속으로는 다들 뭔가 생각들을 하고 있을 거였다.

'임무를 성공적으로 마친 요원이 도대체 여기는 왜 왔을까? 휴가 받아서 발리나 세부 같은 곳에 가 있어야 하는 거 아냐? 이런 생각들을 하고 있겠지.'

사실 기태주도 그렇게 하고 싶었다. 다 털어 버리고 가까운 동남아 시모레이라 공화국 같은 곳으로 가서 아무 생각도 하지 않고 시간을 보내고 싶었다.

하지만 그럴 수 없었다. 무슨 일이 벌어지고 있는지 알아야 했다. 도대체 왜 자신이 모르는 급여 청구서가 있는지를 알아야 했다. 기태주의 머릿속에는 왕대석이, 추관우가, 또 니나가 도저히 떠날 줄을 모르고 있었다.

"기태주님 되십니까?"

인상을 잔뜩 찌푸리고 있는데 호텔 도어맨이 말을 걸었다. 기태주는 화들짝 놀라며 그렇다고 대답했다.

"밖에서 손님이 기다리고 계십니다."

회전문 너머 보이는 것은 호텔 앞에 댄 감준배의 차였다. 기태주는 도어맨의 안내를 받아 밖으로 나간 뒤 그 차에 올랐다.

"타라, 미래의 팀장."

감준배는 이렇게 말하며 차의 블랙박스를 턱으로 가리켰다.

"팀장님한테 인사드려. 손 흔들면서."

차 안에서 나누는 모든 대화가 녹화된다는 걸 상기시킨 거였다. 기태주는 싱겁다는 듯 피식 웃었다.

"날 찾아온 건 순전히 휴가 때문이지? 짜식, 내 얼굴 며칠 못 본다고 이렇게까지 할 건 없는데. 그냥 휴가 복귀하고 출근할 때 선물 사 오는 걸로 되는데. 가만있자, 그냥 간단한 선물은 좀 그렇고, 양주 한 병 정도는 사 오겠지? 조니워커 블루쯤으로."

감준배는 키득거리면서 말했다.

"정보부에서 여행 선물이라면 당연히 열쇠고리지 뭔 소리야. 조니워커 블루를 쏘라니, 차라리 날 한 방 쏴라."

"야, 임무 수행 중에 뒤치다꺼리 다한 나한테 양주 한 병도 못 사겠다 이거냐?"

"다음에 내 목숨 한번 구해 주면 그때 고려해 보지."

두 사람은 시시껄렁한 농담을 나눴다. 기태주도 농담을 하다 보니 잠시 자신이 감준배를 찾은 목적을 잊을 지경이었다.

차는 동대문을 지나 마장동까지 향했다.

"내려. 나 여기서 만날 사람 있어."

감준배는 마장동 한국전력 부근에 차를 댄 다음 이렇게 말했다. 기태주는 순순히 따라 내렸다.

"마포 유민구."

차에서 내리자마자 기태주가 감준배에게 말했다. 감준배는 무슨 말인지 통 모르겠다는 표정이었다.

"종로 이승선, 일산 곽태석, 강남 이철기."

위슬비의 오피스텔에서 보고 외운 급여 청구서에 있던 이름들이었다. 기태주는 이렇게 물어서 반응을 보고 진위를 가릴 생각이었다. 어차피 자신이나 감준배나 다 훈련받은 정보부 요원이다. 질문을 받았을 때 거짓말로 대답한다면 진위를 확인할 길은 없다.

"다 처음 듣는 이름이지?"

감준배는 여전히 무슨 말인지 모르겠다는 표정을 하고서 고개를 천천히 주억거렸다.

"네가 기안한 I.O 급여 청구서에 있는 이름이야. 정의택 팀장 서명이 되어 있고."

"……너 지금 무슨 짓을 하고 있는 건지 알아?"

감준배가 물었다. 기태주의 말 몇 마디만 듣고 이미 상황을 다 파악한 모양이었다.

"알아."

"태주야, 너 이번 작전 핵심 현장 요원이야. 만약에 네가 문제 삼으면, 일이 아주 커질 수 있어."

"이거 횡령이야."

기태주는 단호하게 말했다.

"I.O 급여 청구서, 위슬비가 오피스텔로 가져간 거 몰래 본 거지?"

기태주는 감준배의 이 질문에는 답하지 않았다. 앞으로 무슨 일이 벌어지게 돼도 위슬비는 절대로 끌어들이고 싶지 않았다.

"이거 문제 삼으면 정말 커질 수 있어. 그리고 이런 문제가 커지면 다들 피곤해진다고. 내 말 무슨 말인지 알지?"

모를 리가 없었다. 정보부라는 조직 세계에서 가장 강조하는 것이 충성심이다. 이런 식의 문제 제기는 직속상관에 대한 모반, 혹은 조직에 대한 배신으로 비쳐질 수 있었다.

"무슨 말? 몸 사려야 팀장 된다는 말?"

하지만 기태주는 이렇게 날카롭게 받아쳤다. 감준배는 움찔했다.

"어이, 나한테 화낼 거 없잖아."

"내가 알아서 할 거고, 너한테 피해 안 가게 할 테니 걱정하지 마."

감준배는 한숨을 내쉬었다.

"네가 왜 이러는지는 모르겠지만 말이다, 이거 결국 정의택 팀장 뒤통수치는 거야."

"아니. 정의택 팀장이 우리 뒤통수를 친 거야. 횡령으로."

"일 커지면 너 다쳐. 분명히 다쳐."

"상관없어."

"……그래서 어떻게 할 건데?"

"정식으로, 공식적으로 문제 제기할 거야."

기태주는 단호하게 말했다.

♣

결과적으로는 감준배의 말이 맞았다. 현장 요원이 정식으로 문제를 삼자 정의택은 내사과의 내사를 받게 되었다. 혐의는 I.O 계약을 악용한 횡령이었다.

정의택은 6개월 감봉에 처해졌고, 팀은 해체됐다. 그리고 가장 중요한 핵심 현장 요원인 기태주는 해직되었다. 이유는 근무 태만이었다. 세 번의 언더커버 임무를 성공적으로 수행한 요원을 해직시키면서 붙이기에는 너무 궁색한 이유였다.

기태주는 자신에게 닥친 일을 이해할 수가 없었다. 자신은 분명 문제 삼을 만한 일을 문제 삼은 것이었다. 그것도 공식 절차를 밟은 정상적인 과정을 통해서였다. 하지만 결과는 감준배의 말 그대로였다.

기태주는 먼저 위슬비에게 이별을 통보하는 문자를 보냈다. 그리고 자신의 해직을 무효화하는 행정소송을 냈다. 헤어지자고 한 건 피해를 혼자 감싸 안으려는 생각이었지만 위슬비는 할 말이 많이 남아 있을 거였다. 하지만 기태주는 그 이야기를 하고 싶지 않았다.

행정소송을 낸 직후, 하필이면 기자 하나가 사건 냄새를 맡고 기태주의 숙소를 찾았다. 정보부의 뒷이야기를 기사화하고 싶다는 거였다. 아무리 팀장의 뒤통수를 친 꼴이 된 기태주라고 해도 기자에게 털어놓을 정도로 조직에 실망한 건 아니었다.

기태주는 기자를 피해 숙소를 빠져나와 무작정 지하철을 타고 가다가 사당역에 내렸다. 아무 연고도 없는 곳이었다. 기태주는 사당역에서 '희망 일자리 찾기' 프로젝트라는 인력시장이 열린다는 걸 알았다. 기태주는 근처 고시원 방을 계약했다. 보증금 없는 한 달에 30만 원짜리 방이었다.

정보부 생활을 하면서 기태주는 거의 돈을 쓰지 않았기 때문에 당분간 지낼 수 있는 예금은 있었다. 하지만 아무것도 하지 않을 수는 없었다. 몸이 편하면 온갖 생각이 떠오르니까.

'감준배의 말을 듣는 편이 나았을까? 문제 삼지 않으면 문제가 되지 않는 걸 내가 괜한 짓을 한 걸까? 아니, 애초에 보안규정을 어기고 위슬비의 문서를 본 것 자체가 문제 아니었을까?'

기태주는 인력시장에서 몸을 혹사시키며 생각을 지우려고 노력했다. 그러면서도 복직에 대한 희망의 끈은 놓지 않고 있었다. 아니, 놓으려고 해도 놓아지지 않는 것이 희망이었다. 정보부로 돌아갈 수 있다는 희망. 어쩌면 그게 기태주의 전부였는지도 모른다.

감준배가 기태주가 사는 고시원을 찾은 건 자정이 다 된 시간이었다. 잠을 청하고 있던 기태주는 방문을 두드리는 소리에 화들짝 놀라 호들갑을 떨었다. 그도 그럴 것이 고시원에서 밤 10시 이후에 누군가가 다른 사람의 방문을 두드리는 일은 보통 일어나지 않았기 때문이다.

기태주가 조심스럽게 문을 열자 낯익은 얼굴이 보였다. 감준배였다. 감준배는 손에 경찰 신분증을 들고 있었는데 입고 있는 하와이언 셔츠에 반바지 차림과는 전혀 어울리지 않아서 어쩐지 비현실적이라는 느낌이 들었다.

"최철수?"

경찰 신분증에 적혀 있는 이름을 보니 웃음이 나오려고 했다.

"중요 참고인으로 물어볼 게 있으니까 조용히 따라 나오시지요. 여기 총무한테는 이미 양해를 구했습니다."

감준배는 낮은 목소리로 싱글거리면서 말했다. 기태주는 고개를 설레설레 저으며 감준배를 따라나섰다.

두 사람이 향한 곳은 고시원 옥상이었다. 자정이 다 된 시간이다 보니 옥상에는 아무도 없었다. 옥상 한복판에는 낮 시간에 바람도 쐴 겸 고시생들이 종종 앉아서 쉬는 평상이 있었다. 둘은 거기에 앉았다.

"경찰? 최철수? 그거 정의택 팀장 가명이잖아. 그런 거 써야 할 정도로 내가 위험한 인물이었어?"

기태주가 피식 웃으며 말했다.

"총무가 안 들여보내 주려고 하더라고. 원래 이런 사적인 일에 쓰면 안 되는 신분증이지만, 뭐, 상부에 보고하려면 하든지. 이미 한 번 해 봤으니 두 번을 못 하겠어?"

감준배는 농담과 함께 종이컵을 내밀었다.

"그런데 그런 복장으로 다니는 경찰도 있냐?"

종이컵을 받아 들면서 기태주가 지적했다.

"내 복장이 어때서?"

"음…… 꼭 시모레이라 공화국으로 출장 갔다가 막 돌아온 정보부 요원 같아서."

기태주의 말에 감준배는 잠시 할 말을 잃고 멍하니 있었다.

"어떻게 알았냐고 안 물어봐?"

"동기 중에 팀장 제일 먼저 달 놈인데 내가 어딜 다녀온 건지 정도는 추리할 수도 있지. 안 그래?"

감준배는 비아냥거리는 투였지만 기태주는 술병에 정신이 팔려 적당히 대꾸할 말을 찾지 못했다.

"조니워커 블루네?"

"면세점에서 사 왔다."

"출장 다녀온 거냐?"

"미안하지만 그걸 알려 줬다간 널 죽여야 해."

"아직도 옛날 요원들이나 좋아하는 썰렁한 농담을 하네."

종이컵에 차오르는 위스키를 보면서 기태주가 중얼거리듯 말했다.

두 사람은 시시껄렁한 농담을 나누며 잔을 주거니 받거니 했다.

"그거, 추리가 아니었어."

병이 절반 정도 비었을 때 기태주가 말했다.

"무슨 추리?"

"시모레이라 공화국 출장 다녀왔냐는 거. 추리는 정의택 팀장이 잘하지. 난 그냥 찍은 거야."

"그냥 찍은 거라면 추리보다 수사관의 육감이라고 해야겠네. 팀장 달 놈이 가지고 있을 법한 육감."

감준배가 키득거리며 말했지만 기태주는 무시하고 자신이 할 말을 이어 갔다.

"너 여기 온 거, 그냥 이렇게 잡담이나 하려고 온 거 아니지?

뭔가 할 말이 있는 거잖아. 그러니까 출장 갔다가 집에도 안 들르고 여길 바로 온 거지."

"그건 추리냐?"

"그래, 추리다."

잠시 정적이 흘렀다. 기태주는 감준배의 말이 이어지길 기다렸다. 밤바람이 구름을 밀어 달빛을 가리고 있었다.

"너, 화해해라."

정적을 깨고 감준배가 말했다. 기태주는 대답은 하지 않고 들고 있던 종이컵을 비웠다.

"행정소송 취하해. 그리고 정의택 팀장님한테 정식으로 사과하고. 내가 자리 주선해 줄게."

"왜?"

기태주는 단도직입적으로 물었다.

"그게 조직으로 돌아올 수 있는 유일한 방법이야."

"조직으로 돌아갈 방법? 나보고 꼼수 쓰라는 거야, 지금?"

"꼼수가 아니야."

감준배의 목소리가 떨렸다. 진심으로 애원한다는 느낌. 기태주는 그런 느낌을 받았다.

"난 내가 옳다고 생각한 일을 했을 뿐이야. 그리고 난 내가 옳다고 생각하는 걸 할 생각이고."

하지만 기태주는 단호하게 자신의 뜻을 밝혔다. 감준배는 답답한지 남은 위스키를 단숨에 비웠다.

"태주야, 네가 옳다고 생각하는 게 옳은 게 아닐 수도 있어.

그리고 이번 경우에는 틀렸어. 우리 조직이 어떤 생리를 가지고 있는지 잘 알잖아. 넌 팀장을 찌른 배신자야. 배신자가 우리 조직에서 살아남을 수 있을 것 같아? 어느 부서로 간다고 해도 넌 팀장 뒤통수 때린 놈으로 영원히 남게 될 거야. 그런 조직원이 우리 조직에서 도대체 무슨 일을 어떻게 할 수 있을 것 같은데?"

감준배의 목소리는 여전히 떨리고 있었다. 그러나 기태주 역시 단호했다.

"난 그런 거 몰라. 정의택 팀장은 공금을 횡령했고, 나는 그걸 발견했고, 절차에 따라 그걸 상부에 보고했을 뿐이야. 딱 그뿐이야."

두 사람의 대화는 만날 수 없는 두 개의 평행선 같았다. 감준배의 의도가 무엇이건 그 의도는 '나는 원칙을 따랐을 뿐'이라는 기태주의 입장과는 큰 거리가 있었다.

결국 두 사람의 평행선은 750ml 병이 다 빌 때까지 만나지 못했다.

"나 간다."

마지막 잔을 비우고 감준배가 자리에서 일어섰다. 어쩐지 모든 것을 다 털어놓아 버렸으니 이제는 속 시원하다는 투였다. 기태주도 감준배를 붙잡지 않았다.

"그래, 가. 찜질방 간다고 했지? 차 놔두고 갈 거야?"

"아니. 대리기사 부를 거야."

"생각 잘했어. 대리비 만 원 아끼다가 세상 그 무엇보다 소중한 걸 잃는 사람들이 매일같이 나오거든.”

“세상 그 무엇보다 소중한 것이라.”

“목숨 말야, 목숨.”

“목숨? 난 돈이라고 생각했는데. 아주 큰 돈.”

감준배의 말에 기태주가 웃었다.

“농담 아니야, 이 병신아.”

“병신?”

“친구의 조언을 따르지 않는 병신.”

“이런 말이 있지. 친구의 조언을 따라도 병신이고 따르지 않아도 병신이 되는 상황이라면, 자신이 옳다고 생각하는 일을 하는 병신이 되어라.”

기태주는 꼭 설교하는 목사의 말투처럼 말했다. 이번에는 감준배가 웃었다.

♣

다음 날, 기태주는 숙취를 이겨 내며 희망 일자리 찾기 프로젝트 현장으로 향했다. 늘 보던 공익 요원이 나온 사람들을 안내했다.

그리고 고급 승합차가 기태주 앞에 섰다. 기태주를 부른 건 추관우였고, 결국 이렇게 속절없이 승합차에 올라타 무릎을 꿇는 신세가 되어 버리고 말았다.

“하나 물어보자. 너, 그때 왜 날 안 죽였냐?”

추관우가 물었다.

"그게 궁금해? 내가 널 확 담가 버리지 않은 이유가?"

기태주는 웃으면서 말했다. 여유를 가장한 억지웃음이었다.

승합차에 시동이 걸렸다. 아마 어딘가로 출발하려는 것이리라. 그리고 그 목적지를 기태주는 짐작조차 할 수 없었다.

"그래, 궁금하다."

"안 가르쳐 준다, 이 병신아."

기태주가 키득거렸다. 그러자 팔을 잡고 있던 사내가 다시한 번 기태주의 귀 뒤를 가격했다. 하지만 이번에는 예상을 하고 있었기 때문에 두개골의 단단한 부분으로 몸을 틀어 사내가날린 주먹의 충격을 충분히 감소시킬 수 있었다.

"핸드폰 내놔."

추관우가 손을 내밀었다. 그러자 사내 하나가 기태주의 품을 뒤져서 핸드폰을 꺼냈다. 정보부에서 지급한 폰이다. 거기에는 정보부에서 자체 추적이 가능한 추적 장치가 장착돼 있다. 원래 목적은 요원을 감시하기 위한 목적이겠지만 이런 상황이라면 오히려 득이 될 수도 있다.

추관우는 핸드폰을 이리저리 살펴보다가 그것을 기태주에게 내밀었다. 사내 하나가 팔을 풀어 주었고, 기태주는 핸드폰을 받아 들었다.

"전화해."

추관우의 말에 기태주는 고개를 갸웃했다.

"집이나 애인이나, 아무튼 너 연락 안 되면 걱정할 사람한테 전화하라고."

"왜? 나 죽이고 묻어 버리려고?"

기태주의 말에 추관우는 껄껄 소리를 내며 웃었다.

"너, 며칠 내 일 좀 도와줘야겠다. 그러니까 그 며칠 동안 혹시라도 경찰에 실종 신고를 하거나 그럴 사람한테 걱정하지 말라고 미리 말해 두라고."

추관우가 말했다. 이건 기회였다. 살아 돌아갈 수 있다는 희망이 보이는 듯했다.

기태주는 신중하게 번호를 눌렀다.

"어디냐?"

"집."

기태주는 마치 아무렇지도 않다는 듯 무뚝뚝하게 대답했다. 하지만 기태주의 심장은 겉으로 보이는 태도와는 달리 평소보다 훨씬 힘차게 그의 피를 펌프질했다.

— 전화를 받지 않아 소리샘으로 연결하오니 삐 소리가 들리면…….

"좆같네. 통화가 안 된다."

기태주는 전화를 끊고는 도로 핸드폰을 품에 넣으려고 했다. 그러나 핸드폰은 사내의 손으로 넘어간 뒤 다시 추관우의 손으로 넘어갔다. 추관우는 핸드폰의 전원을 끈 다음 다시 그것을 사내에게 주었다.

"나중에 다시 걸어."

추관우는 이렇게 말하고는 사내들에게 신호를 보냈다. 그러자 사내들이 기태주에게 작업복과 점퍼, 그리고 학생들이 주로 메는 배낭을 내밀었다.

"갈아입어."

사내 하나가 말했다. 기태주는 잠시 망설이다가 결국 옷을 벗기 시작했다.

기태주가 누른 번호는 위슬비에게 직통으로 신호가 가는 번호였다. 하지만 그 번호가 아직까지 활성화되어 있는지는 알 수 없는 일이었다.

'위슬비······.'

잠시 동안 위슬비의 얼굴이 아른거리는 듯했다. 하지만 흔들리는 차 안에서 옷을 갈아입는 데 집중하다 보니 그 얼굴은 곧 지워지고 말았다.

기태주의 메시지는 국가정보부 자동 콜센터로 연결되었다. 물론 기태주가 남긴 통화 내용도 녹음되었다.

'좆같네. 통화가 안 된다.'

그리고 그와 동시에 담당자인 위슬비의 스마트폰으로 문자 메시지가 한 통 전달되었다. 지금은 해체되고 없는 블루팀 호출 코드였다. 코드의 내용은 자동 콜센터에 녹음된 메시지를 지금 즉시 확인하라는 것. 위슬비는 당연히 코드의 지시를 따랐다.

그로부터 3분 뒤, 위슬비는 정의택 앞에 서 있었다. 정의택의 집무실을 찾기 전 이미 몇 번이고 충분히 검토한 일이었다. 이제부터 무슨 일이 벌어지게 될지는 알 수 없었다. 불안했다. 하지만 이미 일은 저질러졌고 다시는 돌이킬 수 없을 것이다.

"이게 뭔가?"

정의택은 위슬비가 책상 위에 올려놓은 서류 한 장을 바라보면서 물었다. 서류의 제목은 '긴급 지원 요청 양식'이었다. 위슬비는 대답 대신 눈을 내리깔고 책상 위의 서류만 바라보았다.

"이런 양식도 있었나?"

정의택은 서류를 건성으로 흘려 보면서 물었다. 위슬비는 이번에도 대답하지 않았다.

정보부에 긴급 지원 요청 양식 서류는 존재한다. 그러나 그 양식을 쓰는 경우는 거의 없다. 왜냐하면 실제로 긴급 지원이 필요한 상황이라면 누구나 구두로 책임자에게 요청을 하고 나중에 문서로 남기지 굳이 요청 서류를 작성하지 않기 때문이다. 그럼에도 불구하고 위슬비가 이 서류를 작성한 것은 본인이 긴급 지원을 요청했다는 사실을 공식 기록으로 남기겠다는 의도였다. 그리고 그것이 긴급 지원 요청 양식이 존재하는 이유이기도 했다.

"위슬비 요원, 지금 이 요청 내용을 내가 정리해 볼게."

서류를 검토한 정의택이 이렇게 말을 시작했다.

"위슬비 요원은 지금 해체된 블루팀 비상 연락망으로 전화를 걸어서 '좆같네.'라고 욕한 놈을 돕기 위해 우리 정보부 자산을 사용해서 위치를 추적하고 타격팀을 보내 줄 것을 요청하고 있는 거야."

정의택은 숨도 한번 쉬지 않고 쏜살같이 말을 뱉어 냈다.

"팀장님, 태주를 아시잖아요. 이런 일로 절대 허튼짓하지 않아요. 특히나 우리 프로토콜 가지고 허튼짓할 리가 없어요. 태주가 위급한 상황이라면 그건 정말로 위급한 상황……."

"젠장!"

정의택이 책상을 내리쳤다. 위슬비는 몸을 움찔했다.

"너, 태주가 내 뒤통수친 거 몰라서 이러는 거냐?"

침묵.

"태주 때문에 나 6개월 감봉 먹고 근신했던 거 몰라? 덕분에 잘나가던 블루팀도 해체됐잖아. 그래서 지금 내 꼴 좀 봐. 농협 해킹 사건 아이피 분류하는 노가다팀 팀장이야, 노가다팀 팀장!"

정의택의 말은 심하게 요약되긴 했지만 대체적으로 상황을 설명하고 있기는 했다.

"노가다팀이 아니라 노르웨이팀이에요, 팀장님."

"아무튼!"

기태주가 정의택을 고발한 건 사실이다. 그리고 그 결과 감봉 처분을 받고 한직이라고 할 수 있는 노르웨이팀, 즉 농협 해킹 사건 아이피 추적 팀으로 밀려난 것도 사실이다.

정권이 바뀐 이후, 국내 정보를 담당하는 2과는 정보부의 꽃으로 거듭났다. 2과의 요원 몇은 정치권 정보를 수집하는 임무를 맡았다. 그들은 정치 쪽에 인맥을 맺게 되었다. 정부와 야당 국회의원, 정부 부처와 타 부처 장관을 연결시킬 수 있는 고리가 된 것이다.

기업 쪽을 담당한 요원은 설명할 필요도 없을 정도의 요직에 앉은 셈이 되었다. 머리만 약간 굴린다면 퇴직 후에 대기업 '보안 고문' 따위의 직함을 달고 아무 일도 하지 않으면서 연봉을 억대로 받을 수 있으니까.

그 와중에 정의택이 맡은 것은 블루팀이었다. 블루팀은 어디까지나 훗날 정권이 바뀌었을 때 북한 정보를 담당하는 3과를 제대로 굴러가게 하기 위한 조직이었다. 정의택은 자신이 비록 지금은 한직이지만 정권이 바뀌게 되면 반드시 요직으로 옮기게 될 거라고 믿었으리라. 그러나 기태주가 그를 고발했을 때 그 꿈은 블루팀과 함께 허공으로 날아가 버렸다.

"태주를 돕겠다는 생각, 다시 한 번 잘 생각해 봐. 태주는 날 박살 냈어. 블루팀을 결딴냈고 말이야. 결과적으로 우리 조직에 엄청난 상처를 입혔다고. 그놈은 배신자야, 배신자!"

하지만 정의택의 주장에는 중요한 사실 몇 가지가 빠져 있었다. 이를테면 기태주가 그를 고발한 것은 그가 공금을 횡령했기 때문이라는 것. 그리고 그 결과 기태주는 근무 태만을 이유로 강제 해직을 당했다는 것.

"팀장님, 일이 틀어진 건 사실이지만 태주, 우리 블루팀 식구였어요. 한솥밥 먹었던 식구요. 그리고 지금 블루팀 프로토콜로 우리한테 구원 요청을 했다고요.”

“블루팀은 끝났어! 기태주 그 새끼가 끝장냈다고!”

정의택은 이렇게 소리치곤 의자를 돌려 위슬비를 등졌다.

“팀장님!”

위슬비가 애원하듯 소리쳤지만 정의택은 그대로 등을 지고 앉아서 들을 생각도 하지 않는 것 같았다.

잠시 정적이 흘렀다.

“먼저, 태주 그 새끼 도와주고 싶은 마음은 쥐똥만큼도 없다는 걸 말해 주지. 그리고 만약에 도와주고 싶은 마음이 있다고 해도 도와줄 방법이 없다는 것도.”

정의택은 다시 의자를 돌려 위슬비를 마주하면서 이렇게 말했다.

“도와줄 방법이 없다고요?”

“태주 새끼가 쓴 방법은 우리 정보부 프로토콜이야. 정보부 요원을 구출하기 위한 프로토콜이라고. 그런데 태주 지금 신분이 뭐야? 민간인이잖아, 민간인. 민간인을 돕기 위해서 정보부 요원 프로토콜을 쓸 수는 없어.”

“민간인 아닌데요.”

위슬비가 딱 잘라 대답했다.

“요원이 짤리면 민간인이지.”

“엄밀하게 말해서 정직 상태죠.”

기태주는 자신의 처분에 불복해 행정소송을 걸었다. 법원은 일단 기태주의 신분을 무급 정직 상태로 명했다. 전례가 없는 건 아니었다.

이런 일이 발생할 경우 행정소송은 짧아도 2~3년은 걸리기 마련이다. 그렇게 되면 대부분이 얼마 버티지 못하고 포기한다. 아마 기태주도 그리 오래 버틸 수는 없을 거였다.

"무급 정직이나 짤린 거나 그게 그거지!"

위슬비는 잠시 서서 정의택의 표정을 살폈다. 이렇게 될 줄은 예상했다. 그렇기 때문에 긴급 지원 요청을 서류로 한 것이다. 기록을 남기기 위해서.

정의택은 생각에 잠긴 듯했다. 여러모로 마음이 복잡하리라 싶었다. 동기들은 정치계에서, 법조계에서, 혹은 대기업 정보를 수집하면서 승승장구하고 있는데 자신은 이렇게 한직으로 밀려났다는 현실이 씁쓸하기도 할 것이다. 그리고 인정하건 인정하지 않건 자신도 잘못이 있으며, 그 잘못이 블루팀을 해체시키는 데 일조했음을 부정할 수 없다는 것도 생각할 것이다.

"너, 태주랑 사귄 거 맞지?"

정의택이 불쑥 물었다. 갑작스런 질문에 위슬비는 당황했다.

"아냐, 뭐라 그러는 거 아니야. 짐작은 하고 있었어. 밖에 나가서 간첩 꽃뱀한테 당하는 거보다야 사내 연애가 낫지."

정의택은 이렇게 말하면서 자리에서 일어섰다.

"네 자리로 가자."

"예?"

"태주 그 새끼 찾자고. 어딨는지 찾아보잔 말야."

위슬비는 정의택이 태주와의 관계 문제를 꺼내서 혼란스러운 와중에 갑작스럽게 태도까지 바꾸자 정신이 하나도 없었다.

"젠장. 네 속셈을 모를 줄 알아? 서류를 만들어서 기록에 남기겠다는 거잖아. 그렇게 공식화시킨 다음에 나중에 날 엿 먹이겠다는 거지. 그게 그렇게 될 것 같아? 어림없는 소리."

정의택은 앞장서서 걷기 시작했다. 위슬비는 꼼짝없이 그 뒤를 따를 수밖에 없었다.

"하지만 정보부 프로토콜상 그냥 민간인을 도울 수는 없어. 그 긴급 지원 요청, 내가 직접 검토하겠어."

팀장 집무실을 나서자 책상 열두 개가 놓여 있는 널찍한 사무실이 보였다. 전에 있던 블루팀 사무실은 책상 네 개가 전부인 비좁은 방이었다. 그도 그럴 것이 블루팀 요원은 사무실에 붙어 있을 일이 별로 없었다. 그와 달리 지금 소속된 노르웨이팀은 인원이 많이 필요한 아이피 추적 임무를 맡고 있었다. 열두 개의 책상 앞에 열두 명의 요원이 달라붙어 하루 종일 아이피 추적과 분석을 했다. 얼핏 보면 전화 교환국이나 홈쇼핑 콜센터가 연상되는 광경이었다.

"위슬비 요원, 위치 추적 장치 가동해."

위슬비의 자리 앞에 서서 정의택이 말했다.

"여기서는 안 되는데요? 3레벨 보안 카드가 있어야 해요."

정의택은 '끄응.' 하는 소리를 한 번 내더니 자기 집무실 쪽으로 걸어갔다. 아마 보안 카드를 가지러 가는 것이리라.

위슬비는 모니터를 응시했다. 정보부에서 자체 개발해서 사용하는 OS 바탕화면에는 '보안'이라는 단어가 크게 떠 있었다.

전 세계의 모든 정보 관련 부서가 보안을 강조한다. 그리고 그것은 역설적으로 보안이 얼마나 지켜지기 어려운 것인가 하는 것을 보여 준다. 안전한 휴양지는 안전을 강조하지 않는다. 범죄가 없는 도시는 치안을 강조할 필요가 없다. 위슬비는 '보안'이라는 두 글자에 담겨 있는 의미를 생각했다.

"여러분! 오래간만입니다!"

시끄러운 목소리에 위슬비는 정신을 차렸다.

"드디어 제가 돌아왔습니다! 다들 건강하게 잘 지내셨는지요! 하하하!"

크게 웃으며 사무실 여기저기 인사를 하고 있는 건 감준배였다. 감준배는 공항에서 바로 왔는지 다른 정보부 요원처럼 정장 차림이 아니라 울긋불긋한 하와이언 셔츠에 반바지 차림이었다.

"시모레이라 공화국 3박 4일로 다녀왔으면서 무슨 오래간만이야, 오래간만은."

위슬비가 앉은 채로 감준배의 인사를 받으며 말했다.

"이번엔 내가 선물도 사 왔지!"

감준배가 여행용 가방을 열자 안에서 기념품이 쏟아져 나왔다.

"시모레이라 공화국 공예품이야. 다들 하나씩 가져가라고."

주먹만 한 크기의 나무로 조각된 공예품이었다.

"이게 뭐야? 복잡하게 생겼는데?"

위슬비가 공예품 하나를 들고 이리저리 돌려 보며 물었다.

"마키나."

감준배가 대답했다.

"마키나? 비싼 건가?"

어느새 위슬비 자리로 돌아온 정의택이 공예품 하나를 집어 들고 감준배에게 물었다.

"아, 출장 다녀왔습니다, 팀장님."

"오전엔 쉬고 오후에 나오라니까 이게 무슨 꼴이야?"

정의택이 주머니에 공예품을 넣으면서 말했다. 덕분에 양복 주머니가 불룩해졌다.

"아, 공항에서 바로 오느라……."

감준배가 변명하려는 순간 정의택의 눈빛이 빛났다.

"위슬비 요원, 감준배 요원! 지금 당장 내 방으로 와!"

오랜만에 들어 보는 정의택의 명령조였다. 두 사람은 아무 소리도 못 하고 정의택을 뒤따랐다.

"두 사람, 나 엿 먹이려고 작정했지? 그래, 언제부터 짠 거야?"

감준배가 사무실 문을 닫자마자 정의택이 다그쳤다. 위슬비와 감준배는 무슨 말인지 모르겠다는 듯 서로 멀뚱멀뚱 얼굴만 쳐다보았다.

"무슨 말씀이신지……."

감준배가 조심스럽게 말하자 정의택이 책상을 주먹으로 내리쳤다. 쿵 하는 소리에 위슬비와 감준배가 움찔했다.

"모르는 척하시겠다? 좋아, 내 설명해 주지. 먼저 술 냄새 말야, 술 냄새."

"아, 어제 살짝 한잔했습니다."

감준배가 멋쩍다는 듯 뒤통수를 긁적이며 말했다.

"감준배, 너 어젯밤 10시에 인천공항 도착했지?"

"예. 입국 수속 마친 시간이 그쯤 됩니다."

"너, 친구 있냐?"

"예?"

뜬금없는 질문에 감준배가 되물었다.

"그 시간에 불러내서 술 마실 친구 있냐고? 없지? 내가 다 알아. 너, 그 시간에 같이 술 마실 사람이라곤 딱 한 사람, 기태주뿐이야."

"그, 그게……."

감준배가 얼버무리려고 했지만 정의택은 말을 이어 갔다.

"감준배, 넌 어제 기태주랑 새벽까지 술을 마셨어. 얼굴 뿌얀 거 보니까 찜질방 가서 잠깐 눈 붙이고 온 거지. 혹시 잠들었다가 출근 못 할까 봐 옷도 안 갈아입고 일찍 나온 거잖아. 맞지? 그리고 위슬비."

"예."

정의택의 말이 자신을 향하자 위슬비는 자기도 모르게 부동자세를 취했다.

"넌 오늘 아침에 기태주 연락을 받았지. 감준배가 기태주하고 술 마신 다음 날 말야. 내가 데리고 있던 애들 중 기태주랑 관계있는 둘이 동시에 기태주랑 연관된 일을 했다 이거야. 이

걸 우연으로 봐야 할까?"

"우연입니다, 팀장님."

"우리 일에 우연이라는 건 없어. 정보부 밥 먹는 애가 우연이라는 변명을 하나?"

위슬비가 변명하자마자 정의택이 쏘아붙였다.

"저, 무슨 일이신지……."

감준배가 어리둥절해서 중얼거리는 것처럼 정의택을 향해 말했다. 정의택은 다시 한 번 책상을 쳤다.

"날 우습게 보지 말라고 했지. 나, 현장 요원 출신이야. 잘 들어. 기태주가 우리 프로토콜을 이용해서 위슬비에게 접근했다. 그것도 긴급 구조 요청으로 말이지. 내 뒤통수를 치고는 소송까지 걸고 한동안 잠잠하던 놈이 갑자기 그랬단 말이야. 네가 기태주를 만난 바로 다음 날 말이야!"

감준배는 위슬비의 눈치를 슬쩍 살폈다. 하지만 위슬비는 자신도 모르겠다는 표정을 지을 뿐이었다.

"너 먼저 말해 봐. 기태주 만나서 술 마시면서 무슨 이야기 했어?"

정의택이 감준배를 뚫어지게 노려보면서 물었다. 아주 작은 거짓말이라고 해도 단숨에 눈치챌 수 있을 것 같은 날카로운 눈초리였다.

"그냥 사적인 이야기였습니다."

"무슨 술이었는지부터 말해 봐."

감준배는 대충 넘어가고 싶어 하는 눈치였지만 정의택은 대충 넘어갈 생각이 없는 게 분명했다.

"조니워커 블루였습니다."

"면세점에서 사 가지고 간 거지? 그래, 그래서 어떻게 된 건데?"

정의택이 물었고, 감준배는 사실대로 대답했다. 정의택은 감준배의 말을 단 한 번도 끊지 않고 끝까지 다 들었다. 감준배가 사과를 종용했고, 복직도 할 수 있을지 모르니 행정소송을 취하하라는 말을 했다는 것도 들었다.

"그러니까 너, 기태주한테 날 찾아와서 싹싹 빌라는 소릴 했다는 거냐?"

정의택이 미간을 찌푸리고서 감준배에게 물었다. 감준배는 그렇다고 했다.

"그 말을 믿으란 말이야?"

"저한테는 거짓말할 이유가 없지 않습니까?"

감준배가 억울하다는 듯 말했지만 정의택은 동의하지 않았다.

"지금 당장 떠오르는 것만 해도 한 서너 개 되는데. 그중에서 가장 먼저 떠오르는 건 내 뒤통수칠 모의를 했기 때문에 거짓말을 한다는 거고."

정의택의 말에 감준배는 입술을 비죽거렸다. 불만이 가득하지만 차마 입 밖으로 내지는 못하겠다는 마음이 노골적으로 드러나는 표정이었다.

"다른 이야기는 없었어?"

"시시한 잡담 좀 했습니다."

"정말 그뿐이야?"

"저는 어떻게든 태주를 설득하려고 했을 뿐입니다."

정의택은 턱을 쓰다듬으면서 중얼거리듯 말했다.

"그런데 오늘 아침, 이렇게 '우연'이 일어났다……."

"그냥 우연입니다, 팀장님."

잠자코 듣고만 있던 위슬비가 끼어들었다.

"팀장님, 지금은 이렇게 시간을 허비하고 있을 때가 아니에요. 태주가 도움을 청하고 있다고요."

"저도 위급한 상황인 것 같다는 쪽입니다. 태주 아시잖습니까, 팀장님."

정의택은 감준배와 위슬비의 얼굴을 번갈아 가며 물끄러미 바라보았다. 무언가 생각을 하고 있는 모양이었다. 정의택은 두 사람의 얼굴을 몇 번 왕복하며 생각을 하더니 마침내 결론을 내린 듯 자리에서 일어섰다.

"좋아. 무슨 꿍꿍이가 있건 없건 간에 일단 공식 요청도 있으니 조사는 해 보자고. 이건 우선 우리 셋만 아는 일이고, 우리 셋만 투입된다. 간단하게, 최선을 다해서, 시간은 최소화하고. 알겠지?"

"고맙습니다."

위슬비가 말했지만 정의택은 그 말은 별로 귀담아 듣는 것 같지 않았다.

"아까 3레벨 보안 카드 있어야 한다고 했지?"

정의택이 자리에서 일어나며 이렇게 말했다.

"예."

위슬비가 답하자 정의택은 의자에 앉으면서 주머니에서 감준배가 선물한 공예품을 꺼내 책상 위로 던져 놓았다. 그리고 서랍을 열어서 USB 메모리 스틱을 꺼낸 뒤 그것을 위슬비에게 던졌다. 위슬비는 두 손으로 정확하게 받았다.

"3레벨 보안 카드다. 빨리 처리해."

세 사람은 위슬비의 자리로 이동했다. 위슬비는 자신의 자리에 닿자마자 USB 메모리 스틱을 컴퓨터에 연결한 뒤, 정보부 메인 서버에 접속했다. 3레벨 보안을 확인한 메인 서버는 위슬비의 컴퓨터를 위치 추적 시스템으로 안내해 주었다.

"그래, 우연인지 아닌지는 어디 두고 보자고. 어떻게 추적할 거야?"

정의택이 팔짱을 끼고서 말했다.

"핸드폰 추적 먼저 해 보려고요. 여기로 건 전화가 회사 폰이었거든요. 아직 들고 있다면 추적 가능해요."

"회사 폰?"

"예. 정보부 요원 지급품요."

"민간인이 왜 우리 폰을 들고 있어?"

정의택은 불만스럽다는 듯 말했지만 왜 그런지는 자신도 잘 알고 있었다. 비록 무급 정직 상태라고 해도 기태주의 신분은 정보부 요원인 것이다.

위슬비가 화면을 조작하자 서울 동작구 사당동 지도가 나타났다. 화면 중앙에는 빛나는 점이 표시되고 있었다.

"사당동에서 걸었어요."

"사당동 어디?"

"이수역 사거리 부근이요. 남쪽으로 천천히 이동 중인 것 같은데요."

정의택은 모니터를 한동안 뚫어지게 살펴보았다.

"사당동, 사당동, 사당동이라……."

정의택의 눈동자가 번득이고 있었다. 전후 상황을 살펴 기태주의 현재 상태에 관한 추리를 하고 있는 게 분명했다.

"너, 그런데 술 마시면서 태주랑 위슬비 이야긴 안 했냐?"

정의택이 감준배에게 불쑥 물었다.

"위, 위슬비 요원요?"

감준배는 조금 당황한 것 같았다.

"그래, 위슬비 요원."

"그냥 안부 정도 물었던 것 같은데요."

"안부 정도?"

"예."

감준배는 말끝을 흐렸다. 위슬비는 못 들은 척하고 모니터를 응시했다. 한가운데의 빛나는 점은 점멸하며 남쪽으로 천천히 이동하고 있었다.

"여기 보안 CCTV 연결되나?"

정의택이 물었다.

"예. 서울시 전역 보안 CCTV 다 연결돼 있어요."

"그럼 찾아보자고. 기태주 놈 말이야."

"알겠습니다."

위슬비는 담담하게 답한 다음 CCTV 화면을 조작하기 시작했다. 그렇지만 신경은 온통 남쪽으로 천천히 이동하고 있는 기태주의 핸드폰 신호에 쏠려 있었다.

누군가 정의택을 불렀다. 노르웨이팀 관련 업무 문의인 모양이었다. 정의택이 시선을 돌린 사이 위슬비는 손바닥을 입술에 댔다가 뗀 다음, 그 손바닥을 기태주의 핸드폰 신호가 표시되고 있는 모니터에 댔다.

"태주야……."

아무도 듣지 못할 정도로 작은 웅얼거림이었다.

♣

기태주가 타고 있는 승합차는 답답하게도 느릿느릿 가고 있었다.

창문을 닫았으니 바람도 통하지 않았고, 주행도 사당동에서 막혀 있었다. 이 새벽에 차가 막히는 걸 보니 무슨 사고가 난 모양이구나 싶었다. 하지만 그게 그렇게 신경이 쓰이지는 않았다. 아무 말 없이 앞만 보고 있는 추관우가 몇 배는 더 신경 쓰였다.

속이 좋질 않았다. 역시나 오랜만에 과음을 해서 그런 게 분명했다.

간밤에 감준배와 술을 마셨던 일이 떠올랐다.

♣

고시원 옥상 평상은 시원했다. 잔이 오갔고, 시시껄렁한 농담을 지껄였고, 두 사람 사이로 밤바람이 스쳤다. 밤하늘에는 서울에서는 좀처럼 보기 힘든 별들도 찔끔 반짝이고 있었다.

두 사람이 얼큰하게 취했을 무렵이었다. 한동안 대화가 끊어진 뒤였다.

"너, 슬비한테 연락 안 할 거냐?"

감준배가 불쑥 기태주에게 이렇게 물었다.

"슬비? 위슬비?"

"그래, 못 들은 척하지 말고. 위슬비한테 연락 안 할 거냐니까?"

"우리 헤어졌어. 이제 연락할 일 없어."

"슬비가 네 걱정 많이 한다."

"그래도 연락할 일 없어."

"네가 일방적으로 헤어지자고 그랬다면서? 무슨 이윤지는 모르겠지만 굳이 그럴 거 있냐? 혹시 정의택 팀장 고발 건, 위슬비하고 엮일까 봐 그러는 거냐?"

"세상에는 말이다, 절대로 신경 써서는 안 되는 게 세 가지 있어."

기태주는 말을 끊고 술잔을 비우며 뜸을 들인 다음 말을 이었다.

"남의 집 제사상, 부모님의 성생활, 그리고 정보부 동기의 연애."

"그거, 조니워커 블루 사 들고 온 정보부 동기한테도 적용되는 거냐?"

"조니워커 100년산을 들고 와도 안 된다."

기태주의 단호한 태도에 잠시 대화가 끊겼다. 감준배는 할 말이 없는지 멍하니 밤하늘만 올려다보고 있었다.

"있잖아, 세상엔 쓸쓸한 일이 많이 있지만 말이야, 헤어진 애인한테 연락하는 것만큼 쓸쓸한 게 없어."

기태주는 멍하니 있는 감준배에게 이렇게 말했다.

"뭐, 헤어진 애인한테 예전에 산 선물 카드값 내 달라고 전화하는 게 좀 더 쓸쓸할 것 같긴 하지만. 아니면 커플 요금제 해지해야 한다고 전화하는 거나."

감준배는 기태주의 말을 이렇게 농담으로 받았다. 두 사람은 껄껄대며 웃었다.

♣

간밤에 마신 술 때문이겠지만, 기억을 되새기고 있자니 속이 울렁거렸다. 생각해 보니 해장은커녕 일어나서 아무것도 먹지 않았다. 아까 희망 일자리 찾기 프로젝트에서 나눠 주는 커피라도 마실 걸 그랬나 싶었다.

"어제 술 마셨냐?"

아무 말도 없던 추관우가 불쑥 이렇게 물었다. 차가 막히니까 지루한 모양이었다. 기태주는 대답하지 않고 고개를 돌려 외면했다.

"이 새끼 봐라. 팔자 좋게 술이나 처먹었으면서……."

"네가 술 사 준 거 아니잖아. 관심 꺼."

기태주는 추관우 쪽은 바라보지도 않고 이렇게 말했다. 다음 순간 어디선가 주먹이 날아오지 않을까 싶었지만 그런 일은 일어나지 않았다. 대신 날아온 것은 500ml짜리 플라스틱 병이었다.

"뭐냐?"

날아온 병을 엉겁결에 받아 들면서 기태주가 물었다. 기능성 음료수였다. 병에는 '숙취 해소에 좋은 한국인의 건강 아침'이라고 적혀 있었다.

"일단 마셔. 이따가 밥도 줄 테니까 그때까지 참아."

기태주는 순간 추관우가 자신을 챙기고 있다는 걸 알 수 있었다. 그리고 전날 술을 마셨다는 사실을 알고 있는 것으로 보아 자신을 감시하고 있었던 게 아닐까 하는 의심이 들었다.

'뭔지는 몰라도 내가 얽혀 든 이번 일은 작은 일이 아니다. 큰일, 그것도 아주 큰일이다. 단순히 나를 묻어 버린다거나 하는 수준의 일이 아니다.'

감준배가 말한 육감도 아니었고, 정의택이 좋아하는 추리도 아니었다. 현장 요원이라면 누구나 이렇게 판단할 거였다.

"관우야, 나 감시하고 있었던 거냐?"

기태주는 기능성 음료수의 뚜껑을 따고 한 모금 마신 뒤 추관우에게 물었다. 딱히 대답을 바란 질문은 아니었지만 적어도 반응은 보고 싶었다. 그래서 기태주는 굳이 추관우의 이름을 부른 것이다.

"네가 애인이냐? 감시하게."

미세하긴 했지만 목소리가 불안정하게 들렸다. 제대로 건드린 모양이었다.

"넌 애인을 감시하냐? 관우야, 애인은 감시하는 게 아니야. 감싸 안는 거지. 연애 안 해 본 티 팍팍 내긴."

기태주의 말에 추관우는 소리 내어 웃었다. 어처구니가 없을 때 웃는 소리였다.

"이 새끼, 학교 갔다 오더니 처녀가 됐나, 감을 잃었네? 야, 애인은 감시해야 하는 거야. 안 그러면 언제 뒤통수 맞을지 몰라. 이거, 언젠가 네가 한 소리야, 인마."

추관우가 '인마'라는 표현을 썼다. 좋은 징조였다. 기태주는 이 기세를 몰아가야 한다고 판단했다.

"그래. 너랑 청담동에서 '귀부인' 물색해서 작업할 때 그런 소리 했었지."

기태주는 기억할 수 있었다. 월드컵파에서 추관우와 함께 생활했던 시절.

"맞아. 기억하는구나?"

"내가 너처럼 돌대가리인 줄 아네. 까먹었냐? 나 먹물 먹은 놈이잖아."

기태주의 위장 신분인 길태수는 명문 대학 중퇴생이었다. 기태주는 대화를 나누면 나눌수록 잊고 있었던 위장 신분이 하나둘 되살아나는 걸 느낄 수 있었다.

대학 중퇴생. 선원 생활. 고향은 경기도 화성. 폐암에 걸린 어머니. 필리핀. 의정부교도소. 출소 후 선원 생활. 그리고 시모레이라 공화국.

"먹물. 그래, 너 먹물 먹은 놈이었지."

갑자기 추관우의 표정이 일그러졌다. 기태주는 뭔가 잘못되어 가고 있다는 것을 직감하고 입을 다물었다. 추관우도 더 이상 말을 잇지 않았다.

차가 다시 움직이기 시작했다. 남쪽으로 향하고 있는 건 분명했지만 행선지는 여전히 알 수 없었다. 추관우가 조금 전에 던져 준 음료수를 마시며, 기태주는 아까 봤던 공익 요원을 생각했다. 인상을 찌푸리고 있던 시커먼 뿔테 안경에 머리를 짧게 자른 공익 요원은 분명 상황을 목격했다.

'혹시 그 공익이 신고를 해 준다면……'

만약 그렇게 된다면 사태는 정보부가 아니라 경찰에서 해결하게 될지도 몰랐다. 기태주는 슬쩍 추관우의 눈치를 살폈다. 입술을 굳게 다물고 있는 추관우의 얼굴은 어두워 보였다.

'그쯤은 관우 녀석도 짐작하고 있을 것 같은데. 무슨 꿍꿍이인 거지?'

기태주는 무표정한 추관우의 얼굴을 보며 그 의도를 짐작하기 위해 머리를 굴려 보았지만 딱히 떠오르는 뾰족한 생각은 없었다.

✤

정의택은 모니터를 손가락으로 가리키고 있었다.

"'희망 일자리 찾기' 프로젝트가 뭐냐?"

손가락이 가리킨 곳은 CCTV 화면에 잡힌 천막에 적혀 있는 글자였다.

"그거, 서울시장이 바뀌면서 예전 사당동 인력시장을 이름만 바꾼 겁니다."

감준배가 말했다.

"그러니까 태주가 정보부 때려치우고 나가서 한 일이, 여기 인력시장 통해서 하루 벌어서 하루 먹고사는 거였다는 거냐?"

정의택은 쯧쯧 소리를 내면서 혀를 찼다. 적어도 이것보다는 나은 신세일 거라고 생각한 모양이었다.

"그나저나 희망 일자리 찾기 프로젝트라, 이름 한번 거창하군. 최초의 여자 서울시장이라고 기대 좀 했더니, 그냥 이름 바꾸기나 하는 꼴……."

"여자 시장이라 그런 게 아니라 정치인이 원래 그런 거죠."

위슬비가 정의택의 말을 정정했다. 정의택은 정치인은 원래 국민이 뽑는다는 의미의 말로 되받아치려고 하다가 그만두었다.

"그럼 기태주는 여기로 갔겠군. 일자리 찾으러 말이야. 슬비야, 녹화된 화면 돌려 볼 수 있어?"

정의택의 말에 위슬비는 재빨리 화면 구석에 새창을 띄웠다. 녹화된 CCTV 화면이었다.

"돌려 봐."

시간이 거꾸로 흐르기 시작했다. 텅 빈 희망 일자리 찾기 프로젝트 천막 아래 거꾸로 승합차가 와서 서고, 승합차에서 사람들이 거꾸로 걸어서 내리기 시작했다. 그러다가 한순간 정의택이 '멈춰!' 하고 외쳤다.

"이거 기태주 맞지?"

사내 둘이 기태주의 팔을 붙잡고 승합차에 강제로 태우는 광경이었다.

"이거, 태주 맞지?"

"화질 때문에 100퍼센트 확신할 수는 없지만, 정황상……."

정의택의 물음에 고개를 갸웃거리며 감준배가 조심스럽게 답했다.

"아는 얼굴이냐?"

기태주의 팔을 붙잡은 사내를 가리키며 정의택이 물었다. 하지만 CCTV 화면의 화질로는 아는 얼굴이라고 해도 확인할 수 없었다.

"슬비야, 태주 태운 차, 차 번호 확인되냐?"

정의택의 말에 위슬비가 차량 번호판 식별 프로그램을 작동시켰다. 얼굴을 알아볼 수 없는 CCTV 화질로도 번호판은 확인이 가능한 프로그램이었다.

"예, 번호판 확인됐어요."

"오케이. 그럼 이제 차량 실시간 감시 프로그램 돌리면 지금 위치 나오겠네?"

"예."

위슬비가 화면을 이동시키려는데 정의택이 손짓으로 멈추라는 신호를 보냈다.

"이거 뭐냐?"

정의택이 계속 흐르고 있던 CCTV 화면 한구석을 가리키면서 말했다. 공익 요원 복장을 하고 있는, 시커먼 뿔테 안경을 끼고 있는 젊은 남자였다.

"공익 요원 같은데요?"

"맞아. 공익 요원이네. 그런데 저 자식 뭐하고 있는 거냐?"

공익 요원은 핸드폰으로 전화를 걸고 있었다. 정의택이 묻지 않았어도 누구나 식별 가능한 행동이었다.

"경찰에 신고한 거 맞지?"

정의택이 물었지만 위슬비도, 감준배도 대답하지 않았다. 둘 다 굳은 얼굴이었다.

"하긴, 당연한 일이지. 공익이 근무 중에 저런 일을 당했는데 신고를 안 하면 안 되지. 그래도 혹시 모르니까, 슬비야, 경찰청에 수배 차량 확인해 봐."

정의택이 말했고, 위슬비는 경찰청 정보실을 확인했다.

"태주 태운 차, 경찰에 수배됐네요."

힘없는 목소리로 위슬비가 말했다.

"흑색요원 프로토콜 알지?"

정보부 요원은 크게 보아 백색요원과 흑색요원으로 나누어진다. 백색요원은 신분을 드러내고 활동하는 요원이고 흑색요원은 신분을 감추고 활동하는 요원이다.

"알고 있습니다."

감준배가 말했다. 위슬비는 입을 꽉 다물고 있었다.

"위슬비, 흑색요원 프로토콜 말해 봐."

정의택이 지시했다. 하지만 위슬비는 대답할 마음이 없어 보였다.

"내가 말해 주지. 흑색요원은 어떤 경우에라도 신분이 노출돼서는 안 된다. 만약 신분이 드러날 경우 정보부에서는 모든 수단과 방법을 동원하여 그 신분을 부정한다. 내 말이 맞나?"

아무도 대답하지 않았다. 정의택은 미소를 지었다. 뜻하지 않게 일이 마무리된 것에 대한 만족감의 표현이었다.

"위슬비, 공식적으로 문제 제기해 줘서 고맙다. 문제를 우리 프로토콜을 통해서 해결하게 됐으니까 말이야. 기태주의 마지막 위장 신분이 뭐였지?"

"……경기도 화성 출신 전과자 길태수였습니다."

마지못해 위슬비가 대답했다.

"맞아. 이제 경찰이 수배된 차를 잡으면 그 신분으로 경찰서로 가게 될 거야. 이후에 마무리하는 건 감준배 네가 해라. 마무리 깔끔하게 해. 흑색요원 프로토콜에 따라서."

정의택은 이렇게 말하곤 손을 위슬비에게 내밀었다. 위슬비는 무슨 의미인지 몰라서 그 손을 넋 놓고 바라보고만 있었다.

"메모리 스틱. 이제 필요 없잖아, 3레벨 보안 카드."

"아, 예."

위슬비가 컴퓨터에서 메모리 스틱을 뽑았다. 그러자 화면에 어지럽게 떠 있던 모든 창이 동시에 닫혔다.

"이제 업무 복귀해. 노가다 업무 말이야. 그리고 감준배."

"예."

"넌 옷 갈아입어. 그 꼴이 뭐냐?"

정의택은 이렇게 지시를 내린 다음 자신의 집무실로 돌아갔다. 돌아가기 전 뒤를 한 번 돌아보았을 때, 위슬비와 감준배 두 사람은 뭔가 대화를 나누고 있었다. 하지만 별로 신경이 쓰이지는 않았다. 공식적으로 제기한 문제를 정보부 프로토콜을 이용해 정상적으로 처리했으니 문제가 될 건 전혀 없었다.

'이제 남은 건 경찰이 얼마나 빨리 수배된 차량을 찾아내느냐 하는 것뿐이로군.'

정의택은 이렇게 생각했다.

기태주를 태운 승합차는 사당역을 지나 남쪽으로 향하다가 대기업에서 운영하는 대형 쇼핑몰로 방향을 틀었다. 기태주는 비록 밖을 내다볼 수는 없었지만 대충 어딘지는 짐작할 수 있었다. 차는 잠시 멈춰 서 주차권을 받고는 지하 주차장으로 들어섰다. 소리만으로도 충분히 상황을 알 수 있었다. 차는 지하 6층까지 내려간 다음 멈췄다.

"내려."

추관우가 차갑게 명령조로 말했다.

"내리라고? 여기서?"

"거 말 많네. 안 내리면? 여기서 살림 차리고 살려고?"

"네놈이랑 살림이라. 그건 사양해야겠다."

기태주는 느릿느릿 자리에서 일어나면서 말했다. 추관우가 턱으로 신호를 보내자 옆에 있던 덩치 하나가 기태주의 옆구리에 주먹을 찔러 넣었다. 기태주는 컥 소리를 내면서 허리를 꺾었다.

"추관우, 너, 나, 사랑했냐? 발끈하긴."

기태주는 이를 악물고 한 단어 한 단어 또박또박 발음했다. 덩치가 다시 한 번 주먹을 넣으려고 하자 추관우는 손짓으로 제지했다.

"됐다. 더 느려지면 곤란하니까."

승합차에서 내리자마자 기태주는 고개를 돌려 CCTV 카메라를 찾았다. 정보부에서 CCTV 화면을 확인할 테니 자신의 위치를 알리기 위해서였다. CCTV 카메라는 어렵지 않게 찾을 수 있었다. 그러나 작동 중이라면 당연히 들어와야 할 붉은 빛이 들어오지 않고 있었다.

"미리 손썼지."

당연한 거 아니냐는 투로 추관우가 말했다.

"여기 CCTV 카메라를?"

조금은 놀란 투로 기태주가 물었다.

"야, 너 먹물 먹은 놈이잖아. 생각을 한번 해 봐라. 이 새벽에 사람들 다 보는 곳에서 납치를 했는데 누구라도 경찰에 신고 안 하겠어? 당연히 미리 준비했지."

추관우는 꼭 뽐내는 것 같은 표정이었다. 기태주는 뭐라고 대꾸할 말이 떠오르지 않았다. 기태주가 기억하는 추관우는 말보다 행동이 앞서는 성미였다. 종종 충동적으로 움직여서 사고를 치기도 했다. 이렇게 주도면밀하게 준비하는 건 녀석의 스타일이 아니었다. 거기다가 쇼핑몰 CCTV까지 미리 손을 볼 정도로 치밀하게 준비한다는 건 녀석과는 정말로 어울리지 않는 일이었다.

"어디 가는 거냐?"

승합차에서 내린 기태주가 물었다.

"차 갈아타러."

추관우는 이렇게 말하면서 손을 흔들었다. 그러자 주차장 구석 자리에서 은색 SUV 한 대가 나타났다.

"너 돈 많이 벌었나 보다?"

기태주는 눈앞에 보이는 은색 SUV가 최신 외제차라는 걸 이렇게 비꼬는 투로 표현했다.

"하이브리드 차다. 환경 생각도 좀 해야지. 안 그러냐?"

추관우는 이렇게 말하면서 차 뒷문을 직접 열고는 기태주를 밀어 넣었다. 그 뒤를 덩치 둘이 따라 탔다. 기태주는 뒷좌석 가운데에 앉아 두 덩치 사이에 낀 신세가 되었다.

"이제 어디로 가면 됩니까?"

운전석에 앉은 사내가 말했다. 기태주는 사내를 유심히 살폈다. 나이는 쉰 정도 되었을까? 양복 차림이기는 했지만 어딘지 남루해 보이는 인상을 풍기는 사내였다. 흰머리가 반백이 될 정도로 난 것도 그랬고, 슬쩍 보이는 셔츠 깃에 때가 낀 것도 그랬다. 분명 조직폭력배와는 거리가 있어 보이는 차림이었다.

"최덕구 씨, 일단 여기서 나가요. 나가면 행선지 알려 드릴게요."

조수석에서 안전벨트를 매면서 추관우가 말했다. 남자의 이름은 최덕구인 모양이었다.

"추관우 선생, 내 아무리 그래도 불안해서 말이지……."

"최덕구 씨, 불안해하실 거 없어요. 나 추관우, 약속은 꼭 지켜요."

"……알겠소. 그럼 믿고 가 봅시다."

하지만 무엇보다도 사내에게서 신경이 쓰이는 부분은 말투였다. 사내의 말투는 분명한 북한 억양이었다.

'나 하나 잡자고 추관우가 이 일을 벌인 게 아니란 건 분명하다. 납치에 CCTV 조작까지 했다. 그런데 여기에 북한 출신까지? 도대체 일이 어떻게 돌아가고 있는 거야?'

기태주는 가능하기만 하다면 추관우의 멱살을 붙잡고 흔들면서 자초지종을 묻고 싶은 심정이었다. 하지만 운전하고 있는 사내가 그렇게 한다고 해도 추관우는 대답해 주지 않을 게 분명해 보였다. 잠시 상황을 돌아본 기태주는 이제 경찰에서뿐만 아니라 정보부에서도 자신의 행적을 추적하는 게 불가능할 거라고 판단했다.

'하지만 슬비라면 가능할지도 몰라. 여기로 승합차가 들어왔다는 걸 알기만 하면 나가는 차를 모두 추적할 수도 있지.'

기태주는 이런 생각으로 최대한 창 쪽으로 머리를 가까이하려고 애를 썼다. 하지만 덩치들은 머리는커녕 어깨도 움직이기 힘들 정도로 딱 달라붙어 있었다.

'슬비야⋯⋯.'

기태주는 간절한 심정으로 위슬비를 생각했다. 하지만 그 시간 위슬비에게 주어진 임무가 속칭 노가다팀에서 중국 아이피를 추적하는 것일 거라고는 짐작조차 하지 못하고 있었다.

5 러시아에서 온 여자

국가정보부 신기찬 2과 과장은 의자에 앉아 눈을 감고 있었다. 당장 검토해야 할 서류만 해도 산더미 같았지만 아무것도 하고 싶지 않았다. 도무지 의욕이 일지 않았다.

최근 고위층이 정보부 활동 중에서 가장 관심을 기울이고 있는 건 농협 해킹 사건이었다. 신기찬이 만들어 낼 결과물을 기대하면서 그 결과물이 빨리 나오기를 바라는 압력이 하루에도 십수 번씩 이메일로, 전화로, 또 인편을 통해서 이어졌다.

하지만 신기찬은 윗선에서 원하는 결과를 억지로 만들어 내고 싶지 않았다. 정보부 요원답게 정보를 모으고 가공해 진실을 드러내는 일을 하고 싶을 뿐이었다. 하지만 이런 정보부 요원의 소박한 소망은 이루어지지 않았다.

이런 상황은 처음 2과 과장이 되었을 때만 해도 상상하기 힘들었다. 신기찬이 2과 과장에 내정되자 정보부는 물론이고 정치계, 법조계, 경제계에서 축하 메시지가 줄을 이었다. 개인적으로 선을 대어 보려고 사돈의 팔촌까지 동원하는 사람이 한둘이 아니었다.

4년 전, 정권이 바뀌고 정보부 개편이 이루어지자 국내 정보를 담당하는 2과 과장이 정보부의 핵심 권력을 쥐게 될 거라는 예측이 지배적이었다. 그리고 그런 관측 속에서 현재 정보부에서 가장 유능하다고 알려진 신기찬이 2과 과장으로 발령이 난 것이다. 신기찬도 내심 자신의 능력이 인정받은 것 같아 뿌듯하기도 했다.

그러나 결과는 전혀 달랐다. 청와대 직속 정보팀이 생긴 것이다. 정식 명칭은 '무궁화 1호 정보팀'이었지만 사람들은 대통령의 종교를 빗대서 '샤론의 장미팀'이라고 불렀다. 비록 재야 단체와 시민 단체들이 이를 두고 과거로의 회귀라는 둥, 공작 정치의 서막이라는 둥 비난을 퍼붓기는 했지만 정권은 샤론의 장미팀을 그대로 밀어붙였다.

샤론의 장미팀은 생기자마자 정보부장의 업무 보고를 받기 시작했다. 정보부장이 업무 보고를 하는 정보부 외부 팀이라는 건 이전에는 상상조차 할 수 없는 일이었다. 샤론의 장미팀은 거기서 멈추지 않았다. 대통령으로부터 직접 지시를 받았고, 종종 청와대에서 대통령 독대를 했다. 과거 정권에서는 정보부장도 할 수 없었던 대통령 독대였다.

이후 굵직굵직한 국내의 정치적 사건 뒤에는 샤론의 장미팀이 있다는 소문이 파다했다. 법정에서 무죄로 밝혀진 전 정권의 국무총리 비리 사건이나 민간인 불법 사찰 사건, 정권에 불리한 사안이 있을 때마다 터진 연예인의 대형 스캔들 뒤에 바로 이 샤론의 장미팀이 존재한다는 건 언론에 보도만 되지 않았을 뿐이지 다들 사실로 인정하는 분위기였다. 일부 인터넷 언론이 추적 기사를 내기는 했지만 곧 거액의 민사소송에 휘말려 후속 보도는 묻어야만 했다.

그 밖에도 국내 대형 공기업을 민영화해서 외국자본에 팔아넘기는 과정에 개입했다거나, 정부 주도의 토목 건설 사업자 선정이나 그 밖의 이권이 걸린 사업 뒤에도 샤론의 장미팀이 있다는 이야기가 쉬쉬하면서 퍼지고 있었다.

그중에서도 정부 여당의 대형 스캔들로 번질 수 있었던 저축은행 비리 사건을 여야를 넘나드는 스캔들로 묶어서 덮어 버린 건 샤론의 장미팀이 실행한 정치 공작 중 가장 잘 마무리한 사건으로 알려졌다.

샤론의 장미팀이 이렇게 국정에 깊게 관여하며 움직이는 사이, 정보부 2과의 업무는 상대적으로 축소되었다. 아니, 신기찬 2과 과장 입장에서는 샤론의 장미팀이 싸 놓은 똥 무더기를 치우는 기분이라고 할 수 있었다.

지금 2과의 최우선 과제라 할 수 있는 농협 해킹 사건 뒤처리도 그런 예였다.

'누군가 농협 본사 데이터베이스를 해킹했다. 그리고 그 결과 15분 동안 농협 전체 전산망이 마비되었다. 그 해커는 농협

의 일부 거래 내역을 삭제한 뒤 사라졌다.'

이것이 신기찬이 사건에 대해 알고 있는 전부였다. 해커가 누구였는지, 도대체 무슨 의도로 해킹을 한 것인지, 해킹 중 가장 어렵다고 알려진 금융기관 해킹을 성공해 놓고 고작 한 일이 일부 거래 내역 삭제라는 게 무슨 의미인지 현 상황에서는 도무지 알 수가 없었다.

"신 과장, 다 아시잖아요? 이 사건, 어떻게든 국민을 안심시키는 게 최우선 과제예요. 다른 건 일단 다음으로 미룹시다."

국회의원 출신 정보부장은 신기찬을 만난 자리에서 이렇게 말했다. 노골적으로 진행 방향을 밝힌 것이나 다름없었다.

"저는 정보부 요원입니다. 첩보를 모으고 정보를 가공해서 진실을 밝히려 노력할 뿐입니다."

"진실이라. 지금 이 상황에서 진실이 도대체 무슨 의미가 있지요?"

신기찬의 말에 정보부장은 이렇게 물었다.

"언제나 그렇습니다만 진실에는 힘이 있습니다."

"그야 그렇지요. 하지만 언제나 진실이 가지고 있는 그 힘은 아주 위험해요. 그 힘이 엉뚱한 자들의 손으로 넘어간다면 혼란은 가중될 것이고, 결국 국가에 해를 입히게 될 수도 있지요. 신 과장, 국가 안보를 책임지고 있는 우리 정보부는 그런 사태가 일어나는 것을 막아야 하지 않을까요?"

이렇게 말하며 정보부장은 환한 미소를 지었다. 신기찬의 입장에서는 도저히 눈 뜨고 볼 수 없는 미소였다.

결국 신기찬은 굴복했다. 농협을 해킹한 것으로 추정되는 아이피를 추적하는 소위 '노가다팀'을 꾸리고 거기에 요원을 배치했다. 실제 사건의 피해를 파악하고 범인을 추적하는 일은 샤론의 장미팀으로 넘어갔다. 그리고 샤론의 장미팀이 얻은 모든 정보는 신기찬도 볼 수 없는 기밀로 분류되어 오직 청와대로만 보고되었다.

— 과장님.

책상 위에 있는 인터폰에서 비서의 목소리가 들렸다. 신기찬은 대답할 기분이 나질 않아서 그냥 눈을 감은 상태로 한참을 더 있었다.

— 과장님, 저, 긴급한 상황인 것 같은데요.

비서가 다시 한 번 인터폰으로 말했다.

"왜? 아이피 추적 결과로 외계인이라도 나왔어?"

자세를 고쳐 잡으며 투덜거리는 투로 신기찬이 대답했다.

— 아뇨. 누가 찾아왔어요. 과장님.

"누구?"

— 러시아…… 정보부 요원이라는데요?

"러시아 정보부 요원?"

신기찬은 눈이 번쩍 뜨이는 것 같은 느낌을 받았다. 무언가 큰 사건이 자신의 앞에 도착했다는 정보부 요원의 감이었다. 신기찬은 자리에서 일어난 뒤 바로 집무실 문을 열고 밖으로 나갔다. 비서 자리 옆에 서 있던 정보부 보안 요원 하나가 그에게 목례를 했다.

"본인 말로는 러시아 정보부 요원이랍니다. 정의택 팀장을 만나서 이야기하고 싶다고 하고 있습니다. 급한 일이라고 하는데요."

보안 요원이 재빨리 개요를 설명했다. 신기찬은 비서 자리의 책상 위에 설치된 보안 모니터를 살펴보았다. 모니터에는 방문객 대기실 광경이 비치고 있었다. 대기실 의자에는 뿔테 안경을 끼고 단정하게 회색 투피스 정장을 차려입은 여자가 앉아 있었다. 러시아 정보부 요원이라고는 했지만 얼굴은 그냥 우리나라 사람이었다. 길거리에서 마주쳤다면 잘나가는 커리어 우먼처럼 보일 법한 인상이었다.

"저 여자가 정의택 팀장을 찍었어?"

"예. 소속은 물론이고 이름까지 정확하게 알고 있었습니다."

"정의택 팀장한테는 말했나?"

"예. 저 여자, 아는 사람인지 물어봤습니다."

"그런데?"

"자신이 처리할 수 있는 일이 아닌 것 같다고, 우선 신기찬 과장님께 보고하라고 했습니다."

신기찬은 눈살을 찌푸렸다. 업무 피로감이 최고조에 이른 이 시점에 정의택이 자신에게 책임을 돌린 정황이 마음에 들지 않았다. 하지만 그렇다고 해서 정의택이 내린 지시에 절차상 하자는 없었다.

"저 여자, 이름이 뭔가?"

모니터 속 여자를 자세히 관찰하면서 신기찬이 물었다.

"아, 저, 마리아, 로마노브나, 마가이라고 합니다. 마리아 로마노브나 마가이."

보안 요원은 메모지를 보면서 말했다. 이름을 외우지 못해서 적어 온 모양이었다.

"어디 소속이라고 하던가? FSB(Federal Security Bureau: 연방보안국)? SVR(Sluzhba Vneshney Razvedki: 해외정보국)?"

"소속을 밝히지는 않았습니다."

"우리 데이터베이스에서는 찾아봤나?"

"찾아봤는데 없습니다."

"입국 기록은?"

"지난달 입국한 걸로 나옵니다."

보안 요원이 서류를 내밀었다. 화면 속 여자의 여권 사진과 입국 기록이 복사된 서류였다. 이름에는 마리아 로마노브나 마가이(Mariya Romanovna Magay)라고 적혀 있었다.

"마가이라. 마가이라면 러시아에 사는 고려인이 많이 쓰는 성인데. 다른 정보는 없는가?"

"현재까지는 이게 전부입니다."

신기찬은 잠깐 생각을 해 보았다. 그냥 정신 나간 러시아인이 헛소리를 늘어놓기 위해 대한민국 정보부를 찾을 이유는 없었다. 이건 분명 뭔가가 있었다. 게다가 대한민국 정보부 요원의 이름을 정확하게 지목했다는 건 분명 이유가 있을 터.

"저 마리아라는 여자 정보, 싹 다 긁어모아."

신기찬이 비서에게 서류를 건네주며 말했다.

"그리고 넌 가서 2과 과장에게 보고했다고, 정의택이 곧 올 거라고 말해."

"예?"

"시간 끌라고! 차도 한 잔 내주고, 옆에 앉아서 잡담도 좀 해. 그사이에 나도 쓸 만한 카드를 준비해 둬야 할 거 아냐! 그리고 정의택이 당장 불러오고. 알겠나?"

"예, 알겠습니다."

보안 요원은 목례를 하고 허둥거리며 밖으로 나갔다.

비서가 1과에 전화를 넣는 사이, 신기찬은 계속해서 여자를 바라보았다. 다리를 꼬고 앉아 있는 여자의 얼굴은 무표정했다.

"너, 도대체 누구냐?"

신기찬은 자신이 오랫동안 느껴 보지 못한 감각이 돌아오는 걸 알 수 있었다. 심장이 뜨거워졌다. 정보부 요원의 피가 끓어오르고 있었다.

♣

그 시간, 기태주는 은색 SUV 뒷좌석에 앉아서 운전을 하고 있는 최덕구의 뒤통수를 뚫어지게 바라보고 있었다. 다른 행동도 하고 싶었지만 양옆에 앉아 있는 덩치들 때문에 다리도 마음대로 벌릴 수 없는 상황이었다.

싸늘한 기운. 기태주는 최덕구의 뒤통수에서 싸늘한 기운을 느낄 수 있었다. 직업상 범죄자들과 어울리다 보면 이런 기운을 뿜는 사람이 있었다. 추관우도 그런 사람 중 하나였다. 이런 기운을 아마 살기殺氣라고 부를 수 있을 것이다. 사람을 죽여 본 적이 있는 사람. 사람을 죽일 수 있는 사람.

기태주는 운전석 후사경後寫鏡에 비치는 최덕구의 눈과 마주쳤을 때 분명 살기를 느꼈다. 그것은 분노를 담고 있는 뜨거운 눈빛과는 정반대의 느낌을 주었다. 차갑고 냉정한, 침착하고도 차분한 기운. 아마도 먹이를 바라보는 육식동물이 그런 눈빛일 것이다.

"어디로 가는 거냐?"

기태주가 조수석에 앉아 있는 추관우에게 물었다.

"곧 죽을 놈이 그런 건 알아서 뭐해?"

이건 살의가 느껴지지 않는 농담이었다. 하지만 운전대를 잡은 최덕구의 싸늘한 눈빛 때문인지 좀처럼 농담처럼 느끼기가 쉽지 않았다. 공포 때문일까. 등줄기로 벌레가 타고 내려가는 것처럼 오싹했다.

"씹. 할. 새. 끼."

기태주는 음절 하나하나를 힘주어 발음하면서 욕설을 내뱉었다.

"뭐?"

"추관우 너, 씹할 새끼라고. 그때 확 담가 버렸어야 했는데."

기태주는 짐짓 태연한 척 이렇게 말했다. '담근다.'는 말은 조직폭력배들이 흔히 쓰는 말로 일반적으로 흉기를 이용해서 살해하는 행위를 뜻한다. 물론 이런 식으로 예전에 사용하던 은어를 쓰는 건 자신이 공포에 질려 있다는 걸 감추기 위한 수단이었다. 그리고 그와 동시에 추관우로부터 정보를 얻어 내기 위한 안간힘이기도 했다.

추관우는 사람을 죽여 본 적이 있는 최덕구를 앞세우고 있었다. 거기다가 자신을 죽이느니 살리느니 하는 농담을 하면서 농락하고 있었다. 이대로 가만있다가는 추관우의 뜻대로 움직이다가 결국 개죽음을 당하게 될지도 모를 일이었다. 아무 정보도 얻지 못하고 죽는 건 자신이 정보부 요원이 아니라고 해도 결코 당하고 싶지 않은 일이다.

"그래. 그게 내가 늘 궁금하게 생각했던 거야. 네놈이 그때 왜 날 죽이지 않았을까. 하하하."

하지만 추관우가 호락호락하게 기태주의 뜻대로 움직이지 않을 것은 분명했다. 지금도 추관우는 기태주의 말을 대강 뭉개고 넘어가려고 하고 있었다.

"은혜를 원수로 갚아도 유분수지. 이거 너무하는 거 아니냐?"

기태주는 추관우의 아픈 곳을 찔러 보기로 했다. 괜히 녀석을 자극하는 결과를 낳을 수도 있지만 정보를 얻어 내기 위해서 그 정도 위험은 감수해야 할 것 같았다.

"은혜를 원수로 갚는 게 이 바닥 생리지. 태수야, 너 학교 갔다 오더니 감을 잃었구나? 이 바닥에 은혜 같은 건 없어. 오직 거래만 있을 뿐이지. 안 그래요, 최덕구 씨?"

추관우가 이번에는 대화를 최덕구 쪽으로 돌렸다.

"이 바닥 생리 같은 거, 난 모릅니다."

최덕구는 무뚝뚝하게 말했다. 감정 없는 목소리를 듣고 있자니 다시금 소름이 돋았다. 당장이라도 돌아서서 그의 가슴에 칼을 박아 넣을지도 모르겠다는 생각이 들었다.

"그래도 거래는 믿으시잖아요. 안 그래요?"

"저는 완벽하게 보장된 거래만 믿습니다, 추관우 선생."

여전히 감정 없는 목소리였다. 대답을 들은 추관우는 뭐가 즐거운지 낄낄댔다.

차는 올림픽대로를 타고 서쪽으로 향하고 있었다. 아직 출근 시간이 되지 않았기 때문인지 차량은 그렇게 많지 않았다. 조금 전 사당역 부근과는 딴판이었다.

"저도 그래요, 최덕구 씨. 완벽하게 보장된 거래만 믿죠. 우리, 그건 확실하게 통하는군요."

추관우의 말에 최덕구는 아무 반응도 보이지 않았다. 추관우는 뭐라고 말을 덧붙이려다가 그만두었다.

"우리도 그랬어, 태수야."

대신 추관우는 기태주에게 말을 돌렸다.

"우리?"

"그럼, 그랬지. 우리 처음 만났을 때 기억 안 나?"

추관우가 농담조로 빈정거리면서 물었다.

"물론 기억나지. 네 그림 솜씨."

'그림 솜씨'라는 건 칼로 몸에 상처를 입히는 기술을 조직폭력배들이 표현하는 말이다. 기태주는 어금니를 질끈 깨물었다.

합정역에서 추관우를 처음 봤을 때가 떠올랐다. 추관우의

192

갑작스러운 등장으로 샤론의 장미팀에서 야심차게 세운 원래 계획은 무너졌다. 그리고 요원 하나가 추관우의 칼에 부상을 입고 말았다.

추관우의 그림 솜씨는 뛰어났다. 기태주는 그날 추관우가 휘두른 칼을 보지 못했다. 나중에 알게 된 사실이지만, 그날 추관우가 쓴 무기는 독일에서 수입한 군용 나이프 날을 꼭 식칼처럼 보이게 개조한 것이었다.

"너, 그림 솜씨 지금도 쓸 만하냐?"

기태주가 물었다.

"글쎄다. 요즘에는 연장 잘 안 써서 말이지."

추관우는 빈정거리는 투였다.

"그때 쓰던 연장, 지금은 안 가지고 다니냐?"

"오늘은 가지고 나왔어. 아무래도 쓸 일이 생길 것 같아서 말야."

추관우는 이렇게 말하곤 키득거렸다. 자신을 협박하는 게 분명했지만 기태주는 짐짓 모르는 척했다.

"연장질하는 데 날 끌고 가는 이유는 뭐냐?"

기태주의 물음에 추관우는 크게 웃음을 터뜨렸다. 즐겁다기보다는 어처구니가 없다는 듯한 느낌이었다.

"하여간 이 새끼, 말은 많아요. 곧 알게 될 테니까 신경 꺼."

추관우가 이렇게 말하고 가볍게 손짓을 보내자 기태주의 양옆에 앉아 있던 덩치 둘 중 오른쪽에 앉은 쪽이 팔꿈치로 기태주의 가슴팍을 쳤다. 가벼운 동작이었지만 숨이 턱 막힐 정도로 강한 힘이었다.

　기태주는 더 이상 말하는 걸 포기하고 창밖을 바라보았다. 차는 이제 양화대교를 건너고 있었다. 출근 시간이 다가오면서 차량이 점점 늘고 있었다. 기태주는 한강물을 바라보았다. 잔 잔한 물살을 가르며 떠가는 유람선이 얄궂게도 눈에 들어왔다. 새벽부터 유람선이라니. 한숨이 절로 나왔다.

♣

　기태주가 이동하고 있는 사이, 신기찬의 지시를 받은 정보 부 보안 요원은 러시아에서 왔다고 자신을 밝힌 여자 앞에서 무슨 말을 해야 하나 고민을 하고 있었다.

　"저, 마리아 로마노브나 마가이 양. 커피 드시나요?"

　보안 요원은 고민 끝에 고작 이렇게 말했다. 마리아는 한숨 을 내쉬더니 능숙한 한국어로 입을 열었다.

　"그냥 마리아라고 부르세요. 그리고 정의택 팀장님은 언제 오나요?"

　러시아 사람이라는 걸 믿기 어려울 정도로 유창한 한국어 발음이었다.

　"곧 나오실 겁니다. 지금 회의 중이시라. 커피는 어떻게……"

　마리아는 참기 어렵다는 듯 앉아 있던 의자에서 벌떡 일어 섰다.

　"급한 일이라고 말씀드렸잖아요. 긴급을 요하는 사항이라고요."

"아, 틀림없이 그렇게 전해 드렸습니다. 곧 나오실 겁니다."

마리아는 천장에 설치된 CCTV 카메라 쪽으로 고개를 돌렸다. 그러고는 보안 요원을 무시하고 소리치기 시작했다.

"정의택 팀장님! 보고 있는 거 다 알아요. 지금 당장 나오세요!"

"저, 이러시면 곤란합니다, 마리아…… 씨."

보안 요원은 당황하며 마리아를 말려 보려고 애썼다. 하지만 마리아의 눈은 카메라에서 떠나지 않았다.

"정보부 요원이 이렇게 신분을 드러낼 정도인데 얼마나 다급한 상황인지 모르겠어요? 제 소속이고 뭐고 다 말할 테니까 빨리 나오세요."

"마리아 씨! 이러시면 곤란합니다!"

"이제 곧 테러가 벌어진다고요! 테러!"

테러라는 말에 마리아를 제지하려던 보안 요원의 눈이 휘둥그레졌다.

"테, 테러요?"

"예. 테러요. 잘 들으세요. 오늘, 서울 한복판에서 테러가 일어날 거예요. 그리고 그걸 막을 수 있는 건 정의택 팀장님밖에 없어요."

"저, 테러라니, 무슨 말씀이신지……."

마리아는 의자 위에 놓아두었던 지갑에서 사진을 한 장 꺼내 보안 요원에게 내밀었다.

"이자가 오늘 서울에서 테러를 일으킬 거예요. 이 사진, 정의택 팀장님께 보여 주세요. 급해요. 이건 잘못하면 러시아와 대한민국 사이의 외교 문제로 비화될 수도 있어요."

보안 요원은 마리아가 내민 사진을 얼결에 받아 들었다. 환하게 웃고 있는 한 사내의 사진이었다. 표정이 자연스러운 걸 보면 아마도 원거리에서 망원렌즈로 찍은 모양이었다. 보안 요원은 모르고 있었지만, 그 사내의 이름은 추관우였다.

6 고난의 행군

양화대교를 건넌 차는 절두산 순교 성지를 지났다. 기태주는 옆에 앉아 있는 덩치의 어깨너머 차창 밖으로 그 사실을 확인할 수 있었다.

문득 조선 말기에 이곳에서 천주교 신자들이 순교했다는 사실이 떠올랐다. 영화나 드라마에서 본, 목을 베는 망나니의 이미지가 어른거렸다. 150여 년 전에 이곳에서 그런 일이 벌어졌던 것이다. 피와 죽음의 흔적이 역사로 남은 장소를 이렇게 범죄자들에게 붙잡힌 상태로 지나고 있자니 불길한 생각이 머리를 떠나지 않았다.

차는 골목 몇 개를 거치더니 이번에는 아파트 단지로 향했다. 차를 운전하는 최덕구는 내비게이션의 안내를 따르고 있었다. 향하는 곳이 어디인지는 알 수 없었지만 아무래도 목적지를 중심으로 빙빙 돌고 있는 것 같았다. 단지 내에서도 차는 동쪽으로 갔다가 또 서쪽으로 이동하곤 했다. 아마도 미리 내비게이션에 입력된 경로인 모양이었다.

"왜 이렇게 빙빙 돌아? 그 내비, 고장 난 거 아냐?"

기태주가 물었지만 추관우는 대답 대신 손짓을 한번 보냈을 뿐이다. 그러자 기태주의 양옆에 앉은 덩치 중 왼쪽에 앉은 놈이 팔꿈치를 휘둘렀다. 가슴에 힘을 주고 충분히 대비를 했음에도 불구하고 충격이 상당했다.

"아, 진짜 너무하네. 너, 동생들한테 사람 막 함부로 치라고 가르치는 거 아니다?"

기태주는 아프지 않은 척하려고 애쓰면서 이렇게 말했다. 그러자 추관우가 고개를 돌려 뒤를 보았다.

"이제 다 왔다. 어린애처럼 굴지 말고 좀 참아라, 응?"

추관우가 과장된 미소를 지으며 말했다.

차는 아파트 단지를 나와 다시 골목을 몇 바퀴 돈 다음 멈추어 섰다. 한강이 내려다보이는 길가였다. 추관우가 내리자 나머지 인원도 모두 따라서 내렸다.

"여기서 또 어디로 가는 거냐? 이번에는 너희 집이냐? 응?"

기태주가 물었지만 추관우는 대답하지 않았다. 대신 기태주를 길가에 주차되어 있는 검정색 밴에 태웠다. 뒤쪽에 넓은 공간이 생기도록 개조한, 정보부에서 자주 봤던 스타일의 밴이었다. 안에는 역시나 처음 보는 얼굴들이 기태주를 기다리고 있었다.

"태수야, 내가 오랜만에 만났으니까 선물 하나 할게."

밴의 문이 닫히자 낯선 얼굴 둘이 기태주에게 검정색 조끼를 강제로 입혔다. 기태주는 조끼를 보는 순간 온몸이 얼어붙는 것 같은 한기를 느꼈다.

"이거 폭탄 조끼야. IS 애들도 이런 거 써. 뉴스에서 봤지?"

검정색 조끼에는 양쪽 가슴에 각각 큼지막한 C-4 덩어리가 달려 있었고, 거기에는 기폭 장치가 연결되어 있었다. 추관우가 꾸미고 있는 일이 생각보다 큰일일 거라고 예상은 하고 있었지만, 군용 폭탄까지 동원된 일이라고는 상상조차 하지 못했다. 도무지 무슨 일이 일어나고 있는 건지, 어떻게 대처해야 할지 전혀 떠오르질 않았다. 머릿속이 텅 비어 버린 것 같은 기분이었다. 그저 가슴팍에 달려 있는 C-4가 드라이아이스 덩어리로 만들어지기라도 한 것처럼 가슴이 서늘할 뿐이었다.

추관우가 시커먼 스마트폰을 꺼내 기태주의 눈앞에 들이댔다.

"이게 기폭 장치야. 여기 전화번호 보이지? 이 번호로 통화 버튼 누르면 터져. 그리고 그 조끼를 벗으려고 해도 터지고. 누가 거기 가슴에 있는 선 끊어도 터져."

추관우는 이렇게 말하고는 낄낄댔다. 기태주를 조롱하는 불쾌한 웃음이었다.

"그래? 그럼 여기서 다 같이 죽을까?"

기태주는 짐짓 무섭지 않은 척, 조끼를 벗는 시늉을 했다. 추관우는 기태주의 행동이 뜻밖이었는지 눈살을 찌푸렸다.

"짜식, 발끈하긴."

추관우는 피식 웃으며 기태주의 눈을 똑바로 바라보았다. 기태주는 아무렇지도 않다는 듯 가만히 있었지만 속으로는 폭탄의 공포를 이기기 위해 안간힘을 써야 했다.

"……나, 죽일 거냐?"

기태주가 물었다.

"태수야, 너야 깡패 새끼니까 여기서 죽어도 상관없지. 하지만 너 땜에 일반인들을 죽일 수는 없어. 안 그래? 그리고 너도 머리가 있으면 생각해 봐라. 널 죽이려고 했으면 벌써 죽였지, 이렇게 복잡한 방법을 쓸 리가 없잖아?"

추관우의 말은 모두 맞는 말이었다. 기태주는 그 사실을 머리로는 이해했지만 그렇다고 해서 뛰는 가슴까지 진정시킬 수는 없었다.

"최덕구 씨."

추관우가 최덕구에게 권총을 내밀었다. 기태주도 알고 있는 총이었다. 토카레프. 떼떼권총.

최덕구는 토카레프 권총을 손에 쥐더니 탄창을 분리했다. 그러고는 슬라이드를 당겨 약실을 확인한 다음, 다시 탄창을 결합했다. 익숙해 보이는 동작이었다. 아마 북한에 있을 때 군인이 아니었을까 짐작이 갔다.

기태주는 능숙하게 토카레프를 다루는 최덕구를 보면서 공포심이 조금씩 가시는 걸 느꼈다. 그랬다. 토카레프는 자신도 예전에 저렇게 능숙하게 다루어 본 적이 있는 무기였다. 그리고 그 무기에 대한 기억은, 지금 자신이 옛 동료에게 붙잡힌 깡패가 아니라 잠입 수사를 하고 있는 정보부 요원이라고 스스로를 여기게 했다. 잠입 수사를 하던 시절의 감각이 되살아나는 게 느껴졌다.

"추관우! 이게 뭐냐? 폭탄에, 권총에."

기태주는 자신의 가슴에 매달려 있는 C-4를 손가락으로 가리키며 말을 이어 갔다.

"건달이 뭐 이런 걸 써? 아무리 연장이 좋아졌다지만 이건 좀 심하잖아. 너, 그사이에 건달에서 테러리스트로 변신이라도 한 거냐?"

자신을 정보부 요원이라고 느낀다고 해서 공포심까지 사라진 건 아니었다. 그래서 기태주는 떨지 않으려고 애쓰면서 말을 했다.

"세상이 날 이렇게 만들더라."

추관우는 가벼운 투로 말을 계속했다.

"태수야, 생각을 한번 해 봐라. 조직은 박살 났지, 동료들은 다 학교 딸려 들어갔지. 내가 할 수 있는 게 뭐가 남았겠냐?"

"옛날 친구한테 폭탄 조끼 입히고 권총으로 겁주는 거?"

기태주가 맞받아쳤다.

"글쎄다. 그렇게까지 간단하게 요약하고 싶진 않다."

추관우는 별로 동요하지 않는 눈치였다.

"건달이 총 쓰고 폭탄 쓰는 테러리스트 짓을 해? 야, 이게 다 뭐야? IS가 돈이라도 줬냐?"

기태주가 다시 한 번 쏘아붙였다. 추관우는 어깨를 한번 으쓱했다.

"그러지 마라. 백범 김구 선생도 일본 놈들이 보기에는 테러리스트였다."

"그래서? 지금 독립운동이라도 하고 있다는 거야?"

"뭐, 독립운동하고 비슷하다고 할 수도 있지. 애국심이 없다는 점만 빼면 말이야."

추관우의 농담에 밴에서 내린 덩치들이 일제히 웃음소리를 냈다.

기태주는 뭐라고 더 쏘아 주려다가 그만두었다. 옆에 서 있던 덩치가 어깨를 푸는 것을 보았기 때문이다.

"자, 이제 시키는 대로 해. 안 그러면 둘 중 하나를 택하게 될 거야. 머리에 구멍 나거나, 쾅 하고 산산조각 나거나."

추관우는 징그럽게 미소를 지으며 이렇게 말하더니 턱으로 뭔가 지시를 내렸다. 그러자 덩치들이 조끼 위에 후드티를 입히기 시작했다.

"이거 귀에 꽂아."

이번에는 귀에 꽂는 이어폰형 무선 수신기였다. 이어폰을 귀에 꽂자 익숙한 클래식 음악이 흘러나왔다.

"들리지? 오케이, 좋아. 그럼 이제부터 내가 시키는 대로 하는 거다? 알겠지?"

"싫다면?"

이건 순전히 허세였다. 지금 이 상황에서는 어떻게도 저항

할 방법이 없었다. 하지만 기태주는 이럴 때일수록 허세를 부리고 여유 있는 척을 해야 한다고 판단했다. 그것이 잠입 수사 요원의 감각이었다.

"그야 죽는 거지. 저 밖에서, 사람들하고 같이, 쾅!"

추관우가 다시 징그러운 미소를 지었다.

"자, 준비해야지?"

덩치들이 기태주에게 다가와 팔을 붙잡았다. 이번에는 배낭이었다. 후드티에 배낭까지 메자 흔히 볼 수 있는 등산객 같은 차림이 되었다.

— 들립니까?

감정 없는 목소리가 이어폰을 통해 들렸다. 기태주는 소리에 반응해서 주위를 살피다가 최덕구와 눈이 마주쳤다.

— 들리냐고!

소름 끼칠 정도로 감정 없이 싸늘한 목소리. 기태주는 고개를 끄덕였다. 마이크가 보이지 않는 걸로 봐서 아마 최덕구는 골전도 마이크를 귀에 꽂고 있는 모양이었다. C-4에 토카레프, 거기에 골전도 마이크 이어폰. 조직폭력배가 가지고 다닌다고는 믿을 수 없는 장비들이었다.

'도대체 난 무슨 일에 말려든 거지?'

기태주는 위슬비를, 그리고 감준배를 생각했다.

'내가 남긴 메시지를 위슬비가 정말로 받았을까? 혹시 그사이 번호가 바뀐 건 아닐까? 감준배는 뭘 하고 있을까? 날 위한 공작을 진행하고 있을까? 혹시 다 잊어버리고 자기 업무에만

전념하고 있는 건 아닐까?'

온갖 잡념이 기태주의 머릿속을 어지럽혔다.

'믿자. 믿어야 한다. 그래야 정신을 차릴 수 있다.'

잠입 수사 때 늘 그랬듯, 위슬비와 감준배가 자신을 도와줄 거라고 스스로에게 다짐해야만 했다. 어쩌면 오직 그것만이 기태주가 지금 이 상황에서 할 수 있는 유일한 일일지도 몰랐다.

위슬비가 다시 한 번 정의택의 집무실을 찾았을 때, 정의택은 짜증부터 냈다. 그도 그럴 것이 상황이 급박하게 돌아가고 있었기 때문이다. 위슬비가 아니라 대통령이 찾아왔다고 해도 짜증이 날 법한 상황이었다.

"팀장님."

"아, 지금 바빠!"

정의택은 위슬비의 얼굴을 보자마자 고함을 쳤다. 지금 당장 마리아 로마노브나 마가이라고 밝힌 여자의 정체를 알아내야만 했다. 그리고 여기까지 찾아온 목적을, 또 하필 자신을 지목한 이유를 찾아야 했다.

정의택이 판단하기에 지금 이 상황은 러시아 정보부와 대한민국 정보부의 싸움이었다. 싸움을 걸어온 것은 러시아 쪽이었다. 당장은 2과 과장인 신기찬에게 보고를 올려서 시간을 벌기는 했지만 이 싸움은 시간이 흐르면 흐를수록 불리해질 수밖에 없었다.

지금도 정의택은 1과에 있는 동기에게 전화를 넣어 여자의 정체를 알아내라고 독촉을 할 참이었다. 위슬비의 방해만 없었다면 말이다.

"태주요. 기태주."

"아까 이야기 끝났잖아. 그건 이제 경찰로 넘어갔어. 기태주 그 새끼가 그렇게 된 건 운이 없어서야. 우리가 그런 일 한두 번 보나? 이제 그만 잊어버리고 눈앞의 임무에 집중해!"

"아니 제 이야기는……."

"명령이야! 당장 제자리로 돌아가!"

정의택이 소리를 질렀지만 위슬비는 눈 하나 깜짝하지 않았다. 이미 단단히 마음의 준비를 하고 온 모양이었다.

"팀장님, 경찰에서 태주 놓쳤어요. 지금 확인했어요. 납치한 놈들이 CCTV 사각 지역에서 차를 갈아탄 것 같다고 해요."

"그건 경찰 문제지. 태주는 이미 우리 손을 떠났다니까?"

"아뇨. 지금 태주를 추적할 수 있는 건 우리뿐이에요."

"나중에 하자, 나중에. 나 지금 정말 바빠."

정의택은 답답한 마음에 한 걸음 물러섰다. 지금 이 순간 정의택에게 마리아라는 여자의 정체보다 중요한 건 없었다.

"팀장님, 이건 중대 사건이에요. 만약 제 보고를 무시하시면 정식으로 상부에 보고할 거예요. 자신의 사적인 감정 때문에 제 보고를 묵살했다고요."

"아, 진짜!"

정의택은 손바닥으로 책상을 힘껏 내려쳤다. 소리가 커서인지 이번에는 위슬비도 잠깐 움찔했다.

하지만 '사적인 감정'이라는 말은 정의택의 마음을 움직였다. 다른 건 몰라도 그런 식으로 위슬비가 보고서를 쓴다면 자신의 입장이 곤란해질 게 뻔했다. 재수가 없으면 이번 러시아 건을 해결한다고 해도 그 공이 날아가 버릴 수도 있다.

"알았어, 알았어. 그래, 나더러 어쩌라는 거야?"

정의택은 최대로 관대한 미소를 지으려고 애를 쓰면서 이렇게 물었다.

"3레벨 보안 카드 주세요. 태주 일, 제가 추적하고, 제가 요청하고, 제가 진행할게요. 무슨 일이 생기면 제가 먼저 조치한 다음에 나중에 보고하고, 책임은 전적으로 다 제가 질게요. 팀장님한테는 조금도 피해가 가지 않게 할게요."

조금이라도 빨리 위슬비를 내보내고만 싶은 정의택 입장에서 이 제안은 조금도 나쁠 게 없어 보였다. 정의택은 망설이지 않고 바로 책상 서랍을 열어 위슬비에게 USB 메모리 스틱을 건네주었다.

"그래. 보고는 나중에 해."

"고맙습니다, 팀장님."

위슬비는 고개를 꾸벅하고 집무실을 나섰다. 정의택은 숨 돌릴 겨를도 없이 전화기를 들었다.

"그래, 마리아 로마노브나 마가이. 아직 못 찾았어? 응? 찾았어? 누구야, 도대체 그 여자!"

정의택이 소리쳤다.

✿

기태주는 아침 햇살을 받으며 걷고 있었다. 조용한 오전이었다. 사람들은 출근길을 서두르고 있을 것이고, 폭탄이니 토카레프니 하는 건 생각도 하지 않고 있을 게 분명했다. 여기저기 현수막이 걸려 있는 게 눈에 들어왔다.

'핵발전소 결사반대!'

'혐오시설 물러가라!'

'시장은 서울을 지켜라!'

보궐선거로 당선된, 서울시 역사상 최초의 여성 시장이 당안리 화력발전소를 원자력발전소로 전환하는 안을 검토하고 있다는 뉴스가 나온 이후 서울시 곳곳에서 볼 수 있는 풍경이었다.

현수막 아래로는 그런 일은 아랑곳하지 않고 웃는 얼굴로 걷고 있는 가족들이 있었다. 유모차를 끌고 가는 여자. 아이를 안고 걷는 남자. 부모의 손을 잡고 밝은 표정으로 다니는 아이들. 기태주는 그제야 당안리발전소가 외부 개방 행사를 하고 있다는 걸 눈치챌 수 있었다.

후드티 아래 가려진 C-4가 떠올랐다. 만약 추관우가 손가락 하나만 까딱한다면 기태주 자신의 목숨은 물론이고 아무 죄 없는 저 아이들과 부모들 또한 산산조각이 나고 말 것이다. 다시금 공포가 찾아왔다. 기태주는 지금까지 세 번의 잠입 수사를 성공적으로 끝낸 베테랑 정보부 요원이었지만 지금껏 이런 상황은 없었다.

'침착하자. 제발 침착하자.'

하지만 이런 희망과는 달리 기태주의 이는 덜덜 떨리고 있었다.

— 거기서 왼쪽.

낮은 음성으로 최덕구가 지시했다. 짧은 말이었지만 북한 사투리를 느낄 수 있는 억양이었다. 기태주는 자신도 모르게 뒤를 돌아보았다. 최덕구는 주머니에 손을 넣고 무심한 얼굴로 지나는 행인을 바라보고 있었다.

— 이쪽 보지 마.

간단한 명령이었지만 거역할 수 없는 힘이 있었다. 기태주는 그 힘이 최덕구의 힘인지, 아니면 가슴에 달려 있는 C-4의 힘인지 구분할 수 없었다.

— 쭉 앞으로.

최덕구의 지시는 계속해서 이어졌다.

— 거기서 오른쪽. ……다시 오른쪽. ……왼쪽으로 돌아.

그런데 최덕구의 지시는 특정한 위치로 이동하는 경로라고 보기에는 다소 복잡했다.

'CCTV를 피하고 있는 걸까?'

지금까지 기태주가 보아 온 추관우의 행적은 분명 일개 조직폭력배의 수준을 훨씬 넘어서고 있었다. 그렇다고 한다면 이

들이 화력발전소에 배치된 CCTV의 위치를 파악하고 그것을 피해 가는 경로를 찾는 일도 충분히 가능하리라.

'일단 내가 알고 있는 추관우라는 인물의 정보를 제외하고 생각해 본다면, 이들은 분명 국가 기관에 필적하는 정보력과 자금력을 가지고 있다.'

최덕구의 지시를 따르면서 기태주는 추리를 이어 갔다.

'게다가 노리는 대상은 당안리 화력발전소. 그렇다면 논리적으로 생각해 볼 수 있는 이들의 정체는…….'

기태주는 정답이 쉽게 떠올랐다. 하지만 차마 그 생각을 확정지을 수는 없었다.

만약 이들이 북한과 관련이 있다면? 대한민국 정보부의 주적이며 극복해야 할 최우선 국가인 바로 그 북한이 이 일을 꾸미고 있다면? 노동당, 김정은, 보위부, 8군단 같은 단어들이 빠르게 머리를 스쳐 갔다.

'북한…….'

지금 현재 상황에서 다른 가능성은 생각하기 힘들었다.

— 거기 멈춰.

바로 그때, 북한 사투리 억양을 듣자 기태주는 절로 몸이 움찔하고 말았다. 기태주는 자신이 멈춰 선 곳을 둘러보았다. 화력발전소 내에 조성된 작은 공원이었다. 아마도 평소에는 이곳에서 근무하는 직원들이 이용하는 곳일 거였다.

— 거기 배낭 내려놔. 천천히. 조심해서.

설마 배낭에도 C-4가 들어 있는 건 아니겠지 하는 생각을 했다. 하지만 폭발물이 아니라면 왜 이렇게 복잡한 방법으로 이곳에 배낭을 내려놓으라고 지시한 것인지 알 수가 없었다.

'하지만 뭐 때문에? 하필이면 왜 나를 이용하고 있는 거지?'

— 내려놓으라고.

기태주가 망설이자 다시 최덕구의 목소리가 들렸다. 기태주는 자신의 가슴에 장착된 C-4를 생각했다. 만약 폭파시킬 생각이라면 지금 폭파시켜도 상관없으리라. 고로 배낭 안에 든 것은 폭탄이 아니라 뭔가 다른 것일 가능성도 있었다.

기태주는 천천히 배낭을 벗어 내려놓았다.

— 좋아. 그대로 거기 앞 빈자리에 앉아.

공원에 마련된 작은 벤치를 말하는 모양이었다. 기태주는 힘없이 자리에 앉았다. 하늘을 올려다보았다. 오전의 맑은 하늘빛이 얄밉도록 고왔다. 따사로운 햇살이 얼굴을 간질였다. 기태주는 눈을 감았다. 이대로 모든 것이 사라졌으면 하는 마음이었다. 하지만 자신이 가슴에 매달고 있는 폭발물의 무게감은 조금도 가시지 않았다.

♣

정의택은 두 명의 보안 요원과 함께 로비로 향했다. 마리아 로마노브나 마가이라는 이름을 가진 러시아에서 온 여자를 만나기 위해서였다. 준비는 모두 끝났다. 그 짧은 시간에 모든 준비를 할 수 있었던 건 순전히 동기들의 도움 덕분이었다.

'정보부의 힘도 결국 인맥인 걸까?'

어찌 보면 자신이 지금 중국 아이피나 추적하고 있는 노가다팀에 처박히게 된 것도 높은 곳의 인맥이 없어서라고 할 수 있다. 모든 걸 기태주 탓으로만 돌릴 수는 없다. 하지만 지금 이렇게 중요한 정보를 가지고 마리아 로마노브나 마가이를 만나러 갈 수 있는 건 순전히 동기들과의 인맥 덕분이다.

'아이러니로군.'

정의택은 이렇게 생각했다.

로비 앞에 섰을 때, 정의택은 유리창 너머로 마리아의 얼굴을 볼 수 있었다. 정의택은 두 사람의 보안 요원을 먼저 로비로 들어가게 한 뒤 자신은 가장 나중에 들어갔다.

보안 요원 둘을 대동한 것은 상대를 경계해서가 아니었다. 마리아가 자신의 얼굴을 알고 있는지 아닌지 확인하기 위한 것이었다. 마지막으로 들어가서 가장 오른쪽에 서는 자신 쪽으로 시선을 돌리는지를 보고 그것을 확인할 예정이었다.

"시간이 없다는 제 말뜻을 이해하지 못하시는 것 같군요."

마리아는 정확하게 정의택의 눈을 응시하면서 말했다.

"SVR 소속의 마리아 로마노브나 마가이 요원. 모스크바에 있는 해외정보국에서 여기 대한민국 정보부까지 찾아오시느라 수고 많으셨습니다."

정의택은 자신이 알아낸 정보를 자신만만하게 늘어놓았다. 그러자 마리아는 눈살을 찌푸렸다.

"고작 그거 알아내느라 이렇게 시간을 허비하신 거예요?"

"당신은 중국에 파견 나간 우리 흑색요원을 둘이나 박살내셨더군요."

"박살요?"

마리아가 물었다.

"이정길 요원, 그리고 최성주 요원. 이 두 요원의 신분을 노출시켜서 결국 중국에서 돌아올 수밖에 없게 만드셨죠. 그 두 요원, 지금 뭐하고 있는지 아시나요?"

"주차장에서 일하나요? 아니면 외부 방문객 안내? 관심 없어요. 지금 중요한 건……."

"지금 중요한 건 당신이 우리 흑색요원들을 미인계로 유인해서 결국 신분을 노출하게 만들었다는 겁니다."

정의택이 담담하게 말했다.

"그래서요? 사과라도 받아 내시려고요?"

마리아가 짜증을 내듯 말했다. 정의택은 지금 이 상황을 즐기고 싶었다.

"이정길 요원과 최성주 요원을 불러서 확인을 시켰지요. 바로 알아보더군요. 이정길 요원에게는 중국 내 러시아 대사관 직원으로 위장해서 접근했고, 최성주 요원에게는 러시아 무역상이라고 하셨지요?"

"임무였어요. 이해하실 줄 알았는데."

"물론 이해는 하지요. 자, 그럼 이제 말씀해 보시지요. 미인계로 대한민국 정보부 요원 신분을 노출시킨 전력이 있는 러시아 해외정보국 흑색요원이 도대체 여긴 왜 찾아오신 건가요?"

"시간이 없다는 뜻을 정말 이해하지 못하시는군요."

마리아는 한탄조로 말했다.

"그래. 시간이 없다고 하셨죠, 마리아. 그 말이 무슨 뜻인지 한번 들어 봅시다."

정의택이 말하자 마리아는 심호흡을 한번 했다.

"잘 들으세요. 지난달 FSB에서 정보를 입수했어요. 구소련 시절부터 군 내부에서 보관하고 있던 C-4가 외부로 반출되었다는 정보였죠. 당장 수사에 착수했고, 그게 러시아 마피아로 넘어갔다는 걸 알게 되었어요."

"러시아 마피아라. 그다지 놀랍지도 않군요."

정의택은 팔짱을 끼며 말했다.

"그리고 그 러시아 마피아가 입수한 C-4를 해외로 밀반출했다는 사실을 알게 되었어요. 바로 대한민국으로 말이지요."

마리아의 말에 정의택은 움찔하지 않을 수 없었다. C-4가 대한민국 영토로 밀반출되었다니, 시간이 없다는 말뜻이 뭔지 이해가 갈 것 같았다.

"그, 분량이, 그러니까 그 양이 얼마나 됩니까?"

정의택은 당황하며 물었다.

"2톤이에요. 95년에 있었던 오클라호마 폭탄 테러 사건 아시죠? 2톤이면 그때 쓴 폭탄 위력과 맞먹어요. 이제 시간이 없다는 말뜻을 이해하시겠어요?"

1995년 오클라호마 폭탄 테러 사건에 대해서는 정의택도 잘 알고 있었다. 범인 티모시 맥베이는 폭탄을 가득 실은 차량을 연방 청사 건물 옆에 주차한 뒤 폭파시켰다. 9층짜리 연방 정부 청사 건물 3분의 1이 한순간에 파괴되었다. 단 한 번의 폭발로 168명이 사망했으며, 부상자는 600여 명에 달했다.

"아니, 어떻게 2톤이나 되는 양의 C-4가……."

"100킬로그램씩 스무 번에 나눠서 들여왔을 수도 있고 잠수함을 썼을 수도 있죠. 정의택 팀장님, 중요한 건 그게 아니에요. 이 인물이 지금 C-4 2톤을 가지고 오늘 서울에서 테러를 벌일 거라는 사실이 중요한 거죠."

마리아가 추관우의 사진을 내밀면서 말했다.

"이 인물도 알아봤습니다. 추관우. 우리 국내 작전에 연관되었던 조직폭력배더군요. 작전은 성공했지만 어떻게 된 일인지 빠져나갔습니다. 사실 피라미급이라 경찰에 넘기고 나서는 추적하지도 않았습니다만……."

"정의택 팀장님을 찾아온 건 그 사람 때문만이 아니에요. 이 사람, 누군지 아시겠어요?"

마리아가 사진을 한 장 더 내밀었다. 정의택은 사진 속 인물을 아주 잘 알고 있었다. 하지만 알고 있다고 말하기 어려운 인물이기도 했다.

"최덕구. 정보부에서 고용한 살인 청부업자죠. 정의택 팀장님은 이 인물을 아주 잘 아실 텐데요?"

사진 속의 최덕구는 인파 속에서 거리를 걷고 있었다. 아마도 연변 일대를 돌아다닐 때 원거리에서 촬영한 모양이었다.

"……그건 확인해 드릴 수 없습니다. 마리아 씨."

정의택이 기어들어 가는 목소리로 말했다.

"그래서 제가 이렇게 온 거예요. 최덕구의 존재, 거기에 C−4의 밀반입. SVR 상부에서는 이 사건이 워낙 예민한 부분을 건드리는데다 자칫하면 외교 문제로 비화될 수도 있다고 판단한 거죠. 그래서 흑색요원인 제가 스스로 신분을 노출시키고 이렇게 온 거예요. 사건의 심각성을 알리고 우리 러시아 해외정보국의 투명성을 강조하기 위해서요. 제 말, 이해하시겠어요?"

정의택은 마리아의 눈을 피한 상태로 고개만 살짝 끄덕였다. 정의택의 눈동자는 최덕구의 사진에 계속 머물러 있었다.

❉

최덕구가 탈북한 것은 21세기의 일이다. 그리고 살인 청부업자가 된 것도 21세기의 일이다.

20세기 말. 그러니까 1990년대만 해도 최덕구는 북한의 평범한 농민이었다. 집단농장에서 열심히 일을 했고, 집에서는 두 아들의 아버지였다. 비록 가진 것은 없었지만 정부에서 지급해 준 집도 아직은 쓸 만했고 배급도 굶을 정도는 아니었다. 그러나 평탄한 삶은 잠시였다. 소위 '고난의 행군'이 시작된 것이다.

1990년대는 북한에서 가장 힘든 시절이었다. 서방세계의 경제 제재와 맞물려 가뭄과 질병이 전국을 휩쓸었다. 그 뒤를 기아와 고통이 따랐다. 함경도와 평안도는 그중에서도 피해가 가장 극심했다. 위대한 북조선 정부는 그 시기를 공식적으로 고난의 행군이라 불렀다.

최덕구는 고난의 행군을 가족과 함께했다. 배급이 끊어지면 풀뿌리를 캐 먹고 나무껍질을 벗겨 내 우려낸 물로 연명해야 했지만 그래도 목숨을 부지할 수는 있었다. 북조선 정부는 이 모든 것이 자신들의 적, 미 제국주의자들과 구라파 자본주의자들 때문이라고 홍보했다.

1990년대가 끝나고 2000년 새해가 밝았다. 북조선 정부는 2000년 10월, 당 창건 55주년을 맞아 고난의 행군이 공식적으로 종료되었음을 선언했다. 그러나 풀뿌리와 나무껍질 없이 생명을 이어 갈 수 없는 건 마찬가지였다. 최덕구는 이 고통이 쉽게 끝나지 않으리라는 걸 확신할 수 있었다.

결국 최덕구는 정부가 공식 발표한 고난의 행군 종료 선언을 듣고 나서야 탈북을 결심하게 되었다. 때는 2001년 1월이었다. 얼어붙은 두만강을 건너려면 목숨을 걸어야 했다. 추위와 싸우는 일은 어려울 것도 없었다. 국경을 지키고 있는 특등 사수의 사선을 비켜 가야 했고, 강 중간중간에 숨어 있는 살얼음을 피해야 했으며, 중국 공안의 눈도 경계해야 했다.

나중에 알게 된 일이지만 최덕구와 같은 날 탈북한 다른 가족들 중 절반이 체포되었고, 그 후 행방은 알 수 없다고 했다. 운이 좋다면 사형이겠지만 아니라면 악명 높은 북창 정치범 수용소에서 죽고 싶어도 죽지 못하는 삶을 살게 될 것이었다. 최덕구는 스스로를 정말 운 좋은 놈이라고 생각했다. 연변에 도착하기 전까지는.

연변에서 최덕구는 자신이 얼마나 위험한 처지인지 깨닫게
되었다. 중국 공안이나 북조선에서 탈북자를 찾기 위해 풀어놓
은 공작원은 사실 큰 문제가 아니었다. 가장 큰 위험은 자신들
을 북조선에서 연변까지 이끌어 준 브로커들이었다.

브로커들은 탈북자의 신분이 얼마나 위태로운지 가장 잘 알
고 있었다. 그렇기에 탈북자의 약점을 잡아 이용해 먹기가 얼
마나 쉬운지도 잘 알고 있었다.

처녀들은 브로커의 노리개가 되기도 했고, 매춘 업소로 넘
어가기도 했다. 건강한 남자는 인신매매되어 원양어선에 팔려
가기도 했고 간이나 신장 같은 장기를 팔아야 하는 일도 있었
다. 이런 브로커들은 탈북자들을 '조선돼지'라고 불렀다.

최덕구를 연변까지 인도해 준 브로커도 '조선돼지'인 최덕구
가족을 팔아넘기려 했다. 최덕구의 부인은 매춘 업소에 팔고,
최덕구의 장기는 장기 매매 시장에 팔아 치우려는 속셈이었다.
이 사실을 알게 된 최덕구는 당하기 전에 해치워야겠다고 생각
했다.

새벽에 브로커의 집에 숨어들어 갔을 때까지만 해도 최덕구
는 겁을 주어서 해코지를 하지 못하게 하려는 생각 정도만 하
고 있었다. 하지만 브로커는 잠에서 깨어 최덕구를 발견하자마
자 베개 밑에서 권총을 뽑아 들었다. 토카레프 TT-33, 흔히 말
하는 떼떼권총이었다. 최덕구는 본능적으로 권총을 쥔 브로커
의 팔목을 쥐었고 곧 몸싸움이 벌어졌다. 그리고 권총에서 한

발의 총탄이 발사되었다. 탄두는 브로커의 머리통 절반을 날려 버렸다. 흔하게 일어나는 일은 아니지만 탄두가 두개골을 뚫고 들어가 바로 뒤통수로 나가지 않고 안에서 몇 번 튕기면서 머리통을 부수어 버린 것이다.

최덕구는 사지를 뻗은 상태로 벌벌 떨고 있는 브로커의 시신을 한동안 바라보다가 토카레프 권총을 손에 쥐고 방을 나섰다. 그리고 자고 있던 부인과 두 아들을 깨워 연변을 빠져나갔다.

연변을 떠난 이후는 다시 생각하기조차 싫을 정도로 고난의 연속이었다. '조선돼지' 신분은 누구도 보호해 주지 않았다. 중국 공안과 북조선 정보부, 그리고 탈북 브로커들이 최덕구 가족을 노렸다. 굳이 조선돼지가 아니더라도 사람을 노리는 인신매매 조직과 도둑, 강도는 말할 것도 없었다.

그러나 북조선에서 고난의 행군을 버틴 최덕구는 이번에도 살아남을 수 있었다. 위기의 순간마다 최덕구는 손에 토카레프 TT-33, 떼떼권총을 쥐고 있었다. 최덕구에게 이 시기는 다시 한 번 겪는 고난의 행군이었다.

마침내 그 행군을 멈춘 건 북경 외곽의 한 여인숙에서였다. 최덕구는 간신히 일용직 노동자 자리를 얻게 되었다. 벌이야 하루 벌어 겨우 하루 먹을 수 있는 수준이었지만 북조선에 있을 때보다는 나았다. 북경은 날로 번창해 가고 있었고, 덕분에 일자리가 끊기는 일은 없었던 것이다.

그러던 어느 날 한 사내가 일하고 있는 최덕구를 찾아왔다.

"최철수라고 합니다."

검정 양복을 잘 차려입은 풍채 좋은 사내였다.

"누구시오?"

불길한 예감이 들었다. 탈북한 이후 그를 찾는 사람은 모두가 적이었다. 단 한 명도 그의 가족을 도우려 하지 않았다.

"좋은 일거리가 있는데 할 생각 있습니까?"

"일없소."

최덕구는 딱 잘라 말했다. 좋은 일거리라는 말에 유혹을 느끼긴 했지만 의심이 더 강했기 때문이다.

"일단 제안만 들어 보시죠. 그럼 100달러 드리겠습니다."

"제안만 듣고 100달러라."

"여기선 곤란합니다. 조용한 장소로 가서……."

"따라오시오."

최덕구는 최철수라는 사내를 자신의 거처로 안내했다. 단칸방이라 도저히 손님을 맞을 만한 장소는 아니었지만 그곳에는 예전에 브로커를 살해하고 손에 넣은 떼떼권총이 있었다.

여인숙 방에 들어서자마자 최덕구는 베개 밑에서 떼떼권총을 뽑아 들었다.

"진정하시죠, 최덕구 씨. 저는 비무장입니다."

최철수는 두 손을 들어 손바닥을 보이면서 말했다.

"100달러 먼저 내."

"물론입니다."

최철수는 환하게 웃으면서 조심스럽게 양복 상의를 펼쳐 무기가 없다는 것을 확인시켜 주었다. 그다음 천천히 지갑을 꺼낸 후 20달러짜리 미화 다섯 장을 뽑아냈다.

"총 내려놓으시지요. 부인과 애들도 보고 있지 않습니까."

최철수라는 자는 이런 경험이 꽤 있는 모양이었다. 총구를 눈앞에 두고도 그리 크게 당황하는 눈치가 아니었다. 하지만 최덕구의 아내와 두 아들 역시 예전에 아버지가 권총으로 누군 가를 위협하는 광경을 본 경험이 있었다.

"고작 이걸 가지고. 내 마누라하고 새끼들은 훨씬 더한 꼴도 봤소. 그래, 그 일거리라는 게 뭐요?"

최덕구는 100달러를 확인한 뒤에 총구를 아래로 향했다. 하 지만 총을 손에서 놓을 생각은 조금도 없었다.

"제가 대한민국으로 모셔다 드리겠습니다. 최덕구 씨 가족 전부 말이죠. 대한민국에 도착하면 정착을 위한 교육은 물론이 고 정착 지원금도 드리겠습니다. 어떻습니까? 이 정도면 솔깃 하지 않습니까?"

"그 대가로 원하는 게 뭐요?"

분명 솔깃한 제안이기는 했지만 최덕구가 이렇게 바로 되묻 는 데에는 그리 오랜 시간이 걸리지 않았다. 인간 이하의 취급 을 받으며 보낸 탈북 생활이 모든 것을 의심하게 만든 것이다.

"저는 대한민국 정보부 요원입니다."

"남조선?"

이렇게 물은 건 대한민국이라는 단어가 생소했기 때문이다.

"예, 남조선. 자유 대한민국입니다."

최철수는 약속을 지켰다. 최덕구 가족을 배편으로 대한민국으로 데리고 왔고, 정착금도 지원했다. 처음에 최덕구는 선전을 위해 자신과 자신의 가족을 언론에 내보낼 거라고 생각했다. 하지만 그런 일은 없었다.

처음 대한민국에 도착해 숙소로 삼은 곳은 경기도 안성에 있는 하나원이라는 곳이었다. 하나원은 탈북자들이 대한민국에 정착할 수 있도록 돕기 위해 기본적인 교육을 제공하는 기관이다. 최덕구가 탈북한 2001년만 해도 전체 탈북자 수는 1만 명이 되지 않았다. 탈북자를 순화시켜 부르는 말인 '새터민'이라는 단어도 존재하지 않았다.

하나원에서 교육받기 시작한 지 일주일이 지났을 때 최철수가 최덕구를 찾아왔다. 할 이야기가 있다는 거였다. 최덕구는 분명 어려운 요구를 할 거라는 걸 예감했다. 안 그러고서야 정보부가 한 가족을 중국에서 남조선까지 데리고 오는 수고를 할 이유가 없다는 게 최덕구의 판단이었다.

최철수는 최덕구를 자신의 차로 안내했다. 그리고 남산에 있는 국가정보부 본부로 향했다.

정보부에 들어설 때 보안 검색을 하면서 최덕구는 '방문'이라고 적혀 있는 표찰을 받았다. 그리고 최철수는 본인의 ID카드를 목에 걸었다. ID카드에는 사진과 함께 '정의택'이라는 이름이 적혀 있었다.

"최철수라는 이름, 가명이었소?"

정의택의 집무실에 들어서자마자 최덕구가 물었다.

"잘 기억해 두시는 게 좋을 겁니다. 최철수라는 이름."

"그건 왜……."

하지만 최덕구는 더 이상 묻지 못했다. 정의택이 사진 한 장을 내밀었기 때문이다. 사진에는 머리통 절반이 날아가 버린 시체가 담겨 있었다.

"양학주. 연변에서 활동했던 탈북 브로커입니다. 잘 아시죠?"

"……무슨 수작이오?"

최덕구는 자신이 살해한 사람의 사진에서 눈을 떼지 못하고 이렇게 물었다.

"무슨 수작도 아닙니다. 애당초 우리가 최덕구 씨를 찾은 게 바로 이 양학주 놈 때문입니다."

정의택은 차분하게 설명을 시작했다.

"우리 정보부에서는 꽤 오래전부터 이 양학주 놈을 추적했습니다. 이놈이 탈북 브로커 일을 하면서 동시에 탈북자들을 도로 북으로 넘기는 일을 하고 있다는 첩보가 있었거든요. 이 꼴이 된 덕분에 확인할 길은 없어졌지만요."

"내 탓을 하는 거요?"

"설마요. 만약 놈이 탈북자를 도로 북으로 넘기는 짓을 하지 않았다고 해도 탈북자들을 인신매매 조직에 팔아넘긴 건 확인된 사실입니다. 그건 우리 대한민국 입장에서는 결코 좋지 않은 일이지요. 그리고 최덕구 씨 덕분에 이놈이 더 이상 그런 짓을 하지 못하게 된 거고요. 그렇지 않습니까?"

정의택의 말을 듣고 나니 최덕구는 조금 안심이 되었다. 하지만 정의택이 왜 그 사진을 보여 준 것인지는 아직 알 수 없었다.

"최덕구 씨, 혹시 자유 대한민국을 위해서 헌신하실 생각 없으십니까?"

"없소."

최덕구는 생각도 하지 않고 딱 잘라 대답했다. 정의택은 그런 반응이 나올 거라는 걸 예상이라도 한 것처럼 바로 고쳐서 다시 물었다.

"그렇다면 탈북자들을 위해서 헌신하실 생각은 있으십니까? 최덕구 씨 일가와 같은 처지로 연변에 방치된 사람들 말입니다. 탈북자 브로커들은 그런 사람들을 '조선돼지'라고 부른다더군요."

이번에는 금방 대답할 수가 없었다. 아무래도 생각할 거리가 있는 질문이었다.

"싫다면 어떻게 할 겁니까?"

최덕구가 물었다. 하지만 정의택은 즉답을 피했다.

"좋다고 하실 경우를 생각해 보죠."

정의택의 얼굴은 평안해 보였다.

"언젠가 먼 훗날에, 최덕구 씨의 두 아드님이 이곳을 찾게 될 겁니다. 물론 정보부의 초청을 받은 손님 자격으로 말이지요. 그리고 이곳에서 최철수라는 이름을 가진 정보부 요원으로부터 최덕구 씨의 활약상을 듣게 될 겁니다. 탈북자들을 돕고, 자유 대한민국을 위해 헌신한 노고를 알게 되겠지요."

"······내가 싫다고 하면 그 반대의 일을 겪게 될 거란 말이군."

최덕구는 쓴웃음을 지었다. 정의택은 어깨를 한번 으쓱했다.

"뭐, 그럴 수도 있겠지요."

"그럼 뭘 하면 되는 거요?"

"일단 훈련을 받게 됩니다. 아, 걱정하지 마십시오. 군대에서 훈련받으셨던 것보다는 훨씬 편할 겁니다."

"그리고?"

"양학주 놈한테 했던 일을 다시 하시면 됩니다."

이렇게 해서 최덕구는 정보부에서 관리하는 살인 청부업자가 되었다.

훈련을 마친 뒤, 최덕구가 처음에 받은 세 번의 임무는 탈북자들을 인신매매하거나 북쪽에 팔아넘기는 브로커를 제거하는 일이었다. 최덕구는 조금도 망설이지 않고 일을 해냈다. 표적이 된 대상은 탈북자들에게는 부모님의 원수나 다름없는 자들이었다. 양심의 가책 따위는 조금도 없었다. 무기는 매번 토카레프 권총을 썼다.

그 뒤로 몇 번인가는 정체를 알 수 없는 자들을 제거하는 임무도 맡았다. 북쪽의 정보원일 수도 있었고, 배신한 남조선 정보원일 수도 있었다. 하지만 최덕구는 더 이상 상대가 누구인지 궁금하지 않았다. 아무리 살인이라고 해도 이런 식으로 계속 반복되다 보면 그저 일이고 노동일 뿐이었다.

그리고 세월이 흘렀다. 정권이 바뀌고, 정보부의 대북 관련 업무가 축소되면서 최덕구의 일도 끊어졌다. 정보부에서 입금하던 돈도 끊어졌다. 최철수, 혹은 정의택과의 연락도 끊어졌다. 언제나 먼저 연락해 온 건 그쪽이었다. 최덕구 쪽에서는 먼저 연락할 방법이 없었다.

상황이 이렇게 되자, 최덕구는 자기 자신과 자신의 가족을 돌아보게 되었다. 아이는 하루가 나르게 자랐다. 그건 탈북자의 가족이라는 편견을 더 잘 느끼게 되었다는 말이기도 했다. 언제부터인가 부인과 대화를 나누지 않게 되었다는 사실도 깨닫게 되었다. 중국으로 떠날 때마다 부인은 어딜 가는지 물었지만 대답한 적은 없었다. 어쩌면 그것이 불신의 시작이 되어 대화가 사라지게 된 건지도 모를 일이었다.

최덕구를 가장으로 지탱해 준 것은 오직 그가 벌어 오는 돈뿐이었다. 하지만 이제 그 돈은 더 이상 통장으로 들어오지 않았다. 최덕구는 자신이 가장으로서는 물론이고 가족의 일원으로서도 자격을 잃었다고 생각하게 되었다.

일이 끊어진 지 4년이 흘렀다. 정권이 바뀐 지 4년이 흐른 때이기도 했다. 이제 최덕구는 술주정뱅이가 되었다. 부인과 대화는 여전히 없었고, 고등학교를 졸업한 두 아들은 동네에서 시간당 최저임금을 받으며 가끔 싸움질이나 하는 청년이 되었다. 그 아들들도 아버지 최덕구와 대화를 나누지 않는 건 마찬가지였다.

어디서부터 잘못된 건지, 자신이 뭘 잘못했는지 알 수가 없었다. 아니, 자신이 뭘 하기는 했는지도 모를 지경이었다.

정의택이 알고 있는 것은 거기까지였다. 그 뒤로 정의택은 최덕구를 잊고 살았다. 가끔 자신이 최덕구에게 지키지 못할 약속을 했다는 죄책감이 들 때도 있었다. 하지만 지키지 못할 약속을 하고, 그 지키지 못할 약속으로 믿음을 얻는 건 정보부가 하는 중요한 업무 중 하나다.

하지만 정의택이 모르는 사실도 있었다. 그럴 즈음 추관우가 최덕구를 찾았다는 사실이었다. 집으로 찾아온 추관우는 최덕구에게 단둘이 이야기하고 싶다고 했다. 예전 같았으면 떼떼권총을 손에 쥐고 경계를 늦추지 않았겠지만 최덕구는 그러든지 말든지 별 상관하지 않았다. 이미 최덕구는 자신의 삶에 대한 의욕을 잃은 상태였다.

"최덕구 씨, 새 삶을 살고 싶지 않으십니까?"

추관우는 이렇게 말하며 작은 전단지 한 장을 내밀었다. 시모레이라 공화국 관광 가이드였다.

"부인과 두 아드님, 내일 당장 출국시켜 드리겠습니다."

"시모……레이라?"

최덕구는 무슨 말인지 몰라서 이렇게 되물었다.

"정보부에 배신당하신 거, 알고 있습니다. 그래서 이렇게 폐인처럼 사시는 처지도 잘 이해하고 있고요. 최덕구 씨, 어차피 약속이란 건 시간이 지나면 깨지기 마련입니다. 그래서 이렇게 제안을 드리는 겁니다."

"제안이라……."

최덕구는 자세를 고쳐 앉으면서 중얼거렸다.

"약속 같은 건 하지 않겠습니다, 최덕구 씨. 저는 그저 완벽하게 보장된 거래를 제안할 뿐입니다."

"완벽하게 보장된 거래?"

"부인과 두 아드님은 시모레이라 공화국으로 가게 되실 겁니다. 그곳엔 탈북자를 차별하는 사람이 없지요. 요즘에는 한류 열풍도 있어서 한국 사람이라고 하면 오히려 반기는 분위깁니다."

"차별이 없다……."

"부인께서는 거기서 제대로 된 일자리를 얻게 될 겁니다. 두 아드님은 시모레이라 공화국에서 제일 좋은 외국인학교로 진학하게 될 거고요. 졸업하고 나면 좋은 일자리를 얻을 수도 있겠지요. 이건 바로 확인하실 수 있는 겁니다."

"그러니까 일자리와 학비를 보장해 주겠다?"

추관우는 최덕구의 눈을 바라보면서 고개를 깊게 끄덕였다.

"그렇다면 나한테 원하는 게 뭐요?"

이렇게 묻는 최덕구의 눈동자는 정보부에서 살인 청부업자로 일했던 때의 눈빛으로 돌아가 있었다.

"그저 우리 일을 좀 도와주시기만 하면 됩니다."

추관우는 환하게 웃었다.

"일을 돕는다……."

"우선 술부터 끊으셔야 할 겁니다. 예전 몸을 만드셔야지요."

몸을 쓰는 일일 거라는 암시였다. 최덕구는 추관우의 말을 따를 수밖에 없었다.

기태주가 최덕구의 지시를 따라 화력발전소를 빠져나왔을 때, 검정색 밴 옆에 선 추관우는 환하게 웃으며 손을 흔들고 있었다. 하지만 기태주는 작은 미소조차도 지을 수 없었다. 추관우가 스마트폰을 들고 있는 게 눈에 들어왔기 때문이다.

'허세다. 저건 허세가 분명해.'

기태주는 이렇게 생각했다. 이곳에서 C-4를 터뜨린다면 기태주뿐만 아니라 본인도 다칠 수 있다. 그러니 폭파시키지는 못할 게 분명했다.

'하지만 배낭은?'

기태주는 자신이 배낭을 내려놓은 장소를 생각해 보았다. 그곳에는 많은 가족들이 앉아서 휴식을 취하고 있었다. 추관우가 민간인들을 희생시킨다? 무엇 때문에? 아무리 생각해 봐도 그걸로 얻을 수 있는 이득은 없었다. 그렇기 때문에 결코 그런 일은 없을 거라고 생각했다.

추관우가 손을 흔드는 것을 멈췄다. 그리고 손가락으로 기태주를 불렀다.

"아까 내가 이거 번호 누르면 그거, 터진다고 했지?"

추관우가 기태주의 가슴을 손가락으로 가리키며 말했다.

"그랬지."

"미안하다. 거짓말했다. 그거, 그렇게는 터지지 않아."

추관우는 이렇게 말하면서 덩치들에게 손짓을 보냈다. 덩치들은 기태주의 후드티를 벗기고, 이어서 조끼도 벗겨 버렸다. 기태주는 어이가 없어서 추관우를 바라보았다. 추관우는 키득 거리고 있었다. 소름이 끼쳤다. 그동안 입고 있었던 조끼와 옷 속에 흐른 땀 때문인지, 아니면 기분 나쁜 웃음소리 때문인지 분간이 가질 않았다.

"자, 여긴 됐다. 시간 없어. 이제 출발해야지."

추관우가 지시하자 최덕구가 가장 먼저 차에 올랐고, 이어 서 덩치들이 기태주의 팔을 붙잡고 검정색 밴에 탑승했다.

"그럼 내가 한 일이 도대체 뭐냐?"

차에 오르자마자 기태주는 조수석에 앉아 있는 추관우의 뒤통수에 대고 물었다. 그러자 추관우가 뒤돌아서 얼굴을 보였다.

"네가 한 일? C−4가 가득 찬 배낭을 화력발전소에 내려놓은 일이지."

역시 안에 들어 있던 건 C−4였던 모양이다.

"왜 그런 거냐? 응?"

"폭탄이 들어 있는 배낭을 내려놓은 이유가 뭐긴 뭐겠어?"

추관우는 이렇게 말하고는 손짓을 했다. 그러자 최덕구가 차를 출발시켰다. 그리고 그와 동시에 내비게이션이 작동하기 시작했다. 아마도 다음 이동할 장소를 안내하는 것 같았다.

"머리가 있으면 생각을 좀 해라, 이 친구야."

"서, 설마, 너……."

기태주는 자신이 떠올린 생각을 차마 입에 담지 못했다.

"당연하지. 폭탄이 할 수 있는 일이 뭐겠어? 폭탄은 터지는 거야. 터지라고 만든 거라고."

추관우는 이렇게 말하며 스마트폰의 통화 버튼을 눌렀다. 기태주는 스마트폰이 신호를 보내는 것을 그저 바라보고만 있었다.

아주 잠깐의 시간이 흘렀다. 1초나 혹은 1초보다 더 짧은 시간이었을 것이다. 기태주는 그 시간이 꽤 길게 느껴졌다.

그리고 세상에서 가장 듣고 싶지 않았던 소리가 등 뒤에서 들렸다. 쾅 하는 폭음이었다. 기태주는 덩치들의 어깨를 비집고 반사적으로 몸을 돌려 뒤 차창 밖으로 화력발전소 쪽을 바라보았다. 시커먼 연기가 솟아오르고 있는 게 눈에 들어왔다.

"너……."

뭔가 말을 해야만 했다. 그것이 정보부 요원이 해야 할 일이었다. 그래서 조금이라도 정보를 더 얻어 내고, 시간도 벌어야 했다. 하지만 기태주의 입에서는 아무 말도 나오지 않았다. 조금 전 보았던 어린아이의 얼굴이, 환하게 웃던 아이 아버지가, 아이를 안은 아이 어머니가 눈앞에 떠올라서는 사라지지를 않았다.

추관우는 무심하게도 다시 앞을 보고 앉았다. 기태주는 그저 그 뒤통수를 바라볼 수밖에 없었다.

7

목숨만큼 소중한 것

정보부 노르웨이팀, 속칭 노가다팀에 전에 없던 활기가 넘치고 있었다. 따분하고 지루하기만 했던 아이피 추적 작업이 중단되고 대신 국가정보부장 보고 준비가 한창인 때문이다. 아이피를 추적하던 컴퓨터는 모조리 CCTV 분석으로 전환되었다. 중앙에 설치된 멀티비전은 서울시 도로 CCTV 화면과 이제 곧 있을 보고 PPT 화면을 번갈아 가며 보여 주고 있었다.

"거기 책상 줄 맞추고! 야, 넌 뒤로 빠져!"

정의택이 소리를 지르며 팀원들을 독려했다. 그러면서도 시선은 벽에 걸려 있는 커다란 아날로그시계를 향하고 있었다. 그도 그럴 것이 대한민국 국가정보부장이 직접 노르웨이팀으로 내려와 보고를 받겠다고 말했기 때문이다.

현재 국가정보부장은 지난 총선 때 물갈이 대상이 되어 공천에서 탈락한 여당의 최고 위원 중 한 사람이었다. 그리고 그는 공천에서 탈락했다는 사실을 겸허히 받아들인 대가로 정보부장 자리에 올 수 있었다. 흔히 말하는 낙하산 인사, 보은 인사였다.

정치적인 이유로 정보부장에 오른 사람이 지금껏 없었던 것은 아니다. 하지만 이번 정보부장은 대통령 측근 중의 측근이었고, 때문에 대통령의 개인 비리를 감추는 데 정보부를 활용하기 위한 정보부장이라는 소문이 공공연히 나돌았다. 하지만 정보부 내부에서 바라본 정보부장은 그저 시간을 때우며 임기가 끝나기만을 기다리는 전형적인 말년 공무원이었다.

그런 정보부장이 직접 실무팀 사무실을 찾아와 보고를 받겠다고 했으니 이번 사건이 얼마나 중요한지 알 수 있었다. 정의택이 소리를 고래고래 지르며 보고 준비를 하는 것도 이상하지 않았다.

정보부장이 실무 담당자에게서 직접 보고를 받겠다고 한 건물론 당안리 화력발전소에서 일어난 폭발 사건 때문이었다. 발전소에서 폭발이 일어났을 때, 사건을 가장 먼저 접수한 곳은 소방서였다. 경찰청 상황실은 그다음이었다. 현장에 먼저 도착한 소방관들은 민간인을 대피시켰고, 현장을 최초 조사한 것은 나중에 도착한 경찰이었다.

경찰관은 현장을 조사하던 도중 무전으로 경찰청 상황실을 바로 연결했다. 근처 파출소나 경찰서에서 해결할 수 있는 수준의 사건이 아니라는 것을 직감했기 때문이다. 보고는 곧바로 경찰청장까지 올라갔고, 경찰청장은 직접 청와대에 보고를 올렸다. 보고를 받은 청와대에서는 군경은 물론이고 정보부에까지 비상 상황을 전파했다.

그리고 청와대 안보 회의가 소집되었다. 최초 사건이 발생한 지 한 시간도 지나지 않은 상황이었다. 집권 중 있었던 몇 차례 국가 안보 위기 때마다 깜짝 놀랄 정도로 엉망이었던 정부의 대응을 생각해 본다면 이는 대단히 신속한 움직임이었다.

정보부장은 청와대에서 내려온 안보 회의 소집 소식을 듣자마자 사태 파악에 나섰다.

"정보부장이라는 사람이 청와대 안보 회의에 참석해서는 사건에 대해서 아는 게 없다는 이야기를 할 수는 없잖아요? 지금 당장 사태 파악하세요."

정보부장은 과장들에게 이렇게 말했고, 각 과의 과장들은 진행 중인 업무를 중단하고 모든 역량을 동원해 사건을 조사하기 시작했다.

뜻밖에도 가장 먼저 사건을 파악한 것은 노르웨이팀의 팀장인 정의택이었다. 정의택 입장에서 그것은 순전히 운이었다.

"팀장님, 이건 직접 보셔야겠어요."

위슬비가 팀장 집무실로 찾아와 이렇게 말했을 때만 해도 무슨 일이 벌어지고 있는지 정의택은 알지 못했다. 그 순간 정의택이 고민해야 하는 문제는 러시아에서 온 마리아라는 이름의 SVR 요원이었다. 러시아 군에서 보관하고 있던 2톤의 C-4가 대한민국 영토로 들어왔다는 사실을 알리기 위해 왔다고 주장하고는 있지만 그것이 사실인지도 확인하기 어려운 상황이었고, 또한 사실이라고 해도 SVR 요원과 함께 도대체 사건을 어떻게 수사해야 할지도 알 수가 없었다. CIA나 FBI와의 공조 수사는 경험이 있었지만 SVR 요원과의 국내 사건 공조 수사는 전례가 없는 일이었다.

그리고 무엇보다 최덕구를 도대체 어떻게 설명해야 좋을지가 고민이었다. 사실대로 최덕구가 정보부에서 고용한 민간인 살인 청부업자라고 말할 수도 없었고, 그렇다고 사실을 다 알고 있는 게 분명한데 속일 수도 없었다. 상부에 보고하기 전, 정의택은 이 사건을 어떻게 정리해야 할지 머릿속이 복잡하기만 했다.

"내가 꼭 봐야 하나?"

때문에 정의택은 위슬비가 뭔가를 봐야 한다고 말했을 때 이렇게 대꾸했다. 귀찮다는 기색이 역력했다.

"예, 팀장님. 이건 꼭 보셔야 해요."

"그냥 먼저 조치하고 나한테는 나중에 보고하면 안 되나?"

"예, 안 되니까 이렇게 찾아왔죠."

위슬비가 인상을 쓰면서 쏘아붙이자 정의택은 슬쩍 부아가 치밀어 올랐지만 꾹 참으며 자리에서 일어났다.

"잠시 실례하겠습니다."

정의택은 마리아에게 양해를 구하고 위슬비와 함께 집무실을 나와 그녀의 자리까지 갔다.

"뭔지는 몰라도 아주 중요한 거여야 할 거야. 안 그랬다가는……."

위슬비는 정의택의 말을 끊고 모니터를 가리켰다. 모니터에 기태주가 보였다.

"찾았군. 핸드폰을 추적했나?"

흑백 화면 속 기태주는 후드티 차림에 등에는 배낭을 짊어지고 있었다. 흑과 백뿐인 화면이기는 했지만 어딘가에 위치한 공원인 것 같았다.

"아뇨. 핸드폰은 사당동에서 전원이 끊겼어요."

"그럼 어떻게 추적했지?"

"태주를 납치한 놈들은 CCTV가 고장 난 쇼핑몰 지하 주차장에서 차를 바꿨어요."

"그래. 경찰이 거기까지 추적했다고 했지."

"그래서 그 시간대에 지하 주차장에서 나오는 차를 다 추적했어요. 쇼핑몰 앞 교통 CCTV는 멀쩡했으니까요."

"그 시간대에 나오는 차량을 전부 다?"

"예. 200대가 좀 안 되더라고요."

정의택은 배낭을 내려놓는 기태주를 보았다.

"그런데 여기가 어디야?"

정의택이 화면을 손가락으로 가리키면서 물었다.

"당안리 화력발전소요."

"당안리발전소? 거긴 왜 간 거야?"

"글쎄요. 그건 아직 모르겠어요. 아무튼 기태주를 찾았으니 이제 어떻게 할까요?"

위슬비가 물었다. 정의택은 인상을 찌푸렸다.

"그거 물어보려고 나를 나오라고 한 거야?"

"제 임무를 다했으니까요. 이제 경찰에 알릴 수도 있고, 아니면 우리 타격팀을 보내서 간단하게 처리할 수도 있고요. 이 선택은 제 권한이 아닌 것 같은데요, 팀장님."

위슬비가 예의 바르게 말했다. 틀린 말은 아니었다. 정의택은 둘 중 어느 쪽을 선택해야 하나 잠시 생각을 해 보았다.

"물론 경찰에 알리는 게 가장 간단하죠. 하지만 경찰에 신고하면 지휘 계통 다 밟아야 하니까 저기까지 가는 데 시간이 꽤 걸릴 거고, 실수해서 일이 틀어질 수도 있어요. 우리 팀을 보내면 깔끔하게 끝나기야 하겠지만……."

위슬비는 여기서 말을 끊고는 정의택의 눈치를 살폈다.

"내가 싫어할 것 같다는 말이지?"

위슬비는 대답하지 않고 시선을 모니터 쪽으로 돌렸다. 정의택은 한숨을 길게 내쉬었다.

"타격팀 보내지. 내가 연락할게. 어디로 가는지 감시나 잘해."

정의택 입장에서는 선택하고 싶지 않은 길이긴 했지만 어쩔 수 없었다. 아무래도 이런 일은 정보부 타격팀이 가장 정확하게 일을 처리할 게 분명하다. 하지만 만약 뭔가가 잘못된다면 책임을 팀장인 자신이 직접 져야 한다는 부담이 있었다. 그렇다고 해서 경찰을 보내자고 한다면 책임은 면할 수 있을지 몰라도 일이 틀어질 가능성은 높아진다.

만약 일이 꼬인다면 위슬비는 틀림없이 정의택 팀장이 기태주에 대해서 가지고 있는 사적인 감정 때문에 그런 선택을 한 거라고 상부에 보고할 것이다. 다른 때라면 몰라도 러시아에서 SVR 요원이 찾아온 이런 시기에 그런 보고를 감당하기는 힘들 것 같았다.

"야, 그런데 기태주 자리 뜬다."

정의택이 손가락으로 화면을 가리키며 말했다. 기태주는 배낭을 내려놓고 자리에서 일어서고 있었다. 천천히 걷는 기태주의 발걸음은 꼭 뭔가에 취한 사람처럼 보였다.

"괜찮아요. 태주가 타고 온 차량 번호, 이미 입력해 뒀어요. CCTV로 계속 추적할 수 있어요."

"그래, 알았어. 그럼 타격팀 연락해 줄 테니 알아서 처리해. 타격팀에 내 동기가 있으니까 금방 될 거야."

"동기요?"

"그래. 독사 도진규 몰라?"

보통 정보부 타격팀은 해병대나 특전사, UDT 등에서 차출하는 것이 관례다. 하지만 도진규는 이례적으로 정식 정보부 요원 출신으로 타격팀 팀장까지 오른 대원이었다.

"타격팀 독사 팀장이 동기셨군요?"

"그래. 하지만 그 친구 앞에서는 독사라고 부르지 마. 그 별명 싫어하니까. 아, 그리고 혹시 모르니까 현장에 감준배도 나가 있으라고 하고."

"준배요?"

"그래. 그게 원래 감준배 전공이잖아. 현장에서 타격팀하고 같이 움직이는 거."

기왕 선택한 길이라면 마무리가 깔끔해야 한다는 게 정의택의 생각이었다.

"예. 알겠습니다, 팀장님."

위슬비는 조금은 밝아진 목소리로 이렇게 말했다. 그리고 다음 순간, 정의택은 모니터에서 검은 연기가 피어오르는 것을 볼 수 있었다.

"저 연기 뭐냐?"

정의택이 물었다.

"글쎄요?"

"야, 아까 기태주가 배낭 내려놓은 곳 쪽인 것 같은데. 그쪽 CCTV 돌려 봐."

위슬비는 정의택의 지시를 따랐다. 그러자 모니터에 배낭에서 검은 연기가 피어오르는 광경이 잡혔다.

"뭐지?"

정의택은 자신의 질문에 답을 찾기 위해 모니터를 유심히 바라보았다. 하지만 그것은 곧 쓸데없는 짓이 되고 말았다. 화면이 순식간에 암흑으로 변해 버렸기 때문이다. 위슬비는 당황하면서 마우스를 이리저리 움직여 보았다. 하지만 어두워진 화면은 다시 밝아질 기미가 없었다.

"어디 선 끊어진 거 아냐? 우회해 봐."

"벌써 해 봤어요. 이거, 아무래도 현장 CCTV가 나간 것 같은데요?"

위슬비의 목소리에서 정의택은 불길한 예감을 느꼈다.

"경찰, 경찰에 연락해. 관할서 있을 거 아냐. 당장 사람 보내서 무슨 일인지 알아보라고 해."

물론 국가정보부라고 해서 경찰에 지시를 내릴 수 있는 건 아니다. 그러나 이런 상황이라면 정의택의 말은 정보 공유 차원에서 충분히 진행할 수 있는 사항이었다.

위슬비는 관할 경찰서에 지시가 내려갈 수 있도록 정보부 연락 사무소에 긴급 지시를 내렸고, 연락 사무소는 경찰청에서 파견된 경찰관에게 지시 사항을 알려 주었다. 지시 사항은 경찰청 중앙통제실을 타고 마포경찰서까지 내려갔고, 마포경찰서로 내려간 지시는 다시 지서로 내려가 부근 순찰 경찰관까지 이어졌다. 이 모든 과정에는 20여 분이 소요되었고, 경찰관이 도착했을 때는 이미 신고를 받고 출동한 소방관들까지 나와 있는 상태였다.

상황 파악이 이렇게 늦어지는 사이, 추관우 일행은 기태주를 여전히 인질로 잡고 현장을 유유히 빠져나갈 수 있었다.

기태주는 피어오르는 검은 연기를 뒤로하고 어디론가 끌려갈 수밖에 없었다.

"추관우, 너 미쳤냐?"

기태주가 떨지 않으려고 애쓰며 이렇게 물었을 때 추관우는 웃고 있었다. 당장이라도 침을 흘릴 것같이 입을 벌린, 기분 나쁜 웃음이었다.

"아니. 안 미쳤다. 왜? 내가 미친 것 같냐?"

"사람 막 죽이는 놈을 보통 미친놈이라고 하지. 이 미친놈아."

기태주는 이렇게 말하고 자신에게 날아들 주먹을 예상하면서 몸을 움츠렸다. 하지만 주먹은 없었다.

"맞아. 하지만 계산해서 사람을 죽이는 놈은 그렇게 안 불러. 영웅이라거나, 뭐 그렇게 부르기도 하잖아? 가방끈 짧은 나도 들어서 알아. 나폴레옹이나 히틀러, 그런 사람들 말야."

히틀러라는 말에 기태주는 짧게 한숨을 내쉬었다.

"추관우, 내 말 잘 들어. 전쟁 중에는 사람 죽이는 게 영웅 소리 들을 수도 있겠지. 하지만 지금은……."

"지금 우린 전쟁 중이야, 친구."

추관우는 이렇게 말하곤 낄낄거렸다. 그러자 밴에 타고 있던 모두가 따라 웃었다.

"야, 우리 손님한테 그거 보여 드려라."

웃음소리가 그치자 추관우가 말했다. 그러자 기태주 옆에 앉아 있던 덩치 하나가 고개를 숙이더니 좌석 밑에서 뭔가를 들어 올렸다. 기태주는 숨이 멎는 것 같은 충격을 받았다. 덩치가 든 것은 광택이 날 정도로 정비가 잘 되어 있는 AK-47 소총이었다.

기태주는 잘 알고 있었다. 20세기에 가장 많은 사람을 죽인 소총. 전 세계에 1억 정이 보급되었다고 알려진 소총. 정보부 요원 훈련소에서 직접 잡고 사격을 해 본 경험도 있었다. 하지만 이렇게 정비가 잘된 AK-47을 본 건 이번이 처음이었다.

처음에 소총을 꺼낼 때 기태주는 북한에서 사용하는 68식 보총이 아닐까 생각했다. 하지만 아니었다. 진짜 AK-47이었다. 만약 북한이 이번 일 뒤에 있다면 북한 무기를 사용하지는 않을 거였다. 과거 사례에 비추어 보면 북한은 보통 대남 공작에 총번을 지운 미제 M-16을 사용하곤 했다.

"저거, 중국에서 짝퉁으로 찍어 낸 거 아니야. 러시아에 있는 이즈마쉬 공장에서 만든 진짜 AK 소총이야, 진짜 AK 소총."

추관우가 손짓을 보내자 덩치는 능숙하게 AK 소총의 장전 손잡이를 당긴 다음 약실을 확인하더니 방아쇠를 당겼다. 훈련을 받은 병사의 동작이었다. 찰칵 하는 금속음이 기태주의 귀에 차갑게 닿았다.

기태주가 멍하니 동작을 바라보고 있는 것을 아랑곳하지 않고 덩치는 품에서 서른 발들이 바나나형 탄창을 꺼냈다. 탄창은 청테이프로 두 개를 역방향으로 붙여 놓아 탄창 교환을 빠르게 할 수 있게 준비된 상태였다. 탄창에 들어 있는 7.62mm 탄의 황금색 탄두가 사나운 맹수의 이빨처럼 번득이고 있었다.

"처음엔 C-4, 이제는 AK-47 소총……. 추관우, 너 도대체 뭐하는 거냐?"

기태주가 물었다. 이번에도 떨지 않으려고 애는 썼지만 마음처럼 목소리가 제어되지 않았다.

"글쎄? 내가 뭐하는 걸까?"

추관우는 키득거리며 기태주의 얼굴을 똑바로 노려보았다.

"나, 이번 일에 목숨 걸었어. 생각을 해 봐. 사람이 말야, 목숨을 걸 수 있는 일은 세상에 그렇게 많지 않아. 그런 거 같지 않아?"

추관우의 질문에 기태주는 몇 가지가 떠올랐다. 신념, 명예, 복수. 하지만 그 어느 것도 추관우의 웃는 얼굴과 어울리는 것 같지는 않았다.

"내 생각엔 세상에 목숨을 걸 만한 일 같은 건 없다, 추관우."

기태주는 이렇게 대꾸했다. 그러자 잠시 차 안에 정적이 감돌았다. 그러다가 추관우가 웃음을 터뜨리자 다들 따라 웃기 시작했다. 기태주는 뭐가 그렇게 우스운지 알 수가 없었기에 그저 잠자코 있을 수밖에 없었다.

"맞아. 네 말이 정답이네. 세상에 자기 목숨보다 중요한 게 어디 있겠어? 그래서 이렇게 준비한 거야. 죽지 않으려고."

추관우는 이렇게 말하며 품에서 권총을 뽑아 들었다. 추관우의 권총은 최덕구가 쓰는 것과 같은 토카레프였다. 기태주는 차에 탄 모두가 총기류로 무장을 하고 있는 게 분명하다고 확신했다.

"추관우, 너 발전소에서 폭탄 테러 벌였지? 미친놈. 사람 죽이는 미친놈! 이젠 뭘 할 거야? 그 총으로 길거리 지나가는 사람 쏠 거야, 아니면 63빌딩이라도 날려 버릴 거야?"

기태주는 추관우가 뽑아 든 토카레프에서 눈을 떼지 못하고 이렇게 물었다.

"63빌딩? 그건 생각 못 했는데?"

추관우는 낄낄 소리까지 내면서 토카레프를 도로 품에 넣었다.

"뭐야? 총하고 폭탄까지 준비했으면서 그걸 어떻게 쓸지 아직 계획도 안 세운 거야? 그런 거야? 응, 이 미친놈아!"

기태주는 추관우를 도발하고 있었다. 어쩌면 흥분한 추관우가 뭔가 사건의 실마리가 될 만한 소리를 흘릴지도 모르기 때문이었다.

"흐음. 지금 하나 세우지, 뭐. 공항 어때? 공항을 날려 버리면 어떨까? 김포공항 말이야."

추관우가 말했을 때, 기태주는 차창 밖을 바라보았다. 차는 여전히 내비게이션의 안내를 따라 이리저리 돌고 있었다. 김포공항이 그리 멀지 않은 곳이었다.

보고 준비는 일찍 끝이 났다. 정의택의 빠르고 정확한 지휘 덕분이었다. 그러나 아쉽게도 지금 당장 보고할 수 있는 내용은 그리 많지 않았다. 다만 현재 진행 중인 사건이라는 점에서 이 보고는 의미가 있었다.

정보부장이 내려오기 전, 신기찬이 먼저 내려와 정의택에게 보고 요령을 지시했다.

"부장님이 궁금해하시는 건 세 가지야. 첫째, 사건 개요. 둘째, 현재 범인 추적 상황. 셋째, 대북 용의점. 내 말 무슨 말인지 알겠지? 지금 이 보고는 어디까지나 부장님이 청와대 벙커 들어가기 전에 미리 알아보고 가시려는 거야. 시간이 없다고, 시간이."

"예."

"우리 부장님, 군대 잘 모르는 건 알지? 그러니까 빠르고 간단하게, 아주 쉽게 요약해."

정부의 많은 요인들이 그렇듯 정보부장도 군 미필자였다.

"알겠습니다."

"그리고 그 러시아에서 온 여자, 마리아."

"예."

"일단 그 이야기는 하지 마. 상황 정리부터 한 다음에 알려드려도 늦지 않아."

정의택이 생각하기에도 주어진 짧은 시간 동안 이 사건에 러시아 SVR 요원이 개입해 있다는 걸 설명하기는 무리일 것 같았다.

"그럼 C-4가 러시아에서 들어온 거라는 건 설명하지 말까요?"

"아니, 그건 설명 드려. 간단하게. 그리고 마리아, 그 여자, 단단히 붙잡아 놔."

"물론입니다."

"러시아 정보부에서 흑색요원을 노출시키면서까지 성의를 보였어. 우리도 외교 문제로 불똥이 튀는 건 막아야지."

"예."

"그리고 마리아 그 여자, 만약 일이 틀어지면…… 써먹을 수 있을 거야."

이건 만약의 경우, 마리아를 희생양으로 삼을 수도 있다는 암시였다. 그 부분은 정의택도 공감하는 부분이었다. 다만 SVR 요원이 그렇게 순순히 대한민국 국가정보부의 의도를 따라 줄지는 알 수 없는 일이지만, 그건 어디까지나 정의택이 하기 나름인 문제이기도 했다.

"그리고 기태주나 최덕구 이야기도 꺼내지 마. 그것도 정리가 된 다음에 해야 할 이야기야. 지금 말해 봐야 혼란만 가중될 뿐이야. 부장님은 물론이고 안보 회의 전체에도 영향을 줄 수 있어."

CCTV를 통해 기태주와 최덕구의 얼굴이 확인되었다는 사실을 신기찬은 보고를 받아서 알고 있었다.

"물론입니다."

"하나씩 차례대로 해결하자고."

신기찬의 말에 정의택은 대답하지 않았다. 정보부장이 들어왔기 때문이다.

정보부장이 노르웨이팀 집무실에 들어서자 직원들이 모두 자리에서 일어나 목례를 했다.

"아, 됐어요, 됐어. 앉아서 일 봐요."

정보부장은 정치인 특유의 환한 미소를 지으면서 정보부 직원들에게 인사를 했다.

"이쪽이 정의택 팀장입니다, 부장님."

신기찬이 정보부장을 안내했다. 정보부장은 소개받은 정의택에게 손을 내밀어 악수를 청했다.

"그래, 수고 많아요. 진작 자주 좀 내려와 봤어야 하는데 말이야. 그런데 내가 각하를 뵐 일이 너무 잦다 보니까, 아무래도 우리 요원들 얼굴 보기가 쉽지 않네. 이해를 좀 해 줘요. 알겠지요?"

악수를 하면서 정보부장은 이렇게 너스레를 떨었다. 정의택은 잠깐 꼴 보기 싫다는 생각이 들었지만 곧 그 생각을 지워 버렸다. 지금은 보고에 집중해야 할 때였다.

"여기 앉으시면 됩니다."

정의택은 정보부장에게 집무실에서 내온 팀장용 의자를 권했다. 정보부장은 편하게 자리에 앉았다.

"지금 상황, 내가 말하지 않아도 잘 알고 있지요? 각하께서 부르셨어요. 안보 회의에 들어오라고. 그래서 내가 청와대 안보 회의에 들어가야 하는데 말이야, 이 나라 정보부장이라는 사람이 무슨 일인지도 모르고 들어갈 수는 없잖아요. 그래서 이렇게 보고를 부탁했어요. 형식적인 절차라고 생각하지 마시고, 내가 이해할 수 있도록 자세하게 상황을 보고해 주세요."

'내가 이해할 수 있도록'에 방점이 찍힌 말이었다. 정의택은 알겠다고 대답하고는 컴퓨터 앞에 앉아 있는 위슬비에게 신호를 보냈다.

위슬비가 조작하자 정보부장 앞 벽면 모니터들이 멀티비전으로 변했다. 화면 중앙에는 '당안리 화력발전소 테러 사건 보고'라는 자막이 떴다. 급하게 만든 PPT 문서이긴 했지만 정보부 마크까지 들어간, 나름대로 정성을 들인 화면이었다.

"그럼 지금부터 당안리 화력발전소 테러 사건에 대한 보고를 드리겠습니다. 본 사건은……."

"시간이 없으니까 본론으로 바로 가죠, 정 팀장. 경찰관이 처음에 발견했다는 게 뭔가요?"

정보부장이 정의택의 말을 잘랐다. 그러자 정의택은 예상했다는 듯 위슬비에게 손짓을 보냈다. 화면 속의 PPT 문서 몇 장이 넘어가고 화면 중앙에 현장에서 촬영한 배낭 사진이 떴다. 배낭은 연기에 그을려 있긴 했지만 온전하게 형체를 유지하고 있었다.

"범인은 화력발전소 중앙에 위치한 공원에 배낭을 내려놓았습니다. 그리고 배낭 안에 들어 있던 소음탄을 원격조종으로 터뜨렸습니다. 또한 그와 동시에 검은색 연막탄도 원격조종으로 작동시켰습니다. 그러자 폭발음과 연기에 놀란 시민들이 119에 신고했습니다. 이 사진은 현장에 도착한 경찰관이 촬영한 것입니다."

먼저 화면에 등장한 것은 폭발한 소음탄의 잔해, 그리고 연막탄이었다.

"폭발한 소음탄은 보통 군에서 훈련용으로 사용하는 것입니다. 큰 폭음이 나긴 하지만 위력은 매우 약합니다. 또한 연막탄은 글자 그대로 연막을 피우는 탄으로, 역시 훈련용으로 자주 사용하는 것입니다."

"폭탄 테러가 일어났는데 인명 피해가 없다는 보고를 받고 그게 무슨 소린가 했는데 이제야 알겠군요. 그럼 뭐가 국가 안보에 이렇게 심각한 위협이 된다는 거죠?"

정보부장은 고개를 갸웃했다. 그러자 그게 신호라도 된 것처럼 화면이 바뀌었다. 화면에 C-4 블록 한 개와 기폭 장치가 떴다.

"왼쪽에 보이는 것이 C-4입니다. 흔히 말하는 플라스틱 폭탄이지요."

"플라스틱 폭탄?"

"TNT보다 강력한 폭탄으로 쉽게 성형이 가능한 폭탄입니다. 매우 안정성이 높아서 기폭 장치가 없으면 절대로 폭발하지 않고, 불을 붙여서 라면도 끓여 먹을 수 있는 놈입니다. C-4는 군사 무기로 민간인이 쉽게 구할 수 있는 물건이 아닙니다."

정의택이 간단하게 C-4를 설명했고, 정보부장은 이해했다는 듯 고개를 크게 끄덕였다.

"저게 크기가 얼마나 되지요?"

"폭 2인치, 높이 1.5인치, 길이 11인치 한 블록입니다. 일반 담배 세 갑을 길게 붙여 놓은 크기 정도라고 보시면 됩니다. 보통 저런 블록 열여섯 개에 기폭 장치 네 개가 C-4 한 세트입니다. 오른쪽에 있는 게 기폭 장치입니다."

"그럼 범인은 원격으로 소음탄과 연막탄을 작동시킬 수 있으면서도 C-4에는 기폭 장치를 달지 않았다는 말인가요?"

"바로 그렇습니다."

정보부장은 잠깐 생각하는 듯 사이를 두더니 곧 정의택 쪽으로 고개를 돌렸다.

"그렇다면 범인은 실제로 인명을 살상할 목적이 아니라 C-4를 가지고 있다는 걸 과시하기 위해서 이런 짓을 했다는 말이군요? 맞나요?"

"지금 상황에서 범인의 의도를 단정하는 것은 이르지만, 예, 저도 부장님과 같은 견해입니다. 이건 경고입니다."

"그렇군요. 그렇다면 놈들이 연락을 취하겠군요? 협상하기 위해서."

"그렇게 파악하고 있습니다."

정의택이 말하자 정보부장은 고개를 끄덕였다.

"북쪽과의 연관성은?"

조금 전 신기찬이 말한 '대북 용의점'에 대한 질문이었다.

"현재 가지고 있는 정보로 볼 때, 북한과는 관계가 없는 것으로 판단됩니다. 범인이 사용한 소음탄, 연막탄, C-4는 모두 러시아에서 생산된 것입니다. 북한은 전통적으로 대남 공작에서 미국제 장비를 사용했습니다. 물론 현재까지 파악된 정보만 가지고 판단한 것이므로 북한과의 연관성을 완전히 배제한 것은 아닙니다."

정의택은 러시아에서 생산된 것이라는 정보를 어디서 얻었는지는 설명하지 않고 이렇게 요약했다. 정보부장도 그 부분을 더 물을 생각은 없어 보였다.

"그래요. 알겠어요. 그럼 범인이 누구인지는 어느 정도나 파악했나요?"

"현재 노르웨이팀 전부가 기존의 임무를 중단하고 CCTV 분석에 매달리고 있습니다. 곧 성과가 있으리라 생각합니다."

이 말은 사실이기는 했지만 진실은 아니었다. 놈들은 CCTV의 사각지대를 파악하고 있었다. 위슬비가 미리 파악한 차량 번호는 의미가 없게 되어 버렸다. 아마도 근처 지하 주차장 같은 곳에서 번호판을 바꾸거나 차량을 갈아탔을 공산이 컸다. 따라서 팀원 전원이 CCTV 화면 분석에 매달리고 있는 건 사실이지만 성과를 거둘 가능성은 거의 없었다.

정보부장의 표정은 흡족해 보였다. 다행히도 답변이 마음에 든 모양이었다.

"좋아요. 그럼 놈들이 연락해 오겠지요? 뭔가 요구 조건을 가지고서?"

"그렇습니다. 그리고 요구 조건을 알게 되면 놈들의 정체가 명확해질 것입니다."

"돈을 요구하려나? 어떻게 생각해요, 신 과장?"

정보부장이 신기찬을 보면서 물었다.

"군사용 고성능 폭약을 구할 능력이 있고, 또 그 폭약을 운용할 능력도 가진 놈들입니다. 돈 때문이라면 한국은행을 털었을 겁니다. 돈보다 더 중요한 걸 요구할 거라고 봅니다."

신기찬이 말했다. 잠시 침묵이 흘렀다. 정의택은 놈들이 원하는 게 무엇일까 잠시 생각해 보았다. 수감 중인 죄수의 출옥, 극비 문서의 공개, 해외 망명 요구. 몇 가지가 떠오르기는 했지만 딱 이거다 싶은 것은 없었다.

"그래요. 일단 그렇게 알고 있으면 되겠군요."

정보부장은 자리에서 일어섰다.

"개요는 다 들었으니까 이제 청와대로 가 봐야겠어요. 신 과장은 날 따라오고. 이제 곧 각하를 만날 텐데, 혹시 부탁하고 싶은 건 있나요?"

"예, 이곳에서 전체 상황을 지휘 통제했으면 합니다. 경찰과 군이 따로 움직이면 사태가 혼란스러워질 수 있습니다."

정의택이 말했다.

"그 부분은 회의에서 결정될 거예요. 정 팀장 말대로 되도록 내가 최선을 다해 보죠. 또 다른 건 없나요?"

"그리고 현장 요원 지원이 부족합니다."

"알았어요. 그 부분은 신 과장이 해결해 주세요."

신기찬은 알겠다고 대답했다.

"아, 그런데 혹시 우리 요원, 저기 현장으로 보냈나요?"

정보부장이 자리에서 일어나면서 이렇게 물었을 때, 정의택은 이 질문에 대답할 수 있어서 정말 다행이라고 생각했다. 당안리 화력발전소에 있는 CCTV가 꺼지자마자 정의택은 타격팀과 감준배 요원을 현장으로 급파했던 것이다.

"예, 현장에 정예 현장 요원 한 명과 타격팀을 보냈습니다. 거기서 좀 더 자세한 정보를 취합하여 이곳으로 보낼 겁니다."

"좋아요, 아주 좋아요. 그럼 기대하겠어요."

정보부장이 웃으며 손을 내밀었고, 정의택은 부동자세로 정보부장의 손을 맞잡았다. 정보부장이 사무실을 나서려고 돌아서자 신기찬은 잽싸게 정의택 쪽으로 다가왔다.

"마리아 꼭 붙잡아 둬. 변동 사항 생기면 바로 연락하고. 알겠지?"

정의택은 알겠다고 대답했다.

"자! 그럼 다시 일들 해!"

정의택은 큰 소리로 지시한 다음 위슬비를 불렀다.

"나는 저 안으로 들어가서 해결해야 할 게 있으니까 여긴 네가 맡아라."

"예, 알겠습니다."

위슬비가 힘 있게 대답했다. 마음에 들지 않는 구석이 없는 건 아니지만 그래도 일처리에 있어서 위슬비는 믿을 만한 요원이었다.

"현장 교통 CCTV는 다 나갔지?"

"예, 완전히 먹통이에요. 어떻게 된 건지 모르겠어요."

"선을 끊었겠지. 아무튼 작동되는 교통 CCTV는 다 확인해. 그리고 교통 CCTV 말고 다른 화면도 입수할 수 있는 건 다 입수하고."

"일단 현장 부근에 CCTV 설치된 곳 중에서 편의점하고 현금인출기는 바로 확인했으면 하는데요."

"그래. 아까 부장님 말씀 들었지? 현장 요원 요청하면 바로 보내 줄 테니까 여기서 요원들 맡아서 지휘해. 혹시 근처를 지나간 자동차 블랙박스도 확인할 수 있으면 확인하고."

정의택은 위슬비에게 지시를 내린 뒤 자신의 집무실로 돌아갔다. 마리아는 집무실 의자에 앉아 있었다. 정의택이 돌아오기를 기다리기가 지루했다는 표정을 노골적으로 드러낸 얼굴이었다.

"기다리시게 해서 죄송합니다. 폭탄이 터져 버리는 바람에 일이 아직 정리가 되질 않았거든요. 놈들이 이렇게 빨리 움직일 줄은 몰랐습니다."

"제가 처음에 시간이 없다고 했잖아요."

마리아는 퉁명스럽게 말했다. 정의택은 마리아에 대해 조사하느라 허비해 버린 시간이 아깝다는 생각이 잠시 들었다. 하지만 지금과 같은 경우, 후회해 봐야 누구에게도 도움이 되지 않는다는 걸 잘 알고 있었기 때문에 그 생각은 접어 두기로 했다.

"그럼 아까 하던 이야기, 계속해야겠지요?"

"최덕구 문제?"

"예. 현장에서 최덕구로 추정되는 놈의 얼굴이 잡혔어요. CCTV 나가기 전에 간신히 건진 화면에서. 그렇긴 한데……."

정의택은 어떻게 말을 이어 가야 하나 잠시 망설였다. 그러자 마리아는 고개를 저었다.

"알았어요. 최덕구의 신원에 관한 문제는 일단 덮어 두죠. 대답하기 곤란하신 것 같으니까요. 아무튼 최덕구 문제는 어떻게든 해결해야 할 거예요. 그냥 탈북자 한 사람이 적응 못 한 나머지 미쳐서 테러리스트가 된 걸로 하시든, 아니면 북한의 지령을 받은 걸로 하시든 그건 자유지만요."

"물론 그 문제는 우리가 알아서 정리할 겁니다."

정의택은 헛기침을 한번 했다.

"그리고 미리 말씀드리는 건데, 날 희생양으로 삼을 생각은 하지 마세요. 제가 여기 온 건 어디까지나 이 문제가 외교 문제로 커지는 걸 막기 위한 거예요."

정의택은 조금 전 신기찬이 했던 말을 떠올렸다. 역시나 쉽지 않은 부분이었다.

"그렇다고 해서 오해는 하지 마세요. 대한민국 정보부 사건수사에는 전적으로 협조할 테니까요. 다만 만약 일이 틀어지면, 저는 그냥 관광 목적으로 여행 온 러시아인 마리아일 뿐이에요. SVR? 모스크바는 당연히 모든 걸 부인할 거예요."

"뭐, 이런 말씀 드리는 건 좀 그렇지만, 만약 그렇게 된다면 대한민국 감옥으로 가게 될 수도 있습니다."

정의택은 조심스럽게 말했다. 일단 마리아의 의중을 떠볼 필요가 있다는 판단에서였다.

"예. 그렇게 될 수도 있겠지요."

"조국이 당신을 버리는 게 두렵지 않습니까?"

역시나 조심스러운 말투이기는 했지만 다분히 협박의 의도가 있는 말이었다. 하지만 마리아는 표정에 변화가 없었다.

"버려지는 건 두렵지 않아요. 그런 각오도 없이 여길 왔을리가 없잖아요? 그리고 설령 버려진다고 해도, 조국은 절 잊지 않아요. 우리 일이 원래 그런 거니까 그렇게 될 뿐인 거지요."

"알겠습니다."

정의택은 심호흡을 한번 했다. 사건 수습은 나중 일이다. 지금 당장은 필요한 정보를 마리아로부터 얻어야 했다.

"그럼 질문부터 시작하지요. 소음탄과 연막탄 말고 또 어떤 무기가 넘어갔습니까?"

"우리도 정확하게 알지는 못해요. 러시아 마피아 놈들이 폐쇄된 군부대에 침입해, 컨테이너 박스 안에 들어 있던 걸 통째로 넘겼다고 보고받았어요. 내용물요? 마피아 놈들이 군사 무기에 대해서 뭘 알겠어요?"

"그래도 C-4가 있다는 건 알았잖소. 정확한 수량까지."

이 대목에서 마리아는 잠깐 한숨을 내쉬었다.

"내용물을 적어 놓은 서류가 있긴 했으니까요. 거기에는 C-4 2톤, AK-47 소총 50정과 탄약, 그리고 수류탄 100발이 있다고 적혀 있었어요. 하지만 그걸 전부 다 대한민국으로 들여왔다는 확증은 없어요. 확실한 건 C-4 2톤밖에 없어요."

정의택은 지금 당장은 마리아에게 더 캐물어 봐야 나올 게 없을 것 같다고 판단했다. 좀 더 자세한 정보를 얻을 수 있는 기회는 나중에도 있을 것이다.

"그렇다면 놈들이 AK-47과 수류탄으로 무장했을 가능성도 있다는 거군요."

"저라면 무장했다고 가정하고 움직이겠어요."

"알겠습니다. 그럼 잠시만."

정의택은 집무실에서 나와 사무실 구석 자리로 간 다음 타격팀 팀장 도진규에게 전화를 걸었다.

— 어이, 정 팀장. 무전으로 연락해야지 왜 전화를 걸고 난리야? 이거 규정 위반 아닌가?

도진규가 농담조로 전화를 받았다.

"이유가 있어. 나중에 설명할게. 현장까지 얼마나 남았어?"

도진규의 말처럼 타격팀이 현장에 출동하면 무전으로 연락하는 게 원칙이다. 하지만 출처를 당당하게 밝히기 어려운 정보를 급하게 전달해야 하는 상황이었다. 정의택은 공식적으로 기록을 남기고 싶지는 않았다.

— 곧 도착한다.

"진규야, 내 말 잘 들어. 놈들, AK−47로 무장한 거 같아. 아마 수류탄도 있을 거야."

— ……확실한 정보야?

"그래. 확실해."

— 씨발. 좆됐군.

도진규는 작은 소리로 욕설을 지껄였다.

"대한민국 정보부 타격팀이 좆되면 쓰냐? 그 새끼들을 좆되게 만들어야지."

정의택이 받아치자 전화기 저편에서 키득거리는 소리가 들렸다.

— 그나저나 그런 놈들이 서울 시내에서 설치는데, 우리 각하, 또 문서고 벙커로 튄 거 아니냐?

과거 연평도 포격 사건이 발발했을 때, 대통령은 청와대가 목표가 될 수도 있다는 보고를 받자마자 청와대를 버리고 지하 비밀 통로로 이동했다. 대통령이 향한 곳은 수도방위사령부 문서고였다. 문서고는 전시에 대통령이 안전하게 지휘할 수 있게 설치된 지하 벙커를 말한다.

문서고 벙커로 튄 거 아니냐는 도진규의 표현은 그때 일을 비꼬는 말이었다. 공식 무전이었다면 절대로 하지 못했을 말이기도 했다.

"안보 회의가 청와대에서 열린다고 했어. 아마 아직은 청와대 벙커에 있을 거야."

— 아직은 용감하시네.

"그 새끼들 좆되게 만들면 계속 용감하실 수 있어. 그러니까 그렇게 해. 알겠지?"

— 알았어, 알았다고. 내 일은 알아서 잘할 테니까 넌 거기서 네 일이나 똑바로 해.

"그래. 몸조심해라."

— 그래. 정보 고맙다.

전화는 뚝 끊어졌다. 아마 도진규는 함께 간 팀원들에게 적이 자동소총과 수류탄으로 무장하고 있다는 정보를 공유할 것이다. 예의 그 독사 같은 말투로 말이다.

"그 새끼들, 도대체 어디로 튄 걸까?"

정의택은 다시 집무실로 들어가면서 이렇게 중얼거렸다. 지금 당장은 CCTV 분석 외에는 찾을 방법이 없어 보였다. 하지만 CCTV에서 뭔가를 건질 가능성은 매우 낮았다.

'일단 마리아한테서 얻을 수 있는 정보는 다 얻어 봐야지.'

당장 할 수 있는 한도 내에서 최선을 다하자는 게 정의택의 생각이었다.

추관우 일행은 지하 주차장으로 들어가 또다시 차량을 바꿔 타고 있었다. 물론 몇 번이고 빙빙 돈 후에 찾은 지하 주차장이었다. 기태주는 이곳이 망원동 어디쯤이라는 정도만 짐작할 수 있을 뿐 정확하게 어디인지는 알 수 없었다.

밴에서 내렸을 때 기태주는 CCTV 카메라를 살펴보았다. 카메라는 미리 손을 봤는지 선이 끊어져 있었다. 현재 움직이는 경로가 계획된 동선이라는 또 다른 증거였다.

추관우 일행은 이번엔 승합차가 아니라 여러 대의 승용차에 나눠 탔다. 기태주는 추관우와 함께 하얀 승용차에 올랐다. 이번에도 예의 덩치들이 기태주의 양옆에 앉았다. 추관우는 조수석이었다.

"너 돈 많은가 보다? 차를 도대체 몇 대나 버리는 거냐?"

기태주가 기가 막힌다는 듯 혀를 끌끌 차면서 물었다.

"버리는 게 있어야 얻는 것도 있다. 그런 말 못 들어 봤냐?"

"그래. 너는 멀쩡한 차를 버리고 날 얻었지. 그래, 그래서 이렇게 얻은 나는 도대체 어디다 써먹을 거냐? 인력시장에서 노가다나 뛰는 사람을 얻어서 도대체 얻다 쓰려는 거냐고, 응?"

기태주는 아직도 추관우의 의도를 알지 못하고 있었다. 정보부 요원의 감과 경험을 모두 동원해 봤지만 소용없었다. 이렇게 계속해서 묻다 보면 뭔가 실마리를 얻을 수 있을지 모른다는 생각에 질문을 하고는 있었지만, 지금까지의 모든 시도는 실망스럽기 짝이 없는 결과뿐이었다.

추관우는 대답 대신 운전석에 앉은 덩치에게 신호를 보냈다. 차가 출발했다. 그리고 그와 동시에 추관우가 승용차에 설치된 라디오를 켰다.

— ……대피하는 소동이 벌어졌습니다. 경찰은 화재가 발생해 안전상의 문제로 화력발전소 개방을 잠시 중단한다고 발표했지만 일부 방문객들이 폭발음을 들었다는 증언과 맞물려 이곳은 혼란스러운 상황입니다. 한편 정부는 이번 사태를…….

"어떠냐? 네가 한 일이 뉴스에 나오는 걸 듣는 소감이?"

추관우가 낄낄거리며 물었다. 기태주는 뭐라고 멋지게 대꾸를 해 줄까 하다가 그냥 뉴스를 경청하기로 했다. 그리고 그 선택 덕분에 몇 가지 정보를 알게 되었다.

"너, 소음탄이랑 연막탄이랑 같이 터뜨린 거구나? C-4가 아니라."

"결국 나도 완전히 미친놈은 아니란 거지."

추관우는 어깨를 한번 크게 으쓱하면서 대꾸했다. 기태주는 화력발전소에서 보았던 꼬마의 얼굴을 떠올리며 안도했다.

"태수야, 나 말야, 조폭 주제에 전방에서 군 생활 했어."

추관우는 뜬금없이 군대 이야기를 꺼냈다.

"그런데?"

"너도 알지? 가끔 남는 탄이나 폭약, 분기마다 소모해야 하는 거. 나 보급계 있었을 때 소대장하고 사격장 가서 그런 짓해 봤어. 별거 다 쏴 봤다. K-1, K-2 같은 소총은 지겹게 쏴 봤지. K-3 기관총도 연발 놓고 맘껏 갈겨 봤고. 나중에 총 닦으려면 빡세긴 했지만 그래도 쏘는 건 진짜 시원했어. 그러다가 말이지, 배고파지면 소대장이 크레모아를 가지고 왔어."

M-18A1 클레이모어를 군대에서는 보통 '크레모아'라고 부른다. 클레이모어는 지상에 세워서 설치하는 대인지뢰다.

"그러면 그거 뜯어서 안에 들어 있는 C-4에 불을 붙였다. 그러면 말이야, 반합에 라면 한 개 딱 끓일 수 있었어. 그거 참 맛있었는데."

추관우는 이렇게 말하면서 조수석 앞 글러브 박스에서 C-4 블록 하나를 꺼내 손으로 주무르기 시작했다. C-4 덩어리는 밀가루 반죽처럼 쉽게 모양이 바뀌었다. 추관우는 덩어리를 글러브 박스 위에 놓은 다음, 이번에는 기폭 장치를 꺼냈다.

"휴대폰이라는 물건은 말이야, 정말 대단한 발명품이야. 내가 통화 버튼 한 번만 누르면 이 기폭 장치가 작동되지. 그러면 어떻게 되는지 알지?"

"……이번엔 진짜로 터뜨릴 셈이냐?"

기태주가 생각하기에 조금 전 당안리 화력발전소에서 있었던 일은 일종의 메시지였다.

'우리는 C-4를 자유자재로 다룰 수 있으며 그것을 어떤 곳에서도 쉽게 원격으로 폭파시킬 수 있다.'

그렇다면 같은 메시지를 반복할 리는 없었다.

"저쪽이 성의를 보인다면 진짜로 폭파시킬 생각은 없어. 그런데 네가 신경 쓸 일은 아니다. 네가 신경 써야 할 일은 따로 있어."

추관우는 이렇게 말하면서 기폭 장치를 글러브 박스에 넣었다.

"나 그때 처음 봤어. 라면 끓여 먹을 때. 크레모아 안에 들어 있는 쇠구슬이 말야, 700개라고 하더라고. 원래는 사람을 죽이게 되어 있는 쇠구슬인데, 라면 끓여 먹고 나니까 그냥 평범한 구슬에 불과했어. 사격장 뒤 야산에 파묻었지. 아마 지금도 있을 거야."

추관우는 글러브 박스에서 꺼낸 C-4 덩어리를 다시 만지작거렸다.

"태수야, 이것도 그냥 그렇게 되길 한번 기대해 보자."

"……그러면? 그걸로 라면 끓여 먹으려고?"

"라면보다는 좀 더 귀한 거야."

추관우가 말하자 차 안의 덩치들이 웃음을 터뜨렸다.

"그래? 그래서 어떻게 하려고? 정부를 상대로 협박이라도 하겠다는 거야?"

"목숨만큼 귀한 거. 그런 걸 요구해야겠지."

이번에는 아무도 웃지 않았다. 기태주는 자동차 후사경에 비친 추관우의 얼굴에 잠시 쓸쓸한 빛이 감도는 것을 볼 수 있었다.

"목숨만큼 귀한 건 없다니까 그러네."

기태주가 쏘아붙였다. 그러자 추관우는 한쪽 입술만 올리는 웃음을 지었다.

"틀렸어. 세상에는 목숨보다 소중한 게 얼마든지 있어. 얼마든지."

"그래? 그게 뭔데?"

"곧 알게 될 거야."

추관우는 이렇게 말하고는 눈을 감고 팔짱을 꼈다. 대꾸할 마음이 없는 모양이었다.

지하 주차장을 나온 승용차들은 서로 다른 길을 향해서 흩어졌다. 기태주는 그들이 향하는 곳이 결국은 같은 곳일 거라는 걸 알 수 있었다. 다만 문제는 그곳이 어디인지 짐작조차 할 수 없다는 것이었다.

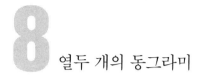

8 열두 개의 동그라미

정의택은 위슬비를 바라보고 있었다.

위슬비는 화면에 여섯 개의 CCTV 화면을 띄워 놓고 동시에 분석을 하는 중이었다. 입까지 벌리고 집중하고 있는 얼굴을 보며 정의택은 위슬비가 지금 과연 어떤 생각으로 일을 하고 있을까 생각해 보았다.

처음에 위슬비가 기태주와 사귄다는 걸 알았을 때, 정의택은 정보부 내부에서 연애를 할 때의 보안규정을 가장 먼저 떠올렸다. 연애를 하게 된 두 사람은 업무상 취득한 정보를 사적인 용도로 공유하거나 유출할 수 없으며 그럴 경우 처벌받게 된다는 내용의 서약서를 쓰게 된다. 정의택은 사무적으로 서류를 작성할 것을 지시했다. 그뿐이었다. 두 사람의 사생활에는 별로 관심이 없었기 때문이다.

하지만 기태주가 자신을 고발하고, 그 결과 감봉에 근신까지 처하게 되자 기태주를 향한 분노는 위슬비에게까지 이어졌다.

'도대체 위슬비는 왜 기태주랑 사귄 거야?'

정의택은 도저히 이해할 수가 없었다. 외모나 남자로서의 매력, 능력을 떠나 기태주는 조직에 있어서 최대의 적인 배신자였다.

정보부는 전통적으로 내부 결속이 강하고 또한 조직에 대한 충성심을 그 무엇보다 중요하게 여기는 기관이다. 그럼에도 불구하고 동료를, 또한 자신의 상관을 고발한 기태주는 정의택이 보기에 그저 개새끼 중의 개새끼일 뿐이었다.

그런 새끼에게 매력이 있다는 건 도저히 받아들일 수 없는 사실이었고, 그런 새끼에게 매력을 느끼는 여자가 있다는 건 도저히 용납할 수 없는 일이었다.

"정의택 팀장님?"

위슬비의 모니터를 주시하고 있는 정의택의 뒤편에서 마리아가 말했다.

"마리아 씨, 그냥 제 집무실에서 잠시 기다려 주시면⋯⋯."

"제가 도울 수 있는 일이 있을 것 같아서요."

마리아의 얼굴에는 표정이 없었다. 정의택은 마리아가 자신에게 화를 내고 있는 건지, 아니면 짜증을 내는 건지 알 수 없어 답답했다. 어쩌면 두 감정의 중간쯤 되는 어느 지점인지도 모르겠지만 말이다.

"저, 마리아 씨, 이런 말씀까지 드리고 싶지는 않지만, 지금 이곳에 나와 계시는 것 자체가 우리 정보부 입장에서는 보안 원칙에 위배되는 겁니다."

정의택은 최대한 정중한 태도로 말했다.

"제가 이곳에 처음 왔을 때, 분명히 제가 시간이 없다고 말했지요. 그리고 그때는 저를 로비에 방치해 두셨고요. 그것도 아마 보안 원칙 때문이었을 거라고 믿어요. 지금은 그럴 때가 아닌 것 같네요, 정의택 팀장님."

마리아가 또박또박 단어 하나하나에 힘을 주어 말했다. 뾰족한 반론이 떠오르지 않는 말이었다.

"……그럼 도대체 뭘 하실 수 있다는 겁니까?"

"일단 CCTV 꺼질 때 화면을 보여 주세요."

마리아가 요구한 것은 뜻밖이었다.

"뭡니까? 심리전인가요? 작은 것부터 부탁해서 차차 부탁을 크게 키워 가는?"

정의택은 심리전의 또 한 가지 전략, 즉 큰 것을 부탁했다가 거절당한 다음 적당한 크기의 부탁을 하는 전략까지 함께 떠올리면서 이렇게 물었다. 마리아는 한숨을 내쉬었다.

"아뇨. CCTV가 꺼질 때 화면을 보면 알 수 있는 게 있을 것 같아서요."

정의택은 위슬비에게 부탁했고, 위슬비는 모니터에 있는 화면 중 하나를 키웠다.

"이게 폭발 직전 CCTV가 꺼지는 화면이에요."

"생각해 보세요. 놈들은 연막탄을 터뜨렸어요. 그런데 CCTV

가 꺼졌죠. 천천히 돌려 볼래요? 아니, 제가 할게요."

마리아는 위슬비의 어깨 너머로 손을 뻗어 키보드를 조작했다. 너무나도 자연스러운 동작이어서 정의택은 지금 하는 행동이 보안 원칙에 위배된다는 말도 꺼낼 수가 없었다.

"갑자기 CCTV가 나갔다는 말 듣고 이럴 거 같았어요."

마리아는 단축키를 눌러 CCTV 프레임을 하나씩 이동시키다가 어느 한 장면에서 멈춘 다음 이렇게 말했다.

"이 프로그램 조작법은 어떻게 아셨죠?"

위슬비가 물었다. 정보부에서만 쓰는 CCTV 조작 프로그램인데, SVR 요원이 단축키를 아는 게 이상한 모양이었다.

"중국에서 이정길 요원하고 최성주 요원한테 배웠어요. 손실 평가 하셨으니 아실 텐데요?"

그제야 정의택은 중국에서 정보부 흑색요원 둘이 마리아의 미인계에 넘어가 신분이 노출되었던 사건이 있었다는 걸 떠올렸다. 사건이 벌어진 뒤 철저한 손실 평가가 있었지만 거기에 정보부 전용 프로그램 조작법까지 있는 줄은 미처 몰랐구나 싶었다.

"그건 별로 중요한 게 아닌 것 같군요."

정의택은 대충 넘어가기 위해 이렇게 말했다. 그러자 마리아의 얼굴에 희미한 미소가 떠올랐다.

"이제야 제 입장을 조금씩 이해해 주시는군요, 정의택 팀장님."

마리아는 이렇게 말하곤 정지된 화면 상단을 가리켰다.

"여기 빛이 번지는 모양 보이시죠?"

"저도 봤어요. 본 적 없는 모양이라 이상하다고 생각하긴 했는데……. 뭔가요?"

위슬비가 말했다.

"지향성 EMP라고 들어 보셨나요?"

EMP가 뭔지는 정의택도 알고 있었다. 전자기펄스(Electro Magnetic Pulse). 모든 종류의 전자 장비를 무력화시키는 기술. 하지만 지향성 EMP라는 단어는 처음 들어 보았다.

"특정 전자 장비를 마비시키기 위해서 사용하는 장비예요. 사방으로 뻗어 가는 일반적인 EMP가 아니라 마치 레이저를 쏘는 것처럼 방향을 지정해서 전자기파를 발사해 전자 장비를 마비시킬 수 있는 장비죠. 이 CCTV는 지향성 EMP에 당한 게 분명해요."

논리적으로 말이 되는 이야기였다. 소음탄과 연막탄이 폭발한다고 해서 CCTV가 작동 불능 사태에 빠지는 일은 생기지 않는다. 정의택은 막연히 놈들이 선을 끊었을 거라고 판단했던 일이 생각나서 헛기침을 한번 했다.

"그러면 놈들이 그런 최신 장비까지 갖추고 있다는 말입니까?"

정의택이 물었다.

"말씀드렸잖아요. 놈들이 빼 간 컨테이너 박스에 뭐가 들어 있었는지 완벽하게 파악할 수 없었다고요."

"그럼 놈들은, 그러니까 예를 들어서, 달려오는 자동차도 순식간에 멈출 수 있다는 말인가요? 저 지향성 EMP를 이용해서."

"그렇지요."

정의택은 깊은 한숨을 내쉬었다.

"또 우리가 모르고 있는 장비가 있습니까?"

"지금 제가 알고 있는 모든 FSB, SVR 장비 목록을 이야기해 달라는 건가요? 저런. 그런 목록을 작성하려면 제 몸에 100만 볼트 전극을 수백 개 꽂아도 안 될 것 같은데요."

역시나 할 말을 잃게 만드는 말이었다.

"이제 제가 왜 여기서 도울 수 있다고 했는지 아시겠나요?"

정의택은 대답 대신 깊은 한숨을 내쉬었다.

"아까 납치당한 요원 스마트폰이 꺼졌다고 했지요?"

"사당역 부근에서 꺼졌어요."

위슬비가 답변했다.

"그거, 꺼진 게 아닐 수도 있어요. EMP를 쓰는 놈들이니 차량에 EMP 차폐막을 설치했겠죠. 만약 그렇다면 스마트폰이 차폐막에 들어간 순간 신호가 일시적으로 끊어진 것일 수도 있어요."

마리아의 말이 끝나기도 전에 위슬비는 다시 위치 추적 장치를 켰다. 화면에 반짝이는 점이 기태주의 스마트폰 위치를 알려 주고 있었다.

"어디지?"

침착한 목소리로 정의택이 물었다. 하지만 반짝이는 빛을 본 순간부터 정의택의 심장은 빠르게 뛰기 시작하고 있었다.

"김포 부근인데요. 좀 더 자세한 위치, 파악해 볼게요."

"당장 현장 요원한테 알려야겠습니다."

정의택은 자신도 모르게 마치 마리아에게 보고를 하는 것처럼 말하며 감준배를 무전으로 호출했다.

감준배는 이동 중인 승합차에서 정의택의 호출을 받았다.

— 위치가 확인되었다. 좌표 전송 확인 바람, 이상.

"확인 완료, 이상."

감준배는 자신의 스마트폰에 뜬 좌표를 타격팀 팀장 도진규에게 보여 주었다.

"김포?"

— 자세한 위치는 요원이 추적 중이다. 정보 갱신 예정, 이상.

"뭐야? 여기 김포공항 근처 아파트 뒷산 아니야?"

도진규는 정의택의 무전은 들은 척도 하지 않고 이렇게 말했다.

"박격포."

감준배가 말했다.

"박격포?"

"예. AK 소총에 수류탄으로 무장한 놈들이잖아요. 박격포가 없으리란 법도 없지요."

도진규는 스마트폰에 손가락을 대고 반짝이는 좌표와 김포공항 사이를 재어 보았다.

"그래. 박격포로 국내선 여객기 타격이 가능한 거리야. 빌어먹을."

감준배는 도진규가 자신의 대원을 둘러보는 걸 보았다. 대원들의 얼굴은 복면으로 가려져 표정을 읽을 수는 없었지만 긴장감은 쉽게 눈치챌 수 있었다.

이들 정보부 타격팀 대원들은 얼굴 자체가, 경우에 따라서는 존재 자체가 기밀인 대원들이었다. 이들은 비록 언론에 보도된 적은 없지만 무장 탈영병을 사살한 적도 있었고, 북한의 특수부대원과 교전한 적도 있었다. 하지만 이 정도 규모의 제대로 된 무장을 갖춘 다수와 전투를 벌인 적은 없었다.

"AK 소총에 수류탄에 박격포라. 어때, 모두들 괜찮겠냐?"

도진규가 자신의 대원들에게 물었다.

"괜찮습니다!"

차량에 탑승하고 있던 타격팀 전원이 일제히 대답했다.

"그래, 괜찮아야지."

도진규는 이렇게 말한 뒤 운전병 쪽으로 몸을 돌렸다.

"밟으면 몇 분 안에 닿을 수 있겠나?"

"20분 거리입니다."

"15분 찍어."

"알겠습니다."

운전병은 군말 없이 지시를 따랐다. 사이렌이 우렁찬 소리를 내며 울려 퍼졌다. 거친 엔진 소리가 짐승처럼 울부짖었다.

승합차에 가속도가 붙는 사이, 무전으로는 정의택의 목소리가 이어졌다.

— 정보 추가한다. 놈들이 지향성 EMP로 무장했다는 정보가 입수되었다. 세부 사항은 지금 보내고 있으니 화면 확인 바란다, 이상.

정의택은 무전 호출과 함께 감준배의 스마트폰으로 지향성 EMP에 대한 정보를 보내 주었다.

"지향성 EMP가 뭐야?"

도진규가 물었다.

"한 방에 우리 전자 장비를 다 망가뜨릴 수 있는 장비네요."

화면을 훑어본 감준배가 간단하게 설명했다. 정의택이 감준배에게 정보를 보내 준 것도 감준배라면 이해가 빠를 것이라 판단했기 때문이었다.

"산 넘어 산이로군. 그거, 어떻게 막을 수 있나?"

"차폐막 설치하면 막을 수 있어요. 본부로 돌아가서 설치할까요?"

"시간이 얼마나 걸리지?"

"글쎄요. 한 이틀?"

도진규는 킬킬거렸다.

"모두 레드닷 조준기 빼. 가늠좌와 가늠쇠로 조준한다. 전자 장비는 다 무용지물이 될 수 있다는 거 미리 명심해 둬. 무전, GPS, 다 먹통 될 수 있다. 놀라지 말고 훈련한 대로만 행동해."

도진규의 대응도 빨랐다. 소총에 부착되어 있는 전자식 조준 장비를 제거할 것을 명령한 것이다.

"일단 그거 한 방 맞고 시작한다고 생각해야겠지. 하지만 걱정할 건 없어. 놈들은 AK 소총에 수류탄이 있지만, 우리에게는 K-2 소총과 내가 있다."

도진규가 이빨을 드러내고 웃었다. 감준배는 대원들을 둘러보았다. 복면으로 가려지지 않은 눈동자가 번득였다. 깊은 신뢰와 믿음. 아마도 오랜 훈련이 있었기에 이런 극한 상황에서도 믿음을 유지하리라 싶었다.

"사람 죽이는 거, 간단해. 이거 한 방이면 안 죽는 놈 없다."

도진규가 자신의 K-2를 쓰다듬으면서 말했다.

"이봐, 감준배 요원. 어때? 우리가 밀릴 거라고 생각하나?"

도진규가 물었다. 감준배는 대원들의 무장 상태를 점검해 보았다. 총 인원 열 명. 일곱 명이 K-2로 무장을 하고 있었다. K-2는 일반 보병이 쓰는 것과는 달리 전자 장비로 확장된 모델이었다.

한 명은 샷건을 들고 있었다. 문을 파괴할 때 쓰거나 근접전이 벌어지면 가장 앞서서 싸울 것이다. 그 옆의 덩치 큰 대원은 K-4 기관총으로 무장하고 있었다. 무게가 30킬로그램이 넘고 고정 삼각대 무게만 20킬로그램이 나가는 물건이지만 전투가 벌어지면 중화기 자원으로는 최고의 파괴력을 발휘할 것이다.

저격수도 한 명 있었다. 무장하고 있는 저격총은 일반적인 볼트 액션이 아닌 반자동 M-110이었다. 아직까지도 반자동 저격총과 볼트 액션 저격총의 우위 논란이 존재하긴 하지만 고장만 없다면 반자동 저격총이 연사력이 높으므로 실전에서 더 효과적인 건 분명한 사실이다. 장착되어 있는 소음기가 눈에 들어왔다.

그런데 감준배가 가장 눈여겨본 건 무기 진열대에 걸려 있는 배럿(Barrett) M-99였다. 배럿 M-99는 일반 7.62mm 나토탄을 쓰는 것이 아니라 50구경 BMG탄을 쓰는 대구경 저격총이다. 2킬로미터 거리의 목표물도 명중시킬 수 있다고 알려진 배럿 M-99는 적외선카메라와 레이저 조준경이 장착되어 있어서 야간에 사용 가능한 것은 물론이고 벽 너머의 표적도 벽을 뚫고 들어가 명중시킬 수 있다. 지금은 진열대에 걸려 있을 뿐이지만 필요한 상황이 되면 저격수는 반자동 M-110 대신에 저 배럿 M-99를 사용할 것이다.

"왜? 우리 장비 가지곤 놈들을 상대하기 어려울 것 같나?"

장비를 훑어보고 있는 감준배를 향해 도진규가 다시 물었다.

"정규 훈련 받은 정예 요원이 깡패 새끼들하고 붙는 건데 당연히 단숨에 제압할 거라고 봅니다, 팀장님."

감준배는 당연한 것 아니냐는 투로 말했다.

"그래. 시간문제야, 시간문제. 놈들 전부 다 제압하는 데 걸리는 시간이 문제일 뿐이라고. 내 말 맞나?"

"예! 그렇습니다!"

대원들이 일제히 답변했다. 도진규는 답변이 마음에 들었는지 흐뭇한 미소를 지으며 대원들을 둘러보았다.

"준비하자. 곧 도착한다."

도진규가 말했다. 감준배는 차창 밖을 내다보았다. 차는 사이렌을 울리며 올림픽대로를 질주하고 있었다.

✢

정의택은 대형 모니터에 뜬 화면을 주시하고 있었다. 도진규의 헬멧에 장착된 CCTV 카메라에 잡힌 영상이 화면 중앙에 자리했다. 도진규는 감준배를 바라보고 있었다. 전투를 앞두고 있는 만큼, 감준배도 CCTV 카메라가 장착된 헬멧에 방탄조끼를 착용하고 있었다. 정의택이 보기에 감준배는 곧 작전을 앞둔 요원치고는 지나치게 담담한 표정이었다.

도진규가 고개를 돌려 자신의 대원들을 차례로 바라보았다. 위슬비는 화면을 조정해 각 대원의 CCTV 영상을 번갈아 가며 화면 중앙으로 띄웠다.

"이제 곧 도착합니다. 김포공항에 대피령을 내려야 할까요?"

화면 점검을 마친 위슬비가 정의택에게 물었다.

"우리가 결정할 사항이 아니야."

"하지만 놈들이 진짜로 김포공항에 박격포를 날린다면……."

"지금 그거 막을 수 있는 건 정보부 타격팀뿐이고, 정보부 타격팀은 곧 도착해. 그사이에 김포공항에 있는 사람들 다 대피시키는 건 어차피 불가능하잖아. 그러니까 지금은 그런 거 신경 쓰지 말고 청와대 안보 회의 연결이나 신경 써."

정의택은 긴장을 감출 수가 없었다. 이제 곧 이곳에 잡히는 화면이 청와대 안보 회의장으로 생중계될 것이다. 그리고 이런 일이 있을 때마다 생색내기 좋아하는 대통령이 안보 회의 최상석에 앉아 화면을 지켜볼 것이다.

'최악의 상황이라면 뭐가 있을까? 우리 타격팀 전원이 전멸당하고, 놈들이 박격포를 날리는 화면을 지켜보는 게 최악이겠지. 아니, 그런 일은 생기지 않을 거야. 그 전에 전투기를 출격시키거나 근처 포병 부대가 포탄을 쏟아 붓거나 하겠지. 그럼 더 나쁜 경우는 뭐가 있지?'

정의택은 지금 벌어질 수 있는 상황 중 좋지 않은 결과를 상상한 다음, 그것을 만회할 수 있는 방법을 생각해 두려고 애썼다.

이런 경우, 언제나 경우의 수는 무한하다. 그러나 유능한 지휘관이라면 그 무한한 가능성 중에서 발생할 확률이 가장 높은 경우를 추려 내어 그에 대한 대응책을 마련해 두어야 한다. 하지만 생각을 제대로 정리할 시간이 없었다. 전화벨이 울렸다. 청와대 안보 회의에 들어간 정보부장이었다.

— 준비 됐나요? 지금 각하께서 기다리고 계시는데.

정의택은 손짓으로 왼쪽 손목을 가리키면서 위슬비에게 눈치를 보냈다. 위슬비는 오른손으로 오케이 사인을 만들어 보여 주었다.

"지금 연결됩니다."

— 알았어요.

전화는 뚝 끊어졌다. 더 이상 대화를 이어 갈 필요는 없었다. 도진규의 CCTV 화면이 스크린에 떴다. 차량 내부에서 대기하고 있는지 승합차 뒷문이 보이고 있었다.

— 아, 아. 들립니까? 들려요?

정보부장의 목소리가 전체 스피커에 울렸다. 정의택이 다시 한 번 신호를 보냈고, 그러자 화면은 청와대 안보 회의 회의실로 바뀌었다. 예상대로 상석에는 대통령이, 그리고 그 옆으로 정보부장과 국방부장관이 각각 왼쪽과 오른쪽에 앉아 있었다.

"감도 양호합니다, 부장님."

정의택이 답변했다.

— 그래요. 현장 지휘관 연결되나요?

— 연결됐습니다. 현장 지휘관 도진규입니다.

연결 신호를 기다리지 않고 도진규가 답변했다.

— 현재 상황을 보고해 주세요.

정보부장이 말했다.

— 현재 확보된 위치에 도착했습니다. 이곳은 김포아파트 뒷산으로, 도로로 연결되어 있는 곳입니다. 목표 지점, 즉 핸드폰 신호가 오는 곳은 저 위에 주차된 검정색 승합차인 것으로 판단하고 있습니다.

도진규가 말하는 사이, 위슬비 요원이 화면을 승합차 전방 CCTV 화면으로 바꾸었다. 도진규의 설명대로 도로 위편에 검정색 승합차가 주차되어 있는 것을 확인할 수 있었다.

— 명령을 기다리고 있습니다.

도진규가 말하자 정보부장이 대통령을 바라보았다. 대통령은 정보부장과 국방부장관을 번갈아 가면서 보더니 이윽고 결심했다는 듯 손을 뻗었다.

— 아, 즉시! 그, 공격. 예, 공격하세요. 한 놈도 놓치지 말고, 다 때려잡으세요.

대통령이 말했다.

— 알겠습니다. 투입!

도진규가 구령을 붙이자 승합차 뒷문이 열렸다. 도진규는 빠른 속도로 주차된 차량 쪽으로 이동했고, 그 뒤를 대원들이 따랐다. 그리고 화면이 심하게 흔들리면서 시야가 낮아졌다. 엎드려쏴 자세인 모양이었다.

— 10호, 10호. 내부 파악되나?

도진규가 대원에게 물었다.

— 열 감지 탐지기로는 차량이 비어 있는 것으로 파악됩니다.

— 차량이 비어 있다고? 그럼 아무도 없단 말인가요?

정보부장이 물었다.

— 지금 대원들이 주변을 수색 중입니다.

"부장님, 이건 함정일 수 있습니다."

도진규가 말하자마자 정의택이 정보부장에게 말했다.

— 함정?

"일부러 핸드폰 신호를 노출한 뒤, 우리 요원들을 유인하려는 수작일 수 있다는 겁니다."

정의택이 말하자 정보부장과 국방부장관이 대통령의 눈치를 살폈다. 하지만 대통령이라고 해서 무슨 뾰족한 수가 있을

리 없었다.

— 의견을 말해 보세요.

정보부장이 말했다.

"우리가 찾는 건 C-4를 원격조종할 수 있는 테러리스트입니다. 사람이 없다면 저 차에는 C-4가 있다고 판단하는 게 옳다고 봅니다."

— 함정을 파 놓고 우리 요원이 접근하기를 기다리고 있다고 본다는 건가요?

"예, 그렇습니다. 하지만 원격조종으로 C-4를 폭파시키려면 반드시 눈으로 확인해야 합니다. 기폭 장치를 가진 놈이 부근에 숨어 있을 겁니다."

— ······그럼 찾으세요.

정의택이 설명하자 잠시 사이를 두었다가 정보부장이 말했다. 지금 회의실에 있는 그 누구도 정의택의 의견에 다른 의견을 제시할 수 없는 게 분명했다.

— 팀장님, 저 감준배입니다.

그런데 불쑥 새로운 목소리가 들어왔다.

"어, 감준배 요원."

— 지금 우리는 시간이 없습니다. 그리고 함정이고 뭐고 다 떠나서 저건 단서입니다.

감준배의 목소리에서는 짜증이 느껴졌다. 정의택은 감준배가 무슨 말을 하려는지 대충 짐작할 수 있을 것 같았다.

"그래서?"

— 지금 당장 확인해야 합니다.

"뭐라고?"

정의택은 어처구니가 없다는 듯 말했다.

— 다른 명령 없으시면 지금 확인하겠습니다.

"야! 감준배!"

정의택이 외치는 순간, 화면은 감준배의 CCTV 화면으로 바뀌었다. 감준배는 차에서 내려 주차되어 있는 검정색 승합차를 향해서 성큼성큼 걸음을 옮겼다.

"야, 위슬비! 무선 나하고 감준배만 들리게 바꿔!"

정의택이 다급한 목소리로 위슬비에게 목소리를 낮춰 말했다. 위슬비는 조작을 한 다음 됐다는 신호를 보냈다.

"감준배! 너 죽고 싶냐?"

— 세상에 죽고 싶은 사람이 어딨습니까?

"말장난할 시간 없어. 지금 당장 뒤로 빠져!"

— 감도 불량, 감도 불량.

분명히 잘 들린다는 걸 알고 있었지만 감준배는 이렇게 정의택의 말을 무시하고 승합차로 다가갔다. 그러고는 조금도 망설이지 않고 승합차의 뒷문을 열었다. 그리고 그 순간, 정보부는 물론이고 청와대 안보 회의실도 침묵했다.

문이 열리자 텅 빈 승합차 공간이 드러났다. 그 한가운데에는 아이패드가 덩그러니 놓여 있었다.

— 아이패드가 보입니다. 다른 건 안 보입니다.

감준배는 아이패드 쪽으로 거침없이 다가가 화면을 터치했다. 대기화면이 풀리자 화면 중앙에 동영상 재생기 아이콘이 보였다.

　— 작동시키겠습니다.

　감준배는 조금도 지체하지 않고 플레이 버튼을 눌렀다. 그러자 화면에 추관우의 얼굴이 등장했다.

　— 안녕하십니까. 저는 추관우라고 합니다. 여기까지 금방 찾아오실 거라고 짐작했습니다.

　미리 녹화된 화면이었다.

　— 여기까지 추적하셨으니 저희가 C-4를 가지고 있고, 원격 조종으로 폭파시킬 수 있다는 건 당연히 확인하셨을 겁니다. 저희는 서울 시내 여러 군데에 이미 C-4를 설치해 두었습니다. 여기 제가 들고 있는 이 스마트폰의 통화 버튼만 누르면 제가 원하는 장소를 제가 원하는 시간에 폭파시킬 수 있습니다. 그 피해는 정말 어마어마할 겁니다. 저희가 C-4를 미리 설치해 둔 장소를 들으시면? 아마 깜짝 놀라시겠죠. 예를 들어서 고층 아파트 지하에서 폭파시키면? 어휴. 거기 살고 있는 사람들 다 죽죠. 학교 지하실은 어떨까요? 초등학교? 중학교? 고등학교? 아니면 지하철역은 어떻습니까? 어느 쪽이든 결과는 참담할 겁니다.

　추관우는 여기까지 말하고는 잠시 말을 멈추고 카메라를 응시했다. 생각할 시간을 주고 싶은 모양이었다.

　— 그렇다면 이쯤에서 저희의 요구 사항이 궁금하시리라 생각합니다. 요구 사항은 아주 간단합니다. 거창한 거 아닙니다. 그냥 돈입니다, 돈.

추관우가 숫자가 쓰여 있는 종이를 들었다.

— 2조 7000억 원. 이게 저희가 요구하는 액수입니다. 1원도 틀리면 안 됩니다. 2조 7000억 원을 저희가 알려 드리는 시모레이라 공화국 계좌로 입금시키시면 됩니다. 계좌번호는 나중에 알려 드리겠습니다.

동영상은 여기까지였다. 추관우의 메시지는 감준배의 헬멧에 장착된 CCTV 카메라를 통해 정보부는 물론이고 대통령에게까지 그대로 전달되었다.

침묵이 감돌았다. 누구도 쉽게 입을 열지 못했다.

— 현장 수사팀 올 때까지 대기할까요?

감준배가 아이패드를 내려놓으면서 말했다.

"주변 수색하면서 대기해. 차량에 혹시 단서 될 만한 거 있나 자세히 찾아보고."

물론 증거 같은 게 남아 있을 가능성은 희박했다. 정의택은 깊은 한숨을 내쉬며 청와대 안보 회의 쪽 화면을 바라보았다. 대통령과 정보부장은 정의택이 상상한 최악의 사태가 일어났다고 하더라도 그랬을까 싶을 정도로 놀란 표정들을 하고 있었다. 입을 벌리고 멍하니 있는 표정을 보고 있자니 엉뚱하게도 지금 이 화면을 방송국에 전해 주면 아주 신이 나서 뉴스 속보로 보도할 것 같다는 생각이 들었다.

기태주가 탄 차는 도심을 향하고 있었다. 차창 밖으로 종로가 보였다. 어디로 향하고 있는 걸까? 조금 전 김포공항 어쩌고 했던 소리는 과연 뭐였을까? 그냥 헛소리였을까? 추관우의 목적은 뭘까? 기태주는 여전히 혼란스럽기만 했다.

"태수야."

추관우가 낮은 목소리로 물었다.

"왜?"

"1조가 얼마나 큰돈인지 아냐?"

"뭔 소리야?"

뜬금없는 소리에 기태주가 되물었다. 추관우는 기태주가 되묻든 말든 자기 할 말을 이어 갔다.

"너, 내가 했던 말 기억하냐? 내가 꿈꾸는 거 말야."

"꿈? 그런 말 한 적 없는 거 같은데. 우리는 깡패가 아니라 그냥 영업 사원이라고 했던 건 기억나지만 말야."

기태주는 '우리'라는 단어를 슬쩍 집어넣었다. 시간이 흐르긴 했지만 그래도 아직 동지 의식 같은 것이 남아 있다면 그것을 되살릴 심산이었다.

"10억 이야기 기억 안 나?"

추관우가 하던 일을 멈추고 기태주를 똑바로 바라보면서 물었다. 기태주는 그제야 기억이 났다.

"그래. 사람이 10억을 벌면 그 사람의 꿈이 이뤄지는 거라고 했지. 기억난다."

"기억하네."

추관우는 킥킥 소리를 냈다. 내뱉는 게 아니라 속으로 삭이는 웃음이었다.

"태수야, 10억이면 동그라미가 아홉 개다. 동그라미 아홉 개 달린 숫자를 놓고 사람들은 인생을 걸어."

기태주는 아무 말도 하지 않았다. 무슨 의도로 하는 말인지 알 수가 없었기 때문이다.

"1조면 말이야, 동그라미가 열두 개야. 내가 그랬어. 깡패 짓 하면서 10억 벌면 불법이니까 손해라고. 우리 인생이라면 10억보다는 가치가 있어야겠지."

기태주는 코웃음을 쳤다. 어이가 없어서였다.

"1조? 그런 돈 벌어서 어디다 쓰게? 그런 돈은 다 쓰지도 못해. 아니, 그런 돈 있으면 평생 불안할걸?"

"그러니까 그렇게 되지 않게 해야겠지."

너무 작은 소리여서 기태주는 추관우가 중얼거린 마지막 소리는 제대로 듣지 못했다. 하지만 씁쓸한 걸 입에 넣은 듯한 추관우의 표정을 보니 뭔가 불길한 예감이 들었다.

차는 충무로에 있는 인쇄소 골목으로 들어간 뒤 멈춰 섰다. 목적지에 닿은 모양이었다.

"내려라."

추관우가 말했다.

기태주는 주위를 살펴보았다. 내린 곳은 인쇄소 골목 한복판이었다. 출판 산업이 몰락한 뒤, 이곳 인쇄소 골목은 임대가 되지 않아 빈 건물이 늘어선 을씨년스러운 곳이 되었다.

"이제 어디로 가는 거냐?"

기태주는 차에서 내리며 이렇게 물었다.

"좋은 곳."

추관우가 대답했다.

앞으로 무슨 일이 벌어지게 될지 기태주는 짐작하지 못했다. 현장 요원의 감과 경험, 그리고 지식을 총동원해 봤지만 허사였다. 그렇다면 벌어질 일을 그저 담담하게 받아들이는 게 최선의 선택일 것이다.

'정보부에서는 날 추적하고 있을까? 정의택 팀장이 날 버린 건 아닐까? 무엇보다도 내가 보낸 메시지는 잘 전달됐을까?'

기태주는 위슬비를 생각했다. 비록 지금은 헤어지긴 했지만 분명 한때는 세상에서 가장 사랑하는 여인이었던 시절도 있었다. 그리고 그와 동시에 세상에서 가장 믿을 수 있는 사람이기도 했다. 글자 그대로 목숨을 맡길 수 있는 사람이었으니 말이다.

"너, 일 하나 해 줘야겠다."

추관우가 말했다.

"부탁하지 마. 어차피 시킬 거잖아. 이번에는 폭탄 조끼 대신에 목에 칼이라도 들이밀 거냐?"

"아니. 진짜 부탁이야."

진지한 얼굴이었다. 기태주는 대답 대신 가만히 추관우의 눈을 바라보았다. 뭔가를 결심한 듯 흔들림 없는 단호한 눈빛이었다.

"사람 하나 죽여 줘야겠다."

추관우가 말했다.

"……사람을 죽여 달라고?"

"그래야 믿을 수 있다. 태수야, 널 믿을 수 있게 도와줘라."

"믿는다니, 뭔 소리야?"

추관우는 기태주의 질문에 대답 대신 토카레프 권총을 내밀었다.

"뭐냐, 이거?"

기태주는 내미는 토카레프 권총을 잽싸게 받아 들었다. 주위에 있는 AK로 무장한 깡패들이 자신을 향해서 총구를 돌릴 줄 알았는데 그런 일은 일어나지 않았다.

토카레프 권총을 오른손으로 들고 흔들어 보았다. 지겹도록 잡아 본 권총이었다. 무게가 가볍다는 걸 쉽게 알 수 있었다. 탄창이 비어 있는 게 분명했다.

"그걸로 사람 하나 죽여 줘."

여전히 추관우는 진지했다.

"알았어, 알았어. 어디 있는 사람?"

기태주는 별일 아니라는 듯 이렇게 물었다. 추관우는 손짓으로 인쇄소 골목의 한 건물 2층을 가리켰다.

"저기 있는 사람."

추관우의 진지한 얼굴을 보며 기태주는 고개를 끄덕였다. 여전히 추관우가 생각하고 있는 게 뭔지는 알 수 없었지만 그래도 장단을 따라 주지 않으면 아무것도 알아낼 수 없을 게 분명했다.

"그러지, 뭐."

"정말이냐?"

가볍게 대답하는 기태주의 말에 믿기 어렵다는 듯 추관우가 되물었다.

"정말이다. 내가 달리 무슨 수가 있겠냐? 이거 가지고 여기 있는 놈들 다 죽여 버릴 수 있는 것도 아니고."

"좋아."

추관우는 기태주의 어깨를 다독였다.

"가자."

추관우가 좀 전에 가리킨 건물로 향했고, 나머지도 그 뒤를 따랐다. 진짜 불길한 일이 닥칠 것만 같았다. 안 그래도 을씨년 스러운 인쇄소 골목길에 하필 바람이 불어 먼지가 일었다.

9

샤론의 장미

감준배는 버려진 승합차를 뒤지고 있었다. 타격팀 대원들도 도진규의 지휘 아래 주변을 수색했다. 작은 단서라도 찾기 위해서였다. 하지만 그 단서가 나올 가능성이 매우 낮다는 건 상부도 알고 현장 요원도 아는 사실이었다.

승합차의 천장 부분을 칼로 뜯어내고 있는데 도진규가 승합차에 올랐다. 감준배는 눈길을 한번 보낸 다음, 다시 천장 뜯는 일에 몰입했다.

"감준배 요원."

낮은 목소리로 도진규가 말했다. 감준배는 하던 일을 멈추고 도진규를 물끄러미 바라보았다.

"이거 회사에서 찾아보라고 하니까 찾아보긴 하는데 말이야, 여기서 뭐 건질 수 있을 것 같긴 해? 일부러 여기에 아이패드를 놔두고 간 놈들이야. 단서가 될 만한 걸 남길 만큼 멍청할까?"

혹시라도 다른 대원이 들을까 봐 그런지 도진규의 목소리는 작고 낮았다.

"물론 그렇게 멍청하진 않겠죠. 하지만 그렇다고 해서 찾아보지 않을 수도 없지 않습니까."

감준배가 말했다. 어찌 보면 당연한 소리다. 도진규는 살짝 한숨을 내쉬었다.

"그건 그래."

도진규는 이렇게 말하곤 뒤에 살짝 욕설을 덧붙였다.

"하지만 팀장님, 제 경험에 따르면 범죄자들은 안전하다고 느낀 순간 실수하는 경우가 종종 있었습니다. 의외로 큰 걸 건질 수도 있을 겁니다."

"그거, 지금 나하고 우리 애들 위로하려고 하는 소린가?"

"물론입니다."

감준배의 시원시원한 대답에 도진규는 어이가 없는지 피식 웃음을 지었다.

"그래, 알았다. 그런데 언제까지 뒤져야 하는 거야?"

"제가 충분하다고 할 때까지요."

"알았어, 알았어."

도진규는 손을 휘휘 내저으며 승합차에서 내렸다. 감준배는 시계를 보았다. 벌써 시간은 점심 무렵을 향해 가고 있었다. 감준배는 앞으로 자신이 해야 할 일을 생각하면서 다시 승합차의 천장을 뜯기 시작했다.

♣

인쇄소 골목 낡은 건물 2층으로 들어섰을 때, 추관우는 멈춰 섰다.

"넌 아무 말도 하지 마. 말은 내가 할 거다. 알겠지?"

추관우가 다짐을 받듯 기태주에게 말했다. 기태주는 고개를 끄덕였다.

"그리고 그거 등 뒤에 숨기고."

추관우가 기태주의 오른손을 가리키며 말했다. 기태주는 들고 있던 토카레프 권총을 등 뒤 바지춤에 꽂았다.

추관우는 주위를 둘러보았다. 기태주도 따라서 주위를 둘러보았다. 다들 경직된 표정이었다. 추관우는 잠시 숨을 고르다가 2층 문을 두드렸다. 길게 두 번, 짧게 세 번. 그러자 문이 열렸다. 정해진 신호인 모양이었다.

문이 열리자 환한 형광등 조명이 눈에 들어왔다. 창문은 모조리 막혀 있어서 대낮임에도 불구하고 빛이 들어오지 않았다. 그래서 인공조명으로 가득한 실내는 어쩐지 비현실적인 공간처럼 이질감이 느껴졌다.

"추 사장! 왜 이렇게 늦었어?"

처음 보는 얼굴이 추관우 일행을 맞았다. 그 뒤로 AK 소총으로 무장한 깡패들 셋이 서 있었다.

"죄송합니다, 회장님. 차가 막혀서요."

추관우는 이렇게 말하면서 기태주에게 눈짓을 보냈다. 기태주는 무슨 의미인지 모르겠다는 듯 눈을 끔뻑였지만 추관우가 회장이라고 부르는 이 낯선 얼굴이 기태주가 죽여야 할 대상이라는 건 쉽게 알아차릴 수 있었다.

'빈총을 준 걸 보면 겁을 주려는 거야.'

기태주는 이렇게 생각했다.

'혹시라도 내가 관우 녀석 머리에 이 빈총을 대고 탈출하려고 한다거나 하면 날 죽일 좋은 구실이 되겠지.'

그런 빌미를 제공할 생각은 추호도 없었다.

"그럼 이제 어떻게 되는 건가, 추 사장?"

"어떻게 되긴요. 여기서 끝나는 거죠."

"끝나다니? 그게 무슨 말이지?"

"태수야, 저 사람이다."

추관우가 손가락으로 회장이라는 낯선 사내의 얼굴을 가리켰다. 기태주는 망설이지 않고 바지춤에서 권총을 뽑아 양 눈 사이를 겨냥했다.

"이, 이게 뭐하는 짓인가! 추 사장!"

사내가 소리쳤다. 호령이라도 할 셈이었겠지만 기태주가 듣기에는 거의 비명처럼 들릴 만큼 서글픈 목소리였다.

"뭐하는 짓이긴요. 예정된 일이지요. 길게 끌 거 없어. 방아쇠 당겨."

기태주는 사내의 눈을 바라보았다. 아주 짧은 시간이 흘렀을 뿐이지만 사내의 이마에 땀방울이 송골송골 맺혀 있었다. 살짝 벌어진 입으로는 당장이라도 흘러나올 것처럼 침이 고여 있었다.

"그냥 당겨?"

"그냥 당겨."

"추, 추 사장! 이건 약속하고 다르지 않소!"

이번에는 거의 절규에 가까운 소리였다.

"다르지 않아요, 회장님. 야, 빨리 당겨. 더 듣기 싫다."

"추 사장! 추 사장!"

기태주는 방아쇠를 당겼다.

다음 순간 기태주는 근거리 사격으로 사망하는 사람을 글자 그대로 눈앞에서 목격하게 되었다. 토카레프에서 9mm 탄두가 발사되었고, 탄두는 정확하게 사내의 미간을 뚫고 들어가 뒤통수로 나왔다. 단 한 방에 즉사였다.

기태주는 예상 밖의 충격에 하마터면 총을 떨어뜨릴 뻔했다. 장전 슬라이드가 뒤로 젖혀진 토카레프를 그래도 놓치지 않고 잡고 있을 수 있었던 건 정보부에서 받았던 훈련 덕분이었다.

"총이 좀 가벼웠지? 탄창이 비어 있었거든. 약실에 딱 한 발 들어 있었다."

약실에 장전된 마지막 탄이 발사되면 자동권총의 장전 슬라이드는 후퇴 고정된다. 기태주는 발사된 순간 그것을 알았다.

쓰러진 회장의 미간에는 빨간 구멍이 뚫려 있었다. 그리고 두 눈은 지금 방금 일어난 일을 도저히 믿을 수 없다는 듯 크게 부릅뜬 상태였다. 쭉 뻗은 사지는 부들부들 떨리고 있었고, 입술이 계속해서 씰룩거리고 있었다. 뒤통수에서 피와 뇌수가 섞여 나와 바닥에 고였다.

기태주에게 사람을 죽였다는 충격보다 더 큰 것은 총성이 준 충격이었다. 실내에서 울린 토카레프의 발사음은 기태주의 고막에 심한 충격을 주었고, 그래서 기태주는 추관우가 하는 말을 거의 듣지 못하고 있었다.

"납치범이 인질한테 실탄으로 가득 찬 총을 줄 리가 없잖아. 안 그러냐?"

추관우가 계속해서 말했지만 기태주는 총을 들고 있는 자세 그대로 굳어 있었다.

사내들이 회장이라고 불렸던 사내의 시신을 치우기 시작했다. 미리 준비된 죽음인 것만은 확실했다. 사내들은 비닐 백과 아이스박스를 구비하고 있었다. 야전에서 전사자를 처리하는 장비였다.

"태수야, 우리가 좋은 곳 간다고 했지? 여기가 우리 아지트야. 좋은 곳 맞지?"

기태주는 자신이 살해한 사람의 시신이 비닐 백에 담긴 후 아이스박스에 담기는 광경을 멍하니 보면서 고개를 끄덕였다.

"아, 그리고 아까 총소리 난 건 신경 쓰지 마. 이 근처에 소리 듣고 신고할 사람 아무도 없어. 지난 몇 달 동안 여기서 온갖 소음을 다 냈는데 불평하는 사람 하나 없었어. 여긴 그런 곳이야. 그래서 여길 아지트로 고른 거기도 하지만 말야."

추관우가 손짓을 하자 사내들이 일사불란하게 움직였다. 이번에는 전투식량 배급이었다. 인터넷으로 누구나 쉽게 살 수 있는 전투식량이 배분되었다.

"밥 먹자. 배고프다. 너도 아침 안 먹었잖아. 얼른 들어."

사내 하나가 기태주에게 다가와 들고 있던 토카레프를 회수했다. 그리고 빈손에 전투식량을 쥐어 주었다.

'당신이 야전에서 먹던 바로 그 맛!'

전투식량 포장지에는 대한민국 국방부의 상징 캐릭터가 엄지손가락을 세우고 이렇게 말하고 있었다.

"뭘 그렇게 멍때리고 보냐, 태수야?"

"당신이 야전에서 먹던 바로 그 맛. 이렇게 광고하면 안 팔리지 않을까?"

기태주는 조금 전 울린 총성 때문에 귀가 여전히 먹먹한 상태였다. 게다가 사람을 살해했다는 충격 때문에 정신을 놓아 버리고 싶은 심정이었다.

추관우는 바닥에 자리를 잡고는 식사를 준비했다. 방금 전 살인을 지시한 사람이라고는 믿기 어려울 만큼 냉정해 보였다.

"깡패 새끼가 사람 하나 죽였다고 뭘 그렇게 넋을 놓냐. 태수야, 그러다가 너도 죽어, 인마."

추관우가 자기 전투식량 팩을 가열 조작하면서 말했다. 그의 말이 맞았다. 지금 이대로 있다가는 태주 자신도 비닐 백에 담겨 저런 아이스박스에 들어가는 신세가 될지 모를 일이었다.

기태주는 일단 먹어야겠다는 생각을 했다. 좀 전에 본 부릅 뜬 눈동자가 자꾸 떠올라서 식욕이 전혀 나지 않았지만 그래도 억지로라도 먹기는 해야 했다.

추관우 옆에 자리를 잡고 앉은 기태주는 전투식량 포장지를 뜯고, 가열 팩을 작동시키는 끈을 당겼다. 그런 뒤, 아마도 비빔밥으로 짐작되는 내용물을 포장지에 넣었다. 가열 팩이 수증기를 뿜으면서 밥이 데워지기 시작했다.

"고맙다."

비빔밥을 먹으며 추관우가 말했다. 기태주는 그런 추관우를 물끄러미 보았다.

"이제 믿을 수 있겠다. 너, 이제 우리 식구다."

기태주는 고개를 한 번 끄덕이고는 주위를 살폈다. 추관우 일당이 식사를 하고 있었다. 잡담을 나누기도 하는 걸 보니 여유가 있어 보였다.

기태주는 가슴이 갑갑했다. 숨을 쉬기가 쉽지 않았다. 이유는 간단했다. 그가 있는 이곳 창문이 모조리 봉해져 있었기 때문이다. 창문에 유리가 있어야 할 부분은 합판이 자리했다. 시커멓게 칠까지 되어 있어서 그냥 봐서는 합판인지 알기 힘들었다. 기태주는 저 합판 속에 철판 같은 게 들어 있을 거라고 추측했다.

덕분에 햇빛이 들지 않아 실내는 매우 어두웠다. 오직 환풍기 하나만이 쓸쓸하게 돌면서 간신히 들어오는 작은 빛줄기를 쪼개고 있었다. 천장에 달린 형광등 빛이 깜빡이며 내부를 밝했다. 이대로 이 안에 며칠이고 있자면 시간 가는 것도 느끼기 어려울 것 같았다.

'2층으로 오르는 좁은 계단. 방탄 처리된 엄폐물. 놈들은 여기를 요새로 삼으려는 속셈이다.'

그렇다면 당연히 탈출구가 있어야 했다. 기태주는 자신이 있는 곳을 다시 한 번 꼼꼼하게 살펴보았다. 건물은 오래된 2층 건물이었다. 원래는 인쇄소 창고로 쓰였으리라. 넓이는 100평 남짓. 아마 창고 서너 곳을 하나로 튼 것 같았다. 천장에 예전에 벽이었던 곳의 흔적이 남아 있었다.

일반적인 사무실과는 달리 집기라고 할 만한 것은 없었다. 추관우 일당이 가지고 온 간이 책상과 의자, 그리고 돗자리가 전부였다. 다만 사무실 한복판에 설치된 철제 박스와 총기 거치대가 이곳을 전쟁터로 착각하게 할 만큼 이질적이었다. 그 주변에서 분주하게 움직이고 있는 덩치들도 그런 분위기에 일조하고 있었다.

식사를 마친 추관우의 부하들이 바쁘게 움직이고 있었다. 일부는 책상을 놓고 컴퓨터를 설치하고 있었고, 또 다른 일부는 무기를 정돈하고 있었다. 무기는 AK 소총과 수류탄이었다.

추관우는 오가는 부하들을 바라보면서 뭔가 생각에 잠긴 것 같았다.

"관우야."

기태주가 나지막하게 추관우를 불렀다. 추관우는 생각이 돌아왔는지 눈을 치켜떴다.

"뭐냐?"

"너, 여기서 총격전이라도 벌일 셈이냐?"

기태주가 물었다.

"폭탄은 언젠가 터질 운명이고, 들고 있는 총은 누가 쏴도 결국 쏘게 되어 있어. 그러라고 만들어진 물건이니까."

애매한 답변이긴 했지만 부정은 아니었다.

"그래서 창문 다 막아 놓은 거냐? 갑갑하게."

"갑갑한 게 총 맞아 뒈지는 거보다 낫거든. 안 그러냐?"

추관우가 부하들에게 동의를 구했고 몇몇이 키득거리는 웃음으로 답변을 대신했다.

"지금 하는 일, 뭔진 모르겠지만 여기서 그만둬라."

허망한 부탁이었다. 어찌 되었건 이미 폭탄은 터졌다. 사람도 죽었다. 게다가 자신이 그 살인의 실행자였다. 이 시점에서 돌이킬 수는 없다. 그러나 소용없을 줄 알아도 말리지 않을 수는 없었다.

"우리의 요구 사항을 전달했어. 아마 지금쯤이면 받아 봤을 거야."

추관우의 얼굴에서 웃음기가 가셨다. 진지한 얼굴이었다.

"요구 사항? 어디에? 경찰? 청와대?"

"대한민국 국가정보부."

추관우는 콕 찍어 정보부라고 말했다. 정보부라는 단어가 기태주의 심장에 예리한 바늘처럼 박혔다.

"뭘 요구했는데? 감옥에 간 친구들이라도 풀어 달라고 했냐?"

"나 친구 없어. 있어도 그런 건 필요 없고."

추관우의 눈동자가 허공을 향하고 있었다.

"그럼? 돈이냐? 한 10억 달라고 했냐? 아니면 100억?"

100억이라는 말에 짐을 옮기던 덩치 하나가 피식 웃었다.

"그래. 달라고 했어, 돈."

"얼마나?"

기태주가 묻자 추관우는 자리에서 일어나 기태주의 코앞까지 다가왔다.

"2조 7000억 원."

기태주는 처음에는 농담이라고 생각했다. 하지만 추관우의 진지한 표정을 보니 정말인 모양이었다. 2조. 거기에 7000억. 잠시 동안 그 액수의 크기를 가늠하느라 아무 말도 하지 못할 정도의 거액이었다.

"너 그게 얼마나 큰돈인지 아냐?"

"알아. 1조면 동그라미가 열두 개지."

"그런 큰돈, 은행에서 꺼낼 수나 있을 거 같아?"

추관우는 기태주 쪽으로 몸을 돌렸다. 두 사람 사이는 숨소리가 들릴 정도로 가까워졌다.

"내가 카린카 있을 때 말야, 너 오기 전에, 시모레이라 공화국으로 출장을 간 적이 있어."

추관우의 눈동자는 기태주가 아니라 기태주 뒤편에 초점이 잡혀 있었다.

"회장님이 사진 한 장을 주더라. 돈 빌려 가지고 튄 놈이라

고. 잡아오라고. 그래서 갔지. 사진 한 장 딸랑 들고. 너도 알
잖아. 회장님이 자기 돈 가지고 튄 놈을 얼마나 싫어하는지."

기태주는 그 말에 쓸쓸한 웃음을 지었다.

"암튼 시모레이라 공화국 공항에 내려서 한국인들 모여 사
는 곳을 찾아다녔어. 그 사진 한 장 들고 말이야. 그러다가 사
흘째 되는 날에 찾았어."

"돈 들고 튄 놈?"

"응, 그래. 그런데 내가 그놈을 찾은 게 아니라 그놈이 날 찾
았어. 그놈 부하가 날 찾아와서는 한국에서 오셨냐고 묻더라
고. 그렇다고 했지. 그러니까 따라오래. 나가 보니까 검정색 세
단이 떡하니 기다리고 있더라고. 그래서 탔지. 차는 시내 밖으
로 나가서 아주 무슨 산꼭대기까지 올라가더라고. 저택이었어.
완전 무슨 교도소 같은 담벼락에 AK 소총으로 무장한 놈들 한
부대가 있는 곳. 거기에 있더라고. 사진 속 그놈이."

그때가 생각나는지 추관우는 잠시 말을 멈추었다.

"……어떻게 됐냐?"

"어떻게 되긴. 차 한 잔 내주더라. 한국 가는 비행기 값 하라
고 100만 원 줘서 그거 받았고. 다른 말은 없었어. 한국 돌아가
서 회장님한테 그대로 말했지. 뭐, 어쩌겠냐? 아무리 회장님이
라도 말이야."

기태주는 추관우가 이 이야기를 하는 의도를 알 것 같았다.

"그래서? 너도 시모레이라 공화국으로 튀기라도 하려고? 거
기서 보디가드 사서 무장시키고? 인마, 정신 차려. 상대는 대

한민국 정부야. 국가라고."

추관우는 표정 변화 없이 물끄러미 기태주를 바라보기만 했다. 기태주는 말을 이었다.

"일단 2조나 되는 돈을 너한테 줄 리도 없고, 준다고 해도 그 돈은 죽을 때까지 널 따라다닐 거야. 너 기억 안 나? 억 단위만 돼도 사람 죽여서 묻어 버리는데. 2조? 상상도 안 간다. 그 돈이면 산꼭대기에 요새 아니라 요새 할애비를 지어도 쫓아올 거다."

"······2조가 아니라 2조 7000억이야. 그리고 죽을 때까지 따라다닐 거라고 한 건, 고작 2억 2000이었고."

추관우는 기태주의 코앞에서 속삭이는 것처럼 말했다. 2억 2000. 기태주도 기억하고 있는 액수였다.

"2억 2000. 그거 우리 아주 잘나갈 때 터졌지?"

추관우가 낮은 목소리로 물었다.

문득 지금의 추관우는 단순한 깡패가 아니라는 생각이 들었다.

그때의 추관우는 폭력 조직에서 마약 밀매를 하고 있었지만 지금의 추관우는 폭발물과 총기를 다루는 테러리스트다. 그때는 영업에 가까운 일을 하는 성실한 사람이었지만 지금은 단 한 번, 인생의 모든 것을 건 도박을 하고 있다. 그리고 결정적으로 그때의 추관우는 얼굴이 깔끔했지만, 지금의 추관우는 얼굴에 눈 위에서 시작되어 뺨까지 이어지는 긴 흉터가 남아 있다.

"글쎄. 우리가 잘나갔었나?"

기태주는 질문으로 답을 대신했다.

"암, 잘나갔지. 영업 1등 찍었었잖아. 같이 사람 모으고, 같이 작업하고. 캬, 그때 좋았었는데. 이것도 원 없이 해 보고."

추관우가 상스러운 손동작을 했다. 예전에 본 바로 그 손동작이었다. 다시는 볼 일이 없을 줄 알았던 손동작이기도 했다.

"새끼, 생각해 보면 넌 참 음흉한 놈이야. 뒷구멍으로 호박씨는 네가 다 깠지. 안 그래?"

추관우가 물었다. 기태주는 이번에는 정면으로 답하기로 마음먹었다.

"뭔 소리야. 난 2억 2000 구경도 못 해 봤는데. 그거 해먹은 건 내가 아니라 너였잖아? 안 그래?"

기태주의 말에 추관우의 얼굴이 일그러졌다. 기태주는 추관우의 오른쪽 얼굴에 있는 흉터가 뱀처럼 꿈틀거리는 것을 보았다. 섬뜩했다.

"그래. 그게 결국 여기까지 오게 된 거지."

추관우가 품에서 칼을 뽑아 들면서 말했다. 처음 추관우를 만났을 때 본 잘 벼려진 회칼이었다.

"이제는 이야기를 해야 하지 않을까 싶다, 태수야."

추관우는 뭔가를 꾹 억누르고 있는 것처럼 보였다. 회칼은 손가락으로 가볍게 잡고 있었지만 당장이라도 목으로 날아들 것만 같았다. 절로 마른침이 꿀꺽 넘어갔다.

"무슨 이야기?"

기태주는 추관우의 눈을 정면으로 응시하면서 물었다. 이럴 때일수록 겁을 먹어서는 안 될 것 같았다. 잠시라도 시선을 피했다가는 칼날이 날아들 것 같았다.

"그때 왜 날 살려 뒀냐? 왜 날 안 죽였냐?"

추관우의 흉터가 다시 한 번 심하게 꿈틀거리기 시작했다.

"글쎄다."

답변하기 어려운 문제였다. 아니, 어쩌면 태주 자신도 잘 알지 못하는 일이라고 말할 수도 있었다.

"태수야, 이번엔 대답해야 할 거야."

"안 하면 어쩔 건데?"

기태주는 여전히 추관우의 눈에서 눈을 떼지 않고 대답했다. 하지만 추관우의 손끝에서 천천히 움직이고 있는 회칼이 자꾸만 신경이 쓰였다. 빛을 받은 칼날이 예리하게 번득이고 있었다.

"찢어 버릴 거다."

회칼을 고쳐 잡으며 추관우가 말했다. 그와 동시에 기태주의 눈도 칼끝으로 향했다.

마리아는 종이를 찢고 있었다.

처음 그 소리를 듣고 정의택은 마리아가 뭔가를 찾고 있는 게 아닐까 했다. 하지만 정말로 마리아는 두 손을 이용해서 아주 정교하게 종이를 찢고 있었다. 세단기에 절반 정도 들어갔다가 나온 종이처럼 잘린 A4 용지는 언뜻 보면 꼭 하얀 빗자루를 연상시켰다.

"그거, 꼭 그렇게 해야겠어요?"

정의택이 퉁명스럽게 물었다. 정신을 집중하고 종이를 찢던 마리아는 그 말을 듣고서야 겨우 손을 멈추었다.

"아, 이거 빈 종이예요. 혹시라도 제가 이곳 문서를 유출할 거라고 생각하셨다면 오해예요."

"그런 이야기가 아니라 신경이 쓰인다는 말입니다. 신경 쓰인다고요."

"그럼 신경 쓰세요. 달리 할 일도 없잖아요?"

마리아의 지적은 기분 나빴지만 사실이기도 했다.

국가정보부 노르웨이팀은 CCTV 분석이 한창이었다. 정의택은 분주한 요원들을 보며 새로운 단서가 나타나기만을 기다리고 있었다. 지금 상황에서는 그것만이 유일한 희망이었다.

"아, 진짜. 그거 그냥 그만둘 수 없어요?"

계속해서 종이를 찢고 있는 마리아에게 정의택이 거의 애원하듯 말했다.

"정 신경 쓰이신다면야, 뭐."

마리아는 그제야 종이를 책상 위에 내려놓았다. 정의택은 안심했다는 듯 코로 살짝 한숨을 내쉬었다. 하지만 마리아는 그대로 가만히 있고 싶지는 않은 모양이었다.

"정의택 팀장님, 우리 일이 원래 기다리는 게 대부분이잖아요. 경력이 있으시니 이런 상황을 한두 번 겪어 보신 것도 아닐 테고. 그런데도 그렇게 예민하신 걸 보면 정말 막중한 책임감을 느끼시나 봐요?"

"……그렇다고 칩시다."

정의택은 짜증나는 투로 내뱉듯 말했다.

지금 마리아의 존재도 현재 상황을 복잡하게 만들고 있다는 것을 고려한다면 정의택 입장에서는 짜증이 날 법도 했다. 물론 러시아에서 이 상황을 외교 문제로 비화시키지 않기 위해 정보원을 보낸 건 고맙다고 할 수도 있다. 하지만 마리아의 존재를 상부에 알아듣기 쉽게 이해시키려면 아주 복잡한 과정을 거쳐야만 한다.

우선 러시아에서 비공식적으로 정보원을 파견했다는 것을 이해시켜야 했고, 그렇기에 마리아가 과거에 국가정보부 요원 둘을 미인계로 홀려서 노출시켰다는 것도 이해시켜야 했고, 그 래서 절대 외부에 알려져서는 안 되는 일, 예를 들면 정보부에 서 비밀리에 고용한 암살자 최덕구의 존재 따위도 알고 있다는 것도 이해시켜야 했다. 하지만 이 모든 것들은 정의택 자신조 차도 쉽게 이해할 수 없는 일이었다.

"'그렇다고 칩시다.'라니. 어휴, 너무 무섭게 말씀하시네요. 무슨 문제라도 있나요?"

마리아는 정의택이 한 말을 그대로 따라 한 뒤에 이렇게 물 었다.

"그야 너무 많이 알고 있으니 그게 문제죠."

마리아는 농담조로 한 말이었겠지만 정의택은 그걸 진지하게 받았다.

"제가 볼 때 문제는 놈들이 돈을 요구했다는 것이에요."

마리아는 이렇게 말하며 새로운 빈 A4 용지 한 장을 손에 집어 들었다.

"내 생각도 그건 그래요. 빌어먹을. 미친놈들이지 무슨 2조야, 2조가. 그런 돈 요구했다는 이야기는 들어 본 적도 없는데."

"그러게요. 테러리스트가 정부에 요구한 금액 신기록이라도 세우고 싶었나."

마리아는 다시 종이를 찢기 시작했다.

"상식적으로 생각해 봐도 그래요. 2조 7000억 원이라니. 그런 돈을 줄 수 있을 리도 없고, 준다고 해도 시모레이라 공화국에서 온전히 그 돈을 빼 갈 수 있을 것 같나? 거참."

아무리 시모레이라 공화국 은행이 과거 왕족 소유라고 해도 그런 거액을 테러리스트가 빼 갈 수 있게 가만두었다가는 대한민국 정부와 외교적 마찰을 겪게 될 게 분명했다. 앞으로 대한민국과의 관계를 생각해 본다면 그런 일은 일어나지 않을 공산이 컸다.

"어쩌면 그걸 노리고 있는 건지도 모르죠."

마리아는 종이에서 눈을 떼지 않고 중얼거리듯 말했다.

"그걸 노린다면……."

"뭐, 있잖아요. 성동격서, 페이크, 교란작전, 위장전술, 뭐라고 부르든."

"그러니까 2조 7000억은 그냥 해 본 소리고 실제로 노리는 건 다른 거다?"

"저라면 그렇게 하겠다, 뭐 이런 거죠."

정의택은 마리아의 말 속에 뼈가 있다고 느꼈다.

"뭔가 더 알고 있는 게 있나요, 마리아 씨?"

정의택이 물었다. 하지만 마리아는 전혀 모르겠다는 표정으로 종이를 찢던 손길을 멈추었다.

"이거, 지금도 신경 쓰이세요?"

마리아가 종이를 펄럭이며 물었다. 정의택은 됐다는 손짓을 보내곤 사무실 쪽으로 고개를 돌렸다. 현재 상황에서 정의택 입장에서는 아주 작은 단서라도 빨리 얻기를 바랄 수밖에 없었다.

"놈들이 정말로 원하는 게 따로 있다면, 예를 들자면 어떤 게 있을까요?"

정의택이 마리아에게 물었다.

"글쎄요. 개인적인 원한을 갚는 거?"

"원수를 죽이기 위해서 교란작전을 쓴다. 그런데 그 인원에 그 정도 장비를 갖추고 있다면 그냥 원수를 갚는 편이 낫지 않을까요? 굳이 이렇게 복잡하게 교란작전 같은 거 쓸 이유는 없을 것 같은데요."

정의택은 신기찬이 했던 말이 떠올랐다. 신기찬은 군사용 고성능 폭약을 구할 능력이 있고, 또 그 폭약을 운용할 능력도 가진 놈들이니 돈 때문이라면 한국은행을 털었을 거라고 말했다. 놈들은 돈보다 더 중요한 뭔가를 노리고 있을 거라는 신기찬의 말에는 일리가 있었다.

"물어보니까 해 본 말이에요. 제가 어떻게 알겠어요? 그놈들 붙잡으면 물어봐야죠. 도대체 왜 그런 황당한 액수를 불렀는지."

듣고 보니 마리아의 말이 맞았다. 일단 놈들을 잡는 게 우선이다. 놈들이 뭘 원하건 무슨 꿍꿍이가 있건 무슨 상관이란 말인가? 정 궁금하면 잡아 놓고 물어보면 그뿐이다. 마리아는 어떤 생각을 하고 있는지 모르겠지만 여전히 종이 찢는 일에 집중을 하고 있었다. 정의택은 달리 할 일이 없어서 책상 위를 멍하니 쳐다보았다. 아침에 감준배가 시모레이라 공화국에서 선물로 가지고 온 공예품이 눈에 들어왔다. 정의택은 생각 없이 그것을 만지작거리며 손장난을 쳤다.

"찾았어요!"

만약 위슬비가 소리를 치며 들이닥치지 않았다면 꽤 오랜 시간 동안 공예품을 가지고 장난을 쳤을 것이고, 그러다가 공예품을 분해해 버렸을지도 모른다.

하지만 때마침 위슬비가 들이닥쳤다.

"준배가, 감준배 요원이 찾았어요!"

"뭐라고?"

정의택은 자리에서 벌떡 일어섰다. 가장 찾을 가능성이 낮다고 생각한 감준배가 뭔가를 건졌다는 게 믿기 어려웠다.

"감준배가 차량 시트를 뜯어 보니까 렌터카 업체 번호가 나왔다고 보고해 왔어요. 응, 지금 보고 중이야. 그래, 바로 조치한다니까. 팀장님?"

위슬비가 손가락으로 자신의 블루투스 헤드셋을 가리킬 때까지 정의택은 위슬비가 현재 통화중이라는 사실을 깨닫지 못했다.

"팀장님, 지금 당장 추적 시작하려고 하니까 3레벨 보안 카드 주세요."

"어, 그, 그래. 같이 가지."

정의택은 메모리 스틱을 챙긴 다음 위슬비와 함께 그녀의 자리로 향했다.

"팀장님이랑 지금 내 자리로 왔어. 일단 렌터카 업체 찾아볼게."

위슬비가 등록 번호를 타이핑해 넣자 주소가 떴다.

"거기 대여된 목록, 차량 번호하고 대조해 보면 누가 렌트해 갔는지 알 수 있지 않을까?"

"아뇨. 차량 번호는 위조된 거였어요."

정의택이 아이디어를 냈지만 위슬비는 단숨에 끊어 버렸다. 하긴, 이런 추적 업무는 위슬비가 전문가다. 정의택은 현장 경험은 있지만 이런 종류의 일은 해 본 적이 없다.

"그럼 어떤 식으로 추적할 건가?"

"잠시만요. 지금 고객 리스트 뽑아 오는 중이에요. 이 친구들이 전산화를 해 뒀어야 할 텐데……."

위슬비는 아무렇지도 않게 법을 어겨 가면서 민간인의 정보를 빼오고 있었다. 정보부는 불법을 행한다. 그건 절대로 나쁜 일이 아니다. 위급한 상황이라면 오히려 좋은 일이다. 하지만 그것을 들켜서는 안 된다. 들키는 순간 그것은 나쁜 일 정도가 아니라 불법 민간인 사찰이 된다. 그건 말할 필요도 없이 중죄다.

"차종으로 대조해 볼 건가?"

"그럴 필요 없겠는데요?"

위슬비가 모니터를 손가락으로 가리키면서 말했다. 거기에는 떡하니 추관우의 이름과 주민등록번호, 핸드폰 번호가 적혀 있었다.

"자기 이름으로 빌렸군. 이거, 대담한 거야, 멍청한 거야?"

"일 끝나고 이 나라를 뜰 생각이었던 거겠죠."

언제 왔는지 마리아가 뒤에서 이렇게 말했다. 정의택은 마리아에게 다시 들어가 있으라고 말하려다가 그만두었다. 지금은 어떤 종류의 도움이라도 다 필요한 급박한 상황이었다.

"주민등록번호로 카드사 정보랑 은행 정보 이미 뽑아냈어요. 지금 교차 검색 중이에요. 범칙금, 카드 사용 내역, 교통카드 사용 내역, 뭐라도 걸리겠죠."

역시나 불법 민간인 사찰에 해당하는 내용이었다. 하지만 주민등록번호 수준의 정보는 이미 몇 차례 일어난 보안사고 때문에 광범위하게 유통되고 있어서 발각될 우려는 없다. 대한민국 주민등록번호는 구글링으로도 얻을 수 있는 흔한 정보다.

"3레벨 보안 카드로 할 수 있는 건 다 해 봐. 안 되면 내가 올라가서 4레벨 보안 카드 가지고 올게."

"그 전에 끝낼게요. 끝낼 수 있어요."

위슬비는 창을 여러 개 띄워 놓고 검색을 하고 있었다. 경찰, 은행, 카드사, 통신사……. 위슬비가 창을 띄우고 검색을 할수록 화면 하단에 있는 서울 지도에 붉은 점이 더 많이 나타났다. 점들은 처음에는 서울 전역에서 무작위로 떴지만 시간이 지나자 일정 지점에 계속 찍히고 있었다.

"준배야, 일단 시내로 출발해. 을지로, 충무로 부근. 아, 몰라. 일단 출발해. 가는 동안에 정확한 좌표 쏴 줄게."

위슬비는 다급한 목소리로 이렇게 말하곤 의미를 짐작하기 어려운 단어로 뭐라고 중얼거리기 시작했다. 아마도 나름대로 정신을 집중하는 방법인 모양이었다. 정의택은 자신이 주먹을 꽉 쥐고 있다는 걸 뒤늦게 깨달았다. 하지만 마리아는 그저 편안한 눈길로 모니터를 응시할 뿐이었다.

"자! 모두 주목!"

하지만 누군가 이렇게 소리쳤을 때, 마리아조차도 조금 당황하는 눈치였다. 낯선 얼굴들이 노르웨이팀 사무실로 들이닥치고 있었다.

"뭐, 뭐야?"

처음에는 놀랐지만 시간이 지나자 무슨 일인지 곧 깨달을 수 있었다. 낯선 얼굴 사이에서 낯익은 얼굴을 발견한 탓이었다. 그 얼굴은 샤론의 장미팀 소속 요원 한창남이었다.

"한창남……."

정의택이 중얼거리자 한창남은 자신을 불렀냐는 듯이 정의택 앞으로 성큼 다가왔다.

"야, 한창남이! 샤론의 장미팀이 여길 왜 와? 안 그래도 정신 없는데."

"정의택 팀장님, 현 시간부로 노르웨이팀과 사건 일체는 샤론의 장미, 아니, 무궁화 1호 정보팀에서 접수합니다. 장비와 함께 지금까지 수집한 모든 정보 일체를 저희 무궁화 1호팀으로 넘겨주시기 바랍니다."

한창남은 아주 사무적인 투로 말했다.

"씨발, 그게 무슨 개소리야?"

"개소리 아닙니다. 청와대 직접 명령 사항입니다."

"부장님 결재 받았나?"

"물론입니다."

정의택은 어처구니가 없었다. 이런 긴박한 상황에 팀을 교체한다는 건 듣도 보도 못한 일처리 방식이었다.

"위슬비 요원?"

정의택은 위슬비 쪽으로 고개를 돌렸다. 위슬비는 중얼거리는 것을 멈추고 한창남과 정의택을 번갈아 가며 보고 있었다. 위슬비의 입은 떡 벌어져 있었다. 하지만 그 입에서는 아무 소리도 나오지 않았다.

10
정보부에 불이 꺼지면

지구상에 존재하는 그 어떠한 생명체도 자신의 영역을 쉽게 포기하지 않는다. 야생의 짐승도 그렇고, 사람은 말할 것도 없다. 정보부 팀장도 당연히 예외가 아니다.

정의택은 한창남과의 대화를 통해 지금 무궁화 1호 정보팀, 즉 샤론의 장미팀이 자신의 팀을 완전히 접수하고자 한다는 사실을 확인했다. 가장 먼저 느낀 감정은 분노였다. 영역을 침범당한 맹수도 아마 비슷한 감정을 느낄 것이다.

"좆까는 소리 하고 자빠졌네."

그렇기에 정의택은 일단 이렇게 자신의 감정을 가감 없이 드러냈다. 사무적인 태도로 침착하고 냉정하게 말하고 있던 한창남의 얼굴이 심하게 일그러졌다. 당장이라도 반격할 것 같은 얼굴이었다. 하지만 진지하게 굳어 있는 정의택의 얼굴을 확인한 한창남은 급하게 태도를 바꾸었다.

"아이, 정 팀장님, 왜 이러세요. 아시잖아요. 저는 그냥 위쪽 명령만 따를 뿐이라는 걸요."

한창남은 비굴해 보이는 미소를 지으면서 장난처럼 말했다. 조금 전과는 사뭇 다른 분위기였다.

"명령? 씨발, 우리 정보부 요원들한테는 잘못된 명령을 거부할 수 있는 권리도 있고 권한도 있어. 지금 이 사건, 우리 팀이 수사 중이야. 그리고 단서도 추적 중이고. 이 상태에서 정보하고 장비를 무슨 수로 넘겨줘? 인수인계하는 사이에 그놈들이 폭탄 또 터뜨리면? 그러면 누가 책임질 건데? 그딴 명령, 따르지 마!"

정의택은 거의 윽박지르다시피 하고 있었다. 한창남은 난처해 보였다. 위에서 내려온 명령을 따르기는 해야겠지만 정의택이 이렇게 강경할 거라고는 예상하지 못한 눈치였다. 한창남은 고개를 돌려 자신이 데리고 온 팀원들의 눈치를 살폈다. 샤론의 장미팀 팀원들도 당황한 건 마찬가지인 모양이었다. 다들 딴 짓을 하며 서슬이 퍼런 정의택의 눈을 피하고 있었다.

"야, 이 새끼들아, 뭐해! 당장 저 새끼들 끌어내!"

정의택은 바로 앞에 놓인 책상을 발로 걷어차면서 소리쳤다. 그러자 문 근처에 앉아서 추적 작업을 하고 있던 요원들이 일어나 한창남과 함께 온 샤론의 장미팀 팀원들을 밀쳐 내기 시작했다. 다들 정의택과 마찬가지로 영역을 침범당한 분노를 표정에 그대로 드러내고 있었다.

"아, 정 팀장님! 이러시면 곤란해요! 이거 청와대에서 바로 내려온 명령이라고요. 부장님한테 직접 받은 명령이라니까요?"

"부장님? 부장님 지금 안보 회의 들어가 있는데 그게 무슨 소리야?"

"그 안보 회의 결론이 그렇게 났다고요. 거참……."

"아, 난 몰라. 씨발, 그딴 명령 들을 이유도 없고, 들은 적도 없어. 당장 나가, 당장!"

사실 정의택은 이렇게 하는 게 어차피 시간 끌기에 지나지 않는다는 걸 잘 알고 있었다. 정보부장의 전화 한 통이면 정의 택은 지금까지 들인 고생과 노력을 고스란히 샤론의 장미팀에 게 바쳐야 하리라. 하지만 그 전에 할 수 있는 건 다 해 볼 생각 이었다.

'일단 현장에 나가 있고, 놈들에게 가장 근접해 있는 건 감준 배와 타격팀이다. 그리고 둘 다 현재는 내가 직접 감독하고 있 다. 그러니 이렇게 시간을 끄는 사이 위슬비가 뭔가 찾아내기 만 한다면…….'

그렇게만 된다면 사건은 정의택의 팀이 해결할 수도 있을 것이다. 물론 가능성은 낮았지만 그것이 현재 자신이 취할 수 있는 최선이었다.

정의택은 한창남에게 욕설을 퍼부으면서 위슬비의 모니터 를 바라보았다. 교차 검색표가 여러 개 동시에 떠 있었고, 위슬 비는 그 사이에서 단서를 찾기 위해 분주히 움직이고 있었다.

"아, 욕 좀 하지 마세요. 나도 귀한 집 아들인데……. 저기,

그리고 같이 한솥밥 먹는 처지에 이렇게 막 대하시면 곤란해요, 정 팀장님."

"그럼 욕먹을 짓을 하지 말든지!"

정의택의 태도가 강경해서인지 샤론의 장미팀 팀원을 밀어내고 있는 노르웨이팀 팀원들의 몸짓도 한층 더 거칠어졌다.

"아, 진짜! 알았어요, 알았어. 제가 말씀드릴게요. 그러니까 지금 이러시면 곤란한 게, 노르웨이팀 팀원 전원을 3층 휴게실로 보내라고 했단 말이에요. 부장님이 직접 지시하신 사항이에요."

"뭐?"

정의택은 거의 불을 뿜어낼 것 같은 눈으로 이렇게 되물었다. 지금 한창남이 한 말은 도저히 믿을 수 없는 말이었다.

"3층 휴게실?"

3층 휴게실은 정보부 내부에서 문제가 생겼을 때 요원들을 격리시키기 위해 만들어진 공간이다. 다시 말해서 내부에서 범죄를 저지르거나, 기밀을 유출한 혐의가 있는 요원이 가는 곳이 3층 휴게실이다. 그곳으로 노르웨이팀을 이동시킨다는 건 사건에서 팀원 전체를 격리시킨다는 것과 같은 말이었다.

"아, 몰라요, 몰라. 난 할 만큼 다 했어. 야! 뒤로 빠져! 괜히 힘 빼지 마!"

한창남은 결국 포기했는지 정의택을 등지고 밖으로 걸음을 옮기면서 이렇게 말했다. 그러자 샤론의 장미팀 팀원들은 순순히 사무실 밖으로 나가기 시작했다. 한창남은 정의택을 한번 흘낏 보더니 전화기를 들고 통화 버튼을 눌렀다.

"아, 보안팀이죠? 보안 요원 보내 주세요. 예, 한창남 요원이고요, 식별 코드는 퀸, 로미오, 1383. 예, 빨리 보내 주세요."

한창남은 전화를 끊고는 다시 정의택 쪽으로 다가왔다.

"정 팀장님, 보안 요원들 불렀어요. 험한 꼴 보지 마시고, 그냥 순순히 따라 주시죠."

보안 요원이 온다는 생각에 힘을 얻었는지 한창남이 의기양양하게 말했다. 하지만 정의택은 아직 물러날 생각이 없었다.

"야! 노르웨이팀!"

정의택은 한창남을 노려보면서 이렇게 소리쳤다. 그러자 팀원들이 정의택의 눈치를 살폈다.

"대답 안 해? 노르웨이팀!"

다시 한 번 외치자 사무실에 있던 전원이 '예!' 하고 우렁차게 대답했다.

"지금부터 전투 준비해! 거기! 입구 책상으로 틀어막고! 나머지 다 나와서 한 놈도 못 들어오게 해! 알았지!"

"예, 알겠습니다!"

정의택의 말에 사무실에 있던 인원이 움직이기 시작했다. 한창남의 표정은 다시 한 번 일그러졌다.

"아, 진짜! 정 팀장님, 너무하시네요. 이러다가 우리끼리 피봐요, 피!"

"공문."

"예?"

"공문 말이야, 공문."

정의택은 침착하게 말했다.

"부장님 서명 들어간 공문 가지고 와. 그러면 순순히 명령 따를게."

"아니, 부장님 지금 청와대 안보 회의실에 계시는데 무슨 수로……."

"그건 알아서 하고. 공문 가져와. 그럼 피 볼 일도 없고, 너랑 개새끼 소새끼 하면서 싸울 일도 없어."

정의택은 이렇게 말하고는 더 할 말이 없다는 의미를 담아 한창남의 가슴을 두 손으로 힘껏 밀었다. 한창남은 맥없이 뒤로 몇 걸음 주춤거리다가 간신히 중심을 잡고는 머리를 긁적이며 사무실 밖으로 나갔다.

"위슬비, 내가 할 수 있는 건 여기까진 거 같다. 시간 끄는 사이에 찾을 수 있겠냐?"

한창남이 나가는 걸 확인한 정의택이 위슬비에게 이렇게 물었다.

"찾아야죠."

위슬비는 모니터에서 눈을 떼지 않고 대답했다. 모니터 중앙에는 서울 시내 지도가 떠 있었다. 그리고 지도에는 조금 전에 말해 준 그대로 서울 시내를 향해 질주하고 있는 타격팀의 위치를 알려 주는 붉은 점이 점멸하고 있었다.

"무조건 찾을 거예요."

위슬비는 반짝이는 붉은 점을 보면서 이렇게 다짐하듯 또박

또박 말했다.

✤

감준배는 달리는 차 안에서 무전에 귀를 기울이고 있었다. 도진규와 타격팀도 마찬가지였다.

샤론의 장미팀이 들이닥쳤을 때, 위슬비는 공용 무선으로 사무실의 상황을 실시간으로 전달해 주었다. 감준배는 그 소리를 차 안에 있는 모든 요원들이 다 들을 수 있도록 채널을 전환했다. 덕분에 타격팀 전원은 조금 전 정의택과 한창남이 무슨 대화를 나누었는지를 아주 구체적이고도 생생하게 알 수 있었다.

"어이, 감준배."

도진규가 감준배를 부르자 감준배는 천천히 고개를 돌렸다.

"만약 샤론의 장미 새끼들이 사건을 접수해 버리면 우리는 어떻게 되는 거지?"

도진규가 물었다.

"글쎄요. 좆되는 게 아닐까요?"

감준배가 농담조로 말하자 도진규는 피식했다.

"현장에서 엿 먹고 좆되는 게 한두 번 있었던 일은 아니지만 이건 좀 모양새가 좋질 않아. 범인 잡으러 달려가는 중에 팀이 바뀌면……."

"어떻게든 되겠지요."

감준배는 도진규와는 달리 조금도 걱정하지 않는 투였다.

"그러니까 이렇게 어딘지도 모르고 무작정 달려가는 게 맞는 건가?"

"맞습니다."

감준배가 무미건조한 목소리로 답했다.

"일단 우리가 알아낸 건 놈의 신원이잖아. 그리고 그놈이 자주 다녔던 곳 위치고. 맞지? 그런데 그놈이 거기 아직도 있을 것 같지는 않은데. 나라면 말이지, 평소 다니던 곳하고는 아주 동떨어진 곳으로 가겠어. 그리고……."

"팀장님, 분석은 분석 요원에게 맡기시지요."

감준배의 말에 도진규는 당장이라도 욕설을 뱉을 것처럼 숨을 깊게 들이쉬었다가 그냥 꾹 참았다. 들이쉰 숨이 콧구멍을 통해서 천천히 밀려나왔다.

"거, 위슬비라는 친구, 믿을 만한가?"

도진규는 욕설 대신 이렇게 물었다.

"믿을 만합니다. 샤론의 장미팀이 사무실 접수하기 전에 좌표만 나오면, 우리는 거기서 그놈들 잡으면 그만입니다."

감준배의 말에 도진규는 '음.' 하는 소리를 내면서 긍정의 뜻을 표했다.

"샤론의 장미팀이 사무실 접수하기 전에 말이지."

"예, 접수하기 전에 말이지요."

"접수한 후면 어떻게 되는 거지?"

"그야……."

감준배는 잠시 말을 끊었다가 다시 이었다.

"……그래도 상관없지 않습니까? 우리 임무는 그놈들 때려잡는 거니까요."

감준배의 말에 도진규는 눈썹을 씰룩이더니 피식 웃었다.

"야, 들었지? 어찌 되었건 우리 임무는 변함이 없는 거다. 알겠지?"

"예, 알겠습니다!"

타격팀 대원들이 동시에 대답했다.

감준배는 차창 밖을 바라보았다. 차는 벌써 시내로 진입해 들어가고 있었다. 이제 운명의 시간이 다가오고 있었다. 결코 피할 수 없는 운명의 시간. 감준배는 스마트폰을 만지작거렸다.

♣

그 시간, 기태주의 목에는 칼이 들어와 있었다.

목에 칼이 들어와도 할 말은 한다는 말이 있다. 사람의 굳은 의지를 표현한 이 말은 역설적으로 목에 칼이 들어오는 상황이 최악의 상황임을 암시한다. 칼이 목에 들어오면, 사람은 누구나 공포를 느끼기 마련이다. 그것은 생존하고자 하는 자연스러운 본능이다.

기태주 역시 공포를 느꼈다. 하지만 그것은 어디까지나 본능이었다. 기태주는 추관우의 눈을 응시했다. 추관우의 눈에는 짐승이 도사리고 있었다.

"왜? 여기서 나 담가 버리게?"

눈 하나 깜짝하지 않는 당당한 태도를 보이려고 애쓰면서 기태주가 물었다. 사실 기태주는 이곳에서 자신을 찌르면 얼마나 많은 피가 날지, 그 피를 치우려면 얼마나 힘이 들지, 또 그 냄새가 얼마나 고약할지에 대해서 추관우와 차근차근 이야기하고 싶었다.

하지만 지금 추관우의 눈을 보니 그런 이성적인 말이 통할 것 같지는 않아 보였다. 지금 이 순간 추관우는 야수였다. 야수에 대항하면서 이성과 논리를 따를 수는 없다. 기태주 자신도 야성을 깨워 인간의 것이 아닌 야수의 본능으로 추관우에 맞서야만 했다.

"야, 끝내고 싶으면 빨리 끝내. 아까 보니까 비닐 백하고 아이스박스도 있더구먼."

기태주는 떨지 않으려고 안간힘을 쓰며 말했다.

"그럴까?"

추관우는 칼날만큼이나 싸늘한 음성이었다.

"지금 칼자루 쥔 놈은 너야."

기태주는 혼잣말처럼 이렇게 말했다. 추관우는 기태주에게 지금 그때 왜 자신을 살려 주었는지 묻고 있었다. 그리고 그걸 대답하지 않는다면 칼로 찌르겠다는 아주 직접적인 위협을 가하고 있었다.

온갖 생각이 머릿속에 떠올랐다. 하지만 기태주가 선택할 수 있는 길은 몇 개 없었다.

"그래, 지금 칼자루를 쥔 건 너지. 그리고 그때는 나였고."

결국 기태주의 야성은 꺾이고 말았다. 기태주는 추관우의 눈을 피해 고개를 꺾고는 긴 한숨을 내쉬었다.

"모르겠다."

기태주는 이렇게 말했다.

"솔직히 나도 모르겠다. 내가 내 가오 살리자고 한 짓도 아니었고, 널 끔찍하게 위해서 그런 것도 아니었다. 뭐라고 말을 못 하겠다. 진짜 모르겠다, 모르겠어."

거의 푸념하는 것 같은 투였다. 그것은 진심이기도 했다.

기태주는 천천히 고개를 들어 추관우를 보았다. 추관우는 그대로 칼을 들고 있었다. 하지만 그 눈은 조금 전과는 달랐다. 조금 전까지 자리하고 있던 야수를 찾아볼 수 없었다.

"아, 씨발……."

추관우는 욕설을 지껄이면서 이를 악물었다. 여전히 분이 풀리지 않는 모양이었다.

바로 그때 벨소리가 울렸다. 오래된 서부영화의 OST였다. 기태주는 제목이 떠오르지는 않지만 귀에 익은 멜로디에 자기도 모르게 헛웃음이 나왔다. 상황과 너무 동떨어진 음악이었기 때문이다. 그 소리는 테이블 위에 놓여 있는 핸드폰에서 나오고 있었다. 낡은 2G폰이었다. 기태주는 대포폰일 거라고 짐작했다.

추관우는 칼을 거두었다. 그리고 손짓을 보냈다. 그러자 자리에 있던 어깨 중 하나가 핸드폰을 추관우에게 전해 주었다.

"너, 운 좋았다."

기태주는 뭐라고 근사하게 한마디 대꾸해 주려다가 말았다. 조금 전 추관우와의 기 싸움에서 밀린 탓이었다. 아직은 추관우에게 맞설 엄두가 나질 않았다.

"아직 끝난 거 아니다."

추관우가 덧붙였다. 기태주는 그냥 고개만 한 번 끄덕이고 말았다. 다리에 힘도 풀려 있었다. 그냥 어딘가 아무 곳에나 드러눕고 싶은 심정이었다.

핸드폰으로 통화를 한 추관우는 최덕구를 불러 이야기를 나누었다. 최덕구의 북한 사투리는 멀리서 들어도 확연하게 티가 났다. 굳이 고칠 생각 같은 건 하지 않는 모양이었다.

"그럼 나는 추관우 선생만 믿소."

"믿지 않으셔도 상관없어요. 이미 다 해결됐잖아요. 가족들 다 보내 드렸고, 일자리 구해 드렸고, 전화 통화 다 하게 해 드렸고."

"내 그 은혜는 잊지 않으리다."

"잊으셔도 상관없어요. 일만 제대로 해 주세요."

추관우가 손짓을 보내자 추관우의 부하 중 하나가 최덕구에게 배낭을 내밀었다. 오전에 당안리 화력발전소에서 기태주가 멨던 것과 같은 모양의 배낭이었다. 기태주는 그 안에 폭탄이 들어 있을 거라고 짐작했다.

최덕구는 인사를 하고는 밖으로 빠져나갔다. 추관우는 최덕구가 나가는 것을 확인한 다음, 2G폰에 문자를 입력했다. 외부에 있는 누군가에게 상황을 알리는 것이리라. 현재 보이는 인원 외에도 활동하고 있는 팀이 있는 게 분명했다.

'또 다른 폭탄 테러를 준비하고 있는 걸까?'

기태주의 추리는 지금 상황에서 별 소용이 없었다. 지금 시내 한복판에서 이들이 왜 전투 준비를 하고 있는지도 이해하기 힘든 상황이었다.

"야, 좀 빠릿빠릿하게 못 움직이냐? 거기 방탄막 작업 아직도 못 끝냈어? 감시조 애들은 연락 제시간에 계속 하고 있는 거 맞고? 씨발, 내가 일일이 다 챙겨야 하면 우리 이 일 제대로 못 마쳐. 똘똘하게 좀 굴자, 응?"

추관우는 손짓을 하며 부하들에게 지시를 내렸다. 기태주는 오가는 부하들을 유심히 지켜보다가 단서를 하나 얻을 수 있었다.

그것은 둘둘 말려 있는 큰 종이였다. 부하 중 하나가 급하게 움직이다가 종이를 흘렸고, 잠시였지만 종이가 바닥에 펴졌다. 기태주는 그 순간을 놓치지 않았다. 종이에 그려진 것은 건물의 단면도였다. 기태주가 기억하고 있는 서울시 주요 건물들의 도면이 동시에 떠올랐다. 잠깐 본 것으로 정확한 건물 이름까지 알아낼 수는 없었지만 도면에 그려진 그림이 엄중한 보안시설이라는 건 확신할 수 있었다.

"왜? 저거 보면 네가 뭔지 알 수 있을 것 같냐?"

추관우가 다시 기태주 앞에 앉으면서 물었다. 기태주는 대답은 하지 않고 어깨만 한번 으쓱했다.

"새끼, 대가리 굴리긴. 굴려 봐야 소용없어. 네가 뭘 하려고 해도 할 수 없다는 거, 그게 정해진 운명이다."

추관우는 꼭 훈시하는 선생 같은 투로 말했다. 기태주는 이번에도 호락호락 당하고 싶지 않았다.

"너, 2억 2000 때문에 죽을 뻔했잖아."

기태주가 말하자 추관우의 얼굴이 굳었다.

"그거 벌써 까먹은 거냐? 너 그때 죽을 뻔했어. 생각을 해봐. 2억 2000 때문에 죽나, 2조 7000억 때문에 죽나 죽는 건 마찬가지야. 천만금, 억만금이 있으면 뭐하냐? 한 푼도 못 쓰고 죽어 버리면."

기태주는 이렇게 쏘아붙였다. 목에 칼이 들어왔던 조금 전과는 사뭇 다른 분위기였다. 하지만 추관우는 기태주의 말이 재미있다는 듯 미소를 지었다.

"그러니까 목숨 소중한 줄 알라는 거잖아. 내 말 맞지?"

추관우의 목소리에는 여유가 있었다. 기태주는 추관우가 자신감을 가질 수 있는 계획을 세워 둔 건 분명하다고 판단했다. 하지만 그 계획이 뭔지는 아직까지도 감을 잡을 수 없었다.

"그때 말야, 2억 2000 때문에 죽을 뻔한 뒤에 내가 배운 게 말이지, 돈을 훔치는 건 사실 아주 쉬운 일이라는 거야. 문제는 그 훔친 돈을 어떻게 살아서 쓸 수 있느냐, 그게 중요하다는 거지."

"그래서 2조가 넘는 돈을 훔친 다음에 살아서 쓸 방법을 찾았다는 거냐?"

기태주가 바로 물었지만 추관우는 대답 대신 그저 미소만 지을 뿐이었다.

"너, 내가 장담하는데, 그 돈 한 푼도 못 써. 대한민국 정부가 그렇게 큰돈을 내줄 리도 없고, 그런 큰돈을 받아 줄 외국 은행도 없어. 정신 차려, 추관우. 네가 무슨 계획을 세웠는지는 몰라도 그건 절대로 통할 수가 없어."

기태주는 다시 한 번 추관우를 도발하기 위해서 이렇게 말했다. 계획이 있다면 추관우는 뭔가 자신이 단단하게 믿고 있는 계획의 일부라도 흘릴 거였다. 하지만 추관우는 기태주의 도발에 흔들리지 않았다.

"한 푼도 못 쓴다. 그거 재미있네."

추관우는 키득거렸다. 여전히 여유 있는 음성이었다.

기태주는 말문이 막혀 버렸다. 그리고 결국 추관우의 계획이 무엇인지 전혀 알지 못한다는 사실을 인정할 수밖에 없었다.

"이제 곧 알게 될 거야. 조금만 기다려 봐."

추관우가 말했다. 기태주는 위슬비를 생각했다. 결국 처음부터 기태주에게 있어서 희망은 위슬비밖에 없었다. 위슬비의 얼굴을 떠올리며, 기태주는 마지막 희망을 놓지 않으려고 애를 썼다.

위슬비는 교차 검색에 한창이었다. 추관우의 정보가 화면 위에 떠 있었다. 생년월일, 거주지, 범칙금 내역, 세금 내역, 해외여행 기록 등 기록에 남은 한 사람의 인생이 모니터를 가득 채우고 있었다.

정보를 찾는 일은 그리 어렵지 않다. 하지만 그 정보가 뭘 의미하는지 알아내는 건 결국 사람의 몫이다. 그렇기에 정보부에는 정보 분석 요원이 존재하는 것이고, 정보 분석 요원의 역량에 따라서 정보의 가치도 달라지기 마련이다.

정의택은 지금 위슬비를 전적으로 믿고 있었다. 그리고 믿을 수밖에 없는 상황이었다. 이제 곧 보안팀에서 보안 요원을 모아 이곳 노르웨이팀으로 들어올 것이고, 그렇게 되면 팀원 전원은 3층 휴게실에 감금된 상태로 사건이 어떻게 흘러가는지도 알지 못하다가 결국 결과만을 보게 될 터였다.

하지만 위슬비가 그 전에 추관우의 위치를 찾아낼 수 있다면, 그렇게 해서 정의택이 파견한 타격팀이 추관우 일당을 제지할 수 있다면, 모든 공은 노르웨이팀에, 그리고 정의택 자신에게 돌아갈 것이다.

"위슬비 요원, 재촉하고 싶진 않지만, 시간이 별로 없다."

정의택은 조심스럽게 이렇게 말했다. 꼴 보기 싫은 한창남이 전화기를 들고 이리저리 움직이는 게 보이고 있었다. 표정으로 보아하니 뭔가 해결책을 찾은 모양이었다.

"찾았어요."

때마침 위슬비도 뭔가를 찾아낸 모양이었다. 정의택은 귀가 번쩍 틱는 기분이었다.

"뭘 찾았어?"

"추관우 세금 내역을 알아보다가 부동산 거래 흔적을 발견했어요."

위슬비가 말했다.

"부동산?"

"예. 여기에 건물을 매입했더라고요. 한 달 전에. 그리고 인부들도 샀어요. 공사용 중장비도 샀고. 리모델링한 것 같아요."

위슬비가 손가락으로 지도를 가리키며 말했다. 을지로의 한 건물이었다.

"시내 한복판에서 도대체 뭘 꾸민 거야?"

정의택은 위슬비가 가리키고 있는 곳을 빤히 보면서 중얼거렸다.

"장비 내역이랑 인부들 찾아보면 뭔가 건질 수 있을 것 같긴 한데⋯⋯. 일단 타격팀에 좌표 전송할게요."

"그래, 얼른 전송해."

"감준배 요원, 지금 우리 말한 거 들었지? 놈들은 을지로에 둥지를 틀었어. 뭔지는 모르지만 공사를 한 걸로 봐서 요새를 꾸몄을 수도 있어. 무슨 말인지 알겠지?"

정의택은 위슬비가 무선으로 좌표를 전송하는 것을 보았다. 이제는 모 아니면 도다. 할 수 있는 건 다 했다고 보아야 할 시점이었다.

"돈을 요구하는 테러리스트가 시내 한복판에 둥지를 튼다. 뭔가 앞뒤가 맞지 않는 것 같은데요, 정의택 팀장님."

불쑥 끼어든 것은 마리아였다.

"그런 큰돈을 해외 계좌로 송금 받는다면 당연히 입금을 확인하자마자 해외로 튈 것이고, 그렇다면 밀항하기 좋은 곳에 아지트를 만드는 게 맞지 않을까요?"

"마리아 씨, 그게 맞는 말이긴 한데, 지금은 그걸 걱정할 때가 아닌 것 같습니다."

정의택은 마리아를 보자 당장 그녀의 거취 문제를 해결해야겠다는 생각이 떠올랐다. 마리아의 현재 신분은 러시아 정보원도 아니고, 단순한 민간인 협력자도 아니었다. 같이 3층 휴게실에 감금되는 것도 이상했고, 그렇다고 따로 취조실 같은 곳에 잡아 두는 것도 상황에 맞을 것 같지 않았다.

"이야기 다 들었어요. 이제 정의택 팀장님은 사건에서 제외되실 모양이던데요. 너무 걱정 마세요, 팀장님. 제 몸은 제가 챙길게요. 팀장님은 팀장님 앞가림이나 하시는 편이 더 좋을 것 같네요."

진심으로 걱정하는 건지, 아니면 그냥 비아냥거리는 건지 구분하기 힘든 말투였다.

"정의택 팀장님!"

밖에서 한창남이 스마트폰을 들고 큰 소리로 외쳤다. 뭔가 보여 줄 게 있는 모양이었다. 하지만 노르웨이팀 팀원들의 제지로 안으로 들어오지는 못하고 있었다.

"서명 받았어요! 부장님 전자서명 받았다고요! 이거 공식 문서예요, 공식 문서!"

한창남이 제자리에서 껑충거리면서 소리치고 있었다. 정의택은 인상을 찌푸리며 고개를 저었다.

"아, 씨발! 저 진상 부리는 꼴 좀 봐라."

그리고 이 말이 무슨 신호라도 된 것처럼 정보부의 불이 일제히 꺼졌다. 컴퓨터 전원도 동시에 꺼졌다.

"아, 하필 이럴 때 정전이야. 팀장님! 결재 받았다니까요!"

아직 들어오지 못한 한창남이 고래고래 소리를 질렀다.

정보부에는 정전을 대비한 자가 발전소가 마련되어 있다. 정전이 될 경우 자동으로 자가 발전소 전력을 이용해 시스템이 복구되도록 시스템이 갖추어져 있는 것이다.

"팀장님, 좀 이상한데요."

"동요하지 마. 금방 복구될 거야."

"그게 아니라……."

위슬비가 자리에서 일어나 정의택에게 자신의 스마트폰을 보여 주었다. 스마트폰의 전원은 꺼져 있었다. 뿐만 아니었다. 정의택의 스마트폰도, 팔목에 찬 시계도 모두 작동이 멈춰져 있었다. 벽에 걸려 있는 시계도 완전히 정지해 있었다.

"이건 정전이 아닌데요."

마리아가 말했다.

"정전이 아니라면……."

"이건 공격이에요. 정보부를 목표로 한 직접 공격."

마리아가 말했다.

11 Deus ex

을지로에 있는 추관우의 근거지를 나선 최덕구는 걸어서 종로3가로 이동했다. 1호선을 타기 위해서였다. 가까운 을지로3가역에서 2호선을 타고 환승하는 방법도 있었지만 그 방법을 택하지는 않았다. 어쩐지 햇살 아래에서 걷고 싶은 기분이었다.

오랜만에 느껴 보는 여유였다. 햇살은 따사롭고 바람은 서늘했다. 맑은 하늘을 올려다보았다. 눈이 부셨다. 주위에 볼 거라고는 낡고 낮은 오래된 상가 건물뿐이었지만 그래도 하늘은 여전히 맑기만 했다. 보통 남조선 사람들이 스마트폰을 들고 비좁은 화면을 뚫어지게 바라보는 것과는 완전히 다른 행위였다.

최덕구는 을지로에서 종로3가까지 걷는 동안 잠시 여유를 가질 수 있었다. 비록 절박한 상황이라 해도 누릴 수 있는 여유. 어쩌면 그런 여유는 하늘이 허락하는 건지도 모르겠구나 싶어졌다.

지하철 1호선에는 그리 사람이 많지 않았다. 그리고 많지 않은 승객 중 등산 복장에 배낭을 메고 있는 최덕구를 의심의 눈초리로 보는 사람은 아무도 없었다. 다들 스마트폰을 들고서 작은 화면에 집중하고 있을 뿐이었다.

최덕구는 남조선 사람들을 이해하기가 힘들었다. 저 좁디좁은 화면을 들여다보는 게 도대체 무슨 재미가 있는 걸까? 그 화면을 통해서 정보를 얻는 일도 그랬다. 매일 보는 뉴스만 해도 정보는 충분하지 않은가. 도대체 왜 저렇게 공공장소에서까지 뭔가를 찾아보는 걸까?

어쩌면 최덕구 자신만큼 삶이 절박하지 않아서 그런 걸지도 모른다는 생각이 들었다. 절박한 사람은 다른 일에 관심을 가질 여유가 없다. 그리고 풍족하다는 건, 지금 지하철에서 스마트폰을 열심히 놀리는 여유를 허락하는 건지도 모를 일이었다.

추관우가 말한 시모레이라 공화국이 떠올랐다. 그곳은 따뜻하고 살기 좋으며, 무엇보다도 최덕구가 평생을 갈구한 풍족함과 평안함이 있는 곳이었다. 최덕구의 가족은 이미 시모레이라 공화국으로 떠났다. 아내는 그곳에서 일자리를 얻었고, 두 아들은 외국인학교에 입학했다. 최덕구는 그들과 통화를 하기도 했다. 다들 자신이 하루 빨리 오기를 손꼽아 기다리고 있었다. 그리고 그날을 기대하고 있는 건 최덕구도 마찬가지였다.

이제 모든 일을 마치고 시모레이라 공화국으로 떠나게 되면 어떤 일이 생길까를 생각했다. 어쩌면 자신도 여유를 얻어서 지금 지하철을 타고 있는 사람들처럼 작은 화면에 집중하게 될지도 모른다. 하지만 아무리 그렇게 된다고 해도 여유 있게 걸으며 하늘을 올려다보는 일보다 좋을 것 같지는 않았다.

이제 최덕구가 향하는 곳은 1호선 서울역 부근의 한 장소였다. 그곳에서 최덕구는 추관우가 지시한 일을 정확하게 실천에 옮길 예정이었다. 그리고 일을 마치고 나면 다음으로 최덕구가 가야 할 곳은 삼청동이었다.

지하철 안내 방송이 나왔다. 열차가 이제 곧 서울역에 도착한다는 내용이었다. 최덕구는 배낭의 어깨끈을 꽉 쥐었다. 어깨가 무거웠다.

♣

그 시간, 정보부는 혼란에 빠져 있었다.

정전에 대비하지 않는 공공 기관은 없다. 때문에 어느 공공 기관이나 정전이 되면 정해진 절차를 따르는 게 보통이다. 물론 전기가 없다면 매우 불편한 건 사실이다. 하지만 미리 정해둔 절차를 밟는 게 그렇게까지 힘든 일은 아니기 때문에 이 정도의 혼란이 일어나는 일은 거의 없다.

그런데 현재 상황은 일반적인 정전과는 많이 달랐다. 단순히 전기가 들어오고 들어오지 않고의 문제가 아니었다. 정보부 건물 내에 존재하는 모든 전자 장비가 작동하지 않고 있었다. 시계부터 시작해서 TV, 라디오, 개인 스마트폰, 심지어 유선전화까지 먹통이 되었다. 유선전화는 일반적으로 음성을 전달하는 전류가 교환기에서 흘러나오기 때문에 정전이 되어도 작동한다. 하지만 지금 정보부의 유선전화기는 모두 기능을 상실한 상태였다.

"아, 좀 알아 봐! 여기 이러고 서 있지만 말고! 야! 너! 정문 나가서 확인해 봐!"

한창남은 고래고래 소리를 지르며 자신과 함께 온 샤론의 장미팀 팀원을 지휘하려고 하고 있었다. 하지만 모든 전자 장비가 작동하지 않는 상황인지라 도무지 제대로 지휘를 할 수가 없었다.

"창문 열어라. 어둡다."

소리를 지르고 있는 한창남과는 대조적으로 정의택은 낮은 목소리로 지시를 내렸다. 창문이 열렸고, 덕분에 들어오는 빛이 좀 더 늘어났다. 하지만 그뿐이었다. 늘 보던 사무실 풍경이었지만 인공적인 조명이 없는 풍경은 어딘지 낯설고 삭막해 보였다.

정의택은 창밖을 내다보았다. 지금 상황과 어울리지 않게 너무도 청명한 하늘이 펼쳐져 있었다.

"되는 거, 뭐 있냐?"

정의택이 위슬비에게 물었다.

"전혀요. 아무것도 안 되네요."

"감준배한테 좌표는 전해 줬지?"

"예, 그 뒤로 정전이 됐고 통신도 끊어졌어요."

"그 좌표, 줘 봐."

정의택이 말하자 위슬비는 메모장에 감준배에게 전송한 주소를 적어 주었다. 정의택은 메모를 와이셔츠 주머니에 넣었다.

"핸드폰 번호."

"예?"

"도진규 핸드폰 번호 아는 사람 없나?"

아무도 대답이 없었다. 과거 요원들은 핸드폰 번호를 수천 개씩 외우고 다니곤 했다고 들었다. 하지만 단축 버튼에 익숙해진 요즘 요원들 중 현장에 나가 있는 타격팀장의 핸드폰 번호를 외우고 있는 사람은 아무도 없었다. 그건 정의택도 마찬가지였다.

"핸드폰 번호 못 외우는 건 그렇다 치자. 이 주소는 확실한 거지?"

정의택이 와이셔츠 주머니를 손가락으로 가리키며 위슬비에게 물었다.

"확실해요. 꺼지기 전에 마지막으로 본 거거든요."

위슬비의 목소리에는 확신이 있었다.

"이제 어떡할까요? 더 이상 할 수 있는 게 없어요."

위슬비가 이어서 물었지만 정의택은 대답하지 않았다. 할 말이 없기도 했다.

정전 직후, 작동되는 전자 장비가 아무것도 없다는 걸 확인했을 때는 화도 났고 당혹스럽기도 했다. 하지만 시간이 조금 지나고, 제대로 한 방 먹은 게 분명하다는 걸 알게 되자 허탈감이 더 커졌다.

샤론의 장미팀과 한창남은 아직도 상황 파악을 못 했는지 고래고래 고함을 지르며 노르웨이팀 팀원들과 대치하고 있었고, 노르웨이팀 팀원들은 다들 어찌할 바를 몰라서 정의택만 쳐다보고 있었다.

꺼져 버린 모니터에 자신의 얼굴이 비치는 것을 보면서 정의택은 자신이 왜 여기에 있는 걸까 하는 의문이 들었다.

"팀장님, 어떻게 할까요?"

위슬비가 물었다.

정의택은 대답 대신 창밖으로 시선을 돌렸다. 너무나도 어처구니없는 일이 벌어지고 나니, 그냥 다 때려치우고 잊어버리고 싶다는 생각이 들었다. 하늘이나 보면서 여유를 부리고 싶었다.

"잠깐 저하고 이야기를 좀 하시죠, 정의택 팀장님."

하지만 맑은 하늘을 즐길 시간은 주어지지 않았다. 마리아가 이렇게 말한 것이다.

"그러죠. 위슬비 요원, 잠깐만 기다려."

정의택은 마리아와 함께 자신의 집무실로 들어선 뒤 문을 닫았다. 조명이 꺼진 집무실은 대낮이었지만 어두웠다. 정의택은 손수 창문을 활짝 열었다. 조명 없이 햇빛만으로 밝아진 사무실은 낯설기만 했다.

"좀 전에 공격이라고 했죠? 여기 정보부를 목표로 삼은 직접 공격이라고."

"예."

"EMP죠?"

정의택은 확신을 가지고 물었다.

"그렇겠죠, 아마. 그런데 정의택 팀장님, 그 이야기를 하기 전에 먼저 드리고 싶은 말씀이 있어요."

"해 보세요."

정의택은 와이셔츠 주머니에서 담배를 꺼내면서 말했다.

"이럴 때 한 대 빨아 보지 또 언제 빨아 보겠어요. 요즘은 어딜 가도 죄다 금연이라. 한 대 드릴까요?"

"괜찮아요. 저는 금연 중이라."

"금연이 건강에 이롭죠."

정의택은 담배에 불을 붙이고 깊게 한 모금 빨았다가 창밖 쪽으로 천천히 내뱉었다. 정의택의 손에는 조금 전 위슬비에게 받은 메모지가 들려 있었다. 메모지에는 위슬비가 확보한 을지로 한 건물의 주소가 적혀 있었다.

"정의택 팀장님, 우선 절 의심하시는지 묻고 싶어요."

"아뇨."

정의택은 생각도 해 보지 않고 딱 잘라서 말했다.

"왜 그렇게 생각하시죠? 누구도 용의선상에서 그렇게 쉽게 제외하면 안 되는 거 아닌가요?"

"이 경우는 좀 다르죠. 이 공격, EMP 맞죠?"

정의택은 확인을 위해서 다시 한 번 물었다.

"전기가 끊어진 것뿐만 아니라 모든 전자기기의 작동이 멈추었으니 그렇게 보는 게 맞겠죠."

마리아는 긍정했다.

"지향성 EMP 이야기를 하셨죠. CCTV를 그걸로 꺼 버렸다고. 놈들이 그런 장비를 갖추고 있다면 여기 정보부를 이렇게 통째로 날려 버릴 수 있는 기술도 갖출 수 있다고 보는 게 논리적으로 맞겠죠."

"예, 맞겠죠."

"그러면 그런 기술을 알고 있고, 오늘 외부에서 들어온 유일한 위험 요소가 바로 마리아 씨인데, 당연히 마리아 씨가 용의자겠죠? 하지만 상황이 이렇게 될 걸 뻔히 알면서 마리아 씨 스스로 여기 들어올 리가 있을까 싶더라고요. 용의선상에 가장 먼저 오르게 될 텐데 말이지요."

"그래서 제가 이 공격의 범인이 아니라고 생각하신다는 건가요?"

"마리아 씨가 만약 정보부를 날려 버릴 생각이 있었다거나, 혹은 저 밖에서 C-4를 들고 돌아다니고 있는 놈들과 한패라면 이런 방법을 택하지는 않았을 거라는 겁니다. 저는 오늘 하루 종일 마리아 씨를 봤어요. 이게 제 판단입니다."

정의택은 담배를 다시 한 모금 깊게 빨았다가 뱉으며 창밖으로 꽁초를 집어 던졌다.

"CCTV도 작동 안 할 테니 지금 제가 저지른 범죄는 미궁에 빠지겠군요. 뭐, 경범죄이긴 하지만."

정의택은 이렇게 말하곤 키득거렸다. 그리고 몸을 마리아 쪽으로 돌리면서 말을 이었다.

"지금까지 대한민국 정보부를 위해서 도움을 주신 거, 고맙게 생각합니다, 마리아 씨. 그럼 조금만 더 정보를 주시죠. 이게 도대체 뭔지."

"제가 말씀드릴게요. 도울 수 있는 건 끝까지 도와야죠. 그게 제 임무니까."

"그럼 그 대신에 저한테 원하는 건 뭡니까?"

"저, 여길 나가야겠어요."

마리아가 말했다.

그 시간, 감준배와 정보부 타격팀은 위슬비가 찍어 준 좌표를 향해서 차를 달리고 있었다.

"무선, 복구 안 되나?"

도진규가 인상을 잔뜩 찌푸린 채로 감준배에게 물었다.

"이쪽 고장은 분명 아닙니다."

무전기를 이리저리 조작하면서 감준배가 대답했다.

"내가 아는 요원 핸드폰 번호로 다 걸어 봤는데, 전부 다 먹통이야. 이건 뭐 정보부가 폭탄이라도 맞은 것 같군."

도진규는 이제는 혀까지 끌끌 찼다.

"저도 아는 요원들 다 걸어 봤는데 연결이 안 되는군요. 뭔가 문제가 생긴 것 같긴 합니다."

"위성 지원은?"

"본부와의 통신 자체가 완전 두절입니다. 본부에서 지원받을 수 있는 건 전부 끊어졌다고 보시면 될 것 같습니다."

감준배의 말에 도진규는 눈을 감고 잠시 생각에 잠겼다. 차 안에 말소리가 끊겼다. 그저 긴장된 분위기만 흐를 뿐이었다.

"그러니까 지금 상황이 위성 지원도 없고, 병력 지원도 없이 우리끼리만……."

도진규가 중얼거렸다. 작은 소리였지만 모두 그 소리에 귀를 집중하고 있었다.

"그럼 이렇게 정리할 수 있겠네."

마침내 도진규는 생각을 끝냈는지 이렇게 말문을 열었다.

"본부와의 연락은 두절됐고, 아는 건 완전무장을 하고 있는 놈들이 이 좌표에서 우리가 오기를 기다리면서 전투 준비를 하고 있을지도 모른다는 것뿐이라고. 감준배, 내 말 맞나?"

"저도 그렇게 판단하고 있습니다."

"그럼 어떻게 해야 할까? 본부로 돌아가서 지원을 요청하고 상황을 파악하는 게 맞을까, 아니면 이대로 불러 준 좌표로 달려가는 게 맞을까? 감준배 요원, 어느 쪽이 옳은지도 판단하고 있겠지? 한번 말해 봐."

도진규는 꼭 무슨 시험문제라도 낸 감독관처럼 물었다.

"지금은 한시가 급한 상황입니다. 우리 임무는 C-4를 소지하고 있는 테러리스트를 무력화시키는 겁니다. 그리고 그 최선의 방법은 이 좌표를 찾아가서 수색하는 것입니다. 만약 놈들을 찾는다면 그 자리에서 교전할 수 있습니다. 이건 청와대 허가가 난 사항입니다."

감준배는 한 번도 끊지 않고 물 흐르듯이 자연스럽게 대답했다.

"내 생각도 그래. 언제부터 우리가 위성 지원이랑 병력 지원 있을 때만 싸웠지? 그리고 우리 애들, 실전 경험에 목마른 애들이거든. 어때, 내 말이 맞나?"

"예, 그렇습니다!"

좁은 차 안이 흔들릴 정도로 우렁찬 대답이었다.

"그럼 결론 났네. 그 좌표로 가자고. 을지로라고 했나?"

"예, 을지로 맞습니다."

감준배가 모니터를 돌리면서 말했다. 화면에 뜬 것은 본부에서 제공하는 실시간 위성사진이 아니라 포털 사이트에서 제공하는 거리를 촬영한 지도 서비스였다.

"이걸 가지고 작전을 해야 한다는 건가?"

"이게 지금 우리가 할 수 있는 최선입니다."

도진규는 사진을 보면서 어처구니가 없다는 듯 웃었지만 아무도 따라 웃지 않았다. 도진규는 포기했다는 듯 가볍게 한숨을 한번 쉬더니 모니터에 집중했다.

"건물들이 아주 다닥다닥 붙어 있군. 가만. 인쇄소. 인쇄소라. 여기 예전에 인쇄소 골목 있던 데 맞지?"

"그렇습니다. 지금은 불경기 때문에 문 닫은 곳이 더 많지만요."

사진으로 보이는 건물들은 하나같이 낡고 낮은 건물들이었다.

"테러리스트 놈들이 뭐 이런 곳에 둥지를 틀었지? 이해가 안 가는군. 놈들, 테러 끝내고 밖으로 튀려면 밀항을 해야 할 텐데 인천이나 그런 곳이 훨씬 낫지 않나?"

"저도 이해가 가지 않습니다만, 이런 범죄를 저지르는 놈들이 항상 이해할 수 있는 짓만 하는 건 아니죠."

"그래도 이건 좀 아닌데. 뭔가 노림수가 있을 거야. 이를테면 우리가 갈 걸 알고 매복을 하고 있다거나, 부비트랩을 깔아 놨을 수도 있지."

"도착하면 여기쯤에 차를 세우고 정찰을 보내야 할 겁니다."

감준배는 좌표에서 500미터 정도 떨어진 곳에 위치한 교차로를 손가락으로 가리키면서 말했다.

"우리 무전기 최대 범위가 이 정도 되지?"

"그렇습니다. 놈들이 이곳에 아지트를 만들었다면 틀림없이 경계병이 있을 겁니다. 최대한 멀리 떨어진 곳에서 접근하는 게 맞다고 봅니다."

"가만있자. 그럼 우리 애들 중에 누굴 보내야 하나……."

전투복 차림의 대원들을 돌아보면서 도진규가 중얼거렸다.

"제가 갑니다."

감준배는 당연하다는 투였다.

"하긴, 우리 애들은 전투복 차림이니까 경계병에게 바로 걸리겠지."

감준배는 고개를 끄덕였다.

"그런데 말이야. 감준배, 좀 위험하지 않겠어? 놈들은 AK 소총으로 무장하고 있는데 정찰할 때 자동소총을 가져갈 수는 없어. 기껏해야 권총으로 무장해야 할 텐데……."

"자동소총을 들고 간다고 해도 위험한 건 마찬가집니다. 그리고 지금 현재 여기서 우리 목표인 추관우에 대해서 가장 잘 알고 있는 건 접니다. 놈들에 대해서 가장 많은 정보를 가지고 있는 것도 저고요. 정찰을 갔다가 어떤 상황을 만날지 모르는데 상황을 잘 모르는 타격팀 대원을 보낼 수는 없죠. 저 말고는 대안이 없습니다."

역시나 흔들림 없이 물 흐르는 것 같은 말이었다.

"어이, 감준배. 그런데 자네 오늘 너무 겁이 없는 것 같은데? 아까 그 협박 동영상 있는 차량에 접근할 때도 그랬고."

도진규는 걱정이 되는지 조심스럽게 이렇게 물었다.

"전쟁터에서는 용감한 병사가 가장 먼저 죽는다고들 하지요. 하지만 겁쟁이라고 해서 오래 사는 것도 아니지 않습니까."

감준배의 말에 도진규는 웃었다. '어쭈, 이놈 봐라?' 하는 웃음이었다.

"저는 이거면 충분합니다."

감준배는 전술 차량에 기본으로 탑재되어 있는 장비인 골전도 이어폰과 피아 식별 목걸이를 차례로 가리켰다.

"그래. 그럼 용감한 우리 감준배 요원의 계획은 뭔가?"

도진규가 농담조로 말했지만 감준배는 별 반응 없이 바로 답변을 했다.

"일단 정찰을 나가서 제가 상황을 보고 드리겠습니다. 현장 상황을 봐서 작전을 세워야겠죠. 제가 놈들의 위치와 상황을 자세히 말씀드릴 겁니다. 팀장님께서는 제 보고를 듣고 판단하시면 됩니다."

감준배는 골전도 이어폰을 귀에 꽂고, 피아 식별 목걸이를 목에 걸면서 대답했다. 아주 자연스러운 일상 같은 행동이었다.

"뭔가 제안하고 싶은 건 있나?"

"지도를 보고 떠오른 생각이 하나 있긴 합니다."

"이야기해 보게."

피아 식별 목걸이의 전원을 확인한 다음 감준배는 지도를 확대했다.

"제가 판단하기에 우리가 택할 수 있는 최선의 전술은 이렇습니다."

감준배가 지도의 한 점을 가리키면서 말했다. 도진규는 집중해서 감준배의 설명을 듣기 시작했다. 차는 이제 목표 지점에 거의 도달해 있었다.

기태주는 추관우 일당이 준비를 마무리하는 것을 지켜보고 있었다. 이제 분주하게 움직이던 놈들이 자리를 잡고 하나둘 앉기 시작했다. 표정에서 긴장감이 완전히 사라진 건 아니었지만 그래도 한 고비 넘겼다는 안도감이 풍겼다.

창문에는 방탄을 위한 철판이 빽빽하게 설치되어 있었다. 그 철판 사이에는 사격을 위한 틈을 두었다. 각 창문 앞에는 추관우의 부하들이 각자 자리를 잡고 앉았는데, 모두들 즉각 사용할 수 있게 정비된 AK 소총을 잡고 있었다. 그리고 추관우는 무전기 앞에 앉아 있었다. 밖으로 내보낸 경계병과 통신을 하기 위해서였다.

"야, 길태수. 지루하냐?"

지루한 건 정작 본인인 모양이었다. 심드렁한 추관우의 표정은 준비한 일이 일단락되었다는 증거이기도 했다.

"사람 죽인 다음에 전투식량을 먹었더니 지루할 틈이 없네. 다음엔 또 뭐냐? 건물 폭파라도 시킬 거냐?"

"그러고 싶긴 한데 건물 폭파는 다른 사람이 해 주기로 해서."

"누구냐?"

기태주는 추관우를 똑바로 노려보며 물었다.

"누구냐니? 말하면 아냐?"

"아니, 내가 죽인 거. 그거 누구였냐고."

"흐음."

추관우는 기태주의 질문에 좀 곤란한 기색이었다.

"날 믿어야 한다며? 그래서 총으로 사람을 죽였어. 이제는 믿고 이야기해 줘도 되잖아. 안 그래? 나 아직도 못 믿는 거야?"

"아냐. 믿어. 너, 이제 갈 곳도 없어. 아까 발전소에 폭탄 내려놨을 때부터 아마 수배 떨어졌을 거야. 거기 CCTV에 얼굴다 찍혔으니까. 이제 돌아갈 곳도 없는 신세니까 내 말을 듣겠지. 안 그래?"

추관우의 말에 기태주는 이제 언더커버 임무는 다시 맡을 수 없을 거라는 생각이 들어 속이 쓰렸다. 당연한 말이지만 얼굴이 공개된 흑색요원은 더 이상 흑색요원의 임무를 수행할 수 없다.

"그래. 그러니까 내가 죽인 게 누구냐고!"

"죽어야 할 사람."

추관우는 당연하다는 투였다.

"말하기 싫어? 안 가르쳐 줄 거야?"

"아냐. 설명하자니까 길고 복잡해서 그래. 때 되면 알려 줄게. 좀 나중에 안다고 해서 달라질 거 있어? 죽은 사람이 살아날 리도 없고."

"그래, 알았어."

기태주는 일단 죽은 사람이 누구인지 알아내는 건 포기하고, 추관우 쪽으로 손을 내밀었다.

"악수하자고?"

"아니, 핸드폰."

"핸드폰?"

"응, 그래. 핸드폰. 이제 나 믿잖아."

기태주는 최대한 자연스럽게 말했다. 그래야 추관우가 별의심 없이 핸드폰을 줄 거라고 생각했기 때문이다. 일단 핸드폰을 받으면 위슬비에게 다시 연락할 기회가 생긴다.

"그거 벌써 버렸어."

추관우는 당연하다는 투였다.

"버려? 그 비싼 걸?"

기태주는 실망감을 감추려고 애쓰며 말했다.

"응, 버렸어. 하지만 걱정하지 마, 태수야. 일 끝나면 네 몫으로 핸드폰 회사를 차릴 수도 있을 테니까."

"알았어. 그럼 이야기해 줘."

"무슨 이야기를 해 줄까?"

"계획. 누굴 죽인 건지도 이야기 못 해 주고, 핸드폰도 못 돌려주더라도, 최소한 이야기는 해 줄 수 있잖아? 도대체 무슨 계획인지. 추관우, 나 이 손에 피 묻혔어. 너 때문에."

조금 전에 내밀었던 오른손을 펴 보이며 기태주가 말했다. 잠깐 아까 보았던 회장이라 불렸던 사내의 눈동자가 떠올랐지만 기태주는 조직폭력배답게 그것을 신경 쓰지 않으려고 정신을 집중했다.

"계획. 계획이라."

추관우는 사내 하나에게 손짓을 보냈다. 사내는 잠시 머뭇거리다가 자신 앞에 놓여 있는 도면을 한 장 꺼내 추관우에게 건넸다. 추관우는 그것을 받아서 바닥에 펼쳤다.

"이거, 서울 시내 지하도 지도네?"

기태주는 도면을 보자마자 이렇게 말했다.

"짜식, 한글을 읽을 줄은 아는구나. 먹물답다."

추관우가 도면 우측 상단에 있는 '서울 시내 지하도'라고 적혀 있는 글자를 가리키며 말했다.

"그런데 이건 왜 가지고 있는 거야?"

추관우는 대답 대신에 지도 한쪽에 표시된 건물을 손가락으로 가리켰다. 기태주는 그 건물이 뭔지 알기 위해서 굳이 머리를 쓸 필요가 없었다. 건물 옆에 한글로 건물 이름이 적혀 있었기 때문이다.

건물 이름은 한국은행이었다.

기태주가 한국은행의 이름을 확인할 즈음, 정보부에서는 정의택과 마리아가 대화를 나누고 있었다.

정의택은 감준배가 아침에 선물한 공예품을 만지작거리며 마리아의 이야기를 듣고 있었다. 권태로운 표정이었다.

"마리아 씨, 그러니까 다시 정리하자면 여기를 나가시겠다 이거죠?"

"예. 이제 여기서 제가 할 수 있는 일은 없는 것 같네요. 정의택 팀장님도 여기서는 더 할 수 있는 일이 없을 것 같고요."

"잠깐 생각 좀 해 봅시다."

정의택은 공예품을 다시 책상 위에 던져 놓고 담배를 꺼내 입에 물었다. 담배 연기가 창밖을 향해서 천천히 퍼져 나갔다. 파란 담배 연기는 폐를 지나고 나면 회색으로 바뀐다. 사라진 파란빛이 폐를 죽이는 성분이리라. 창밖에는 파란 하늘이 빛나고 있었다.

"나, 이래 봬도 전에는 현장 요원이었어요. 알고 있었나요, 마리아 씨?"

정의택은 창밖에 시선을 둔 상태로 마리아에게 물었다.

"안다고 해도 말씀드릴 수 없을 것 같네요. 정보부 요원의 경력은 비밀이니까."

"마리아 씨, 당신이 이곳에 온 것도 비밀이지요."

"무슨 말을 하고 싶으신 건가요?"

"여기는 너무 조용하다는 겁니다."

정의택의 집무실 바로 밖에서는 여전히 샤론의 장미팀과 노르웨이팀 간의 고성이 오가고 있었다. 조용히 창밖을 보고 있는 정의택과는 대조적이었다.

"현장에는 진짜 비밀이 있지요. 진짜 나쁜 놈들과 진짜 위험, 그리고 진짜 사건. 너무 오래 그런 걸 잊고 있었던 것 같아요. 이렇게 제대로 한 방 먹고 나서야 그걸 깨닫게 되네요."

그랬다. 정의택은 오랫동안 느껴 보지 못한 감각이 돌아오고 있는 걸 느꼈다. 현장의 감각. 긴장감. 치솟는 아드레날린. 창밖은 조용하고 사무실은 소란스러웠지만 정의택은 정반대로 느껴졌다. 여기 사무실의 소란은 너무도 얌전했고, 조용한 창밖에서는 시끄러운 현장이 그를 부르고 있었다. 정의택은 다시 한 번 위슬비에게 받은 메모장을 보았다. 그리고 결심을 굳혔다.

"잠깐 기다려요."

정의택은 이번에도 담배꽁초를 창밖으로 던졌다. 담배꽁초는 푸른 연기를 뿜으며 천천히 1층으로 추락해 갔다. 마리아와 담배꽁초를 뒤로하고, 정의택은 집무실 문을 열고 밖으로 나갔다. 그리고 위슬비의 자리로 향했다. 위슬비는 자리에 앉아 샤론의 장미팀과 한창남이 소란을 피우는 광경을 멍하니 보고만 있었다.

"위슬비 요원, 저놈들이 원하는 게 뭐지?"

정의택의 목소리는 전에 없이 낮고 무거웠다.

"뭐겠어요? 우리 노르웨이팀 팀원 전원을 3층 휴게실에 구금하는 거죠. 처음하고 전혀 달라지지 않았어요."

"상황이 이렇게 됐는데도?"

위슬비는 그렇다는 신호로 머리를 위아래로 끄덕였다.

"저놈들한테 원하는 걸 줄 수는 없어. 무조건 막아. 못 들어오게 막아."

"그렇게 할게요, 팀장님. 그런데 팀장님은……."

"난 갈 곳이 따로 있다."

정의택은 이렇게 말하곤 위슬비의 어깨를 다독였다. 위슬비는 정의택의 의도를 이해한 것 같았다. 뭐라고 특별히 지시를 내린 것도 아닌데 그녀는 몸싸움을 벌이고 있는 팀원들을 뚫고 지나가, 샤론의 장미팀을 이끌고 있는 한창남 앞에 섰다.

"어이, 위슬비 요원! 지금 이게 무슨 상황인지 알기나 해?"

한창남은 위슬비의 얼굴에 대고 삿대질까지 해 가며 말을 이었다.

"지금 이거, EMP 공격이야, EMP! 전자기펄스 공격이라고! EMP는 모든 전자 장비의 작동을 무력화시키는 공격이야! 단순히 전기가 나간 게 아니라 개인 장비 모두가 작동하지 않는 걸 보면 분명해! 무궁화 1호팀 정보 교육 시간에 분명히 들었어! 니들은 정보부가 EMP 공격을 받았다는 게 무슨 의미인지 알기나 해? 뭘 의미하는지 알기나 하냐고! 이런 급박한 상황에서 도대체 왜 명령을 안 따르는 거야?"

"그래요? 또 다른 건 못 들었나요? 그, 무궁화 1호팀 정보 교육 시간에 말이죠."

위슬비는 삿대질에 주눅 들지 않고 오히려 한 걸음 앞으로 나서며 이렇게 한창남을 도발했다.

"물론 들었지. EMP 공격은 전자 장비를 마비시킴과 동시에 장기적으로는 불임과 기형아 출산을 유발하는 위험한 공격이라고!"

"불임이 된다고 해도 별로 상관없으실 것 같은데요? 써먹을 일도 없을 것 같은데."

"뭐?"

다음 순간 샤론의 장미팀 팀원들이 위슬비를 향해 욕설과 야유를 내뱉었고, 동시에 노르웨이팀 팀원들의 폭소가 터졌다. 위슬비는 간지럽다는 듯 귀를 파는 제스처를 보인 다음 말을 이어 갔다.

"상황이 이런데 무슨 명령을 따르라는 거죠? 지금은 실제 상황이에요. 모든 장비가 마비됐다고요. 이런 상황에 서명된 문서도 없이 우리를 구금하겠다고요? 무슨 근거로요?"

"전자서명 받았다니까? 여기 있어!"

한창남이 자신의 스마트폰을 흔들면서 말했다.

"켜지지도 않는 스마트폰 달랑 들고 와서 우리 팀원들을 구금하겠다고 하면, '알겠습니다.' 하고 잘도 따르겠어요. 안 그래요? 지금 당장 청와대 가서 공식 서류에 서명 받아 오세요. 그러면 따를게요."

"아, 진짜! 그렇게 낭비할 시간이 없다니까!"

대화는 다시 소란스러워졌다. 정의택은 그 광경을 확인한 뒤 다시 집무실로 돌아왔다. 그리고 집무실 문을 잠갔다.

"결정하셨어요?"

마리아의 물음에 정의택은 대답 대신 캐비닛을 열었다. 그러고는 안에 들어 있는 소방 도구함을 열고 밧줄을 꺼냈다.

"헬기 레펠 해 보셨죠?"

정의택이 물었다.

"예전에 훈련소에서 지겹도록 했죠."

"그럼 투피스 입고 레펠 해 본 적 있어요?"

정의택이 창문에 고정된 소방용 핀에 밧줄을 묶으면서 물었다.

"몇 번 해 봤죠. 그런데 제가 먼저 내려가면 좋겠는데요."

마리아가 치맛단을 쓰다듬으며 말했다.

"나는 당신 치마 속이 궁금하지 않아요, 마리아 씨. 보고 싶지도 않고요."

말투는 점잖았지만 내용은 전혀 그렇지 않았다. 정의택은 자신의 피가 뜨거워지는 걸 느꼈다. 오랫동안 느끼지 못한 현장 요원의 피였다.

"게다가 확인도 안 해 본 밧줄에 여성분을 먼저 레펠 태워 보낼 수는 없지요. 제가 먼저 갑니다. 따라 내려오세요."

정의택은 밧줄을 힘껏 당겨 매듭을 확인한 뒤 먼저 밧줄을 타고 내려갔다. 오랜만에 해 보는 레펠이었지만 조금도 힘들지 않았다. 오히려 신이 날 정도였다.

뒤이어 마리아가 밧줄을 타고 내려왔다. 힐을 가방에 넣고 맨발로 한 레펠이었지만 훈련소 교관 못지않게 정확한 동작이었다.

"이제 말씀해 주시죠. 지금 이건 도대체 어떤 장비로 벌인 일입니까?"

정의택이 신발을 가방에서 도로 꺼내서 신고 있는 마리아에게 물었다.

"지금 보면 정보부 건물 전체에 범위가 미치는 것 같아요. 지향성 EMP로 CCTV 하나나 자동차 한 대의 엔진 정도를 정지시킬 수는 있겠지만 이 정도 건물은 무리예요."

"그렇다면 어떤 걸 쓴 거죠?"

"EMP 폭탄이겠죠."

"이 정도 건물을 날리려면 어느 정도 크기가 되어야 합니까? 시간이 없으니 우리 이동하면서 이야기하죠."

정의택은 걸음을 본관 건물 출입구 쪽으로 향하면서 말했다.

"1.5톤 트럭 한 대 정도는 돼야 할 거예요. 이 정도 건물이라면."

"오늘 그 정도 크기의 물건이 반입된 적은 없어요. 만약 그 정도 크기의 물건을 미리 반입해서 놓아 뒀다면 우리가 몰랐을 리 없고요."

"잠깐만요."

마리아는 정보부 건물을 올려다보았다. 정의택도 마리아의 시선을 따라 고개를 들었다. 조금 떨어져서 보니 정보부 건물 전체가 정전되지는 않았다. 아직 조명이 들어와 있는 사무실이 눈에 들어왔다.

"EMP 폭탄은 내부에서, 그것도 건물 중심부에서 터졌다고 봐야 할 것 같네요."

마리아가 설명하는 동안 정의택은 불 꺼진 사무실의 위치를 대략 눈짐작으로 그려 보았다. 조명이 나간 사무실의 위치는 원을 그리고 있었다. 그리고 그 중심부에는 바로 노르웨이팀 사무실이 있었다.

"1.5톤 트럭 크기의 폭탄이 건물 내부에서요?"

정의택이 다시 물었다. 마리아는 잠깐 머뭇거렸다.

"다른 방법도 있긴 해요. 데우스 엑스 마키나(Deux ex macjina). 들어 보셨어요?"

"데우스 엑스 마키나? 그거 아리스토텔레스의 《시학》에 나오는 말 아닌가요? 마지막에 등장해서 줄거리를 다 정리하는 장치. 뭐 그런 걸로 기억하는데."

심형래 감독의 괴수물 덕분에 국민적으로 유명해진 단어였기 때문에 정의택도 기억은 하고 있었다.

"예, 그 데우스 엑스 마키나에서 따온 이름이에요. 휴대용 EMP 폭탄의 코드네임이기도 하죠. 러시아 군에서 최근에 개발에 성공했어요. 데우스 엑스 마키나가 컨테이너 박스에 C-4와 같이 실려 있었다면……."

휴대용이라는 말에 정의택은 머릿속에 불이 번쩍 들어오는 것 같은 느낌을 받았다.

"휴대용이라면 그 크기가 얼마나 되나요?"

"크기는 주먹만 해요. 그리 크지 않아요."

"그렇게 작다고요? 맙소사. 그럼 전 세계 어느 곳이나 쉽게 표적이 될 수 있다는 거 아닌가요?"

마리아는 고개를 저었다.

"데우스 엑스 마키나 단 한 개의 위력으로는 사무실 하나 넓이에도 제대로 영향을 끼칠 수 없어요. 다만……."

"다만?"

"……다수를 동시에 작동시킨다면 공명 효과로 인해서 EMP의 범위가 넓어지지요. 저 정도 범위라면 열 개 이상, 아마 스무 개 정도였을 거예요."

마리아의 말을 듣고 정의택은 잠시 걸음을 멈추었다.

"그러니까, 여러 개였다는 말이죠?"

"예."

정의택은 일이 대충 어떤 식으로 흘러갔는지 짐작해 볼 수 있었다. 하지만 지금 중요한 건 추리가 아니었다. 어차피 지금 그는 사무실을 나왔고, 통신이 끊어진 상황에서 그가 할 수 있는 역할은 일개 현장 요원에 불과했다. 정의택은 다시 걸음을 옮겼다.

"그런 장비라면 아주 비싸겠죠?"

"한 개에 1억 원은 넘을 거예요. 여러 개 산다고 할인해 주지도 않을 거고."

정의택은 어이가 없어서 헛웃음을 지었다.

"왜 그러시죠?"

"그런 큰돈이 있는데 뭐하러 이런 짓을 벌이나 싶어서 말이죠. 나 같으면 말이죠, 그 정도 돈 생기면 얌전히 시골에 내려가서 농사나 지으면서 살겠어요."

정의택은 분한지 뿌드득 소리가 날 정도로 어금니를 꽉 깨물었다.

"그러니까 놈들이 노리는 건 돈이 아닐 겁니다. 돈이 필요했다면 한국은행을 털었겠죠. 안 그렇습니까, 마리아 씨?"

"물론이죠. 그 정도 장비에 그 정도 인원이라면 한국은행을 터는 편이 더 쉽겠죠."

"망할 놈들, 휴대용 EMP라니."

정의택은 출입문을 열면서 중얼거렸다.

"지금 어디 가시는 거죠? 우리, 조금 전에 여기서 레펠로 나왔는데요."

마리아가 몸을 뒤로 빼면서 말했다. 하지만 정의택은 힘껏 마리아의 손목을 잡아끌었다.

"따라오세요."

"여길 나가야겠다고 분명히 말씀드렸는데요. 지금 절 배신하시는 건가요?"

"배신이요?"

정의택은 피식 웃었다.

문을 열고 들어서자 정문 보안팀 보안 요원이 정의택을 알아보고 거수경례를 붙였다.

"팀장님, 지금 전원이 다 나갔습니다. 통신도 다 끊어졌고요. 이거, 출입 통제를 어떻게 해야 할지 모르겠어요."

보안 요원은 당황한 눈치였다.

"어떻게 하긴. 눈으로 보고 판단해야지."

정의택은 마리아의 손목을 잡아끌어서 작동하지 않는 금속 탐지기를 지나갔다.

"저, 옆에 그분은⋯⋯."

"아침에 보안 검사 받고 들어왔던 분이야. 우리 노르웨이팀 중요 참고인이고. 내가 보증할게."

"아, 예. 알겠습니다."

보안 요원은 거수경례를 붙였다.

"노르웨이팀 중요 참고인이라고요? 좀 더 그럴싸한 변명은 안 떠올랐나요?"

마리아가 비아냥거렸다.

"훨씬 덜 그럴싸한 변명을 했어도 상관없었을 겁니다."

정의택은 그대로 지하로 내려갔다. 마리아는 어쩔 수 없이 그 뒤를 따라갈 수밖에 없었다.

정의택이 도착한 곳은 지하 무기고였다. 무기고 접수창구는 방탄유리로 보호되고 있었다. 그리고 유리 뒤에는 정문에서 본 보안팀 보안 요원과 별반 다를 바 없이 당황한 표정의 총기 불출 담당 요원이 앉아 있었다. 담당 요원은 정의택을 알아보고 거수경례를 했다.

"내 총 가져가려고. 어디 있는지 알지?"

정의택은 대뜸 총기 불출 담당 요원에게 이렇게 말했다.

"알기야 알죠. 그런데 지금은 불출 안 됩니다, 정의택 팀장님. 컴퓨터가 나갔어요. 불출 기록을 할 수가 없으니까 어쩔 수가 없네요."

"너 뒈질래?"

"……예?"

총기 불출 담당 요원이 한층 더 심각하게 당황하기 시작했다.

"너 전쟁 났는데 컴퓨터 나갔다고 총기 불출 안 해 줄 거야?"

"제 이야기는 그런 게 아니고요. 절차상……."

"지금 긴급 상황이야! 전쟁이나 마찬가지라고! 나 지금 현장 나가서 테러리스트랑 붙어야 되는데 빈손으로 나갈까? 응?"

"아니, 저, 절차가……."

"아, 씨발, 새끼 진짜 말 많네. 종이 가져와. 내가 손으로 확인서 작성해 줄게. 나중에 컴퓨터 돌아오면 그 종이 근거로 불출해 줬다고 하면 되잖아. 빨리 내 총 가져와. 빨리!"

정의택이 방탄유리를 주먹으로 한 방 치면서 자신의 의지를 표현하자 총기 불출 담당 요원은 쏜살같이 무기고 안으로 뛰어들어갔다.

"새끼, 진작 말 들을 것이지."

정의택이 마리아를 보며 미소 띤 얼굴로 말했다. 조금도 따뜻한 느낌을 받을 수 없는 그런 미소였다. 마리아는 무표정한 얼굴로 물끄러미 정의택의 얼굴을 보고만 있었다.

잠시 뒤, 총기 불출 담당 요원이 종이 박스에 들어 있는 정의택의 권총을 가지고 왔다.

"이거 나중에 문제 되면 말입니다……."

"알아, 알아. 내가 책임진다고, 새꺄."

정의택은 종이 박스 위에 볼펜으로 자신의 이름과 날짜를 적은 뒤 이렇게 덧붙였다.

'총기 가져감.'

정의택은 종이 박스의 뚜껑을 열었다. 안에는 잘 정비된 글록(Glock)19 두 정과 탄창 네 개가 들어 있었다.

통상 정보부 요원들은 정부에서 지급하는 대우정밀에서 제작한 K-5 9mm 권총을 쓰지만 현장 요원의 경우 자비를 들여서 자신이 원하는 총기를 사용하기도 한다. 무기고에 보관되어 있는 오스트리아 글록사(社)에서 제작한 글록19도 정의택이 절차를 밟아 사비로 산 권총이었다. 많은 권총 중 굳이 글록을 구입한 건 강화플라스틱으로 만들어져 있어서 비교적 가볍다는 게 마음에 들었기 때문이다.

정의택은 종이 박스 안에서 가죽 홀스터를 꺼내 착용한 뒤, 거기에 글록19를 꽂았다. 남은 한 정은 손에 들고, 탄창은 주머니에 쑤셔 넣었다.

"서명은 반납할 때 해 줄게."

정의택은 이 말을 남기고 다시 지상으로 올라갔다. 올라가는 계단에서 정의택은 손에 들고 있던 글록19를 마리아에게 주었다.

"저도 주시는 건가요?"

"친구 만나러 가는데 빈손으로 갈 수는 없잖아요. 안 그래요?"

총을 받자 마리아는 슬라이드를 당겨 약실을 확인했다.

"그런데 탄창은 안 주시네요?"

"빈손으로 갈 수는 없지만 그렇다고 해서 총알까지 드릴 수는 없지요."

타당하다 싶은 말인지 마리아는 이해한다고 대답하고, 받은 글록19를 자신의 가방에 넣었다.

"그런데 이거 마지막으로 쏴 본 게 언제인가요, 정의택 팀장님?"

계단을 오르며 마리아가 물었다. 조금은 불안한 기색이었다.

"우리 정보부 요원들, 분기마다 한 번씩 자기 총으로 사격합니다. 그때마다 총 제대로 나가게 다 정비하고요. 팀장쯤 되면 종종 애들 불러서 사격도 대신 시키고 정비도 대신 시키고 하지만, 전 제가 직접 합니다."

정의택의 목소리는 스스로 느끼기에도 들떠 있었다. 심장이 쿵쾅거리는 게 귀로 느껴질 정도였다. 입 꼬리가 저절로 올라갔다. 정의택은 노르웨이팀을 맡아 사무실에서 중국 아이피 추적이나 하면서 그동안 자신이 얼마나 현장을 그리워했었는지를 절실히 느낄 수 있었다.

두 사람은 직원 주차장에 도착했다. 정의택은 주머니에서 자동차 키를 꺼낸 뒤 무선 작동 버튼을 눌렀다. 하지만 아무 반응이 없었다.

"씨발, 이것까지 나갔네."

"EMP는 모든 전자 장비에 다 영향을 끼치니까요."

"어련하시겠습니까."

정의택은 열쇠로 자신의 차 문을 연 뒤 자리에 앉았다. 하지만 이번에는 시동이 걸리지 않았다.

"젠장, 시동도 안 걸리네요. 하긴, 시동 거는 부분도 전자 장비니까."

정의택은 배터리로 작동하는 내비게이션 전원을 눌러 보았다. 역시나 먹통이었다.

"여기까지 영향을 끼친 모양이네요. 마리아 씨, 마리아 씨는 차, 방문객 주차장에 세웠죠?"

"예."

"거기로 갑시다. 씨발, 초장부터 재수 없긴……."

정의택은 차에서 내리면서 침을 뱉었다. 마리아는 그런 정의택을 보며 눈살을 찌푸렸다.

"제 차로 간 다음에는 어디로 가시려고요?"

"어디긴 어디겠어요? 친구 만나러 가야죠. 을지로로."

정의택이 눈을 부라리며 말했다. 부라린 눈 속에는 깊은 분노가 어려 있었다.

12 죽이지 않는 이유

　정보부 타격팀 팀원들은 을지로 구석에 주차된 전술 차량 안에서 숨죽여 감준배의 무전에 귀를 기울이고 있었다. 특히 가장 집중하고 있는 건 팀장인 도진규였다. 도진규 옆에는 요원 하나가 포털 사이트에서 제공하는 거리 사진을 모니터에 띄우고 조종하고 있었고, 다른 하나는 지도를 펼쳐 놓고 있었다. 도진규는 두 화면을 번갈아 보면서 감준배의 말 한마디 한마디에 귀를 기울였다.

　목표 지점은 2층 높이의 상가 건물이 늘어선 곳 한가운데였다. 감준배는 아무 무장도 없이 그곳을 걸어서 지나며 정찰하고 보고를 해야 했다. 만약 일이 틀어진다면 감준배를 보호할 수 있는 건 아무것도 없었다. 비록 자신의 직속 팀원이 아니기는 했지만 그래도 도진규는 제발 아무 문제 없이 정찰 임무가 성공하기를 간절하게 빌었다.

— 중원골뱅이 지나고 있습니다. 다음은 조공인쇄소.

요원 하나가 지도를 조작해 감준배의 경로를 추적하고 있었다. 다른 요원은 감준배의 위치가 중앙에 오도록 지도를 천천히 옮겼다.

— 다음 골목이 목표 지점입니다. 왕창아크릴 간판 지나서 바로 오른쪽으로 들어갈 겁니다.

골전도 마이크의 감도는 아주 좋았다. 지원을 기대할 수 없는 지금과 같은 상황에서 장비가 제대로 작동한다는 건 그래도 행운이라고 할 수 있었다. 잠시 잡음이 이어졌다. 수신 감도에 문제가 생긴 게 아닌가 했지만 그냥 바람소리인지 무전은 다시 깨끗해졌다.

— 경계병 발견했습니다. 왕창아크릴 간판 바로 밑에 한 명. 청바지에 회색 후드티를 입고 있고, 깍두기 머리에 턱수염. 권총으로 무장하고 있습니다. 왼쪽 어깨 밑이 불룩하네요. 여기서부터는 통화하는 척하면서 지나가겠습니다.

감준배가 말하자 요원 둘이 마우스와 키보드를 조작해 감준배가 말한 위치에 표시를 했다. 포털 사이트에서 제공하는 지도이긴 했지만 메모장 기능 정도는 갖추고 있었다.

— 어, 그래. 왕창아크릴. 여기서 들어가? 오케이.

감준배는 이렇게 말하면서 자연스럽게 자신의 위치를 말해주었다.

— 응, 그래. 보여. 보배인쇄소. 어, 그래. 응? 아닌데? 여기

이름이 둥지인쇄소야.

둥지인쇄소가 있는 건물이 바로 목표 지점이다. 도진규는 긴장 때문에 저도 모르게 마른침을 삼켰다.

— 응, 그래. 알았어. 다시 전화할게.

이 말을 끝으로 잠시 동안 아무 말이 없었다. 아마 골목을 빠져나가는 중이리라. 차 안은 팀원들이 숨 쉬는 소리가 들릴 정도로 조용해졌다.

— 둥지인쇄소 앞 경계병 둘.

감준배의 목소리가 이어지자 여기저기서 안도의 한숨 소리가 들렸다.

— 하나는 키 190에 100킬로 정도 되는 것 같고, 청바지에 검정색 가로줄무늬 면티, 까만 마이 걸쳤음. 다른 하나는 키 175에 80킬로 정도. 회색 면바지에 용 그림 그려진 카디건을 입고 있음. 둘 다 깍두기 머리라 구분하기 쉽네요. AK 소총을 문 안쪽에 세워 두고 문 앞에 서서 경계 중입니다. 그리고 골목 끝에 경계병 하나 더 있어요. 170 정도 키에 100킬로 넘을 것 같은 돼지. 대머리에 빨간 야구 모자를 쓰고 있습니다. 이놈은 추리닝에 러닝, 그리고 그 위에 회색 재킷을 걸쳤네요. 역시 권총으로 무장하고 있습니다.

요원들은 컴퓨터를 조작해 감준배의 보고 내용을 꼼꼼하게 적었다. 요원 하나가 종이에 따로 약도와 메모 내용을 적었다. 이 종이가 작전도가 될 것이다.

— 현재 경계는 그 넷이 보고 있습니다. 다른 놈들은 안 보

이네요.

"확실해?"

도진규가 물었다.

— 예. 젊은 남자라곤 그놈들뿐이었거든요. 지나간 행인은 셋 있었는데 다 노인들이었습니다.

"알았다. 그럼 이제 어떡할 건가?"

— 제가 말씀드렸던 작전, 검토해 보셨습니까?

감준배는 출발 전, 작전 아이디어를 주었다. 몇 가지 해결하기 어려워 보이는 문제가 있긴 해도 나쁘지 않은 작전이었다.

"괜찮긴 한데 맞은편 건물에 우리가 들키지 않고 진입하는 거, 그게 문제야. 가능하겠어?"

도진규가 물었다.

— 해 봐야죠.

"시간은 얼마나 필요해?"

— 지금부터 딱 10분 주세요. 10분 동안 어떻게든 해 보겠습니다. 혹시라도 골전도 마이크를 민간인에게 들키면 곤란하니까 잠깐 빼 두겠습니다.

"알았다."

— 10분 뒤에도 연락이 없으면 제가 당했다고 보시면 될 겁니다.

비장한 내용이었지만 아주 담담한 말투였다. 이 새끼 간 한번 크구나. 도진규는 속으로 이렇게 생각했다.

— 일단 경계병 피하는 건 어렵지 않을 것 같습니다. 제가

본 놈들은 다 제자리에 서 있었으니까요.

"혹시 네가 못 본 놈이 있을 수 있어. 경계병 말고 순찰을 도는 다른 놈이 있을 수도 있거든."

도진규가 감준배에게 충고했다.

— 충분히 인지하고 있습니다. 조심하겠습니다.

너무 여유 있는 목소리였다. 도진규는 몇 마디 더 충고해 주려다가 그만두었다.

"그런데 정말로 우리가 맞은편 건물로 들어가게 하는 거, 가능하겠어? 거기 민간인들 있잖아."

— 마술을 부려 봐야죠.

감준배의 농담에 도진규가 웃었다.

"그 마술, 한번 믿어 보지."

— 10분 뒤에 다시 교신하겠습니다.

"오케이. 지금부터 딱 10분 기다린다."

도진규가 답했다.

♣

정의택은 마리아의 차를 타고 을지로 쪽으로 이동하고 있었다. 운전은 마리아가 했고, 정의택은 조수석에 앉았다. 운전석 앞에서는 내비게이션이 길을 안내하고 있었다.

"중형 세단 좋아하시나 봐요?"

정의택이 운전대를 잡고 있는 마리아에게 물었다.

"아, 이 차요? 공항에서 제일 가까운 렌터카 업체 찾아가서 제일 빨리 렌트할 수 있는 걸로 고른 거예요. 아시겠지만 상황이 좀 급박했거든요."

특별히 차종을 따지거나 하지는 않았다는 의미였다.

"저건요?"

정의택이 운전석 앞에 있는 내비게이션을 손가락으로 가리켰다.

"원래 달려 있었어요. 옵션이라고 했던가? 기억이 잘 안 나네요."

"별로 중요하게 생각하지 않았나 봐요."

"예. 요즘엔 스마트폰만 있으면 내비게이션이고 뭐고 다 할 수 있으니까."

정의택은 내비게이션을 정말 신기하다는 듯 위아래로 눈을 굴리며 살펴보았다.

"그러게 말입니다. 스마트폰만 작동하면 다 해결되는데, 이 간단한 장비 하나가 작동하지 않으니 완전히 원시시대로 돌아갔잖아요."

정의택이 '쓰읍.' 하는 소리를 내며 숨을 들이쉬었다.

"그런데 제가 운전하는 거, 정말 괜찮으세요? 영화에서 보면 보통 남자들이 운전대를 잡으려고 하던데."

마리아가 내비게이션의 음성 안내에 따라 운전대를 돌리며 말했다.

"전 성차별주의자가 아니거든요."

정의택은 이렇게 농담처럼 말하긴 했지만 사실 그런 이유는 아니었다. 아직까지 마리아를 완전히 신뢰할 수 없었기 때문이었다. 운전대를 잡으면서 마리아의 손이 뭘 하고 있는지 계속 확인하는 건 어려운 일이다. 때문에 정의택은 마리아에게 운전석을 양보했다.

"서울은 너무 첨단 도시인 것 같아요. 중국만 해도 EMP 써봐야 소용없는 곳이 많거든요. 엘리베이터 없는 건물도 아직 많이 있고."

마리아는 계속해서 전방을 주시하면서 말했다.

"상해나 북경 같으면 다르겠죠."

"대한민국도 서울 빼면 그렇지 않나요?"

"예. 서울도 변두리에는 전자 장비가 소용없는 그런 곳이 아직 있긴 합니다."

마리아가 운전대를 돌리는 동안 잠시 대화가 끊어졌다. 정의택이 대화를 이어 갔다.

"그나저나 이렇게 전자 장비가 멀쩡하게 작동하는데 하나도 소용이 없다는 게 진짜 어처구니가 없네요. 전화가 되면 뭘 하냐고. 전화번호를 기억하는 놈이 하나도 없는데."

정의택이 투덜거렸다.

"다들 자동 연결에 익숙해져서 전화번호를 외울 일이 없는 거겠죠? 저도 외우는 번호는 그렇게 많지 않아요."

마리아는 지나가는 말로 얘기했다.

남산을 떠난 차는 충무로 못 미쳐서 막히기 시작했다. 사이렌을 켠다고 해도 추월할 수 없을 정도의 도로 정체였다.

"서울은 이게 참 문제예요."

마리아가 인상을 찌푸리며 말했다.

"뭐가 문제란 말씀이시죠?"

"차가 너무 많다고요. 그래서 서울 올 일 있으면 운전 잘 안 해요. 보통 지하철을 타죠. 한국 지하철은 정말 좋아요. 러시아 처럼 깊지도 않고."

정의택은 러시아 지하철은 지반이 약한 문제도 있지만, 전 시에 방공호로도 사용하기 위해 지하 200미터 이상 판 곳도 있 다는 걸 들은 기억이 났다.

잠시 대화가 끊겼다.

차가 움직이질 않고 있었다. 앞쪽에 택시 한 대가 사거리 한 복판에 멈춰 있는 게 보였다. 기사가 내려서 뒷목을 잡고 차도 한복판에 주저앉아 있었고, 주변에 있는 차들이 일제히 경적을 울리고 있었다. 흔한 일은 아니지만 그렇게 드문 일도 아니었 다. 하지만 정의택은 갑자기 치솟아 오르는 분노를 가눌 수가 없었다.

"아, 씨발!"

정의택은 자신도 모르게 이렇게 욕설을 내뱉고 말았다.

"화가 많이 나셨나 봐요?"

마리아가 한심하다는 눈으로 보며 이렇게 물었다. 정의택은 자신이 왜 화가 났는지 잘 알고 있었다. 말을 해야 하나, 말아 야 하나? 잠깐 고민하다가 결국 정의택은 자신이 먼저 말을 하기로 마음먹었다.

"감준배."

정의택은 이렇게 말을 시작했다.

"감준배? 누구죠?"

"시모레이라 공화국으로 출장 갔다 온 우리 요원이요. 아침에 공예품이라고 주먹만 한 걸 여러 개 사 가지고 와서 팀원들에게 선물로 나눠 줬어요."

마리아는 생각을 하는지 잠시 사이를 두었다가 대답을 이어 갔다.

"그 선물이 EMP였다고 생각하세요?"

"달리 생각할 수가 없어요. 그리고 생각해 보면 다 이상했어요. 안전한 것을 세상에서 제일로 좋아하는 놈이 증거 운운하면서 C−4가 설치되어 있을지도 모르는 차량에 무모하게 달려들질 않나……."

"그 감준배라는 요원한테 개인적으로 원한이라도 있으세요?"

"……그렇게 보입니까?"

마리아가 고개를 위아래로 움직였다.

"표정 보면 그렇게 보여요."

정의택은 헛기침을 한번 했다.

"여기 오기 전에 정의택 팀장님 이야기를 좀 들었어요. 부하한테 고발당해서 징계 받으신 적 있다고. 그 일하고 관계있는 건가요?"

마리아의 말에 정의택은 속이 뜨끔했다.

"도대체 그 이야기는 어디서 들으신 겁니까?"

"어디서 들었냐고요? 정보부에서 탈북자 출신 살인 청부업자를 구해서 운용한다는 이야기를 들은 곳하고 같겠죠."

전혀 대답할 생각이 없다는 뜻이리라. 어차피 들을 수도 없는 대답인데 정의택도 더 캐물을 이유는 없었다.

"그 일은 다른 놈입니다. 기태주라고, 좆같은 새끼죠."

"그러니까 감정 있는 건 그 기태주라는 요원이군요. 그럼 감준배 요원은 왜? 기태주 요원하고 친구?"

"예. 그리고 어젯밤에 둘이 술도 한잔했다고 하더라고요."

"그럼 정의택 팀장님은 감준배 요원이 EMP를 정보부에 반입했고, 그걸 기태주 요원이 사주했다고 보신다는 거죠?"

"예, 공모했다고 봅니다."

"감준배 요원이 배신했다고 가정하는 거야 그럴 수 있어요. 그런데 기태주 요원하고 어제 술을 같이 마셨다는 것만으로 둘이 공모했다고 보시는 건 좀 억측 아닌가요?"

"우연이라고 생각할 수도 있겠지요. 하지만 아시잖습니까. 우리 일에 우연 같은 건 없다는 거. 우연히 누가 죽고, 우연히 누군가를 만나고. 그런 일이 세상에는 흔하지만 정보부에서는 결코 우연히 일어나지 않지요. 안 그렇습니까?"

"그럼 목적이 뭘까요?"

"예?"

갑작스런 질문에 정의택은 대답을 하지 못했다.

"그 두 사람이 공모해서 테러리스트를 지원한다면 그 목적이 뭐라고 생각하시냐고요. 이런 큰 범죄를 저지르는 데는 동기가 있을 것 아닙니까. 그것도 아주 확실한 동기가."

차분한 마리아의 목소리를 듣자, 정의택은 지금까지 자신이 충동에 의해서 움직이고 있었다는 걸 깨닫게 되었다. EMP 공격이 감준배에 의한 것이라고 판단을 내린 뒤에는 더 이상 사건 자체에 대해서 생각을 하지 않았던 것이다. 그저 도진규가 이끄는 타격팀에게 최대한 빨리 가서 감준배를 잡아야 한다는 생각만 했을 뿐이다.

"기태주, 그 새끼 짓일 겁니다."

정의택은 이렇게 자신 없는 목소리로 말했다. 기태주라는 이름만 생각해도 정의택은 화가 치밀었다. 무슨 꿍꿍이인지는 알 수 없지만 기태주가 뒤에서 사주하고 있는 게 분명했다.

"기태주 요원이 정의택 팀장님을 상부에 고발했지요?"

정의택은 대답하지 않았다.

"개인 비리였나요? 아니면 여자관계? 그것도 아니면 기밀 파일을 가지고 퇴근이라도 하셨나요?"

아무 말도 하지 않을 생각이었지만 마리아가 억측을 하기 시작하자 정의택은 참을 수가 없었다.

"I.O 운영에 관한 거였습니다."

"I.O?"

"필요에 따라 고용한 외부 정보원 말입니다."

"아하, 유령요원."

I.O라는 말만 듣고 마리아가 바로 결론을 내렸다.

"예, 맞습니다. 유령요원. 현지에서 고용한 정보원의 이름만 올려 두고 대포통장을 개설해서 돈을 거기로 받는 거죠. 가끔은 현금으로 받기도 하고."

더 숨길 것도 없겠다 싶어서 정의택은 이렇게 설명까지 덧붙였다.

"그렇게 당당하게 말씀하시는 거 보니까 그 돈을 개인 목적으로 사용하신 건 아닌가 봐요?"

"물론이죠. 그렇게 마련한 돈으로 운영비도 쓰고 작전에도 보탰습니다. 아무리 정보부 예산이 넉넉하다지만 현장에서는 늘 모자라기 마련이죠. 저만 그렇게 하는 거 아닙니다. 팀장들은 보통 다 그렇게 해요. 그쪽도 그렇게 하지 않습니까?"

"흠, 우리는 그렇게 하지 않아요."

"그럼 모자라는 비용은……."

"현장에서 요원이 알아서 조달하죠. 그런 식으로 유령요원 만들어서 공금을 횡령했다가는 큰일 나요, 정의택 팀장님. 팀장님은 아마 감봉이나, 뭐 그런 조치를 받으셨지요?"

"……예."

정의택은 기어들어 가는 소리로 대답했다.

"우리 SVR에서 그랬다가는 총살당해요."

과장된 말이려니 싶긴 했지만 진지한 마리아의 표정으로 보아 농담으로 하는 소리 같진 않았다.

"마리아 씨, 그런데 그런 식으로 유령요원을 만들어서 예산을 불리는 게 잘못이라고 주장하는 건 그리 중요하지 않은 것 같아요."

"그럼 뭐가 중요한데요?"

"내 부하가, 내가 키우고 내가 보살펴 준 부하가 날 배신했다는 게 중요한 거죠. 기태주 그 새끼는 내 등에 칼을 꽂았어요. 우리 일에서 의리와 충성심이 얼마나 중요합니까? 결코 배신하지 않을, 무조건 믿을 수 있는 요원을 키우는 일이 가장 중요하지 않습니까. 그런데 녀석은 나를, 자기 직속상관을 배신했다고요. 그건 우리 조직을 배신한 거고, 우리가 하는 일 전체를 부정한 겁니다."

정의택은 중간중간 욕설이 나오려는 걸 참으면서 말했다. 말하다 보니 다시금 울화가 치밀었다. 기태주가 참여한 세 번의 잠입 수사를 성공적으로 이끌기 위해 자신과 팀이 했던 고생과 노력이 기태주의 배신 한 번으로 물거품이 되어 버렸던 일이 다시 떠올라 흥분을 억누르기가 쉽지 않았다.

"그랬군요."

차가 다시 천천히 움직이기 시작했다.

"거리는 얼마 안 되는데 진짜 오래 걸리네요. 사이렌 가지고 나올 걸 그랬나요?"

"됐습니다. 놈들 주의 끌어 봐야 좋을 거 하나 없어요."

정의택은 홀스터에 꽂아 둔 글록을 옷 위로 만지작거렸다.

"갑자기 나타나서 깜짝 놀라게 해 줘야죠."

이렇게 말하며 정의택은 자신도 모르게 뿌드득 소리가 날 정도로 이를 갈고 말았다. 그 소리가 신호라도 된 것처럼 마리아는 운전대를 돌리기 시작했다.

♣

기태주는 도면에서 눈을 떼지 못하고 있었다.

"왜? 놀랐냐?"

추관우가 빈정거리며 물었다.

"한국은행."

기태주는 이렇게 중얼거렸다.

"그래, 한국은행. 지하 터널을 통해서 여기 금고를 털면 어떻게 될 거 같냐? 무기명채권이나 현금, 그런 건 문제도 아니지. 개인 금고들! 여기에 대한민국 재벌 총수의 비밀이란 비밀은 다 모여 있을 거야. 우와! 이거 정말 대박 아니냐?"

추관우가 청산유수로 말을 이었다. 기태주는 추관우를 응시했다.

"그러니까 이렇게 인원 모아서 엉뚱한 곳에 폭탄 테러 일으키고 혼란을 만든 다음에 한국은행을 털겠다는 계획이다 이거야?"

기태주가 말하자 추관우는 환하게 웃었다.

"먹물답게 머리 잘 돌아가네. 어때? 좋은 계획 같지 않냐?"

추관우가 빈정거렸다.

기태주는 잠시 생각을 정리해 보았다. 답은 금세 나왔다.

"여기 이 건물, 빌리거나 임대했겠지? 그리고 공사하느라고 돈깨나 들었을 테고. 게다가 너희가 가진 장비, 진짜 러시아 군용 장비들이지. 청계천 같은 곳에서 대충 중국산 주워서 조립한 게 아니야. 그럼 이런 장소 준비하고 장비들 살 돈 있으면, 굳이 한국은행을 털 이유가 없을 거 같은데."

기태주의 말에 추관우가 고개를 끄덕였다.

"그래. 여기 들어간 돈만 해도 수십억이지. 솔직히 수십억 있으면 뭐하러 이런 험한 일 하겠냐. 그냥 다세대주택이나 주상복합 하나 사서 임대료 받으면서 편하게 먹고살지."

"그래서 수십억 들여서 정부를 협박하고, 그렇게 해서 2조를 먹겠다는 거야? 그게 네 계획이야?"

"2조가 아니라 2조 7000억이야. 그리고 수십억 들여서 2조 7000억 먹으면 엄청 많이 먹는 거지. 안 그러냐?"

"……미친 놈."

기태주는 더 이상 생각하는 걸 포기하고 싶었다. 정보고 뭐고 이건 대화가 통하지 않는 광인과 이야기하는 기분이었다. 수십억 원을 투자해서 2조가 넘는 돈을 벌 수 있다면 분명 복권에 당첨되는 것만큼이나 수익이 높은 사업일 것이다. 하지만 이건 절대로 돈을 받아 낼 수 없는 일이었다. 그저 무모한 테러 행위에 불과했다.

"경계병 쪽에서 통신 들어왔습니다. 나타났답니다."

추관우의 부하 중 하나가 상황을 알려 왔다.

"나타났다고? 그럼 이제 곧 시작되겠네."

추관우는 기태주의 어깨를 두드렸다.

"걱정하지 마. 이제 곧 다 알게 될 테니까."

추관우는 안쓰럽다는 듯한 눈으로 기태주를 내려다본 다음, 토카레프 권총을 내밀었다.

"이제 곧 교전이 시작될 거야. 아까 보니까 사람 잘 죽이더라? 이걸로 사람 하나 죽여 봤으니 둘도 죽일 수 있겠지?"

추관우는 이렇게 말하곤 기태주가 권총을 집어 들자마자 부하들에게 명령을 내렸다.

"전원 전투 배치! 한판 제대로 놀아 보자!"

추관우의 구령에 맞춰서 부하들은 AK 소총을 들고 각자 자신의 자리를 찾아갔다. 시커먼 방탄 철판 뒤에 몸을 숨긴 놈들은 제대로 된 노련한 병사처럼 보였다. 기태주는 장전 슬라이드를 당겨 약실을 확인해 봤다.

실탄은 없었다. 빈총이었다.

♣

하늘은 푸른빛이었다. 구름 한 점 없이 맑은 하늘은 오전부터 계속되고 있었다. 정의택은 차창 밖을 바라보며 분노를 가라앉히려 애쓰고 있었다.

지금은 어느 때보다 냉정해야 했다. 잠시 뒤에 감준배를 직접 대면하게 된다. 그때 표정을 읽혀서는 안 된다. 조금이라도 이상한 낌새를 챈다면 놈은 잡을 수 없게 된다. 아니, 먼저 총을 뽑아 들지도 모른다. 충분히 그럴 수 있는 상황이다.

정의택은 홀스터에 들어 있는 글록을 몇 번이고 만지작거렸다. 그럴 일은 없어야겠지만, 만약 총을 뽑는다면 자신이 먼저여야 했다. 절대로 감준배 녀석이 먼저 뽑게 만들어서는 안 된다.

"정의택 팀장님."

마리아가 그를 불렀다.

"우리가 을지로로 가고 있는 거 알고 있는 사람, 정보부에 또 있나요?"

"없습니다."

정의택은 이렇게 말하며 마리아의 시선을 따라갔다. 마리아는 사이드미러를 통해서 뒤를 보고 있었다. 정의택도 조수석 쪽에 달려 있는 사이드미러로 뒤를 보았다.

"우리 차 바로 뒤에 있는 트럭 건너에 있는 회색 소나타요. 정보부에서부터 계속 따라오고 있어요."

정의택은 가장 먼저 위슬비를 떠올렸다. 하지만 위슬비에게는 아무 말도 해 주지 않았다. 혹시라도 그가 을지로로 향하고 있다는 걸 샤론의 장미팀이 알게 될 가능성을 없애기 위해서였다. 정보부 일을 하다 보면 같은 편에게도 정보를 공유할 수 없는 경우가 있다. 바로 지금이 그랬다.

"그럴 리가 없습니다. 아무도 모릅니다, 정보부에서는."

"추관우 일당이라면?"

정의택은 생각을 해 보았다. 감준배의 EMP 공격으로 정보부가 마비된 건 분명했다. 하지만 추관우 일당이 밖에서 이를 지켜보고 있었다면? 감준배가 제대로 일을 하는지 지켜보는 놈이 있었을 수도 있다. 그렇다면 공격 직후 정보부에서 빠져나오는 차량을 미행하는 것도 충분히 가능한 일이다.

"어떻게 할까요? 이대로 꼬리 달고 을지로로 가요?"

마리아가 다시 물었다.

"일단 저기 건물 뒤편으로 들어가죠. 저 차가 따라오나 봅시다."

"따라오지 않더라도 일단 차번은 외워 두세요. 다른 차하고 교대로 미행할 수도 있으니까. 저도 번호는 외워 둘게요."

"그럽시다."

마리아는 건물 뒤편으로 차를 돌렸다. 주차장과 식당이 이어진 길이 나왔다.

"여기서 일단 차 돌릴게요. 혹시 따라 들어오면 바로 마주칠 수 있도록."

마리아는 차를 세운 뒤 주차장 공간을 이용해서 차를 반대 방향으로 돌렸다. 조심스러운 운전이었지만 빠르지는 않았다. 정의택은 그냥 자신이 운전대를 잡을 걸 그랬나 싶었다. 하지만 지금 그런 생각은 해 봐야 소용이 없었다.

"뭐하시는 거죠?"

마리아가 물었다. 정의택은 홀스터에 들어 있던 글록을 뽑아서 자신의 다리 사이에 끼웠다.

"친구를 만나려면 준비를 해야 한다니까요."

정의택이 말했다.

"글록, 그 권총, 안전장치 없는 건 알고 계시죠? 까딱하면 오발 사고 나요."

"조심할 테니까 걱정 마세요, 마리아 씨."

정의택이 조심스럽게 두 손으로 권총 손잡이를 잡으며 말했다.

✿

신기찬은 어둠 속에서 촉감에 의지해 사방을 더듬고 있었다.

21세기가 막 시작되던 무렵, 북한의 EMP 공격이 이론적으로 가능해지자 당시 정보부장은 정보부 지하에 EMP 공격을 막을 수 있는 차폐막을 만들고 그 안에 전자 장비를 보관하도록 지시했다. 콘크리트와 납으로 만든 두꺼운 벽을 이용해 EMP를 막을 수 있는 공간을 확보하라는 것이 지시의 골자였다.

그 뒤로 10여 년이 흐르는 동안 요원들은 차폐막 내부 내용물을 매년 점검하고, 또 갱신했다.

'기왕이면 햇빛 들어오는 지상에 만들어 놓을 것이지 하필 지하에 만들 건 또 뭐람.'

신기찬은 처음부터 이 계획이 마음에 들지 않았다. 만약 북한이 대기권에서 핵폭발을 일으킨다거나 하는 방법으로 대한민국에 EMP 공격을 가한다면 정보부에 사용할 수 있는 전자 장비가 있건 없건 전쟁의 승패에는 거의 기여할 수 없을 거라는 게 그 이유였다. 하지만 막상 이런 공격을 당하고 보니 EMP

차폐막을 설치한 정보부장의 선견지명이 놀라울 따름이었다.

다만 차폐막 내부에 도달하는 과정은 아주 길고 짜증나는 여정이었다. EMP 공격을 상정한 절차였기 때문에 처리 과정이 모조리 구식으로 되어 있는 탓이었다. 손으로 직접 열쇠를 돌려 문을 열고, 내부로 들어가기 위해서는 다이얼식 금고 번호를 맞춰야 했다. 이 모든 과정을 글자 그대로 '어둠 속에서' 하는 건 고도의 인내심을 요하는 작업이었다.

마침내 신기찬은 어둠 속에서 촉감만을 이용해 원하는 장비를 손에 넣었다. 그리고 전원 버튼을 작동시켰을 때, 오랜 인고를 감내한 후에 찾아오는 거대한 쾌감을 느낄 수 있었다. 그것은 한 줄기 빛이었다. 은유가 아닌 실제 빛줄기. 신기찬이 찾아낸 것은 손전등이었다.

"빛이다!"

아무도 없는 지하실에서 신기찬은 이렇게 소리쳤다. 이제 EMP 차폐막이 제대로 먹혔다는 게 확인되었다. 신기찬은 손전등을 움직여 내부를 살펴보았다. 백업용 하드디스크와 메모리, GPS 추적 장치와 단말기 등이 깨끗하게 정돈되어 있었다. 그리고 그는 구석에서 마침내 자신이 목표로 했던 장비를 찾을 수 있었다. 그것은 바로 1년 전 갱신 때 보관한 선불폰이었다. 다만 충전은 되어 있지 않았기 때문에 그는 선불폰과 함께 보관한 급속 충전팩을 뜯어 충전을 시작했다. 이제 곧 청와대에 전화를 할 수 있을 것이다.

"봐! 내가 청와대 직접 다녀오는 것보다 빠를 거라고 했지!"

신기찬은 자신의 능력을 스스로 칭찬하기 위해 이렇게 말했다. 다만 안타까운 건 그의 목소리를 들어 줄 수 있는 사람이 근처에는 아무도 없다는 것이었다.

♣

그사이, 도진규가 이끄는 정보부 타격팀은 목표 지점 건너편 건물 2층을 확보하는 데 성공했다. 도대체 감준배가 어떤 마술을 부렸는지는 알 수 없었지만 2층 건물에 있던 민간인은 모두 나간 상태였다. 덕분에 타격팀은 너무나도 쉽게 위치를 확보할 수 있었다.

전술 차량은 감준배가 확보한 건물 바로 앞에 주차를 했고, 타격팀 대원들은 순식간에 장비를 2층으로 운반했다. 운반한 장비 중에는 무전기도 있었다.

감준배는 전술 차량에서 무전기로 지휘하는 게 좋겠다고 말했지만 도진규는 고집을 부렸다. 자신이 직접 현장에서 타격팀을 지휘해야 한다고 주장했던 것이다. 그래서 차량에는 운전병만 남았고 2층에 대부분의 타격팀 대원이 배치되었다.

감준배가 파악한 바에 따르면 놈들의 경계병은 넷이었다. 둘은 각각 골목의 양 끝에 있었고, 출입구를 지키고 있는 경계병이 둘이었다. 순찰을 도는 경계병은 발견하지 못했다.

"하지만 분명 순찰을 도는 놈이 있을 겁니다. 타격팀은 일단 이곳 2층을 확보한 뒤에 놈들과 정면으로 붙고, 저는 근처에서 순찰을 도는 놈을 찾아내겠습니다."

감준배는 이번엔 개인화기로 권총을 집어 들었다. 전술 차량에 기본적으로 탑재된 화기인 K-5 9mm 권총이었다.

"굳이 위험을 무릅쓸 이유가 있나?"

"물론입니다. 지금 사복 차림으로 주변을 정찰할 수 있는 건 저 하나뿐입니다. 다른 대안은 없습니다."

도진규가 물었을 때 감준배는 당연하다는 듯 이렇게 대답했다. 도진규는 이렇게 적극적으로 타격팀을 돕는 현장 요원을 거의 보지 못했기 때문에 감준배에게 고마운 마음까지 들 지경이었다.

"혹시 모르니까 조심만 좀 해 주세요."

감준배는 이렇게 말하고는 목걸이를 도진규에게 보여 주었다. 전원을 넣으면 적외선카메라와 열 감지 카메라에 고리형 문양이 보이게 만들어진 피아 식별 목걸이였다.

"알았어. 잘 다녀와."

감준배는 도진규에게 거수경례를 붙이고 씩씩한 걸음으로 밖을 향했다.

2층 창은 커튼으로 은폐된 상태였다. 도진규는 커튼 사이를 살짝 걷어 시야를 확보한 뒤 조금 거리를 두고 저격수와 관측수를 배치했다. 밖에서는 전혀 보이지 않을 거였다.

"내부는 어때?"

도진규가 관측수에게 물었다.

"저쪽 건물 2층에 열두 명이 배치되어 있습니다. 다들 AK

소총을 휴대하고 있고…… 강철로 만든 방탄벽을 설치해 둔 것 같습니다. 놈들은 그 뒤에 몸을 숨기고 있습니다."

2층으로 옮긴 장비 중 핵심이 되는 장비는 바로 열 감지 스코프였다. 관측수는 열 감지 스코프를 이용해 벽 뒤에 있는 적의 움직임을 쉽게 식별할 수 있었다. 도진규는 스코프와 연동된 아이패드 화면을 통해서 관측수가 보고한 내용을 눈으로 직접 확인할 수 있었다.

그리고 열 감지 스코프보다 중요한 장비가 있었다. 그것은 바로 배럿 M−99 저격총이었다. 적외선카메라와 레이저 조준경까지 장착된 배럿 M−99 저격총은 타격팀이 지금 상황에서 사용할 수 있는 최고의 장비였다.

도진규는 저격수가 준비해 놓은 총탄을 바라보았다. 총탄은 저격수 바로 옆에 스무 발이 가지런히 놓여 있었다. 타격팀 전용으로 개조된 50구경 BMG탄이었다. M−99 저격총은 탄창이 없는 단발식으로, 한 발을 사격하면 손으로 다시 한 발을 장전해야 한다.

50구경 BMG탄은 현존하는 개인화기 중 가장 강력한 위력을 가진 총탄에 속한다. 탄두 안에 장약을 채워 넣어 대인對人이 아닌 대물對物용 총탄으로 활용하기도 하는데, 이 경우 전차를 저격하는 것도 가능하다. 지금 저격수가 준비한 총탄은 탄두에 텅스텐 심을 박아 넣어 벽 뒤에 있는 적을 제압할 수 있도록 개조한 총탄이었다.

"시야 깨끗하지?"

도진규가 아이패드 화면을 보면서 저격수에게 물었다.

"깨끗합니다."

— 3번 요원 위치 확보.

저격수의 대답과 동시에 무선이 들어왔다.

— 4번 요원 위치 확보.

— 5번, 6번, 7번, 8번도 확보했습니다.

다들 정해진 위치를 확보했다는 무선이었다.

"알았다. 3번, 4번, 작전 개시."

도진규는 뜸들이지 않고 바로 명령을 내렸다.

명령은 받은 3번과 4번 요원은 골목 뒤편에 몸을 숨기고 있다가 단숨에 몸을 드러내면서 골목 끝에 위치하고 있던 경계병 앞으로 나섰다. 경계를 서고 있던 놈들은 손가락 하나 까딱할 틈도 없이 제압당했다. 3번과 4번 요원은 둘 다 석궁으로 무장하고 있었고, 경계를 서고 있던 놈은 둘 다 이마 한복판에 석궁을 맞고 쓰러졌다.

— 3번 타깃 무력화.

— 4번 타깃 무력화.

"좋아! 5번, 6번, 7번, 8번도 가!"

다음 순간 1층에 매복하고 있던 타격팀 대원들이 정문을 지키고 있던 경계병을 향해 사격을 개시했다. 타격팀 대원들은 적의 EMP 공격을 대비해 레드닷을 제거한 K-2 소총으로 무장하고 있었다. 네 명의 대원이 각각 세 발씩 사격했고, 정문에 서 있던 둘 역시 어떤 반응도 보이지 못하고 제압되었다. 총탄은 정확하게 두 명의 가슴에 여섯 발씩 박혔다.

네 명의 타격팀 대원들은 그대로 정문 쪽으로 돌진해 들어 갔다. 두 명의 타격팀 대원이 쓰러진 경계병의 머리에 확인 사 살을 했다. 이미 숨이 끊어진 둘의 몸이 충격으로 꿈틀거렸다.

총성이 을지로 일대에 울려 퍼졌다. 이제는 단숨에 끝을 내 야 할 순간이 되었다.

"잠깐!"

2층 방탄막 뒤에 있는 놈들에게 50구경 총탄의 뜨거운 맛을 보여 주려는 순간, 도진규가 소리쳤다. 아이패드에 뭔가 잡혔 기 때문이다. 피아 식별 목걸이의 문양이었다.

"아, 씨발. 감준배 이 새끼가 왜 저기 있는 거야?"

"타깃 확보한 상태입니다. 대기합니까?"

저격수가 물었다. 도진규는 아이패드 화면에 떠 있는 피아 식별 목걸이의 문양을 잠시 바라보다가 곧 결단을 내렸다.

"지체할 수 없다. 감준배 피해서 반대쪽에 있는 놈부터 박살 내! 사격 개시!"

도진규가 명령을 내렸고, 저격수는 피아 식별 목걸이 문양 에서 가장 먼 곳에 있는 놈을 조준한 뒤 방아쇠를 당겼다. 배럿 M-99의 거대한 총성이 2층 건물을 흔들었다.

배럿 M-99 저격총이 불을 뿜기 조금 전, 추관우는 무선통신에 귀를 기울이고 있었다. 이미 모든 인원을 전투 배치한 후였다. 남은 것은 기다리는 일뿐이었다. 나머지는 시간이 해결해 줄 터였다.

그리고 기다림의 끝을 알린 것은 책상 위에 놓인 오래된 2G 폰이었다. 한동안 조용하던 사무실의 정적을 문자 알림음이 깼다. 추관우는 핸드폰을 확인하고는 미소를 지었다. 밝아 보이는 미소는 아니었다. 어딘지 씁쓸한 뒷맛이 느껴지는 그런 미소였다.

"너, 모르겠다고 했지?"

핸드폰을 내려놓으며 추관우가 기태주에게 물었다.

"뭘?"

"우리 마지막으로 본 날 말이야. 너, 지하실로 내려왔을 때, 나 묶여 있는 거 봤잖아. 무슨 생각 들었어?"

물론 기태주는 그날을 기억하고 있었다. 시간은 새벽이었고, 그날따라 공기가 눅눅했고, 호출이 왔고, 처음 환영회를 했던 지하 술집으로 내려갔고, 피비린내가 이미 풍기고 있었고…….

왕대석은 먼저 와서 기다리고 있었다. 나머지 인원들도 하나둘 모였다. 그 한가운데에 있었던 게 바로 피를 흘리며 의자에 묶인 추관우였다.

"나 그날 진짜 좆나게 두들겨 맞았다. 여기에 이렇게 그림도 하나 얻었고."

추관우는 자신의 오른쪽 얼굴을 가리켰다. 흉터가 꿈틀거렸다.

"돈 2억 2000 때문에 그 꼴이 될 줄은 몰랐다. 니나 그 병신 같은 년은 내가 가기도 전에 회장님이 벌써 죽여 버렸지. 니나 기억해?"

물론 기억하고 있었다. 기태주는 그렇다고 대꾸했다.

"니나는 회장님이 공구리쳐서 바다에 던져 버리라고 시켰 어. 아마 지금쯤이면 썩어서 해골만 남아 있겠지. 그리고 나도 곧 그렇게 될 신세였고."

기태주가 내려갔을 때 추관우는 멍한 눈빛으로 기태주를 바라보았다. 모든 희망을 잃어버린, 시체나 다를 바 없는 눈빛이었다. 기태주는 한참 동안 그 눈을 마주했다.

"회장님이 그때 칼 주면서 날 담가 버리라고 했지. 네 손으로 직접 말이야. 너에게 직접 일 가르쳐 준 놈이니까 네 손으로 끝내는 게 맞다고 하면서 그랬잖아. 기억하지?"

기태주는 대답 없이 고개만 끄덕였다. 그날의 상황이 눈앞에 그려진 듯 선명하게 떠올랐다.

기태주는 칼을 쥐고 추관우 쪽으로 다가간다. 추관우는 여전히 모든 것을 포기한 눈을 하고서 기태주를 올려다본다. 기태주의 손에는 머리카락을 떨어뜨려도 잘릴 정도로 날이 선 회칼이 들려 있다.

"뭘 우물쭈물해? 당장 담가!"

왕대석이 기태주를 향해서 호통을 친다.

거친 숨소리가 들린다. 기태주 자신의 숨소리다. 모여 있던 다른 조직원들이 욕설과 고함을 내뱉는다. 누군가 추관우의 옆구리를 발로 차고, 추관우는 비명을 참기 위해 이를 악문다. 피비린내가 확 끼친다. 기태주는 자신의 오른손을 바라본다. 예리하게 날이 선 회칼이 번득인다.

"추관우 저 새끼, 당장 담가 버려!"

바로 그때 총성이 울렸다. 입구를 지키고 있던 경계병 둘의 몸에 각각 세 발의 총탄이 박히는 소리였다.

"그래서 물어본 거야. 날 왜 안 죽였냐고."

총성이 들리자 사무실 분위기가 바뀌었다. 다들 AK 소총을 장전했다. 약실에 총탄이 장전되는 금속음이 사무실을 채웠다.

기태주는 그날 자신이 했던 행동이 연이어 떠올랐다.

먼저 추관우의 멱살을 잡고 쓰러뜨린다. 그리고 칼을 내려놓고 욕설을 내뱉는다. 도대체 왜 그랬냐는, 왜 우릴 배신했냐는 소리다. 물론 단순히 시간을 벌기 위함이다. 그리고 그때도 총성이 먼저 울렸다. 입구를 지키고 있던 놈들 몸에 총탄이 박히는 소리다.

"날 왜 안 죽였냐고, 이 새끼야!"

추관우가 기태주에게 달려들었다. 갑작스러운 공격에 기태주는 팔로 추관우를 막아 보려고 애를 썼지만 이미 늦었다. 순식간에 추관우는 기태주의 몸 위에 올라탔고, 기태주는 저항한번 제대로 해 보지 못하고 깔려 버리고 말았다.

그날, 모두가 총성에 신경을 집중한 순간, 기태주는 옷 속으로 손을 집어넣고 목에 걸고 있던 피아 식별 목걸이를 작동시킨다. 그리고 잠시 후 전원이 내려간다. 완벽한 어둠이다. 기태주는 추관우를 묶고 있던 밧줄을 예리한 회칼로 끊어 준다.

"도망쳐!"

기태주는 이렇게 속삭인다. 이윽고 섬광탄이 터지고, 어둠 속에서 적외선 고글을 착용한 타격팀 대원들이 들이닥친다. 들고 있는 자동소총이 불을 뿜고, 조직원들이 피를 흘리며 쓰러진다. 두목 왕대석이 가장 먼저 쓰러진다. 반드시 죽어야 할 사람이 죽은 것이다.

"왜 날 안 죽였냐고, 기태주!"

기태주. 추관우는 분명 길태수가 아니라 기태주라고 말했다. 무슨 일이 벌어지는 건지 이해하기도 전에 추관우는 옷 속으로 손을 넣더니 목걸이를 꺼냈다. 피아 식별 목걸이였다. 추관우는 기태주의 눈을 똑바로 바라보면서 목걸이를 작동시켰다.

"나보고 도망치라고 했지? 하지만 넌 못 도망쳐. 못 도망친다고."

추관우의 얼굴에 그날 기태주가 들고 있었던 회칼만큼이나 싸늘한 미소가 떠올랐다.

그리고 거대한 폭음이 울렸다.

배럿 M-99에서 발사된 개조된 BMG탄은 벽을 뚫고 들어와 기태주가 있는 곳에서 가장 먼 쪽 창문에 자리를 잡고 있던 놈의 몸통에 정확하게 명중했다. 기태주는 물풍선처럼 터져 버리는 몸뚱어리를 보면서 지금 사용된 화기가 배럿 M-99임을 확신했다. 그건 정보부 타격팀이 이곳을 찾아냈다는 증거이기도 했다.

한 인간의 몸을 채우고 있던 피가 사방으로 뿜어져 나왔다. 누군가 비명을 질렀고, 누군가는 몸이 굳었다. 나머지도 뭘 해야 좋을지 몰라서 우왕좌왕했다.

"뭐해! 사격해, 사격!"

추관우가 소리치자 몇몇이 창밖으로 응사를 시작했다. 하지만 어디서 쏘는 건지도 모르는 상태인데다가 몸은 완전히 숙이고 총구만 밖으로 향한 상태로 쏘는 사격이었다. 효과라고는 사방을 시끄럽게 하는 것밖에 없었다.

두 번째로 배럿 M-99가 총탄을 발사했다. 이번에는 첫 번째 총탄을 맞고 폭발해 버린 놈 옆에 있던 놈이 제물이 되었다. 이번에도 피와 살점이 사방으로 튀었다.

"쏴! 쏴!"

추관우는 이렇게 소리치며 기태주의 멱살을 잡고서는 침착하게 옆으로 밀었다. 그리고 벽면에 있는 단추를 눌렀다. 그러자 조금 전까지 벽이라고 생각했던 곳 아래쪽이 천천히 위로 열리기 시작했다.

추관우가 그 틈으로 기태주를 밀어 넣었을 때 세 번째 총탄이 발사되었다. 이번에도 명중이었다. 피는 벽면까지 튀었다. 기태주는 벽 안쪽으로 들어가자마자 아래로 떨어졌다. 계단 두 개 정도의 높이였다. 안은 어두워서 뭐가 있는지 알 수가 없었다.

기태주를 틈으로 밀어 넣은 추관우는 자신도 그 틈으로 들어간 뒤 안쪽에서 버튼을 눌렀다. 그러자 벽이 도로 닫히기 시작했다. 추관우는 벽이 완전히 닫히기 전에 사무실 쪽으로 목걸이를 던졌다.

"항복! 항복! 항복한다고!"

벽이 완전히 닫히기 전, 누군가 소리치는 소리가 들렸다. 하지만 그 소리는 네 번째 폭발음에 묻혀 버렸다. 잠시 뒤 벽이 완전히 닫혀 버리자 아무 소리도 들리지 않게 되었다.

추관우가 벽면에 있는 버튼을 눌렀다. 그러자 불이 들어왔다.

기태주는 주위를 살펴보았다. 공사장에서 흔히 볼 수 있는 간이 엘리베이터였다.

"너, 날 왜 살려 줬는지 모르겠다고 했지?"

추관우는 엘리베이터 버튼을 눌렀다. 그러자 엘리베이터가 천천히 아래를 향해서 기동하기 시작했다.

"나도 모르겠다. 나도 모르겠어. 진짜 모르겠다, 기태주."

조금 전 기태주라고 한 건 잘 못 들은 게 아니었다. 추관우는 분명 그를 기태주라고 부르고 있었다.

"……너, 알고 있었던 거냐?"

기태주가 물었다. 추관우는 대답 대신 품에서 칼을 꺼냈다. 승합차 안에서 본 예리한 회칼이었다.

"내가 말이다, 짭새 새끼 냄새는 아주 기가 막히게 맡거든? 그런데 씨발, 정보부 새끼일 줄 누가 알았겠냐?"

추관우는 이렇게 말하면서 기태주의 목을 향해 칼끝을 겨냥했다.

"가만히 있어. 나, 총도 있고 칼도 있어. 그리고 이정도 거리라면 내 칼은 절대로 네 목을 빗나가지 않아. 알고 있지?"

"……날 어떻게 할 거냐?"

조금 전까지 썼던 길태수의 목소리가 아닌, 기태주의 목소리였다.

"만날 사람이 있다. 기태주. 너도 아는 사람이야."

추관우가 말했다.

엘리베이터는 계속해서 아래를 향해 내려가고 있었다. 기태주는 마치 지옥으로 떨어지고 있다는 느낌을 받았다.

✿

정의택은 다리 사이에 끼운 글록을 꽉 쥔 상태로 전방을 주시하고 있었다. 미행하고 있는 차가 당장이라도 들이닥칠 걸 대비하기 위해서였다. 차가 한 대 지나갈 때마다 가슴이 두근거렸다. 이제 곧 총격전이 벌어질지도 모를 상황이었다.

"잠깐만요. 정의택 팀장님, 뒤요!"

마리아가 이렇게 소리치면서 정의택의 허벅지를 손바닥으로 때렸다. 짝 하는 소리가 들릴 정도로 센 강도였다. 정의택은 반사적으로 다리 사이에 끼우고 있던 글록을 뽑아 차 뒤편을 향해서 겨냥했다. 하지만 뒤에는 그저 텅 빈 길만 있을 뿐이었다.

잠시 동안 정의택은 자신이 뭔가를 못 보고 있는 게 아닌가 싶어서 시선을 여기저기로 돌려 보았다. 하지만 여전히 텅 빈 길이었다. 달려오는 차도 없었고 지나는 행인도 없었다.

"마리아?"

정의택이 조심스럽게 마리아를 불렀다. 총구는 여전히 뒤쪽을 향하고 있었고, 시선도 총구 방향이었다.

"정의택 팀장님, 괜찮으세요?"

마리아가 물었다.

"괜찮냐고요?"

상황에 어울리지 않는 질문이었다. 하지만 곧 정의택은 그 질문의 의미를 알 수 있게 되었다. 분명 힘을 주고 있었는데 글록이 바닥으로 떨어진 것이다. 그리고 시야가 천천히 좁아지고 있었다. 마치 어두운 터널 속으로 걸어 들어가는 것 같은 느낌이었다.

"생각보다 오래 걸리네요. 몸 관리, 평소에 잘하시나 봐요."

마리아가 이번에도 상황에 어울리지 않는 말을 했다. 하지만 정의택은 대답을 할 수가 없었다. 말을 못 하는 건 물론이고 입술조차 움직일 수가 없었다. 그제야 정의택은 조금 전 마리아가 자신의 허벅지를 쳤을 때 뭔가 따끔했던 기억을 떠올렸다.

"그대로 계시면 불편하시겠죠? 제가 좀 도와 드릴게요."

뒤로 돌아본 자세로 굳어 있는 정의택의 몸을 마리아가 손으로 바로 해 주었다. 정의택은 조수석에 얌전하게 앉게 되었다. 숨은 간신히 쉴 수 있었고, 시야가 많이 좁아지긴 했지만 아직 눈을 움직여 조금은 볼 수도 있었다.

마리아가 손바닥을 정의택 앞으로 들어 보여 주었다. 마리아의 약지에는 반지가 끼워져 있었는데, 반지 끝에 압정 끝처럼 생긴 날카로운 침이 돋아 있는 게 보였다.

"테트로도톡신(Tetrodotoxin) 아시죠? 러시아에서는 KGB 때부터 쓴 독이에요. 사실 고민을 좀 했어요. 이게 아주 맹독이라서, 진짜 조금만 더 강도를 강하게 해도 바로 죽거든요. 전 말이죠, 정의택 팀장님을 죽여야 할까 살려야 할까 고민을 하지 않을 수가 없었어요."

마리아는 반지를 빼서 운전석 앞에 두면서 이렇게 말했다. 하지만 마리아의 손은 좁아진 시야를 벗어났기 때문에 무슨 행동을 하면서 말하는지는 알 수가 없었다.

"건강하시니까 아마 바로 죽지는 않을 거예요. 한 번만 더 쳤으면 바로 죽었겠지만요. 만약 제때에 누군가 정의택 팀장님을 발견해서 구급차를 불러 준다면 살아날 거예요. 뭐, 그 부분은 운에 맡겨 두기로 하죠."

마리아는 조수석 문을 연 다음 정의택을 하이힐 발로 밀었다. 마비된 정의택의 몸이 바닥에 힘없이 떨어졌다.

"치마 속을 보고 싶었다면 지금이 기회였는데. 보셨으려나?"

마리아는 중얼거리는 것처럼 이렇게 말하면서 쓰러진 정의택을 길가에 앉힌 뒤, 차 안에서 글록을 들고 나왔다.

"이것도 돌려 드릴게요. 총 잃어버리면 나중에 진급 심사에서 불이익이 생길 테니까."

마리아는 친절하게도 한 정은 정의택의 홀스터에 꽂아 주었고, 다른 한 정은 앞쪽 바지춤에 꽂아 주었다.

"사실 지금도 내가 왜 정의택 팀장님을 살려 주는지는 잘 모르겠어요. 하지만 기왕 살려 주기로 했으니까 이 정도 서비스는 해 주는 게 맞는 거 같네요."

마리아는 조수석에 앉아 정의택을 내려다보았다. 정의택의 고개는 바닥을 향하고 있어서 마리아의 하이힐밖에 보이지 않았다.

"그리고 글록이라니, 실망이었어요. 글록은 정말 제 취향이 아니거든요. 플라스틱으로 만든 장난감 총 같잖아요. 게다가 안전장치도 없고."

마리아는 조수석 글러브 박스를 열고 안으로 손을 넣어 버튼을 조작했다. 그러자 비밀 공간이 드러났다. 그녀는 거기서 권총을 한 정 꺼냈다.

"체코산 CZ-75예요. 아마 대한민국에서는 보기 힘든 총일 거예요. 이게 제 취향이죠. 제대로 된 진짜 권총."

마리아는 안전장치를 풀었다가 다시 잠근 다음 글러브 박스에 총을 다시 넣었다.

"혹시 종교 있으신가요? 아, 대답하기 힘든 상황이죠, 참."

마리아는 이렇게 말하고는 차 문을 닫았다. 그리고는 창문을 내리고 고개를 내밀었다.

"종교 있으시면 기도해 보세요. 누가 빨리 찾아 주길 말이죠. 그럼 우리, 다시는 만나지 말아요, 정의택 팀장님."

마리아는 이렇게 마지막 말을 남기고는 운전석으로 자리를 옮긴 뒤 자리를 떴다.

정의택은 이제 바닥만을 바라볼 수 있었다. 자신의 침이 입에서 흘러나와 바닥으로 떨어졌지만 문제는 그게 아니었다. 시야가 점점 더 어두워지고 소리도 점점 더 작게 들리고 있었다. 때문에 조금 뒤 을지로에서 타격팀과 추관우 일당 사이에 총격전이 벌어졌을 때 들린 총성이 과연 진짜 총성인지, 아니면 다른 소리를 잘못 듣고 있는 건지 판단할 수가 없었다.

13 죽어야 할 이유

　최덕구는 하늘을 올려다보았다. 늘 봐 온 하늘이건만 오늘 따라 왜 이렇게 하늘을 보는 게 좋은지 몰랐다. 숨을 깊게 들이쉬며 부인과 두 아들의 얼굴을 떠올려 보았다. 절로 미소가 지어졌다. 이제 이번 임무만 끝마치고 나면 모든 게 끝이다.

　서울역에서 일을 끝냈을 때부터 발걸음이 가벼웠다. 며칠을 애써서 준비한 마지막 임무가 끝나 가기 때문에 그런 것이리라.

　임무는 먼저 배낭을 사는 것으로 시작되었다. 지금 자신이 메고 있는 모델이었다. 모델은 추관우가 골랐다.

　"크기도 중요하고 색도 중요해요. 멀리서 봐도 다 똑같은 배낭이다, 이런 느낌이 들어야 하니까요."

　일단 모델을 정했으니 구입을 해야 했다. 같은 곳에서 한꺼번에 사면 주목을 끌 가능성이 있기 때문에 인터넷 쇼핑몰 여러 군데에 주문을 넣어 물건을 받아 보기로 했다.

배낭 안에는 양갱을 가득 채웠다. 이 대목은 즐거운 작업이었다. 추관우를 비롯한 일당 모두가 배낭을 하나씩 잡고 양갱을 채워 넣었다. 양갱에는 회색 덕트 테이프를 감았다. 조잡하기는 했지만 언뜻 보면 C-4처럼 보일 거였다. 작업을 하면서 모두들 양갱을 먹기도 하고 넣기도 하면서 키득거렸다. 일을 시작한 이후 가장 즐거운 시간이었다. 마무리는 안에 디지털시계와 전선을 엮어 넣는 작업이었다. 그것으로 모두 다 함께하는 작업은 끝났다.

그 후 며칠 동안 최덕구는 배낭을 하나씩 하나씩 서울역 코인로커에 옮겨 놓는 작업을 했다. 역시나 주목받지 않기 위해 한 번에 하나씩 해야 했다.

다음은 노숙자를 섭외하는 일이었다. 최덕구는 보안을 유지하기 위해 결행일 바로 전날에 노숙자들을 찾았다.

서울역에는 크게 세 무리의 노숙자가 존재한다. 경남 출신 노숙자, 호남 출신 노숙자, 그리고 연변 출신 노숙자. 서울, 경기 지역 출신 노숙자들은 무리를 짓기보다는 따로 행동하는 뜨내기 같은 존재다.

최덕구는 노숙자 몇 명에게 물어 연변 노숙자 무리의 우두머리를 만날 수 있었다.

"그러니까, 내일 선생이 주시는 배낭을 등에 메고 원하는 곳까지만 가면 100만 원을 주겠다는 거요?"

백발의 연변 출신 노숙자가 이렇게 되물었다. 산전수전 다

겪은 얼굴이었다.

"이유만 묻지 않는다면."

최덕구가 연변 출신 노숙자를 택한 건 자신을 신뢰할 가능성을 조금이라도 높이기 위해서였다.

"이유 없이 100만 원이라면, 거 위험한 일이겠구려."

"원래 10만 원짜리 일입니다. 제가 억지로 100만 원으로 올렸어요. 동포끼리 도와야 하지 않겠습니까."

이 말에 연변 출신 노숙자 우두머리는 이유를 묻지 않고 100만 원짜리 일을 하기로 마음먹었다. 우두머리가 최덕구에게 오른손을 내밀었고 최덕구는 그 손을 꽉 잡았다.

그리고 바로 조금 전, 최덕구는 서울역에서 연변 노숙자들에게 코인로커 열쇠를 나누어 주었다. 이제 곧 노숙자들은 정해진 행선지로 이동할 거였다.

일은 마무리되었고, 마지막 임무만 남았다. 이 임무만 끝나면 최덕구는 미리 정해 둔 집결지로 이동할 거였다. 그리고 거기서 시모레이라 공화국으로 뜰 비행기 표와 여권을 받을 예정이었다.

노숙자들에게 코인로커 열쇠를 나누어 준 최덕구는 지하철을 타고 안국역에서 내린 뒤 청와대 쪽으로 걸어갔다. 목적지는 삼청동 지나 효자동삼거리였다.

마침내 목적지에 도착하자 바로 길 건너편에 경찰 버스와 사복 경찰이 보였다. 최덕구가 맡은 임무는 간단했다. 추관우는 친절하게 임무를 설명해 주었다.

"배낭 메고 사복 경찰 길 건너편 근처까지만 가시면 됩니다. 가까이 접근하면 수색당하니까 앞에서 그냥 얼쩡거리기만 하세요. 그러다가 주목을 좀 받는다 싶으면 배낭을 내려놓고 타이머를 작동시키시면 됩니다. 사복 경찰들이 달려오겠죠? 그럼 그냥 냅다 뛰세요. 사복 경찰들은 배낭을 살펴볼 겁니다. 그러면 5분 타이머가 작동하고 있는 걸 보게 될 거예요. 그럼 자기들끼리 비상 걸고 무전 치고 난리가 나겠죠? 그사이에 경복궁으로 들어가신 다음, 거기서 관광객들 사이로 숨어들어 가서 외투를 뒤집어 입고 주머니에 넣어 둔 등산 모자 쓰고 나가시면 됩니다."

"1분으로 합시다."

"……1분요?"

"5분은 너무 길어. 촉박해야 날 따라오지 않을 거 아니오, 추관우 선생."

"그래도 1분은 너무 짧은데? 알았어요, 2분으로 하죠."

"알겠습니다. 추관우 선생. 2분으로 합시다."

최덕구는 이렇게 말하면서 결의를 다졌다.

이제 임무를 실행할 시간이었다. 최덕구는 길 건너편 사복 경찰을 바라보면서 어슬렁거렸다. 이미 사복 경찰들이 자기들끼리 뭐라고 수군거리는 게 보였다. 더 시간을 끌까 하다가 혹시 지원 병력을 부를지 모른다는 생각에 최덕구는 배낭을 내려놓았다. 2분 타이머가 장착된 뇌관과 작동 버튼, 그리고 C-4 더미가 눈에 들어왔다.

이제부터 달려야 한다. 그리고 최덕구는 가족을 만날 때까지 달리기를 멈추지 않을 생각이었다. 이게 마지막이다. 숨을 가다듬어야 했다.

최덕구는 깊게 숨을 들이마시고 작동 버튼을 눌렀다. 그리고 그 숨이 최덕구가 인생에서 마지막으로 들이쉰 숨이 되었다.

버튼을 누르자 기폭 장치가 작동했고, 거대한 폭음이 최덕구의 고막을 터뜨렸다. 그와 동시에 폭발 화염이 최덕구의 육신을 갈가리 찢어발겼고 최덕구의 의식도 화염과 함께 사라졌다. 폭발이 주변을 불길로 휩쓸었다. 담장이 무너지고 행인들이 쓰러졌다. 근처를 지나던 승용차 한 대가 뒤집어졌다. 강력한 폭발이었다.

그다음 벌어진 일은 추관우의 예상과 크게 다르지 않았다. 사복 경찰 둘이 동시에 폭발 지점으로 달려왔다. 그 자리에는 아직도 불이 붙어 있는 최덕구의 남아 있는 육신의 잔해가 있었다.

"뭐, 뭐야, 이거!"

"217 상황! 217 상황! 배낭! 배낭 폭탄! 배낭 폭탄이다!"

사복 경찰이 다급하게 무전을 넣었다. 217은 폭탄 테러범이 나타났다는 음어였다. 외워 두고는 있었지만 실제로 사용하게 될 거라고는 전혀 생각해 보지 못한 음어이기도 했다.

— 217인가? 전체 채널로 돌릴 테니 확인 바란다. 이상.

귀에 익은 굵은 목소리였다. 사복 경찰은 일순 긴장했다. 청와대 경호실장이 직접 무전을 보낸 것이다. 이제 전체 채널로 보낸다고 했으니 부근의 모든 경찰과 경호실 요원에게 동시에 무전이 들어갈 거였다.

"조금 전 효자동삼거리에서 거수자(거동이 수상한 자) 발견. 검문을 위해 접근하자 자폭 테러. 217 상황 발생. 거수자는 현장에서 사망. 이상."

사복 경찰이 단숨에 보고했다. 고기 타는 냄새가 진동을 하고 있어서 미간이 절로 찌푸려졌다.

— 거수자 인상착의는 어땠나? 이상.

"40대 남성. 등산복 차림. 국방색 배낭이었음. 이상."

그러자 곧이어 공동 채널로 경고 무전이 이어졌다.

— 브루나이 대사관에 배낭 등에 진 노숙자 다수 접근!

— 총리 공관에 국방색 배낭을 멘 등산객 접근 중!

— 삼청공원에도 배낭을 손에 든 노숙자 다수 등장!

— 박물관, 박물관에도 노숙자들 보인다! 모두 같은 국방색 배낭을 메고 있다!

건국 이래 청와대 경호실 공동 채널에 가장 많은 긴급 무전이 동시에 울렸다. 김신조 습격 사건 때보다도 많은 무전이었다.

— 코드 레드! 코드 레드! 현 시간부로 코드 레드 발령한다! 이상!

청와대 경호실에서 직접 최고 레벨 경계령이 내려왔다. 최초 폭발 이후 1분도 지나지 않은 시간이었다. 빠른 결단이었다.

"씨발, 좆됐다……."

사복 경찰은 무장하고 있던 K-5 권총을 뽑아 들면서 망연자실 이렇게 중얼거렸다.

최덕구의 신발에는 아직도 불이 붙어 있었고, 여전히 연기가 피어오르고 있었다. 그리고 그 신발 안에는 최덕구의 발이 어디로도 달려가지 못한 채 그대로 남아 있었다.

♣

지하로 내려가던 엘리베이터가 마침내 멈췄다. 추관우는 품에서 손전등을 꺼내 들었다.

"내가 비추는 곳으로 가."

기태주는 엘리베이터에 장착된 네 개의 조명을 슬쩍 올려다보았다. 어둠 속에서 빛나는 LED 조명을 등지고 어둠에 싸여 있는 터널로 향하는 마음은 결코 가볍지 않았다.

"여긴 어디냐?"

"응, 을지로 지하도야."

손전등 빛을 보니 포장이 된 2차선 도로였다. 하수도나 지하철 터널이 아니었다.

"을지로에 이런 지하도가 있었나?"

"군사 정권 때 만들어 둔 곳이라고 하더라고. 나도 자세히는 몰라. 아는 건 이 포장도로를 따라가면 된다는 것뿐이야."

추관우가 바닥에 붙어 있는 야광 테이프를 손전등으로 비추면서 말했다. 터널은 꽤 오래전에 만들어진 게 분명했지만 화살표 모양의 야광 테이프는 최근에 붙인 것 같았다.

"어디로 가는 건데?"

"애들한테는 청계천하고 이어지는 길이라고 했어. 물론 아니지만. 아, 참. 이걸 까먹을 뻔했네."

추관우는 엘리베이터의 버튼을 조작했다. 그러자 조명이 꺼졌다.

"뛰어!"

추관우는 이렇게 외치더니 갑자가 앞장서서 뛰기 시작했다. 기태주는 무슨 일이 일어나는지 몰라 잠시 머뭇거렸다.

"병신아! 저거 이제 폭발해! 뛰어!"

그제야 기태주는 추관우를 따라서 뛰기 시작했다. 거의 100미터는 넘게 뛰었다 싶었을 즈음 추관우는 천천히 속도를 늦췄다.

"아, 씨발, 뭘 할지, 말을 좀, 하고, 행동해, 새끼야."

기태주가 숨을 헐떡이며 말했다. 추관우는 대답 대신 키득거렸다.

잠시 후 폭발이 있었다. 거대한 폭발이 아니라 훈련용 수류탄이 터질 때 나는 정도의 폭음이었다. 하지만 터널 안이다 보니 소리가 깜짝 놀랄 정도로 크기는 했다.

"엘리베이터 고장 낸 거냐?"

"응. 아무도 못 따라오게."

기태주는 숨을 헐떡거리면서도 헛웃음이 나왔다.

"C-4로 저걸 폭파시키면 후폭풍 때문에 우리까지 다 날아가."

추관우는 당연하지 않냐는 투였다.

"그래. 엘리베이터 고장 낸 건 그렇다 치자. 특수부대가 엘리베이터 없다고 우릴 못 따라올 거 같냐?"

"못 따라와. 부비트랩 설치했거든. 큰 폭음 들리면 그거 건드린 거야. 그럼 놈들도 좆되지만 우리도 좆된다. 얼른 가자."

추관우가 손전등 빛으로 앞을 비추면서 기태주에게 걸음을 재촉했다.

"너, 나, 죽일 거냐?"

기태주는 아직도 숨이 찬지 헐떡이면서 이렇게 물었다.

"만나야 할 사람 있다니까?"

"추관우, 나도 그 사람이 누군지 궁금해서 안 도망칠 거다. 그러니까 그 칼 좀 치워."

"새끼, 내가 널 어떻게 믿냐? 이름도 속였던 새끼를."

기태주는 뭐라고 대꾸를 하려다가 할 말이 없어서 그냥 걷기로 했다.

"그래. 그럼 말이다. 이제는 어떻게 된 건지 이야기는 해 줄 수 있잖아. 안 그래?"

결국 기태주가 택한 건 대답 대신 품고 있던 의문을 묻는 것이었다.

"그래. 알았어, 알았어. 이야기할 수 있는 범위 내에서 대답해 줄게."

"네 부하들, 원래 거기서 죽기로 되어 있었던 거냐?"

기태주는 제일 먼저 이걸 물었다. 벽이 닫히기 전, 산산조각으로 흩어지던 살덩이가 떠올랐다.

"전부 다 죽기로 되어 있는 건 아니야. 운 좋은 놈은 살아남 겠지."

아주 차분하고 냉정한 목소리였다.

"그럼 부하들한테는 뭐라고 거짓말했냐? 우리가 도망친, 그 벽에 설치된 탈출구로 다 같이 도망칠 거라고 한 거야?"

"응, 그랬지. 청계천으로 이어진 비밀 통로를 따라서 도망칠 거라고 했어. 그래야 생포됐을 때 이야기해도 보안이 유지될 테니까."

"미안하지도 않냐?"

"약속을 지키지 못한 건 미안하지. 하지만 그 대신 나는 놈 들에게 그놈들 생명보다 소중한 걸 줬어."

"생명보다 소중한 거?"

"현금 5억 원."

기태주는 기가 막혀서 잠시 말문이 막혔다.

"5억 원이 생명보다 소중하지는 않을 텐데."

"전과자 깡패 새끼들한테는 소중해. 그 새끼들이 평생 현금 5억을 구경이라도 할 수 있을 거 같냐?"

추관우는 이렇게 대답하고는 뭐가 재미있는지 혼자 키득거 렸다.

"그럼 이번엔 내가 물어보자. 너, 정보부에서 왜 짤렸냐?"

역으로 추관우가 질문을 던졌다. 기태주는 잠자코 있었다. 설명하려니 길게 이야기해야 할 것 같았다.

"대답하기 싫어? 하긴, 아픈 기억이겠지. 죽도록 고생했는데 하루아침에 짤렸으니까 말이야. 그치?"

약을 올리는 것 같은 투였다.

기태주는 지난 일을 떠올려 보았다. 우연히 발견한 문건, I.O 급여 청구서. 그리고 청구서에 적혀 있는 생소한 이름. 그리고 존재하지 않는 요원과 정의택의 횡령.

자신이 알아낸 사실을 보고해야 한다고 결심하는 건 쉬웠다. 하지만 알아낸 사실을 다른 이들과 나눌 것인지 혼자 짊어지고 갈 것인지 결심하는 게 어려웠다.

정상적인 상황이라면 허위로 작성된 인물을 I.O로 임명하고 거기에 대포통장을 개설해 돈을 횡령한 행위를 알게 된 순간 위슬비에게 사실 여부를 확인하는 게 당연하다. 하지만 기태주는 그러지 않았다. 아니, 그럴 수 없었다. 만약 위슬비에게 묻는다면 그 책임을 위슬비도 져야 하기 때문이다.

기태주는 여자 친구를 끌어들여서 책임을 나누고 싶지 않았다.

'왜 나한테 말 안 했어? 왜?'

일이 커지고, 팀이 감사에 들어가고, 정의택이 조사를 받게 되자 위슬비는 기태주에게 화를 냈다.

'날 못 믿은 거야? 그런 거야? 아무리 어렵고 힘든 일이 있어도 함께 가야지, 그게 연인이지. 어떻게 그런 결정을 할 수가 있어, 응? 날 빼고, 날 무시하고!'

기태주는 할 말이 없었다.

'헤어지자.'

기태주는 이렇게 말하고는 돌아서 버렸다. 등 뒤로 들리는 온갖 이야기는 다 잊기로 하고서. 그게 기태주의 선택이었다.

"씨발, 뭐냐? 나한테는 곤란한 거 물어보더니 지는 대답 안 하네?"

"짤린 건 짤린 거야. 내가 뭔 소리를 해 봐야 무슨 소용이 있 겠어."

"나도 저기 애들 두고 온 거, 내가 무슨 소리를 한다고 해도 달라지는 거 없어. 하지만 말은 하잖아. 5억 줬다고. 그렇게 말 했잖아."

"……도대체 그 많은 돈, 누가 준 거냐?"

기태주가 물었다. 그러자 따라서 걷고 있던 추관우의 발걸 음이 멈췄다.

"북한이냐? 아니면 IS? 야쿠자? 마피아? 삼합회? 도대체 누가 그렇게 큰돈을 대준 거냐, 응?"

기태주는 이렇게 연이어 물으며 뒤로 돌아섰다. 추관우는 손전등을 자기 얼굴을 향해 비췄다. 오른쪽 눈 위부터 뺨까지 이어진 흉터가 손전등 빛을 받아 흉하게 꿈틀거렸다.

"아직도 모르겠어? 너 정보부 기대주라며? 아직도 짐작이 안 가는 거야?"

꼭 귀신같은 얼굴을 하고서 추관우가 장난기 어린 목소리로 물었다.

기태주는 생각을 해 보았다. 추관우가 2억 2000을 훔쳤던 일, 그리고 그 돈을 써 보기도 전에 붙잡혀서 죽을 뻔했던 일.

"······너, 돈, 벌써 훔친 거냐?"

기태주가 물었다. 그러자 추관우의 얼굴이 밝아졌다.

"역시 먹물다워. 그래, 벌써 오래전에 훔쳤지. 아니면 돈이 어디서 났겠니?"

추관우는 자신의 얼굴을 비추던 손전등을 앞으로 비췄다. 기태주는 그 빛을 따라 시선을 옮겼다. 빛이 닿은 곳에는 사이드카가 달려 있는 오토바이가 서 있었다.

"이제 됐다. 타라."

제대로 정비된 사이드카 오토바이였다. 세차도 최근에 했는지 광택이 살아 있었다.

"이거 이륜구동이다. 조금만 타고 버릴 거지만 돈 팍팍 썼지. 이거 여기로 옮기느라 얼마나 힘들었는지 알아? 얼른 타. 갈 길이 멀다."

오토바이 옆에 붙어 있는 사이드카에 손전등을 비추면서 추관우가 말했다. 기태주는 사이드카에 올랐다.

"그럼 꽉 잡아라."

오토바이에 시동을 넣고 헤드라이트를 밝히면서 추관우가 말했다. 두 사람 앞에는 끝이 보이지 않을 정도로 긴 터널이 펼쳐져 있었다.

♣

신기찬은 긴 정보부 생활 중 가장 힘든 시간을 보내고 있었다.

간신히 핸드폰이 작동되긴 했지만 그것뿐이었다. 여전히 정보부 건물의 90퍼센트에는 전력이 들어오지 않았고, 거의 모든 디지털 저장 매체가 기능을 상실해 버렸다. 사실상 제대로 된 임무 수행은 불가능했다. 그런 와중에 간신히 연락이 닿은 청와대는 도움을 주기는커녕 오히려 정보부에 다급하게 긴급 지원을 요청해 왔다.

— 신기찬 과장! 지금 청와대가 공격받았어요, 청와대가! 코드 레드가 발동됐다고!

몇 번의 보안 회선 확인 절차를 거쳐 간신히 통화에 성공한 정보부장은 대뜸 이렇게 말문을 열었다.

"부장님, 지금 정보부도 공격받았습니다. EMP 공격입니다. 모든 전자 장비가 무력화되었습니다."

— 정보부도? 맙소사! 이건 양동작전이겠군요! 그렇지요?

정보부장은 두서없이 현재 청와대가 받고 있는 공격에 대해서 이야기를 했다.

C-4를 가득 담은 배낭을 멘 괴한이 청와대 앞길에서 자살 테러를 감행했고, 그와 동시에 같은 배낭을 멘 괴한들이 청와대 주변에 일제히 나타났다는 거였다. 일부는 총리 공관과 삼청공원, 북악산공원에도 나타나 정확한 목표를 알기 힘들다는 게 정보부장의 말이었다.

— 놈들이 노리는 게 뭐든지 간에 일단 타깃은 VIP로 보는 게 맞다는 게 우리 판단이에요. 그래서 코드 레드가 발동된 거

고. 나머지는 전부 다 청와대 패닉룸에 격리되었어요.

정보부장의 말은 얼핏 들으면 청와대에 있는 모든 인원이 패닉룸에 몸을 숨겼다는 말 같지만, 정보부 요원인 신기찬이 듣기에 보안이 취약한 핸드폰 통화에서는 써서는 안 될 단어가 섞여 있었다.

'나머지는 전부 다 청와대 패닉룸에 격리됐다고 했어. 대통령은 수방사 문서고로 튀었군.'

사실 정보부장이 힌트를 주지 않았어도 쉽게 추리할 수 있는 대목이기는 했다.

지난 연평도 포격 사건 때도 대통령은 보고를 받자마자 청와대를 버리고 수도방위사령부 문서고로 이동했다. 그 뒤로 대통령은 아주 작은 테러 위협이라도 생기면 언제나 문서고로 도망치는 일을 반복했다.

"하지만 지금 정보부는 전자 장비가 무력화된 상태입니다. 저희가 할 수 있는 일은 없습니다."

— 할 수 있는 일이 없다니! 정보부가 할 수 있는 게 없다니! 그게 말이 되나요?

물론 말이 안 되는 소리다. 대한민국 정보부가 EMP 한 방을 먹었다고 해서 재기 불능이 될 수는 없다. 신기찬은 순간 아이디어가 떠올랐다.

"부장님, 가까운 군부대 통신대에 지원 요청을 해 주십시오. 그래서 여기 주차장에 야전 사령관을 차리는 겁니다. 일단 통신만 복구되면 지원이 가능할 겁니다."

— 군부대에 지원 요청을?

"거기 벙커에 국방장관님 계실 것 아닙니까. 상황 설명 드리고 협조 요청해 주십시오. 지금 저희가 선택할 수 있는 최선입니다."

— 알았어요. 지금 바로 요청하고, 다시 연락 줄 게요.

정보부장과 이렇게 대화를 마무리한 다음, 반가운 소식이 들렸다.

신기찬은 EMP 차폐막으로 보호된 창고에서 핸드폰 몇 대를 충전했다. 그리고 요원들에게 현장에 나가 있는 도진규와 연락을 시도해 보라고 지시했다.

요원들은 필사적으로 EMP 공격을 받지 않은 외근 중인 요원의 전화번호를 떠올렸고, 그들 중 하나가 도진규의 전화번호를 가지고 있기를 기도했다. 그리고 그중 하나가 도진규와 통화에 성공하기까지 거의 30분이 소요되었다.

"도진규 팀장!"

신기찬은 통화에 성공하자 반가운 마음에 대뜸 소리부터 질렀다.

— 상황 보고 드리겠습니다. 테러리스트 일부를 검거하는 데 성공했습니다.

'검거'라는 단어를 듣는 순간 신기찬은 터져 나오는 탄성을 억누르기 위해 안간힘을 써야 했다. 부하들이 보고 있었다. 표정을 관리해야 할 시간이었다.

— 검거 과정에서 일당 중 열한 명을 사살했습니다. 우리 쪽

피해는 전혀 없습니다.

만약 아무도 없었다면 소리를 지를 법한 좋은 소식이었다. 하지만 신기찬은 이것이 좋은 소식이기 때문에 곧 이어질 소식이 나쁜 소식일 거라는 것을 직감했다.

"나쁜 소식을 말해 보게."

신기찬은 침착하게 말했다.

— 현재 주범으로 알려진 추관우가 도주했습니다. 그리고 감준배 요원이 행방불명입니다.

둘 다 안타까운 소식이기는 했지만 결정적으로 중요한 소식은 아니었다. 지금 중요한 건 놈들을 막을 수 있느냐 없느냐 하는 것이었다.

"놈들의 목적은 알아냈나? 그리고 지금 무슨 짓을 하고 있는지는?"

— 예, 그게 문제입니다. 다른 정보를 얻을 수가 없습니다. 검거한 놈들이 모두 입을 다물고 있습니다.

신기찬은 상황을 짐작할 수 있었다. 입을 다문 놈들을 다급한 상황에서 입을 열게 하는 방법은 현장 요원이 가장 잘 알고 있다. 문제는 그 방법이 불법이라는 점이다.

"모든 방법을 동원해 봤나?"

신기찬이 자신의 생각을 확인하기 위해 이렇게 돌려 물었다.

— 합법적으로 우리가 할 수 있는 건 다 해 봤습니다. 일단 알아낸 것은 현장에서 도주한 추관우가 청계천으로 이어지는 비밀 통로를 이용했다는 것입니다. 청계천 쪽으로는 이미 우리

요원을 파견했습니다만, 허위 정보일 가능성도 배제할 수는 없습니다.

신기찬은 고민하지 않을 수 없었다. 사용할 수 있는 모든 수단을 사용하라고 지시한 다음 책임을 져야 할까? 아니면 다른 방법은 없을까?

"도진규 팀장, 정보부와 왜 연락이 닿지 않는지는 짐작하고 있겠지? EMP였어. 정보부 본부를 상대로 EMP를 먹였다고. 제대로 한 방 먹은 거지. 그런데 지금 놈들은 그와 동시에 청와대를 공격하고 있네. 폭탄 테러라고 해."

— 예, 알겠습니다.

감정이 섞여 있지 않은 담담한 말투였다. 차분한 도진규의 음성 덕분에 신기찬도 냉정을 찾을 수 있었다.

"도대체 놈들이 노리고 있는 게 정확하게 뭔지 알 수가 없어. 경호실에서는 코드 레드를 발령하고 청와대를 완전 격리시키긴 했는데, 놈들의 목표를 알기 전까지는 뭐 하나 제대로 대응할 수 없는 상황이야. 그리고 지금 그런 상황에서 단서를 잡은 건 도진규 팀장 하나뿐일세."

— 그래서 어떻게 합니까?

도진규는 여전히 감정이 섞여 있지 않은 투로 말하긴 했지만 신기찬은 그 말에서 도대체 어떡하란 말이냐는 흔한 현장요원의 분노를 느낄 수 있었다.

"청계천 쪽으로 이어졌다는 비밀 통로는 따라갈 수 없는 상태인가?"

— 벽으로 막혀 있습니다. 지금 저희가 보유하고 있는 장비로는 극복이 불가능합니다. 50mm BMG탄으로 쏴 봤지만 파괴는 불가능했습니다.

"알았네. 내가 공병대 보내 줄 테니까 그때까지 현장 확보하고 계속 신문하게. 최선을 다해서."

신기찬은 애매하게 최선을 다하라는 표현을 썼다. 듣기에 따라서는 책임을 질 수 있다는 말일 수도 있고, 책임을 지진 않겠다는 말일 수도 있었다. 상황이 급박한 건 사실이다. 하지만 굳이 책임을 질 이유까지는 없다는 게 신기찬의 판단이었다. 과거 기태주가 자신에게 정의택의 비리 사실을 고발했을 때도 신기찬은 이런 식으로 대응했다.

현장 팀장이 유령요원을 만들어서 지원금을 만들고, 그 돈을 팀 경비로 사용하는 건 정보부에서 종종 사용하는 편법이다. 하지만 신기찬은 그 편법을 인정하지 않았고, 동시에 자신의 직속상관을 고발한 기태주 요원을 용서하지도 않았다.

"그런데 상황이 이런데 정작 도진규 팀장을 현장으로 보낸 정의택 팀장은 도대체 어디로 간 거야?"

신기찬이 청와대로 전화를 넣으면서 이렇게 중얼거렸다. 야전 사령관을 만들게 해 달라는 부탁 외에 공병대 지원까지 부탁해야 할 참이었다.

'국방부장관이 패닉룸에 같이 갇혀 있는 게 다행이네.'

국방부장관이 곤란하다고 도망칠 일은 없을 테니 말이다.

"정의택 찾아봐!"

416

정보부장의 통화 연결음을 들으며 신기찬이 소리쳤다.

♣

오토바이가 헤드라이트 빛으로 터널을 비추며 질주하고 있었다. 어둠 속을 달리는 오토바이의 엔진 음이 오랜 정적 속에 잠들어 있었을 터널을 깨웠다.

기태주는 사이드카에 앉아서 전방과 추관우를 번갈아 가며 바라보았다. 추관우는 아는 얼굴이 그를 기다리고 있다고 했다. 도대체 누가?

추관우는 그가 정보부 요원이라는 사실을 이미 알고 있었다. 그러니까 그의 진짜 신분을 알고 있는 자가 그를 기다리고 있으리라는 걸 짐작할 수 있었다.

가장 먼저 떠오른 건 바로 감준배였다.

'행정소송 취하해. 그리고 정의택 팀장님한테 정식으로 사과하고. 내가 자리 주선해 줄게.'

바로 간밤에 감준배가 한 말이었다. 조직을 배신하고 조국을 배신한 놈이 할 법한 말은 아니었다. 그것도 일을 벌이기 바로 전날에 할 말이라고 보기는 어려웠다.

멀리 빛이 보였다. 터널 천장에 설치된 조명이었다. 아마 저 부근에는 전원을 연결해 둔 모양이었다. 조명에 가까워지자 사람의 실루엣이 드러났다. 감준배인가? 아니라면 누구일까?

생각을 제대로 해 보기도 전에 사이드카를 단 오토바이는 멈췄다.

"내려라."

추관우는 이렇게 말하고는 턱으로 앞을 가리켰다. 기태주는 사이드카에서 내렸다. 그리고 자신을 기다리고 있던 실루엣의 얼굴을 보았다. 오토바이 헤드라이트와 터널에 설치된 조명이 뒤섞여 어딘지 몽환적인 구석이 있는 빛을 만들고 있었다. 그리고 그 조명을 받고 있는 건 처음 보는 얼굴이었다. 회색 투피스 정장을 입고 있는 여성이었는데, 손에는 CZ-75를 들고 있었다.

"오랜만이야, 길태수. 아니, 기태주."

기태주는 몸이 굳었다. 난생처음 보는 얼굴이었지만 목소리는 귀에 익었던 것이다. 그리고 그 목소리의 주인이 누구인지 생각하자 등줄기를 따라서 소름이 돋았다.

"니, 니나?"

"어머, 실망이야. 예상 못 한 거야?"

대답을 할 수가 없었다. 예상을 못 한 게 문제가 아니었다. 니나는 이미 죽었다. 조금 전 추관우도 그런 말을 했다. 그리고 무엇보다도 달라진 얼굴 때문인지 기태주는 상대가 니나라는 사실을 쉽게 믿을 수가 없었다.

"그럼 그 시체는……."

기태주는 니나의 시신을 확인한 문서를 똑똑히 봤다. 놈들이 니나를 죽이고 유기한 장소를 수색한 결과 니나의 시신은 한강 깊은 곳에서 발견할 수 있었다. 쇠사슬로 감아 강바닥에 유기된 니나의 시신은 심하게 훼손되어 있었기 때문에 DNA 감식을 통해서 본인임을 확인할 수 있었다.

"대학병원에서 훔친 거야. 내 DNA? 정보부에서 칫솔하고 빗 찾아서 검출한 거잖아? 당연히 미리 손을 써 뒀지. 간단한 트릭이었는데."

생각해 보니 감준배가 니나의 DNA를 너무 쉽게 구했다 싶었다. 하지만 니나는 중요 용의자가 아니었기 때문에 정밀하게 조사한 건 아니었다. 만약 기태주가 요구하지 않았다면 DNA 검사조차도 하지 않았을지 모른다.

"……왜 그런 거야?"

기태주가 물었다. 낯선 얼굴을 한 니나는 고개를 갸웃했다.

"왜 그러긴. 일이니까 한 거지."

"날…… 속인 거야?"

"속였다고 하면 속인 거지. 하지만 너도 날 속였잖아. 정보부 언더커버. 물론 그건 일이었으니까 원망하거나 하진 않아."

일. 니나는 일이라고 했다. 하지만 무슨 일? 기태주는 제대로 판단을 내릴 수가 없었다.

"내 얼굴, 이상해? 다들 잘됐다고 하던데."

니나가 자신의 얼굴을 넋 나간 표정으로 빤히 보고 있는 기태주에게 물었다.

"이상하지, 그럼. 본 적이 없는 얼굴인데."

"원래 내 얼굴, 기억은 해?"

기태주는 니나를 기억하고 있었다.

사실 생각해 보면 그의 잠입 수사는 니나로부터 시작된 것이기도 했다. 그래서 조직에 잠입한 후 니나를 처음 소개받았을 때, 기태주는 니나를 좀 더 자세히 알아보고 싶었다. 분명 시작은 수사를 위한 행동이었다.

하지만 니나는 기태주가 생각했던 것보다 훨씬 좋은 사람이었다. 단순한 마약 사범 그 이상이었다는 말이다.

우선 교양이 있었다. 재치 있게 대화하는 법도 알고 있었고 사람을 즐겁게 하는 방법도 여럿 알고 있었다. 그리고 무엇보다 외롭고 쓸쓸한 기태주를 위로해 주는 법을 알고 있었다.

두 사람은 절대로 같은 장소에서 만나는 법이 없었다. 대부분 데이트는 차 안에서 이루어졌다.

'소문나면 곤란하잖아요. 사내 연애 금지 아시죠?'

기태주는 이런 니나의 태도가 마음에 들었다. 특히나 도청 장치가 설치돼 있는 자신의 방에서 니나를 만나는 일은 절대로 피해야 했다. 그건 위슬비의 귀에다가 대고 자신의 부정을 큰 소리로 고백하는 일이나 마찬가지였으니까.

"네 얼굴, 기억해."

기태주가 힘없이 내뱉듯 말했다.

"돌이켜보면 내 짐작이 맞았던 거지."

추관우가 오토바이에서 내리면서 말했다.

"무슨 짐작을 했는데?"

니나가 CZ-75 권총을 손에 쥔 상태 그대로 추관우 쪽으로 걸어가며 물었다. 추관우는 총 끝에 시선을 집중하고 있었다.

"저 자식한테 여자가 있을 거라고 생각했어. 그러니까 게이 운운하면서 다른 여자를 멀리했지. 다만 그 여자가 니나 너였다는 건, 솔직히 몰랐어."

"알았으면 어떡했을 건데?"

니나는 농담조로 말하면서 천천히 추관우 쪽으로 걸어갔다. 기태주는 가만히 서서 두 사람의 거리가 가까워지는 것을 보고 있었다. 한때 니나와 가까웠던 자신의 처지를 생각해 보니 지금 상황을 상징적으로 보여 주는 것 같아 기분이 별로 좋지는 않았다.

"들이댔을지도 모르지. 지금이야 모르겠지만 그때의 니나는 예뻤지. 지금보다 젊었고, 지금보다 몸도 탄탄했고."

"지금은 아닌 것 같다는 거지?"

니나가 생글생글 웃으며 추관우의 얼굴을 바라보았다. 추관우는 어깨를 한번 으쓱하면서 몸을 기태주 쪽으로 돌렸다.

그때 멀리서 굉음이 울렸다. 기태주는 자신이 오토바이를 타고 온 터널 쪽으로 고개를 돌렸다. 타격팀이 부비트랩을 건드린 게 아닐까 싶었지만 두 사람의 표정을 보아하니 아닌 모양이었다. 그러고 보니 소리가 들리는 방향도 터널 쪽은 아니었다. 더 먼 곳에서 뭔가가 폭발하는 소음이 땅을 울리는 소리인 것 같았다.

"자, 이제 내가 할 일은 다 했으니까 두 사람, 어서 볼일 보고 집결지로 가야지?"

추관우가 야릇한 미소를 짓더니 니나와 기태주를 번갈아 보며 말했다. 조금 전 굉음 따위는 전혀 신경 쓰지 않는 기색이었다.

"뭐가 그렇게 급해, 응?"

니나는 이렇게 말하면서 추관우의 엉덩이를 찰싹 소리가 날 정도로 세게 두 번이나 쳤다.

"아! 뭔 여자 손이 이렇게 맵냐?"

추관우는 거의 펄쩍 뛰어오르다시피 하면서 인상을 찌푸렸다. 기태주는 니나의 총을 쥐지 않은 왼손에 낀 반지를 주목했다. 불길한 예감이 들었다.

"너무 기분 나쁘게 생각하지는 마. 너, 최덕구 씨 죽였잖아. 폭탄에 시한장치가 되어 있다고 거짓말했지? 불쌍한 탈북자 양반. 너무 많은 걸 알고 있으니 죽일 수밖에 없었겠지만. 암튼 그 값을 치르는 거라고 생각해."

"뭔 소릴 하는 거야?"

기태주는 최덕구를 죽였다는 게 무슨 의미인지 물으려고 했다. 하지만 타이밍을 놓쳤다. 갑자기 추관우가 털썩 자리에 주저앉아 버리자 바로 니나가 총구를 그에게 향했기 때문이다.

"뭐, 뭐하는 거야!"

기태주가 소리쳤다. 하지만 니나는 조금도 동요하지 않고 왼손을 들어서 기태주에게 가만히 있으라는 신호를 보냈다.

"쉿. 괜찮아. 금방 끝날 거야."

주저앉은 추관우는 경련과 함께 몸을 뒤틀며 뒤로 쓰러졌다. 하지만 그것도 잠시, 경련이 잦아들면서 추관우의 호흡도 함께 잦아들었다.

"이제 귀찮은 친구는 정리됐으니까 우리끼리 이야기 좀 하자. 아, 움직이지는 마. 그랬다가는 널 쏴야 하는데, 솔직히 나, 너한테 괜한 고통은 주고 싶지 않거든."

니나의 말은 진심이었다.

"독침 반지냐?"

이미 숨이 끊어진 추관우를 보면서 기태주가 물었다.

"금방 알아보네? 역시 현장 요원은 다르구나. 음, 맞아. 그리고 나, 현장 요원 우습게 볼 생각 없으니까 절대 움직이지 마. 알겠지? 괜한 고통 주고 싶지 않다는 말, 진심이야."

물론 진심일 거였다. 기태주는 몸을 숨길 만한 곳이 있나 살펴보았다. 텅 빈 터널에 놓여 있는 것이라고는 사이드카가 달린 오토바이 한 대뿐이었다.

"너, 정체가 뭐야?"

기태주가 물었다. 사이드카가 CZ-75의 9mm 총탄을 막아 낼 수 있을 것 같지는 않았다. 그리고 막아 준다고 해도 몇 걸음만 걸어오면 꼼짝도 하지 못하고 사살당할 게 분명했다.

"전에는 카린카 조직원으로 위장한 언더커버였고, 그 임무 끝내고는 중국에서 한국 정보부 요원을 담당한 SVR 흑색요원이었어."

"나는 그 전이 궁금한데."

터널은 일직선이었다. 비록 어둡기는 했지만 어둠 속으로 완전히 몸을 감추기 전에 총탄 세례를 받게 될 게 분명했다.

"그 전에는 평범한 고려계 SVR 요원이었어. 음, 내가 카린카 조직에서 뭘 했는지 궁금한 거지? 나도 너처럼 언더커버였다고 생각하면 될 거 같은데. 다만 내 임무는 좀 달랐지. 너는 카린카 조직의 정보를 빼는 임무를 맡았겠지만 내가 맡은 임무는 그런 건 아니었거든."

니나는 옆걸음으로 추관우를 넘으면서 말했다. 기태주는 니나가 자신을 쏘려고 한다는 걸 알 수 있었다. 조금 전 각도에서 발사한다면 그의 피가 오토바이에 묻게 된다. 하지만 지금 옮긴 쪽에서 쏜다면 그의 피는 바닥에 뿌려지게 될 거였다.

"그럼 뭘 했는데?"

기태주는 니나 쪽으로 달려들면 어떻게 될까 생각해 보았다. CZ-75의 안전장치는 잠겨 있었다. 지금 당장 달려든다면 아마 안전장치를 푸는 데 걸리는 시간은 벌 수 있을지 모른다.

'내가 니나에게 달려드는 데 걸리는 시간은 적어도 2초? 3초는 걸릴 텐데.'

SVR 요원이 CZ-75의 안전장치를 풀고 발사하는 데 2초, 혹은 3초씩이나 걸릴 리는 없었다.

"내가 한 일은 대한민국에 러시아 마피아가 진출하기 위한 준비 작업이라고 할 수 있을 거야. 죽은 왕 회장, 왕대석 회장이 가지고 있던 비전은 괜찮았어. 현재 대한민국에서 폭력 조직은 블루오션이라고 본 거 말이지. 러시아 마피아도 자금만 쌓인다면 일본이나 미국, 홍콩 폭력 조직처럼 기업화할 수 있을 거야. 대한민국에서 말이지."

"그럼 네가 한 일은……."

기태주는 쓰러져서 숨을 멈춘 추관우의 품에서 토카레프 권총 손잡이가 나와 있는 것을 보았다. 저걸 집을 수만 있다면 승산이 생길 수도 있다는 생각이 잠시 들었다. 하지만 그 역시 니나가 안전장치를 풀고 발사하기 전에 행동을 완료하는 건 불가능했다.

"그래. 카린카 조직을 시험대 삼아서 한국 경찰의 경찰력을 확인하는 거였어. 그러면서 그에 대응할 수 있는 프로토콜을 만드는 거였지. 고위층 부인을 고객으로 설정한 거나, 추관우한테 2억 2000을 횡령하라고 부추긴 거나 다 그런 작업의 일환이었다고 보면 될 거야. 아, 물론 전적으로 내 지시에 따라 움직인 건 아니었어. 왕 회장도 적극적으로 참여했거든. 그 사람, 먼 미래를 내다볼 수 있는 사람이었어. 다만 그 미래가 올 때까지 살아남지 못했을 뿐이지."

프로토콜을 만들기 위한 일이었다는 말에 기태주는 자신도 그랬다고 말을 붙이고 싶었다. 서로의 공통점을 이야기하다 보면 살아 나갈 수 있는 길이 열릴 것도 같았다. 하지만 쓰러진 추관우의 탁한 눈동자를 보자 그런 말이 차마 입 밖으로 나오질 않았다.

"……SVR이 왜 그런 일을 하는 거지?"

역시 유일한 해법은 몸으로 달려드는 것밖에는 없을 것 같았다. 그리고 SVR 요원인 니나가 당황해서 엉뚱한 곳에 발사할 가능성에 걸어 보는 것이다. 하지만 그럴 가능성은 사이드카 뒤에 숨어서 니나가 탄창이 빌 때까지 발사한 총탄이 모두 빗나가기를 바라는 것과 비슷할 것 같았다.

"높은 데 있는 사람 생각은 다 비슷비슷해. 할 수 있는 일은 해 둔다. 그래서 투입된 거였어. SVR 높은 데 있는 간부들 중에 마피아하고 연이 닿는 사람이 있다는 이야기, 들어 본 적 있어? SVR 간부 중에 은퇴하고 그쪽 일을 하는 경우가 있거든. 그리고 시작한 일, 마무리도 해야 했고. 아무튼 중요한 건 말이야, 일이 잘 진행되는 줄 알았는데 사실은 일이 틀어졌다는 거지. 경찰도 아니고 대한민국 국가정보부에서 언더커버를 심었으니까 말이야. 우리가 너무 고위층을 건드려서 그렇게 된 거겠지?"

"그런 건 아니고, 나도 프로토콜이……."

기태주가 뭐라고 대답하려고 하자 니나는 총구를 흔들면서 왼손 검지를 입술로 가지고 갔다. 조용히 하라는 강력한 표현을 한 것이다. 기태주는 얌전히 입을 다물었다.

"정보부에서 언더커버로 밀어 넣은 요원이 너일 줄은 몰랐어. 이건 진짜야. 너한테 접근했던 건 뭔가 계산이 있어서 그런 게 아니었어. 네가 좋았어, 길태수. 아니, 기태주라고 해야 하나? 어느 쪽이건. 아무튼 더 궁금한 거 있어?"

니나는 시계를 살짝 보면서 말했다. 뭔가 약속이 있는 것 같았다. 아니면 할 일이 있거나. 어느 쪽이건 기태주는 자신의 수명이 급속히 짧아지고 있다는 걸 직감할 수 있었다.

"그럼 지금은 여기 왜 있는 거야?"

"아, 그 이야기를 해 줘야겠구나. 나는 그때 죽은 걸로 위장하고 러시아로 돌아가서 성형수술을 한 다음에 중국으로 파견됐어. 대한민국 정보부 요원들에게 접근해서 어떻게 된 일인지 알아내는 게 내 임무였지. 왜 실패한 건지. 어떻게 해서 대한민국 국가정보부가 개입하게 된 건지. 중국에서는 정보부 흑색요원 두 명하고 접촉했는데, 일이 너무 쉬웠어. 어떻게 된 게 정보부 서버는 그 흔한 16비트 암호화도 되어 있지 않더라고. 요원들 휴대폰을 이용해서 작전의 전말을 알아냈지. 네 본명이나, 정의택 팀장이나, 샤론의 장미나, 뭐 그런 거. 물론 내 목적을 숨기기 위해서 아무 쓸모도 없는 중국에 있는 대한민국 국가정보부 I.O 요원 명단이나 탈북자 브로커 명단 같은 것도 함께 빼냈어. 아마 손실 보고서에는 그런 것만 들어갔을 거야."

니나는 시계를 한 번 더 보았다. 만약에 달려들기를 택한다면 지금이 마지막 기회일 거였다. 하지만 총구에 시선이 닿자 기태주의 발은 바닥에 딱 달라붙은 것처럼 움직일 수가 없었다. 절로 마른침이 넘어갔다.

"그래서 오늘 여기 온 건……."

"녀석들 요구가 너무 과했거든. C-4 2톤에, AK 소총에……. 너무 일이 커지면 SVR 선에서 해결 못 할 외교 문제가 될 수도 있으니까. 나는 정보부 내부에서 일 돌아가는 상황을 보면서 사건을 조절하는 역할을 맡았어. 아무튼 추관우가 죽었으니까 사건은 잘 마무리될 거야."

니나는 이미 시체가 되어 버린 추관우를 턱으로 가리켰다.

"오늘 일어난 일, 범인은 만들어야지. 적어도 이번 일이 외교 문제가 되는 건 누구도 원치 않을 테니까. 추관우 징도면 적당할 거야. 전과자에 조직폭력배니까. 대한민국 정보부가 어설프게 사건 조작하는 건 잘 알지만 그래도 이 정도까지 만들어 줬는데 큰 실수는 안 하겠지. 대충 소설 써서 사건 발표하는 거, 그 정도는 제대로 하지 않겠어? SVR 이야기는 쏙 빠지게 될 거야. 그거면 내 역할은 다한 거지."

기태주는 이제 자신의 생명이 얼마 남지 않았음을 알았다. 죽기 전, 마지막으로 보게 되는 건 저 CZ-75가 내뿜는 불꽃이리라.

"그럼 더 궁금한 거 없지? 어차피 넌 죽어야 하지만 그래도 마지막 가는 길, 미련은 남겨 주지 않으려고."

"자, 잠깐만. 니나, 날 꼭 죽여야 해?"

다급한 목소리였다.

"응. 그것도 임무의 일부거든. 너는 지난번 우리 작전을 망친, 대한민국 정보부 최고의 자산이야. 네가 죽으면 그 자산은 날아가는 거지. 물론 네가 다시 정보부로 돌아갈 수 있는 확률이 아주 낮다는 건 알아. 하지만 우리 입장에서 굳이 그 리스크를 감수할 이유는 없잖아?"

"그, 그래도……."

"개인감정은 없어. 우리 둘 다 프로잖아. 같은 언더커버였고. 이해해 줄 거라고 믿어. 잘 가, 길태수. 아니, 기태주."

니나는 안전장치에 손가락을 올렸다. 기태주는 지금이 마지막 기회라는 것을 알았다. 하지만 발을 떼 보기도 전에 총성이 먼저 울렸다. 거대한 총성이 터널에 메아리쳤다.

♣

감준배는 청계천 다리 위에 서 있었다. 자신이 할 일은 이제 모두 끝난 뒤였다. 남은 건 집결지로 가서 대한민국을 뜨는 것뿐이다.

조금 전 가게에서 산 담배를 뜯어서 한 대 입에 물어 보았다. 감준배는 원래 비흡연자이다. 담배라고는 단 한 번도 피워 보지 않았다. 하지만 어쩐지 지금은 한 대 피워야 할 것 같았다. 이제 대한민국을 떠나면 다시는 돌아오지 않을 것이다. 아니, 정확하게 말하자면 다시는 돌아올 수 없다. 기념으로 대한민국 담배를 한 대 피워야 하지 않을까 싶었던 것이다.

하지만 감준배는 피울 수 없었다. 담배를 사면서 라이터를 사지 않은 탓이다. 역시나 쓸데없는 짓이었다. 감준배는 쓴웃음을 지었다.

사람들이 아우성을 치며 달려가고 있었다. 다들 손에는 핸드폰을 들고 있었고, 어떤 사람은 주저앉아 울기도 하고 있었다. 감준배는 사람들이 달려가는 곳을 바라보았다. 지하철 을지로입구역 쪽이었다. 먼지가 하늘에 닿을 듯 심하게 피어오르고 있었다. 원래 은행과 상가 건물이 있던 자리였다. 지금은 그저 푹 꺼진 땅만 존재할 뿐이지만.

멀리서 소방차와 앰뷸런스의 사이렌 소리가 들려왔다. 누군가가 신고를 한 모양이었다. 제때 도착한다면 인명 피해를 줄일 수 있을지도 모른다. 하지만 이미 죽어 버린 사람을 되돌릴 수는 없을 거였다.

감준배는 다리 밑으로 흐르는 물을 바라보았다. 한 번 흘러간 물은 돌아올 수 없다. 다시 돌아온다면 그때 그 물은 지금 흘러가 버린 물과는 완전히 다른 물일 것이다.

한참을 더 흐르는 물을 바라보는데 다리 밑으로 군복을 입은 도진규 팀에 속해 있는 타격팀 대원들이 달려오는 게 눈에 들어왔다. 아마 남아 있던 놈들 중 누군가가 집결지가 청계천 부근이라고 입을 열었으리라. 미리 계획한 그대로였다.

시민들은 달려오는 타격팀 대원들이 폭발과 관련이 있다고 생각하는지 경계심 가득한 눈으로 바라보고 있었다. 하지만 정작 타격팀 대원들은 지금 상황을 제대로 파악하기 힘든지 당혹스러운 얼굴로 긴박하게 무전만 날리고 있는 눈치였다. 하긴 오늘 하루 동안 일어난 일은 평생 타격팀에 복무해도 겪기 힘든 사건의 연속일 테니 당황하는 것도 이해는 갔다.

감준배는 이제 집결지로 이동하기로 마음먹었다. 제아무리 다시는 볼 수 없는 것이라 해도 기왕 떠나기로 마음먹은 거, 더 보나 덜 보나 별 차이는 없다.

청계천 다리 옆에 주저앉아 있는 걸인이 감준배에게 손을 내밀었다.

"아저씨는 구경 안 가요?"

다들 연기가 피어오르는 쪽으로 달려가고 있는데 자리를 지키고 있는 걸인이 신기해서 감준배는 이렇게 물었다.

"무슨 구경?"

앉아 있는 걸인은 술 냄새를 풍기고 있었다.

"저쪽이요. 사람들 다 구경 가는데."

"난 몰라, 그런 거."

걸인이 손을 다시 한 번 내밀었다. 감준배는 그 손 위에 조금 전 산 담뱃갑을 내려놓았다.

"피우세요."

"나 담배 안 피워. 담배는 몸에 해로워."

"서울에 살면서 구걸하는 것도 몸에 해로워요, 아저씨."

감준배는 이렇게 말하고는 자리를 떴다. 대한민국에서 마지막으로 남기게 될 말이라고 생각하니 조금은 그럴싸하지 않나, 그런 생각이 들었다.

터널 바닥에 피가 흐르고 있었다. 머리에서 튀어나온 뇌와 뇌수, 그리고 두개골 조각이 뒤섞인 핏물이었다. 핏물 위로 조명이 쏟아지고 있었다. 두 사람의 죽음을 비추고 있는 조명 치고는 지나치게 밝은 게 아닐까 싶은 생각도 들었다. 하지만 지금 당장 생각해야 할 것은 자신은 살아남았고, 니나와 추관우는 죽었다는 것이었다. 그리고 자신 대신 니나를 죽게 만든 게 누구인지 확인해야 한다는 게 가장 중요했다.

하지만 기태주는 다리에 힘이 풀려서 주저앉고 말았다. 최고조에 달했던 긴장감이 사라지자 마치 몸살이 난 것처럼 몸이 떨렸다.

조명을 역광으로 받으며 사람 그림자가 다가왔다. 그리고 기태주는 곧 그 그림자가 누구인지 알아볼 수 있었다.

"위슬비."

하루 종일 의지했던 바로 그 당사자, 그리고 헤어진 과거의 연인.

위슬비는 손에 레드닷 레이저 스코프가 장착된 콜트 파이슨(Colt python)을 들고 있었다. 단 한 번의 사격으로 니나의 머리를 명중시킨 건 위슬비의 사격 솜씨 덕분이라기보다는 장착된 레드닷 레이저 스코프 덕일 거였다.

"슬비야."

기태주의 입에서 갈라진 음성이 나왔다. 위슬비는 총구를 움직여 레드닷을 기태주의 다리 사이에 위치시켰다. 기태주는 잠시 빨간 점을 바라보다가 억지로 마른침을 삼키고는 입을 열었다.

"정보부에서 보낸 거야? 어떻게 혼자 왔어? 뒤에 지원은 오는 거야?"

"오랜만이야."

오랜만이라고 말하는 위슬비의 얼굴에는 희미한 미소가 떠올라 있었다. 하지만 반갑고 즐거운 미소라기보다는 뭔가를 참고 있는 것처럼 보이는 미소였다.

"어떻게 된 건지 말해 주지 않을래?"

위슬비는 주저앉아 있는 기태주를 물끄러미 바라보았다. 대꾸할 생각은 없어 보였다.

"지금부터 내 말 잘 들어, 태주야."

단호한 말투였다.

"총 들고 있는 사람한테 집중해야지, 그럼."

기태주는 주저앉은 자신의 다리 사이에서 반짝이고 있는 붉은 점을 손가락으로 가리키면서 농담처럼 말했다. 억지로 짜낸 농담이긴 했지만 일단 내뱉고 나니 조금 긴장이 풀리는 것 같았다. 위슬비는 총구를 돌려 붉은 점을 치웠다.

"태주야, 넌 내가 이 기회를 얻으려고 얼마나 고생했는지 상상도 못 할 거야."

긴장이 풀리고 나니 조금씩 생각을 해 볼 수 있게 되었다. 그리고 생각은 곧 가속을 타고 결론에 이르렀다.

"슬비야, 너였니?"

"뭐가?"

"오늘 이거 말이야. 이 모든 일. 날 납치하고, 화력발전소에 연막탄 터뜨리고……."

"나하고 감준배. 지금쯤이면 알 거라고 생각했어."

"추관우 포섭한 건 감준배고?"

"니나도 감준배가 포섭했어. 포섭이라는 말보다는 계약이라고 하는 편이 더 맞을 것 같지만."

"……추관우가 돈은 벌써 훔쳤다고 하더라. 맞니?"

쓰러져 있는 추관우의 시신을 흘낏 보며 기태주가 물었다.

"응. 감준배가 벌써 훔쳤어."

"얼마나 훔친 거야? 아니, 도대체 무슨 돈을 어떻게 훔쳐서 이런 복잡한 작전을 벌이게 된 거야? 사람이 몇이나 죽은 거야? 열 명? 스무 명?"

위슬비는 잠깐 무언가를 생각하는지 아무 말이 없었다. 기태주는 위슬비가 말을 잇기를 기다렸다.

"처음부터 설명해 줄게. 시작은 농협 해킹 사건이었어. 너도 신문에서 봤지? 그 사건 추적, 우리 팀에서 맡았어. 정의택 팀장님 팀. 그리고 우리가 내야 할 결론은 이미 정해져 있었지. 중국 아이피를 통해서 북한이 해킹했다는 거. 그게 윗선에서 요구한 결론이었어."

위슬비가 단숨에 말했다. 기태주는 위슬비가 농협 해킹 사건의 진실을 알아냈음을 알 수 있었다.

"나하고 감준배는 상부 명령을 어기고 몰래 진짜 사건을 추적했어. 해킹은 내부에서 일어난 거였어. 관리자 둘하고 보안 요원 하나가 동원됐지. 이 사람들이 한 일은 농협 전산망을 완전히 마비시킨 다음, 어떤 내역을 하나 삭제하는 거였어. 그 내역을 알아내는 건 그렇게 어렵지 않았지. 겁먹은 관리자 한 명을 조졌거든."

기태주는 위슬비가 조졌다는 표현을 쓰는 게 생경했다. 기억 속 위슬비는 거친 단어를 쓰는 사람이 아니었다.

"삭제된 내역은 딱 하나였어. 현금 2조 7000억 원을 시모레이라 공화국 중앙은행으로 입금하는 거였지. 돈 출처는 대포통장이었지만 그게 무슨 돈인지는 뻔했어. 그 즈음에 시모레이라 공화국에 대통령 사촌이 회사를 하나 만들었거든. 알잖아. 우리 일에 우연 같은 건 없다는 거. 그 사촌이 하는 일은 아마 그 돈을 관리하는 거였을 거야."

"과거형으로 말하네?"

기태주가 지적했지만 위슬비는 상관하지 않고 자기 할 말을 이어 갔다.

"그 즈음에 감준배가 시모레이라 공화국으로 출장을 갔어. 중국 아이피 추적 핑계를 댔지만 실제로 한 일은 그 사촌과 공모하는 일이었어. 평생 대통령의 대포통장 만드는 일로 살아온 사람이라 설득이 쉽지는 않았다고 하더라. 하지만 결국은 마음을 돌리는 데 성공했지. 알잖아, 감준배가 그런 일 잘하는 거. 이런 식이었겠지. '이 돈, 대통령이 살아 있는 한 단 한 푼도 쓸 수 없다. 하지만 나와 함께하면 1조 3000억을 주겠다.' 1조 3000억이라면 일생을 걸 만하지. 안 그래?"

위슬비는 잠시 말을 끊었다가 다시 이었다.

"돈을 훔치는 일 자체는 아주 쉬웠어. 시모레이라 공화국 중앙은행은 N.A 관리를 아주 간단하게 하거든. 열여섯 자리 비밀번호. 그것만 있으면 아무것도 묻지 않고 돈을 내줘."

"N.A?"

"노미니 어카운트(Nominee account). 차명계좌. 시모레이라 공화국 왕족의 주수입원이야. 스위스는 비밀 예금 포기한 지 오래됐고, 케이만 군도나 버진아일랜드는 미국 정보부에서 테러 자금 추적 때문에 눈에 불을 켜고 있거든. 그래서 새로운 비밀 예금의 강자로 떠오르는 게 시모레이라 공화국이지. 시모레이라 공화국에서 은행을 가지고 있는 건 왕족들이고. 아무튼 감준배는 돈을 인출한 다음에 그 돈을 쪼개서 여러 계좌로 부쳤어. 오늘 이 작전을 위해서 쓴 돈만 300억 원이 넘어. 거기에는 오늘 동원된 인건비도 포함되지."

기태주는 추관우의 시신을 다시 한 번 보았다. 자신을 믿고 따른 부하들을 죽인 놈이었지만 그래도 돈은 분명히 지급했겠구나 싶었다.

"그 사촌은?"

조금 전 위슬비가 과거형으로 말했던 걸 떠올리며 기태주가 물었다.

"추관우한테 들었어. 네 손으로 처리했다며?"

기태주는 조금 전 보았던 부릅뜬 두 눈을 떠올렸다.

"내가 죽인 게, 바로 그 대통령 사촌이었어?"

"그래. 지금쯤 정보부에서 신원 파악하고 있을 거야."

기태주는 이제 자신이 물어야 할 차례라고 생각했다.

"슬비야, 대통령 돈을 훔치고 멀쩡할 거라고 생각해? 우리 대통령, 건물 리모델링 비용 6억을 아끼기 위해서 멀쩡한 시민 뒤통수도 치는 사람이야."

기태주는 뉴스에서 본 사건을 떠올리며 말했다. 대통령은 자기 소유 건물 세입자에게 리모델링 비용을 떠넘긴 다음, 재계약을 하지 않는 방법으로 돈을 아꼈다가 고소를 당한 적이 있었다. 물론 대통령은 그 소송에서 이겼다. 늘 그랬듯 법원은 강자의 편이었다.

"돈을 훔치는 건 쉬워. 하지만 그 돈을 쓰려면 잡히질 않아야겠지. 그래서 이렇게 복잡한 계획을 세운 거야. 2조 7000억을 쓰기 위해서."

기태주는 이제 진실에 근접했다는 걸 알 수 있었다.

"도대체 무슨 수로?"

"김영삼 대통령 때 시청 폭파했던 거 기억나? 옛날 조선총독부 건물 말이야. 그때 역사 바로 세우기니 일본 길들이기니 얘기가 많았지만 실상은 달라. 김영삼 이전 대통령은 조선총독부 건물을 철거하고 싶어도 철거할 수가 없었거든. 왜냐하면 그 밑으로 청와대 비밀 터널이 뚫려 있었으니까. 조선총독부 건물을 철거하려면 새로 터널을 뚫어야 했어. 그리고 새로 터널 공사를 시작해서 마무리한 게 바로 1995년이었어."

"그럼 여기가……."

"그래. 지금 우리가 있는 여기가 바로 옛날 청와대 비밀 터널이야. 수방사 문서고로 향하는 비밀 터널."

위슬비는 이렇게 말하고는 주위를 살폈다. 마치 오래전 기억을 더듬는 것 같은 표정이었다.

"나는 정의택 팀장 보안 카드를 이용해서 옛날 비밀 터널 지도하고 새로 만든 비밀 터널 지도를 구했어. 그리고 감준배는 작업을 시작했지. 추관우를 포섭한 건 작전에 필요한 현장 요원을 충원하기 위해서였어. 니나는 물론 돈을 주고 러시아에서 장비를 들여오기 위해서 그랬던 거고. 그리고 정의택 팀장하고 인연이 있는 I.O 요원도 하나 포섭했어. 최덕구라고, 우리가 연변 쪽에서 공작할 일 있을 때 써먹었던 I.O 요원이야."

"그, 그런 다음?"

기태주는 이제 대강의 전말을 짐작할 수 있었다. 하지만 차마 위슬비가 벌인 일을 입에 담을 수가 없었다.

"가장 먼저 대통령의 손발을 묶어야 했지. 우리 대통령은 일이 터지면 바로 샤론의 장미를 부르잖아. 그래서 샤론의 장미 팀을 무력화시켜야 했어. 테러를 벌이고 청와대에 2조 7000억 원을 요구한 게 샤론의 장미팀을 부르기 위해서였어. 대통령은 자기가 시모레이라 공화국으로 빼돌린 비자금의 액수를 알고 있으니까 당연히 사촌에게 연락했겠지. 그리고 연락이 닿지 않는다는 걸 알았을 테고, 자기 돈을 인출할 수도 없다는 걸 알게 됐을 거야. 그래서 바로 샤론의 장미팀을 투입했고."

"샤론의 장미팀은 어떻게 무력화시켰어? 폭탄이라도 터뜨린 거야?"

"사실 사린가스를 쓸까 하는 생각도 했었어. 샤론의 장미팀이 사건을 접수하러 왔을 때 가스로 몰살시키는 방법을 생각한 거지. 하지만 정보부 다른 식구들이 다치는 게 맘에 걸렸어. 그래서 EMP를 썼지. 인명 피해를 줄이기 위해서. 하지만 진짜 비싸게 먹혔어. 그거, SVR에서도 최신 장비거든."

"정보부에 EMP를 썼다고?"

위슬비는 고개를 끄덕이고는 말을 이어 갔다.

"손발이 묶인 대통령을 궁지로 몰기 위해서는 하나가 더 필요했어. 청와대 테러 위협. 이 부분은 최덕구가 맡았지. C-4를 등에 짊어지고 청와대로 향하는 도중에 그걸 폭파시켰어. 그다음에 노숙자들이 사방에서 C-4를 들고 청와대로 향하는 것 같은 연출을 했고. 그렇게 되면? 당연히 대통령은 비밀 터널을 통해서 수방사 문서고 벙커로 도망치지 않겠어?"

위슬비는 시계를 한 번 보았다.

"설마. 슬비야, 너……."

"태주야, 이렇게 자세하게 이야기해 준 이유, 아직도 모르겠어?"

기태주는 자리에서 일어섰다. 도저히 그대로 주저앉아 있을 수 없었다.

"태주야, 같이 도망치자. 이 이야기를 하려고 이렇게 무리해서 여기까지 온 거야."

"자, 잠깐만."

기태주는 추관우가 살아 있을 때 했던 말을 떠올렸다.

'2억 2000 때문에 죽을 뻔한 뒤에 내가 배운 게 말이지, 돈을 훔치는 건 사실 아주 쉬운 일이라는 거야. 문제는 그 훔친 돈을 어떻게 살아서 쓸 수 있느냐, 그게 중요하다는 거지.'

대통령은 돈 문제에 있어서 극도로 인색한 인물로 널리 알려져 있다. 자신의 돈 2조 7000억이 없어진다면 당연히 죽을 때까지 그 돈을 추적할 것이다. 하지만 그 돈은 오직 대통령 한 사람만을 위한 돈이고 가족도 친지도 그 누구도 그 돈에 손을 댈 수 없게 꾸며져 있다. 그리고 그 돈을 관리하는 사촌은 이미 죽었다. 그렇다면 남은 해결책은 단 하나다.

"태주야, 우리 조직은 이미 썩었어. 제대로 절차를 밟아서 비리를 고발한 너를 짤랐고, 지금 우리 팀이 하는 일은 대통령 비리를 덮어 주는 공작이야. 게다가 간첩을 잡아야 할 부서에서는 간첩을 조작하고 있고, 정보부 엘리트 요원들은 인터넷에 야당 욕하는 댓글이나 달고 자빠졌다고. 여기서는 아무 희망도 없어. 우리한테는 돈이 있어. 2조가 넘는 돈이야. 이 돈이면 작은 나라를 하나 살 수도 있어. 그 나라에서 제대로 된 일을 해 볼 수도 있지. 대한민국을 위해서 간첩 조직을 소탕할 수도 있고, 대한민국의 비리 기업 총수를 암살할 수도 있어. 네가 원하는 일이라면 뭐든지 할 수 있다고."

"자, 잠깐만. 슬비야, 그러니까 지금 네 말은……."

기태주는 차마 대통령 시해라는 말을 입에 담을 수가 없었다.

"그래. 이 일을 처음에 시작하기로 마음먹은 건, 바로 너 때문이었어, 태주야. 너 그렇게 되고 나서 너하고 함께 이 나라 떠 버리려고 꾸민 일이었다고. 태주야, 이제 시간이 없어. 넌 그냥 날 따라오기만 하면 돼. 여권, 신분증, 거처, 다 준비돼 있어."

"2억 2000만 돼도 목숨을 걸어야 해. 하물며 2조인데……."

기태주가 중얼거렸다. 위슬비는 잠시 심호흡을 했다가 말을 이었다.

"우릴 추적한다고? 아니, 아무도 우릴 찾지 않을 거야. 시모레이라 공화국으로 옮겨진 대통령 비자금으로 만든 사업체 규모가 60조도 넘어. 그것도 나하고 감준배가 찾아낸 것만 그래. 대한민국 영토 안에서 벌인 사업들? 운하 파고 로봇 물고기 만들고 한 거 다 합치면 100조도 넘을걸. 까짓 2조 7000억, 그것도 대통령과 사촌만 알고 있는 현금, 아무도 신경 쓰지 않아. 160조가 차명계좌며 위장 회사며 부동산에 나눠서 묻혀 있다고. 누구든 먼저 찾아내는 놈이 임자인 돈이 말이야."

100조. 비현실적인 숫자였다. 천문학적인 인플레로 유명한 짐바브웨 달러도 아니고, 너무나도 거대한 금액이었다.

"아무리 그래도……."

"2조 7000억을 관리하던 사촌은 이미 죽었고, 관계된 보안 요원하고 관리자들도 다 죽었어. 강도당해 죽고, 교통사고로 죽고, 번개탄 피우고 죽었지. 그런데 누가 주인 없는 돈 160조를 앞에 두고 우릴 추적하겠어? 그 160조 서로 가지겠다고 여당, 야당, 정보부 할 거 없이 다 달려들 거야."

비현실적인 이야기가 이어지는 사이, 기태주는 살 궁리를 해 보았다. 그러면서도 위슬비의 의심을 사서는 안 될 상황이었다.

기태주는 머리를 쥐어뜯으며 걸음을 옮겼다. 입으로는 '끙.' 하는 신음 소리를 내었다. 위슬비가 보기에 고민에 빠진 것처럼 보이는 동작이었다.

"지금 말고는 기회가 없어, 태주야. 다시 한 번 생각해 봐. 우리 조직이 어떤지 너도 잘 알잖아? 우리 조직은 절대로 배신자를 용서하지 않아. 그리고 넌 이제 배신자로 낙인찍혔어. 게다가 화력발전소 테러할 때 네 얼굴, CCTV에 찍혀서 전국에다 뿌려졌고. 절대로 정보부로 돌아갈 수는 없어. 네가 선택할 수 있는 건……."

기태주는 위슬비의 음성이 격해지기를 기다렸다가 절대로 말을 끊지 못할 순간이라고 판단한 순간 몸을 날렸다. 목표는 니나가 쓰러지면서 떨어뜨린 CZ-75 권총이었다.

"슬비야!"

기태주는 위슬비를 겨냥하고 소리쳤다. 레드닷 스코프의 붉은 점이 자신을 향할 거라고 예상했다. 하지만 위슬비는 총구를 들지 않았다. 대신 그를 물끄러미 바라보며 말을 이어 갔다.

"이 거리라면 절대 실수하지 않겠지? 너, 근거리 사격은 잘하잖아. 5미터 거리라면 파리도 맞힐 수 있다는 거, 잘 알고 있어."

"그럼 당장 멈춰. 지금 하는 일 멈추라고."

"뭘 멈추라는 거야?"

"대통령……."

기태주는 잠깐 멈칫하다가 다시 말을 이어 갔다.

"터널 폭파시키려는 거잖아! 대통령을 수방사 문서고로 이동시킨 다음에 터널을 폭파시키려는 거잖아! 그거 당장 멈추라고!"

위슬비는 기태주의 말에 슬픈 표정을 지었다. 헤어지자고 했을 때도 보지 못했던 슬픈 얼굴이었다.

"……같이 가지 않을 작정이구나."

"2조 아니라 20조라고 해도 난 안 가. 내가 돈 때문에 움직이는 사람이라고 생각했어?"

"감준배 말이 맞았네."

위슬비는 한숨을 내쉬었다.

"태주야, 넌 그럼 지금 감준배가 어디서 뭘 하고 있을 거라고 생각하는데? 아니, 멈출 수 있는 거라면 내가 왜 너한테 이렇게 일일이 계획을 다 설명해 줬을 거라고 생각하는데?"

기태주는 말을 잇지 못했다. 그러고 보니 조금 전 이곳에 도착했을 때 멀리서 폭발음이 전해졌던 게 떠올랐다.

"그럼……."

"대통령은 죽었어. 감준배가 현장에서 초음파 탐지기로 대통령 차량을 확인한 다음 버튼을 눌렀거든. 건물 하나가 통째로 날아갔어. 대통령 전용 차량은 바주카포를 맞아도 멀쩡하다고들 하지만, 아무리 튼튼한 장갑차도 C-4 1톤을 견디는 건 불가능해."

총을 쥐고 있는 기태주의 팔에서 힘이 빠졌다. 위슬비의 말이 맞았다. 이미 대통령은 죽었고, 자신은 정보부로 돌아갈 수 없다. 선택의 여지 따위는 애당초 없었다.

"자수해."

기태주는 이렇게 말했다. 다른 말을 할 수가 없었다.

"자수하라고. 이걸로 끝내. 더 이상은 안 돼."

"자수하라고?"

위슬비가 한쪽 입술로만 웃었다. 기태주는 위슬비의 반응을 충분히 이해할 수 있었다. 이미 돌아갈 수 없는 선을 넘은 지 오래였다. 자수한다고 해서 달라질 건 없다.

"쏴."

위슬비는 들고 있던 콜트 파이슨을 바닥에 떨어뜨렸다.

"쏴. 너라면 이 거리에서 절대 빗나가지 않겠지. 쏠 테면 여길 쏴."

위슬비는 자신의 미간을 손가락으로 가리켰다. 기태주의 손이 떨렸다.

사실 기태주는 자신의 바로 앞에 쓰러져서 피를 흘리고 있는 니나에게 신경이 더 쏠렸다. 니나와 함께했던 시간들이 떠올랐다. 어쩌면 자신이 정의택을 고발한 건 그저 그게 옳기 때문만은 아니었는지 모른다. 위슬비를 배신했다는 죄책감이 고발이라는 형태로 표출된 것인지도 몰랐다.

"왜? 내 눈을 보니까 쏘기 힘들어? 그럼 돌아서 줄게."

위슬비가 돌아섰다. 가냘픈 어깨선이 조명을 받아 두드러졌다. 기태주는 한숨을 내쉬었다.

"어디로 갈 거야?"

기태주가 물었다. 조금 전과는 비교도 하기 어려울 만큼 힘이 없는 목소리였다.

"나, 자리 잡으면 쇼핑하러 갈 거야."

위슬비는 돌아보지 않고 말했다. 터널의 울림 때문에 작은 소리였지만 내용은 분명히 전달되었다.

"홍콩이 좋을 것 같아. 거기서 아주 사치스러운 쇼핑을 할 거야. 그리고 나면 내가 이 선택을 한 걸 후회하지 않게 되겠지."

"고작 그거야?"

기태주가 물었다. 위슬비의 어깨가 흔들리고 있었다. 기태주는 그 어깨에서 눈물을 읽어 낼 수 있었다.

잠시 뒤, 어깨가 흔들리지 않게 된 후에 위슬비가 돌아섰다. 두 사람의 눈길이 마주쳤다.

"응. 고작 그거야."

위슬비가 예전에 그랬던 것처럼 오른손으로 손키스를 보냈다. 전에는 한 번도 보지 못한 슬픈 표정을 하고서.

기태주는 아무 말도 할 수 없었다. 총구는 여전히 위슬비를 향하고 있긴 했지만 도저히 방아쇠를 당길 수 없었다.

잠시 후, 위슬비는 등을 돌려 어둠 저편으로 걸음을 옮겼다. 기태주는 위슬비가 사라지는 것을 그저 지켜만 보았다. 그리고 어둠이 완전히 위슬비를 삼킨 후에야 총구를 내릴 수 있었다.

이제 터널 안에 살아 있는 사람은 오직 기태주 혼자였다.

자세를 고쳐 바닥에 앉았다. 자리에서 일어날 힘이 나지 않았다. 기태주는 주저앉은 상태 그대로 어둠을 응시할 뿐이었다. 위슬비가 사라져 간 바로 그 어둠을.

14 에필로그

헌정 사상 두 번째 대통령 유고였다.

대통령 직무 대행을 맡은 국무총리는 정치적 중립성 논란에 휩싸였다. 대통령 최측근으로 야당의 반대에도 불구하고 발탁된 인사였기 때문이다. 여야는 이 문제를 놓고 격론을 벌였다.

그와 동시에 북한의 조문 문제도 있었다. 여당은 이번 유고 사태가 북의 소행인지 확인될 때까지 조문을 받아서는 안 된다는 입장이었고, 야당은 인도적 차원에서 조문을 받아들여야 한다는 입장이었다.

헌정 사상 첫 번째 유고와는 달리 추모의 분위기는 그다지 높지 않았다. 다가올 대통령 보궐선거를 앞둔 정치 공방의 열기가 훨씬 뜨거웠다.

책임의 중심에 선 정보부는 정보부장이 경질되고 대규모 인사 개편이 이어지기는 했지만 여전히 움직이고 있었다. 비밀리에 선거를 앞둔 극비 공작들이 이어졌다. 공작의 내용을 알 수는 없었지만, 댓글 공작이 주를 이룰 거라는 건 정보부 사람이 아니라도 쉽게 짐작할 수 있었다.

기태주는 꿀단지팀 쪽으로 발걸음을 옮기고 있었다. 손에는 서류 파일을 들고 있었고 목에는 IC카드가 삽입된 플라스틱 신분증을 걸고 있었다. 신분증에는 이렇게 적혀 있었다.

국가정보부(KCIA) 내사과 요원 기태주
I.A. AGENT KI

정보부 요원 사이에서 꿀단지팀은 '꿀 빠는 보직'이라는 비아냥거림을 듣는 팀으로 정보부를 방문하는 민간인 방문객을 안내하는 일을 하는 팀이었다.

기태주는 꿀단지팀 팀장실 문에 노크를 하고는 안에서 들어오라는 말이 들리기도 전에 문을 열고 안으로 들어갔다.

"씨발, 하필 너냐?"

안에서 기태주를 맞은 건 정의택이었다.

"오랜만입니다, 정의택 팀장, 아니, 대리님."

정의택의 정식 보직명은 꿀단지팀 대리였다. 지난번 사건

이후 징계로 강등 처분을 당했기 때문이다.

"몸은 좀 괜찮으세요?"

기태주가 물었다. 정의택은 지난번 사건에서 니나, 혹은 마리아의 독침 공격을 받고 테트로도톡신에 중독되어 죽을 고비를 넘겼지만 한 달간 입원한 뒤에 건강을 되찾을 수 있었다.

"안 괜찮다. 씨발, 그런데 하고 많은 내사과 팀원 중에서 하필 너냐?"

"세상일이 다 그렇죠. 실은 이번 일, 제가 자원했어요."

기태주가 서류를 펴서 정의택의 책상 위에 펼치면서 말했다.

"그런데 대리님, 대리님이 중독돼서 쓰러졌던 현장에서 어떤 여자가 근처 구멍가게에 들어가서 신고 좀 해 달라고 했던 거 알고 있었어요? 구멍가게 주인한테 니나, 아니, 마리아 사진을 보여 줬는데 동일 인물이라고 하더라고요."

"알아, 알아. 잡소리 집어치우고 할 일이나 해. 도대체 무슨 일이냐?"

정의택은 의자를 돌려서 측면으로 기태주를 대하면서 말했다. 기태주는 아랑곳하지 않고 책상 위에 펼쳐 놓은 서류 중 한 장을 내밀었다.

"제가 왔는데 좋은 일은 아니겠죠."

"어련하시겠냐."

정의택은 담배를 입에 물었다.

"여기 금연 아닌가요?"

"고발해. 담배 피운 것도 같이. 너, 고발 잘하잖아."

정의택은 담배에 불을 붙였다. 기태주는 담배 연기를 향해서 손을 내저었다. 담배 연기가 기태주의 손끝에서 흩어졌다.

"정의택 대리님, 지난번 사건 이후로 우리 정보부, 이제는 눈치 많이 봐야 한다고요. 담배 같은 거 막 피우고 그러면 안 돼요. 생각을 좀 해 보세요. 우리 정보부는 작전에 실패했지, 헌정사상 두 번째 대통령 유고를 맞았지, 솔직히 정보부가 통째로 날아가지 않은 게 다행이잖아요. 안 그래요, 정의택 대리님?"

"아 씨발, 말끝마다 대리, 대리. 너, 일부러 그러는 거지?"

기태주는 대답 대신 서류를 정의택의 눈앞에서 흔들었다.

"이거 방명록이에요, 정의택 대리님. 지난주에 시모레이라 공화국에서 온 민간인 두 사람에게 정보부 안내를 해 주셨죠?"

기태주가 물었다.

"그랬다."

"외국인 방문은 엄격하게 통제되고 있는데 정의택 대리님이 책임지겠다고 하고, 직접 그 두 사람을 데리고 들어오셨다면서요?"

"맞아."

"무슨 이야기를 하셨죠?"

"그걸 내가 왜 말해 줘야 하지?"

"그야 물론 최덕구 때문이지요."

기태주가 다른 서류를 내밀면서 말했다.

"대통령 시해 사건 때, 청와대에 접근하려다가 폭사한 테러리스트가 하나 있었어요. 시체가 산산조각이 나서 신원을 확인할 수 없다고 발표하긴 했지만 우리는 그 사람이 누군지 알고 있지요. DNA 검사 결과 우리 쪽 I.O 요원이었던 최덕구로 확인됐으니까요. 그 최덕구, 옛날에 정의택 대리님이 관리했던 요원 맞지요?"

"그게 이 일이랑 무슨 상관인데?"

정의택이 퉁명스럽게 말했다.

"상관있지요. 시모레이라 공화국에서 온 그 두 민간인이 최덕구의 아들이었으니까요. 맞지요?"

"몰라!"

정의택은 의자를 돌려 기태주에게 등을 보였다.

"그 아이들한테 혹시 이런 말을 한 건 아닌가요? 너희 아버지 최덕구는 애국자였다. 탈북자들을 돕고, 자유 대한민국을 위해 헌신했다. 뭐 이런 식으로요."

정의택은 아무 말도 하지 않고 담배 연기만 뿜어 댔다.

"사실 정보부 입장에서 최덕구의 신분을 공개할 수는 없지요. 지금 상황도 곤란한데, 한때 우리가 고용했던 I.O 요원이 테러에 가담했다는 사실까지 알려지면 상황이 더 나빠질 테니까요. 하지만 그렇다고 해서 거짓말까지 용납되는 건 아닙니다."

"……약속이었어."

정의택이 기어들어 가는 소리로 말했다.

"예?"

"약속이었다고!"

정의택은 몸을 도로 기태주 쪽으로 돌린 뒤 책상을 내리치면서 소리쳤다. 기태주는 가만히 서서 정의택이 다음 말을 이어 가기를 기다렸다.

"내가 최덕구 포섭할 때 약속했다고. 언젠가 때가 되면 두 아들을 정보부로 불러서 그렇게 말해 주겠다고 약속했다고. 그리고 그 약속 지킨 거야. 씨발, 그러니까 너 하고 싶은 대로 해. 날 구워 먹든 삶아 먹든, 맘대로 하라고!"

정의택은 순순히 사실을 인정했다. 기태주는 책상 위에 놓았던 서류를 도로 모으기 시작했다.

"기태주, 이번 일로 득 본 건 너 하나지? 하긴 사건 주범인 추관우하고 니나를 사살한 영웅이니 정보부로 도로 불러들이지 않을 수 없었겠지. 정보부 요원들이라면 다들 싫어하는 내 사과 보직 떡하니 안겨 주고 말이야."

사건이 대통령의 죽음으로 끝나자, 정보부 입장에서는 영웅이 필요했다. 혼자 테러 조직에 잠입해 목숨을 걸고 국가와 국민을 위해 헌신하고자 했던 영웅이. 그 영웅 역할은 기태주가 맡았다.

사건은 조작되었다.

기태주는 해고되고 행정소송을 건 정보부 요원이 아니라 홀로 언더커버로 테러 조직에 잠입해 목숨을 걸고 테러를 막으려고 한 정보부 정예 요원이 되었다. 비록 테러를 막지는 못했지만 주범을 사살한 것도 기태주였다. 기태주는 언론에 '흑색요원 언더커버 K'라는 이름으로 알려졌다.

"다들 너보고 영웅이라고 하지만 말이야, 난 분명히 기억하고 있다고."

서류를 모으고 있는 기태주를 노려보면서 정의택이 말했다.

"니나가 나한테 독침 놓은 다음에 총을 보여 줬거든. 그게 CZ-75였어. 니나는 체코 권총을 썼다고. 그런데 니나 대갈통을 부순 건 미제 콜트 파이슨이었어. 너, 니나 총을 빼앗아서 머리에 쐈다고 증언했지? 그런데 니나가 가지고 있지도 않았던 콜트 파이슨을 도대체 무슨 수로 손에 넣은 거야? 기태주, 너야말로 뭔가 숨기고 있는 거야. 내가 그거 모를 줄 알아?"

"니나가 총을 보여 줬을 때 정의택 대리님은 테트로도톡신에 중독되어 있었잖아요. 아마 뭔가 잘못 보신 거겠지요."

"아무리 중독됐어도 자동권총하고 리볼버를 잘못 볼 수는 없어. 안 그래?"

기태주는 대답하지 않았다. 대신 서류를 책상 위에서 정리했다. 이제 마무리하고 떠나겠다는 신호였다.

"이번 대통령 보궐선거, 누구 찍으실 건가요?"

기태주는 짐짓 태연한 척하면서 이렇게 물었다.

"안 찍을 거다. 씨발, 누가 되든 그게 우리 일이랑 무슨 상관이야?"

"에이, 상관있죠. 저기 위에 새로 노가다팀 꾸린 거 모르세요?"

기태주는 키보드를 두드리는 시늉을 하며 말했다.

"너 조심해. 그런 소리 함부로 하다가 진짜로 죽는다."

"어이쿠. 그건 곤란하죠. 대통령이 죽어도 산 사람은 살아야 하지 않겠어요."

"그러니까 입조심하라고."

정의택의 말에 기태주는 웃으며 고개를 끄덕였다.

"그럼 수고하세요, 정의택 대리님."

"좆까. 씨발."

기태주는 자신의 뒤통수에 대고 욕설을 계속 내뱉는 정의택을 뒤로하고 자신의 내사과 책상으로 돌아갔다. 책상 위에는 조금 전 살펴보았던 서류가 한 장 있었다. 사건 당일 마지막 폭파 관련 보고서였다.

사건이 끝난 뒤 여러 각도에서 손실 평가가 이어졌다.

언론에 발표하는 사건의 전말이야 한 달이면 뚝딱 조작해서 내보낼 수 있지만, 실제 무슨 일이 벌어졌는지 제대로 알기 위해서는 조사하는 데에만 수년, 혹은 십수 년의 세월이 필요하다.

기태주는 새로 보고서가 갱신될 때마다 그 보고서를 열심히 읽고 또 읽었다. 자신이 직접 겪은 사건이었다. 기태주는 사건의 당사자 자격으로 손실 평가에 참여할 수밖에 없었다.

이번에 갱신된 보고서에 따르면, 범인은 대통령이 탑승한 차량을 을지로역 부근 건물 지하에서 폭파시키기 직전, 건물에 있는 사람들을 모두 대피시켰다. 건물 방역을 해야 한다는 게 범인의 말이었다. 시청에서 발급한 서류까지 있었으므로 아무도 의심하지 않았다. 다만 범인이 방역복을 입고 마스크를 하고 있어서 범인의 얼굴은 아무도 기억할 수 없다는 게 보고서의 내용이었다.

기태주는 건물을 비우기 위해 방역 핑계를 대는 게 감준배의 수법이라는 걸 잘 알고 있었다.

'감준배, 그래도 희생자를 최소화하기 위해서 애는 썼구나.'

다음 처리해야 할 건 조금 전 조사한 정의택 건이었다. 기태주는 그날 보았던 최덕구의 얼굴이 떠올랐다. 테러리스트의 명복을 빌고 싶지는 않았지만 그래도 한때 정보부를 위해서 일했던 사람이었다.

기태주는 정의택 보고서에 이렇게 적었다.

'특이 사항 없음.'

보고서 작성을 마친 뒤, 기태주는 관련된 나머지 서류를 세단기에 넣었다. 이제 최덕구 아들과 관계된 일을 더 이상 문제 삼을 사람은 아무도 없을 거였다.

♣

늦게까지 일하고 돌아온 어느 날 밤이었다. 집에 한 통의 엽서가 도착해 있었다. 홍콩에서 온 엽서였다.

야경이 담긴 흔한 관광객용 그림엽서였다. 보낸 사람 주소란은 비어 있었다.

'동기 중에서 제일 먼저 팀장 달아라.'

엽서에는 이렇게 적혀 있었다.

기태주는 쓴웃음을 지었다. 마지막으로 감준배를 보았을 때가 떠올랐다. 감준배는 그에게 행정소송을 취하하고 정의택에게 사과하는 방식으로 화해를 하라고 했다. 돌이켜 생각해 보면 감준배는 아주 충실하게 자신의 메시지를 전했다. 화해할 수 없다면 자신과 함께 도망치자고 한 것이다.

'다만 자신을 의심할 여지를 없애기 위해 그런 식으로 돌려 말한 거라고 봐야겠지.'

생각해 보면 역시나 감준배는 참 치밀한 놈이다.

홍콩에서 온 엽서를 보고 있자니 추관우에게 들었던 이야기가 기억났다. 한국에서 돈을 횡령해서 해외로 튀었다가 AK 소총으로 무장한 사병들의 보호를 받으면서 사는 사람의 이야기. 아마 지금 감준배와 위슬비도 비슷한 신세일 것이다.

'위슬비는 행복할까?'

아마 영원히 알 수 없으리라. 게다가 엽서에 위슬비의 흔적은 조금도 없었다.

기태주는 엽서에 쓰여 있는 글자를 한참 바라보다가 주방을 뒤져 라이터를 찾았다.

창문을 열고 창밖을 내다보았다. 서울의 야경이 눈에 들어왔다. 기태주는 라이터를 이용해 엽서에 불을 붙였다.

타들어 가는 엽서를 바라보다가 위슬비의 마지막 기억을 떠올렸다. 돌아선 뒷모습과 그 여린 어깨를 떠올렸다. 하지만 엽서가 다 타 버리기 전에 기태주는 애써 그 기억을 지웠다.

때마침 한 줄기 바람이 불어와 재가 된 엽서를 하늘로 싣고 올라갔다. 기태주는 미련 없이 창문을 닫았다. 방 안에는 자신

외에는 아무도 없었다.

또다시 혼자였다.

정적 속에서 기태주는 바닥에 아무렇게나 앉았다. 어쩐지 잠을 이루기 힘들 것 같은 밤이었다.

《고스트 에이전트》끝